Christian Kärger, aufgewachsen im Allgäu, studierte an der Hochschule für Fernsehen und Film und arbeitete 30 Jahre als Drehbuchautor in München. Über 100 seiner Drehbücher wurden für Kino und TV verfilmt. Der Autor lebt heute in Memmingen.

Christian Kärger

Dinge, die mir gehören

Thriller

PENGUIN VERLAG

MIX
Papier aus verantwortungsvollen Quellen
FSC® C014496

Verlagsgruppe Random House FSC® N001967

PENGUIN VERLAG

1. Auflage, 2018

Umschlag: Favoritbüro
Umschlagmotiv: © Zvyagintsev Sergey
Redaktion: Annika Krummacher
Satz: Uhl + Massopust, Aalen
Druck und Bindung: GGP Media GmbH, Pößneck
Printed in Germany
ISBN 978-3-328-10093-5
www.penguin-verlag.de

Dieses Buch ist auch als E-Book erhältlich.

Hello darkness, my old friend,
I've come to talk with you again.
Because a vision softly creeping
Left its seeds while I was sleeping
And the vision that was planted in my brain
Still remains
Within the sound of silence.

Aus: *The Sound of Silence* von Paul Simon

TEIL I

Der Pesthauch des Bösen

EINS

Das letzte Licht hinter den Fenstern der Altbauwohnung im obersten Stockwerk war vor einer halben Stunde ausgegangen. Der Mann in der nachtschwarzen Limousine am Straßenrand fror. Die Januarnacht war klirrend kalt, und es hatte angefangen zu schneien.

Er gab sich noch dreißig Minuten. In Gedanken ging er alles minutiös durch. Ein Türschloss war für ihn kein Hindernis, und die Gefahr einer Entdeckung ließ sich durch sorgfältige Planung auf ein Mindestmaß reduzieren.

Da kamen zwei Gestalten auf der gegenüberliegenden Straßenseite angetorkelt, die eine untersetzt und dicklich, die andere groß und dürr. Sie steuerten auf einen alten Mercedes zu, der Große fummelte am Schloss herum und schaffte es nach mehreren Versuchen, die Tür aufzuschließen.

Der Mann in der schwarzen Limousine rutschte noch ein Stückchen tiefer in seinen Sitz, um nicht gesehen zu werden.

Mittlerweile hatten die beiden Männer im Mercedes Platz genommen, doch der Motor wollte nicht anspringen. Sie stiegen wieder aus und fingen an, sich gegenseitig zu beschimpfen.

Der Beobachter im schwarzen Wagen fluchte innerlich und betätigte kurz die Scheibenwischer, weil die Schneeflocken immer dichter fielen und die Sicht behinderten. Die Typen dort draußen konnten seinen ganzen sorgfältig durchdachten und wochenlang vorbereiteten Plan zunichtemachen.

Der erste Schneefall in diesem Jahr hatte sich zu einem Sturm ausgewachsen. Die dicken Flocken im gelben Lichtschein der Straßenlaternen peitschten schräg heran und überzogen alles mit einem weißen Teppich. Eigentlich ideal für sein Vorhaben, denn der Schnee, der sich über Straßen und Häuser legte, erstickte die üblichen Geräusche der Großstadt. Es hätte eine winterliche Friedhofsruhe geherrscht – wäre da nicht das Geschrei der beiden Männer gewesen, die wild gestikulierten und sich immer lauter stritten. Der Große ließ seine Wut an dem Auto aus, indem er die angerostete Karosserie mit Fußtritten traktierte.

Der Mann in der schwarzen Limousine überlegte, ob er seine Aktion abbrechen sollte. Jeden Augenblick konnte irgendwo in der Häuserschlucht der Romanstraße ein Licht angehen und ein Fenster geöffnet werden, weil ein Anwohner nach dem Rechten sehen wollte.

In diesem Moment kam die letzte Straßenbahn in dieser Nacht quietschend um die Ecke gerattert. Sie musste heftig abbremsen, weil die Fahrertür des alten Mercedes weit offen stand und im Weg war. Der Straßenbahnfahrer ließ seine schrille Warnglocke aufkreischen, und die Handvoll Nachtschwärmer in den Waggons wurde durch den abrupten Bremsvorgang aus den Sitzen gerissen.

Der große Randalierer knallte die Fahrertür des Mercedes zu, zeigte dem Straßenbahnfahrer wütend die Faust, doch dieser ignorierte die Geste stoisch, beschleunigte und zog davon, in den heranwehenden Schneetunnel hinein.

Der Beobachter in der Limousine warf einen Blick auf seine Uhr, es war kurz vor zwei. Wenn er seinen Plan in dieser Nacht noch durchführen wollte, musste er es bald tun. Er stieg aus seinem Wagen, schloss so leise wie möglich die Tür und tauchte im Windschatten des nächsten Hauseingangs unter, um von den beiden Randalierern auf der anderen Straßenseite nicht gesehen zu werden. Sie waren um die dreißig, aufgepumpt mit Aggression, Adrenalin und Alkohol und schubsten sich noch immer gegenseitig herum.

Allmählich wurde ihm klar, worum es ging: Offenbar war ihr Benzin alle, und sie warfen sich gegenseitig vor, nicht rechtzeitig getankt zu haben. Kurz überlegte er, ob er ihnen aushelfen sollte, um sie so schnell wie möglich loszuwerden – er hatte immer einen vollen Kanister dabei. Aber sie hätten sich später trotz ihres Alkoholpegels an ihn erinnern können, das durfte er nicht riskieren. Außerdem kannte er diese Art von Schlägertypen. Mischte man sich als Fremder ein, und sei es, um einen Streit zu schlichten, vergaßen die beiden womöglich ihren eigenen Zwist und gingen gemeinsam auf den unschuldigen Dritten los, aus purer Lust an einer Prügelei. Zwar fühlte er sich den beiden Betrunkenen durchaus gewachsen, aber er konnte hier und jetzt seinem Impuls nicht nachgeben. Nicht in dieser Nacht, in der er endlich sein riskantes Spiel beginnen wollte, das er so lange und mühevoll geplant hatte. Das durfte er nicht mit einer leichtsinnigen Aktion unnötig gefährden. Also atmete er tief durch und konzentrierte sich wieder auf seine eigentliche Aufgabe. Ein paar Minuten würde er ihnen noch geben, höchstens fünf, um endlich abzuhauen, andernfalls musste er sein Vorhaben für heute abbrechen.

Die Scheinwerfer eines Autos tauchten von rechts aus dem immer dichter werdenden Schneetreiben auf. Ein schwerer SUV, ein Porsche Cayenne. Das war anscheinend auch den Schlägern aufgefallen, denn der eine stellte sich, mit dem Plastikkanister winkend, mitten auf die Straße. Aber der Porsche wurde nicht langsamer, im Gegenteil, der Fahrer betätigte die Lichthupe, als wäre sie eine Laserkanone, mit der er sich den Weg freischießen könnte, und hielt direkt auf den Mann zu, der sich gerade noch im letzten Augenblick zur Seite warf. Im Fallen schleuderte er seinen Kanister dem Wagen hinterher, traf ihn sogar an der Heckscheibe, doch der Porsche Cayenne fuhr einfach weiter.

Auf allen vieren brüllte ihm der Große hinterher, sein Kontrahent half ihm mühsam hoch, plötzlich schienen sich beide wieder einig zu sein in ihrem Hass auf den Wagen, der in Richtung Rotkreuzplatz verschwand. Der Dicke rutschte auf glatten Sohlen zum Kanister und hob ihn auf, dann wankte er unsicher davon, sodass dem anderen nichts weiter übrig blieb, als ihm stolpernd zu folgen. Anscheinend machten sie sich nun doch zu Fuß auf zur nächsten Tankstelle, die rund um die Uhr geöffnet hatte.

Der Mann im Windschatten des Hauseingangs wartete,

bis die beiden Gestalten endlich im Schneetreiben verschwunden waren. Prüfend sah er an den fünfstöckigen Gründerzeitfassaden hoch, ob nicht irgendwo wegen des Lärms ein Licht angegangen war.

Aber es blieb alles dunkel.

Er eilte über die Straße, nachdem er sich vergewissert hatte, dass kein weiteres Auto unterwegs war. Mit seiner schwarzen Kapuzenjacke, dem schwarzen Rucksack und den schwarzen Sneakers war es, als huschte ein nicht greifbarer Schatten durchs Schneegestöber. Als er an der Eingangstür des Hauses stand, das er seit Tagen observiert hatte, streifte er schwarze Lederhandschuhe über, zog sich eine schwarze Sturmhaube über den Kopf, knackte mit seinem batteriebetriebenen Spezialdietrich in weniger als fünf Sekunden das Eingangsschloss und schlüpfte ins Treppenhaus. Er achtete sorgfältig darauf, dass die Tür hinter ihm butterweich und nahezu geräuschlos ins Schloss fiel.

ZWEI

Mit beinahe lautlosen, geschmeidigen Bewegungen lief der Mann im Lichtstrahl seiner Minitaschenlampe die Treppen hoch. Im obersten Stock angekommen, verharrte er vor der Wohnungstür, die das Schild mit der Aufschrift »Fam. Simon« trug, und lauschte. Sein Puls und sein Atem gingen ruhig und gleichmäßig, der schnelle Aufstieg hatte ihn nicht im Mindesten angestrengt.

Außer dem gelegentlichen Rütteln des heulenden Windes an irgendwelchen Rollläden und dem Rauschen der Baumkronen im Hinterhof des Hauses war nichts zu hören.

Er setzte den Dietrich am Schloss der Wohnungstür an, es klickte leise, dann drückte er die Tür auf, aber nur einen kleinen Spalt, sodass er an die von innen eingehängte Sicherheitskette kam, die er geschickt mit einem Spezialhaken aushebelte. Dann schob er die Tür weiter auf und stand in der Wohnung.

Nachdem er die Wohnungstür wieder sanft ins Schloss gedrückt hatte, blieb er stehen und lauschte. Er wusste, dass die Familie Simon keinen Hund besaß, oft genug hatte er auf der Lauer gelegen und die Angewohnheiten der Familienmitglieder studiert. Nichts hatte er dem Zufall überlassen, nachdem er sie erst einmal aufgespürt und sich gründlich über sie informiert hatte. Das Internet und die sozialen Netzwerke hatten sich dabei als äußerst nützlich erwiesen.

Die Simons waren zu dritt. Paul Simon war achtundvierzig und Kriminalhauptkommissar bei der Münchner Mordkommission. Seine Frau Dr. Amelie Simon arbeitete als Stationsärztin in der Pränatalabteilung der nahe gelegenen Rotkreuzklinik, und die gemeinsame Tochter Magdalena ging seit diesem Schuljahr aufs Wittelsbacher-Gymnasium. In ein paar Wochen würde sie ihren elften Geburtstag feiern. Wie er in Erfahrung gebracht hatte, wurde sie von allen nur Lena genannt, außer von ihrem Vater, der sie stets mit ihrem vollen Vornamen ansprach.

Der Mann griff in seinen Rucksack und entnahm ihm ein Gerät, das wie ein Helm mit zwei Okularen aussah. Mit einer routinierten Bewegung stülpte er es sich über den Kopf und schaltete es ein. Nun ähnelte er einem bizarren Insekt in Menschengestalt. Mithilfe des Nachtsichtgeräts aus alten NVA-Militärbeständen konnte er all das sehen, was für normale Augen in der Dunkelheit unsichtbar war. Für ihn war die Wohnung nun wie in künstliches grünes Licht getaucht, alle Konturen zeichneten sich deutlich ab.

Er nahm Witterung auf wie ein Jagdhund und registrierte den spezifischen Geruch der Wohnung. Es roch schwach nach Essen, genauer nach Bratenduft und einer Spur Knoblauch. Paul Simon war leidenschaftlicher Koch, der Frau und Tochter gern mit einem aufwendigen Abendessen überraschte – falls es ihm sein Dienstplan und seine zahlreichen sportlichen Aktivitäten erlaubten.

Vorsichtig bewegte er seinen Kopf in alle Richtungen, um sich zu orientieren, dann tastete er sich wie in Zeitlupe die Diele entlang. Es war eine großzügig geschnittene Altbauwohnung mit Parkettboden, geschmackvoll und teuer renoviert, aber manche der Holzbohlen knarzten, so sehr er sich auch bemühte, sanft aufzutreten.

Behutsam öffnete er die erste Tür und gelangte ins Bad. Ihm direkt gegenüber stand ein grünlich schimmernder Insektenmann wie aus einem Science-Fiction-Film und starrte ihn an. Es war sein Ebenbild im Badezimmerspiegel. Er fand, dass sein Zwilling hinter dem Glas nichts Menschliches mehr an sich hatte, und so war ihm bei seinem eigenen Anblick auch zumute. Abrupt wandte er sich ab und ließ die Badezimmertür angelehnt, um kein unnötiges Geräusch zu verursachen.

Aus einem Zimmer am Ende des Ganges drang ein Lichtschimmer. Durch den Restlichtverstärker erschien er in seinen Augen gleißend hell. Dort musste es sein, das Zimmer, dem er zuerst einen Besuch abstatten wollte. Er schaltete das Gerät ab und die Kamerafunktion seines Smartphones ein. Zunächst filmte er den Namen »MAGDALENA«, der mit bunten Holzbuchstaben an die Tür geklebt war. Er drückte sie ganz auf und betrat den Raum, während er das Objektiv seines Smartphones auf sein Blickfeld richtete. Es war das Schlafzimmer der Tochter.

Das Mädchen lag inmitten von Stofftieren und Babypuppen auf dem Rücken und schlief. Die Lichtquelle war eine Einschlaflampe, deren Schirm sich langsam drehte und kleine gemalte Fische an Wand und Decke projizierte. Er schwenkte mit seinem Handy durch den Raum, in dem das übliche Kinderzimmerchaos herrschte, und endete auf dem Gesicht des Mädchens mit den langen, glatten Haaren und den Sommersprossen. Dann zoomte er es heran, bis es bildfüllend war, und kniete sich an den Bettrand.

Mit der linken Hand hielt er das Smartphone so ruhig, als würde es auf einem Stativ stehen, mit der rechten fuhr er dem Mädchen im Abstand von ein paar Millimetern langsam über Haar und Gesicht, ohne der Versuchung zu erliegen, es zu berühren. Doch schließlich konnte er nicht mehr widerstehen. Er entledigte sich seines rechten Handschuhs mithilfe der Zähne und hielt ihn zwischen den Lippen, während er die feinen Augenbrauenlinien und den Nasenrücken von Magdalena mit dem Zeigefinger entlangfuhr, behutsam wie mit einer Feder. Um keine verwertbaren Fingerabdrücke oder DNA-Spuren zu hinterlassen, hatte er vor seinem Aufbruch seine Fingerkuppen mit einem Wundspray präpariert, das einen undurchdringlichen Film hinterließ. Dieser hielt einige Stunden, ohne das Tastgefühl zu beeinträchtigen.

Das Mädchen sah seiner Mutter unglaublich ähnlich, er kannte sie von Dutzenden Fotos aus dem Internet und von einigen persönlichen Beobachtungen, bei denen er sich aber stets im Hintergrund gehalten hatte, um nicht gesehen zu werden.

Das Mädchen brabbelte etwas Unverständliches im Schlaf, kratzte sich an der Nase, wo eben noch sein Zeigefinger gewesen war. Rasch zog er seine Hand zurück und drehte sich weg.

Dann schlüpfte er mit der Rechten wieder in seinen Lederhandschuh und erhob sich. Er hatte genug gesehen und aufgezeichnet. Das Gefühl der absoluten Macht über das menschliche Wesen im Bett war stärker gewesen, als er gedacht hatte. Ihm war bei dem Gedanken daran, dass es ihm vollkommen ausgeliefert war, ein wohliger Schauer über den Rücken gelaufen. Eigentlich war es ihm nur darauf angekommen, wie ein Seelenvampir so viel wie möglich von der Atmosphäre der Familie in sich aufzusaugen. Dieser Besuch war erst die Ouvertüre eines Dramas, das sich insbesondere für das Familienoberhaupt Paul in den nächsten Wochen und Monaten zu einem surrealen Albtraum manifestieren würde, dessen Verlauf und Zuspitzung allein durch ihn bestimmt würde und dessen Akte bis zum großen Finale genau vorausberechnet waren.

Dafür brauchte er noch eine Kleinigkeit. Spontan griff er nach der Daisy-Duck-Uhr auf dem Nachttisch und steckte sie in seinen Rucksack, bevor er sein Nachtsichtgerät wieder einschaltete. Für das, was er nun vorhatte, musste er deutlich sehen.

In der Küche vollführte er mit seiner optischen Ausrüstung einen Panoramaschwenk. Die Einrichtung war eine gelungene Mischung aus gestylt und gemütlich. Alles war perfekt aufgeräumt und klinisch sauber. Er fing an zu suchen, wusste aber noch nicht, wonach. Wahllos zog er Schubladen auf, machte sie wieder zu, warf einen Blick in die Hängeschränke, betrachtete die lustigen Magnete an der Kühlschranktür, mit denen Postkarten, Merkzettel, Rezepte und Fotos festgeklemmt waren. Am liebsten hätte er alles mitgenommen, aber das durfte er nicht. Er musste eine Auswahl treffen, damit niemand etwas bemerkte. Mit gezielten Handgriffen nahm er schließlich zwei Souvenirs ab und verstaute sie bei der Daisy-Duck-Uhr in seinem Rucksack.

Als er in die Diele zurückschlich, vernahm er ein Geräusch und blieb abrupt stehen.

Schritte. Nackte Füße auf knarzendem Parkettboden.

Lautlos schlüpfte er neben den Kleiderschrank im Kinderzimmer und drückte sich gegen die Wand. Er hielt den Atem an.

Draußen im Gang öffnete sich eine Tür, das Licht ging an.

Er bewegte sich nicht, sondern blickte angespannt auf Magdalena, die tief und fest schlief.

Nach einer Weile das Rauschen einer Klospülung. Das Licht ging aus, Schritte. Näherten sie sich etwa?

Er versteifte sich und tastete nach seinem zweischneidigen Messer, das er griffbereit bei sich trug. Er war bereit, das Überraschungsmoment auszunutzen und gnadenlos zuzustechen, wenn es sein musste.

Die Tür zum Kinderzimmer wurde ganz langsam aufgedrückt, eine verschlafene Frau im Nachthemd mit langen Haaren warf einen Blick herein. Amelie Simon.

Mit seinem Gerät sah er die Kontur ihres Gesichts grünlich schimmernd. Ihr Profil war einzigartig, er kannte den Schwung ihrer Lippen, ihren tiefen Haaransatz, ihr markantes kleines Muttermal über der linken Augenbraue. Jedes Detail hatte er sich eingeprägt. Manchmal glaubte er, ihre äußerlichen Merkmale besser zu kennen als ihr eigener Ehemann. So auch jetzt.

Er war versucht, seine Hand auszustrecken, um ihre Schulter zu berühren oder noch besser ihr Gesicht. Aber er beherrschte sich. Er hielt nur den Atem an und sah zu, wie Amelie ans Bett ihrer Tochter trat, die Bettdecke zurechtzupfte, das Einschlaflicht ausknipste und das Kinderzimmer wieder verließ, ohne die Tür ganz zu schließen.

Erst jetzt wagte er, wieder zu atmen und seine Hand vom Griff des Messers in seiner Tasche zu lösen.

Wenn die kleine Magdalena in diesem Augenblick aufgewacht wäre und ihn erblickt hätte – ihr gellender Schreikrampf hätte die Fensterscheiben zerspringen lassen, da war er sich sicher.

Eine neue Sturmbö rüttelte am Haus, etwas klapperte. Dann wieder Stille.

Er schlich auf den Gang hinaus. Seine Mission war noch nicht zu Ende.

Die Tür zum Elternschlafzimmer stand einen Spalt offen. Eigentlich hatte er vorgehabt, auch dort Aufnahmen mit der Taschenlampe und seinem Smartphone zu machen, doch das war nun zu gewagt. Er konnte nicht wissen, wie lange Amelie brauchte, um wieder fest zu schlafen. Aber einen vorsichtigen Blick ins Elternschlafzimmer musste er sich einfach gönnen. Schließlich war er so gut wie unsichtbar.

Er lugte mit seinen Insektenaugen durch den Türspalt und sah sie im grünen Licht seines Nachtsichtgeräts, Paul und Amelie Simon. Sie hatte den Arm um ihn gelegt und murmelte etwas, er brummte eine unverständliche Antwort.

Paul war ihm wohlbekannt, ja, er kannte ihn sogar viel besser, als dieser es sich je hätte vorstellen können.

Draußen rüttelte der Sturm wieder heftig an irgendwelchen Rollläden.

Zeit, die Wohnung zu verlassen.

Paul Simon stand auf, machte das Licht im Flur an und tapste durstig in die Küche. Er holte eine Flasche Wasser aus dem Kühlschrank und trank gierig ein paar Schlucke.

Als er die Flasche zurückgestellt und das Licht im Gang wieder gelöscht hatte, blieb er einen Augenblick lang vor dem Schlafzimmer stehen und lauschte.

Aber außer dem Heulen des Windes war nichts zu hören.

Dennoch meinte Paul, etwas Ungewöhnliches zu spüren, etwas Böses. Das sagte ihm sein Instinkt als Polizist. Dafür hatte er eine besondere Antenne. Kurzzeitig war ihm wie an einem Tatort zumute, an dem etwas Gewalttätiges, Monströses, Abschreckendes vorgefallen war. Ihm war, als ob die Luft nach Kupfer schmeckte.

Ein scheußlicher Geschmack. Wie Blut.

Das Gefühl hielt nicht lange an. Vielleicht zwei oder drei Herzschläge lang.

Dann zwinkerte er es weg. Die Welt drehte sich weiter.

Er sah auf seine Uhr: kurz nach drei Uhr nachts. Abel Lockhardt, sein Partner bei der Kripo, den er länger kannte als Amelie und mit dem er öfter zusammen war als mit ihr, hätte sich jetzt garantiert über ihn lustig gemacht. Über seinen angeblichen Instinkt und seine ständige Paranoia.

Trotzdem konnte Simon einfach nicht aus seiner Haut. Er vergewisserte sich, dass die Wohnungstür abgeschlossen und die Sicherheitskette ordnungsgemäß eingehakt war. Ich muss mir dieses ewige zwangsneurotische Misstrauen abgewöhnen, dachte er verärgert und schüttelte den hässlichen Gedanken, dass etwas oder jemand in der Wohnung gewesen war, während sie alle arglos geschlafen hatten, endgültig wieder ab. Er hatte morgen einen schweren Tag vor sich und musste zusehen, dass er zurück zu seiner Frau kam und zu ihr ins warme Bett kroch.

Amelie war noch wach und hatte, während er in der Küche gewesen war, ihr Nachthemd ausgezogen. Mit unerwarteter Heftigkeit griff sie nach seinem Kopf, küsste ihn auf den Mund und überfiel ihn mit einer somnambulen Leidenschaftlichkeit, die seine neurotischen Bulleninstinkte auf der Stelle in eine versteckte Zwischenablage seines Gehirns beförderte und seinen Verstand ausschaltete.

Sie liebten sich so intensiv und hemmungslos, als wäre es das letzte Mal.

DREI

Im neutralen Dienstwagen – mit flackerndem Blaulicht, aber ohne Sirene – fuhren sie auf einer kurvenreichen und hügeligen Landstraße durch die winterliche Nacht. Zu beiden Seiten wechselten sich schneebedeckte Wiesen, leere Ackerflächen und Wälder ab. Nur wenn sie durch eine Ortschaft kamen, ging Paul Simon vom Gas. Es war Mitte Februar, das Thermometer im Auto zeigte minus zehn Grad an, der Schnee lag knietief über der Landschaft und war hart gefroren. Die Straße selbst war frei und trocken und die Sicht bestens. Um diese Zeit kurz vor Mitternacht waren kaum noch Fahrzeuge unterwegs. Wenn sie in dem Tempo weiterrasten, würden sie in gut dreißig Minuten den Einödhof nordwestlich von München erreichen, von dessen Existenz sie erst an diesem Abend erfahren hatten.

Simons Kollege Abel Lockhardt drückte eine Kabanossi aus ihrer Plastikhülle und hielt sie Simon vor die Nase. »Magst du?«, fragte er pro forma, denn er kannte die Antwort schon.

Wie Simon war er Kommissar im Kriminalfachdezernat 1 in München, das für Todesermittlungen zuständig war. Lockhardt war ständig hungrig, was man ihm auch ansah – in einer Footballmannschaft hätte er einen passablen Quarterback abgegeben. Er hatte stets für alle Fälle eine Notration dabei, meistens in Zellophan eingeschweißte belegte Brötchen oder eine Salamivariation von der Tankstelle. Die beiden bildeten seit über zehn Jahren ein Team und waren auch privat befreundet, sofern man bei ihrem Beruf von einem Privatleben sprechen konnte.

Simon schüttelte ablehnend den Kopf, während er halsbrecherisch einen Lastwagen überholte. Er konnte die »Gipfelstürmer«, »Kaminwurzen« und »Landjäger«, die ihm sein Partner immer großzügig offerierte, auf den Tod nicht ausstehen. Vielleicht bot Lockhardt sie ihm nur deshalb so penetrant an, weil er das ganz genau wusste.

Manchmal sind wir wie ein altes, eingespieltes Ehepaar, dachte Simon und verscheuchte den Gedanken wieder, weil plötzlich ein alter VW-Käfer vor ihnen auftauchte, der die ganze Straße brauchte und auch noch ein kaputtes Rücklicht hatte. Endlich wurde der Fahrer auf das Blaulicht aufmerksam, machte erschrocken Platz, und Simon konnte vorbeiziehen. Sie hatten es eilig, obwohl sie nur inoffiziell unterwegs waren. Zum ersten Mal gab es so etwas wie eine konkrete Spur. Ob sie heiß war oder doch nur wieder eine Sackgasse, würde sich in einer halben Stunde herausstellen.

Zu lange schon – viel zu lange – suchten sie nach einem Beweis, mit dem sie ihren Hauptverdächtigen festnageln konnten. Dr. Wolfgang Prechtl, ein knapp vierzigjähriger Kinderarzt, konnte ihrer Meinung nach für das spurlose Verschwinden von Julian in Frage kommen, aber ein Verdacht allein war natürlich nicht ausreichend. Vor zwei

Wochen hatten sie ihm einen offiziellen Besuch in seiner Praxis abgestattet. Sein Auto, ein weißer 5er BMW, war von einem Zeugen zum fraglichen Zeitpunkt ganz in der Nähe der Schule gesehen worden, vor der der Neunjährige entführt worden war, vor knapp drei Wochen am helllichten Tag auf offener Straße. An Dr. Prechtls Verhalten war zunächst nichts auszusetzen, im Gegenteil, er reagierte angemessen empört auf die Tat und stritt nicht ab, zufällig in dieser Gegend vorbeigekommen zu sein. Nach kurzem Nachdenken hatte er auch eine nachvollziehbare banale Erklärung für seine Fahrt, die sie nachprüften und die von Zeugen bestätigt wurde.

Und trotzdem – Dr. Prechtl war ihnen nicht ganz koscher vorgekommen. Aber sie hatten rein gar nichts gegen ihn in der Hand. Sie beschlossen, diskret sein Umfeld zu durchleuchten. Dabei mussten sie mit aller Vorsicht vorgehen, denn er war ein beliebter und allseits angesehener Arzt, der außerordentlich gut vernetzt und in seiner Freizeit auch noch ehrenamtlich für diverse Kinderhilfsorganisationen tätig war. Ihren Chef, Kriminaldirektor Schubert, hatten sie von ihren weiteren Recherchen nicht in Kenntnis gesetzt, weil es nicht opportun war, nur auf einen vagen Verdacht hin und ohne den geringsten konkreten Hinweis gegen einen respektablen und renommierten Mediziner offiziell zu ermitteln. Simon und Lockhardt waren erfahrene Ermittler und wussten genau, dass sie ohne ein Geständnis wenigstens handfeste Beweise brauchten, erst recht in einem Fall, der so brisant war wie dieser, weil er jeden Tag neue Schlagzeilen produzierte.

Die Sonderkommission, die sich mit Julians Verschwinden befasste, war inzwischen auf dreißig Beamte aufgestockt worden. Die meisten von ihnen waren selbst Familienväter oder Mütter, und alle taten, was in ihrer Macht stand, und weit mehr. Bei einem Ermittlungsfehler oder einer unbegründeten oder gar falschen Anschuldigung würden Simon und Lockhardt zuerst von den Medien und dann auch noch von ihrem Vorgesetzten ans Kreuz genagelt werden.

Gleichzeitig war der Druck auf die Soko »Julian« von Tag zu Tag angewachsen, die Öffentlichkeit erwartete endlich Resultate, am besten eine Verhaftung. Aber es gab keinerlei andere Hinweise, keine Eheprobleme bei den Eltern des Jungen, keine Lösegeldforderung, nichts. Alles schien darauf hinzudeuten, dass es nur ein einziges realistisches Motiv für eine Entführung geben konnte – sexuellen Missbrauch.

Als Dr. Prechtl bei Simon und Lockhardt ins Visier geraten war, schrillte ihre innere Alarmglocke. Deshalb hatten sie nebenher und unter dem Siegel der Verschwiegenheit weitere Nachforschungen angestellt, aber nichts Konkretes gefunden. Das Profil von Dr. Prechtl war, vom kriminalistischen Standpunkt aus gesehen, allerdings auffällig, es passte beinahe lehrbuchhaft in das gängige Schema für einen Täter aus Pädophilenkreisen. Er war im richtigen Alter, gebildet, finanziell unabhängig, Junggeselle. Er hatte, soweit sie das eruieren konnten, keine Freundin, sogar seine Freizeit verbrachte er fast ausschließlich mit Kindern. Oft opferte er sogar seinen Urlaub, um Jungen und Mädchen von acht bis zwölf Jahren auf Ferienfahrten zu begleiten. Für Simons und Lockhardts Geschmack war das ein wenig zu viel Gutmenschentum. Auch das machte ihn natürlich noch lange nicht zu einem Täter, aber die beiden beschlossen einmütig, ihn noch genauer unter die Lupe zu nehmen: Ausbildung, Werdegang, Wohnorte, Kollegen, Verwandte – einfach alles.

Zunächst konnten sie nichts Auffälliges finden, bis Simon schließlich an diesem Abend einen anonymen Hinweis bekommen hatte. Eine offenbar technisch verzerrte männliche Stimme vergewisserte sich zunächst, dass Kommissar Paul Simon am Apparat war, dann teilte sie ihm lapidar am Telefon mit, dass Prechtl vor Jahren von einem Onkel einen Hof geerbt, ihn aber nicht weiterverpachtet habe. Daher sei er dem Verfall preisgegeben, und die Polizei sollte das Gelände doch gefälligst einmal näher in Augenschein nehmen. Danach wurde kommentarlos die Verbindung unterbrochen.

Simon spielte seinem Partner den aufgezeichneten Anruf vor, der von einer Telefonzelle am Hauptbahnhof gekommen war. Der Feierabend war schon längst angebrochen, sie waren allein im Großraumbüro der Sonderkommission und wollten eigentlich gerade nach Hause zu ihren Familien aufbrechen.

»Woher weiß der Typ überhaupt, dass wir an Dr. Prechtl dran sind? Das ist doch unter uns geblieben«, fragte Lockhardt misstrauisch.

Simon zuckte mit den Schultern. »Die Wände haben Ohren, was weiß ich. Tatsache ist, wir könnten da was haben.«

Während Simon noch überlegte, wie ernst sie den Hinweis nehmen sollten, hatte sich Lockhardt schon an seinen Computer gesetzt und herausbekommen, dass die Angaben allem Anschein nach korrekt waren. Besagter Hof lag etwa fünfunddreißig Kilometer nordwestlich von München, und Lockhardt, der ein As am Computer war, konnte Simon nach ein paar weiteren Internetrecherchen mitteilen, dass auf diesem angeblich verlassenen Hof regelmäßig Strom- und Wassergebühren anfielen, die von Dr. Prechtl genauso regelmäßig bezahlt wurden.

Er sah Simon mit seinem herausfordernden Blick an, der nicht misszuverstehen war.

»Also kein Feierabend«, seufzte Simon.

Auf der Fahrt zum Hof schwiegen beide und konzentrierten sich auf das, was auf sie zukommen würde. Dieser Fall – wie jeder Fall einer Kindesentführung – ging ihnen ziemlich an die Nieren, obwohl es keiner von ihnen laut aussprach. Simon war Vater einer zehnjährigen Tochter, und Lockhardt hatte sogar vier Kinder im vorpubertären Alter, die er abgöttisch liebte und die ihn ganz schön auf Trab hielten. Und das auch noch von zwei verschiedenen Frauen. Er war deswegen im Dauerstress, schließlich war allein die Organisation und Durchführung regelmäßiger Besuche fast ein Ding der Unmöglichkeit. Nur deshalb war er dazu in der Lage, weil er in Simon einen Partner hatte, der Verständnis für seine verzwickte Lage aufbrachte und ihm, sooft es ging, sein ständiges Telefonieren und Zuspätkommen durchgehen ließ.

Simon und Lockhardt vermieden es strikt, darüber zu

sprechen, was es für sie bedeuten würde, sollte einem ihrer Kinder auch nur ein Haar gekrümmt werden. Allein der Gedanke daran war zu schmerzhaft. Aber jedes Mal, wenn sie das Foto des vermissten Julian sahen, dachten sie daran. Es war Schwerstarbeit, das bei ihrem Job zu verdrängen. Dass es ihnen nicht immer gelang, konnte keiner zugeben, denn es galt nicht als professionell, an Ermittlungen emotional heranzugehen.

»Wie weit noch?«, fragte Simon.

»Noch sechs oder sieben Kilometer«, antwortete Lockhardt, der das Navi kontrollierte, zerknüllte die Plastikhülle seiner Kabanossi und wollte sie unauffällig in den Fußraum fallen lassen.

»Untersteh dich«, knurrte Simon.

Lockhardt schob das Plastikknäuel umständlich in seine Hosentasche und meinte: »Da vorne abbiegen!«

»Bist du sicher?«

»Ich nicht. Aber das Navi.«

Ohne das Tempo im Geringsten zu senken, bog Simon nach rechts auf eine enge Straße ab, die zwischen kahlen Ackerflächen auf einen Wald zuführte. Lockhardt schaltete das Blaulicht ab. Die Scheinwerfer ihres Wagens erfassten ein Reh, das zwischen den schneebedeckten Feldern überwechseln wollte, aber angesichts des näher kommenden Lichts wie erstarrt mitten auf der Straße stehen blieb. Simon reagierte blitzschnell und trat hart auf die Bremse.

Im allerletzten Moment löste sich das Reh aus seiner Starre, zeigte ihnen das Hinterteil, den hellen Spiegel, und setzte sich in den nahen Wald ab.

Simon gab unbeeindruckt wieder Gas und jagte auf der Straße, die seit ein paar Hundert Metern nicht mehr asphaltiert war, in den Wald hinein.

»Mach mal langsam«, sagte Lockhardt. »Da vorn muss es irgendwo rechts abgehen.«

Die Abzweigung tauchte unmittelbar danach im Scheinwerferlicht auf. Sie war nicht ausgeschildert, nur ein »Zufahrt verboten«-Schild ließ vermuten, dass es eine private Zugangsstraße war. Vom Schnee geräumt war sie nicht, aber tiefe Spurrillen zeigten an, dass sie befahren war.

Simon ging auf Schritttempo herunter.

»Es kann nicht mehr weit sein«, meinte Lockhardt. »Wenn da wirklich jemand sein sollte, ist es besser, wir halten an und gehen den Rest zu Fuß weiter.«

Neben einem mannshohen Stapel aus Holzstämmen bremste Simon ab und schaltete Licht und Motor aus. Lockhardt nestelte seine Wollmütze aus der Jackentasche und stülpte sie über seinen kurzgeschorenen Schädel. Dann stiegen sie aus und horchten.

Der Motor knackte leise, sonst war es totenstill.

Ihre Schritte knirschten im Schnee, als sie losmarschierten.

VIER

Der Einödhof lag in einer Senke, umgeben von Wald und so weitab von jeder menschlichen Siedlung, dass sich hier tatsächlich Fuchs und Hase gute Nacht sagten. Vom Kamm des Waldrückens aus beobachteten Lockhardt und Simon den Hof, aber es war nichts Auffälliges zu sehen. Dabei legten die regelmäßigen Strom- und Wasserkosten nahe, dass sich jemand häufiger auf dem Gelände aufhielt.

In der mondhellen Winternacht waren die Gebäude gut zu erkennen. Der Hof selbst war ein heruntergekommener zweistöckiger Bau, von dem der Putz abblätterte, die Fensterläden waren nur noch teilweise vorhanden, im Erdgeschoss waren sie geschlossen, nirgends brannte Licht. Die ehemaligen Stallungen schlossen direkt an den Wohntrakt an. Etwas abseits zur linken Hand stand eine windschiefe Scheune, deren Torflügel geschlossen waren. Auf den ersten Blick wirkte das Anwesen, als wäre es seit Jahrzehnten unbewohnt.

Lockhardt stieß Simon mit dem Ellenbogen in die Seite und wies ihn wortlos auf die Reifenspuren im Schnee hin, die in die Scheune führten. Simon nickte seinem Partner zu, sie schlugen sich am Waldrand entlang durch den knietiefen

Schnee und stiegen dann den steilen Abhang hinunter, bis sie an die Seite der Scheune gelangten.

Die alten Bretter waren morsch und brüchig. Simon ließ den Lichtstrahl seiner Taschenlampe durch eine Lücke in der Bretterwand aufblitzen. Im Inneren war der weiße BMW mit dem Münchner Kennzeichen zu erkennen.

Nach so langer Zeit der Zusammenarbeit brauchten sie in Situationen wie dieser keine großen Worte, um sich zu verständigen. In der Kälte kondensierte ihre Atemluft, während sie nahezu synchron ihre Dienstwaffen aus dem Holster zogen. Mit der Walther P7 in der Hand einigten sie sich durch Gesten darauf, getrennt voneinander das Gehöft von beiden Seiten zu umrunden.

Simon ging rechts herum und folgte den Spuren, die aus der Scheune kamen und in Richtung der Haustür führten. Er spähte durch die geschlossenen Fensterläden, die genug Löcher aufwiesen, um kein Sichthindernis darzustellen. Aber außer schmutzigen, zugezogenen Vorhängen konnte er nichts erkennen. Als er zur Haustür kam, zeigten die Fußspuren im Schnee, dass jemand hineingegangen, aber nicht mehr herausgekommen war. Vorsichtig drückte Simon die Türklinke nach unten, es war abgeschlossen. Er ging weiter, bis er den Eingang zum Stall erreichte, der mit einem nagelneuen Vorhängeschloss gesichert war. Simon lehnte sich mit dem Rücken an die Stallwand und überlegte fieberhaft, wie sie weiter vorgehen sollten.

Das SEK anfordern? Auf einen vagen Verdacht hin?

Ihr Chef würde ihnen den Kopf abreißen, sollte sich alles als bloßes Hirngespinst herausstellen.

Sich durch richterlichen Beschluss Zugang verschaffen? Doch mit welcher Begründung? Gefahr in Verzug?

Am besten wäre es wohl, sie behaupteten, im Haus Hilfeschreie gehört zu haben. Das würde ein gewaltsames Eindringen einigermaßen rechtfertigen.

Allmählich wurde Simon nervös, viel zu lange wartete er schon auf Lockhardt, der jeden Moment um die Ecke kommen musste. Aber er kam nicht.

Das Einzige, was Simon sah, waren seine eigenen Atemwolken.

Er hielt die Luft an und lauschte. Es herrschte Totenstille, kein Windhauch war zu vernehmen, der Wald mit den schneebedeckten Tannen wirkte wie versteinert. Er konnte nur sein eigenes Blut in den Ohren rauschen hören.

Vorsichtig schob er den Kopf um die Ecke des Stalles. Nichts. Er tastete sich an der Stallwand entlang bis zur nächsten Ecke und entdeckte Fußspuren im Schnee, die aus dem rückwärtigen Eingang des Wohnhauses zum Waldrand führten. Es waren mehrere verschiedene, sich überlagernde Fußspuren, die wieder zurückkamen, darunter Schleifspuren. Hier waren mindestens zwei verschiedene Menschen gewesen. Und dazu noch ein dritter.

Lockhardt?

Er merkte, wie sein Herz bis zum Hals schlug. Sein Instinkt sagte ihm, dass da etwas nicht stimmte.

Er entsicherte seine Waffe und folgte den Spuren. Am Waldrand schälte sich schemenhaft ein weiteres bunkerartiges Gebäude aus der Dunkelheit, in dem plötzlich Licht aufflackerte und schließlich anging. Das quaderförmige Gebäude hatte die Ausmaße einer Doppelgarage, ein unverputzter, fensterloser Flachbau aus grauen Leichtbetonsteinen. Die Stahltür, aus der Licht fiel, stand sperrangelweit offen.

Als Simon etwa zwanzig Schritte entfernt war, unterbrach ein Schatten das Licht, und er blieb abrupt stehen, seine Walther P7 auf den Eingang gerichtet.

Eine Gestalt kam herausgewankt. Im ersten Augenblick konnte er im Gegenlicht nicht erkennen, wer es war, aber dem hünenhaften Körperbau nach musste es sein Kollege sein.

»Abel?«, fragte er unsicher.

»Ja, ich bin's!«, antwortete sein Partner und stützte sich an der Betonwand ab, während er heftig ein- und ausatmete.

»Was ist los?«, fragte Simon, ließ seine Pistole sinken und kam näher.

»Schau's dir selber an«, antwortete Lockhardt. »Aber pass auf – so eine Sauerei hab ich noch nie gesehen.«

»Alles in Ordnung mit dir?«, fragte Simon besorgt.

»Heilige Scheiße – ja!«, presste Lockhardt heraus. »Jetzt mach schon.«

Simon betrat das Gebäude, das aus einem einzigen Raum bestand. Vier Neonröhren an der Decke leuchteten ihn taghell aus. Wände und Boden waren weiß gefliest, in der Mitte befand sich ein Gully. Und direkt über dem Metallrost, an einer Metallstange an der Decke, baumelte kopfüber ein nackter männlicher Körper. Er war an den Fußknöcheln mit einer Kette gefesselt, die durch eine Kurbelvorrichtung mit der Wand verbunden war. Offenbar hatte man ihn damit hochgezogen. Die herabhängenden Arme der Leiche berührten fast den Boden, der über und über mit Blut besudelt war.

Es stank wie in einem Schlachthaus.

Simon steckte seine Waffe ins Holster zurück und achtete darauf, nicht in die noch frische Blutlache zu treten, die sich am Abfluss angesammelt hatte. Er hielt den Atem an und ging in die Hocke, um das Gesicht des Mannes besser erkennen zu können.

Es war unzweifelhaft Dr. Wolfgang Prechtl. Seine Kehle zierte eine klaffende Wunde, obszön und rot wie ein zweiter Mund. Er war offenbar völlig ausgeblutet wie ein geschächtetes Schlachttier, seine Halsschlagader war durchtrennt und sein Leib im fahlen Licht der Neonröhren weiß wie die schmutzigen Fliesen an den Wänden.

Simon hatte genug gesehen.

FÜNF

»Was machen wir jetzt?«, meinte Lockhardt, als Simon wieder nach draußen kam. »Rufen wir gleich die Kavallerie, oder gehen wir erst mal da rein?« Er deutete mit seiner Pistole auf das Wohnhaus.

Simon spuckte aus, um den schlechten Geschmack aus der Schlachtkammer loszuwerden. »Wir gehen rein. Könnte gut sein, dass Julian tatsächlich irgendwo da drinnen steckt.«

»Und was ist, wenn der Killer von Prechtl noch da drin ist? Wir haben unsere Schutzwesten im Auto – soll ich sie holen gehen?«

Simon schüttelte den Kopf. »Willst du dir dein Leben lang Vorwürfe machen, dass Julian noch am Leben sein könnte, wenn wir nicht zu lange gezögert hätten?«

Sie sahen sich an, Lockhardt nickte schließlich zustimmend.

Simon vergewisserte sich, dass seine Waffe noch ungesichert war, und wies mit der freien Hand auf den rückwärtigen Eingang des Wohnhauses.

»Ich gehe jetzt da rein, und du gibst mir Rückendeckung!«, sagte er in einem Ton, der keinen Widerspruch duldete und bei dem ihn niemand hätte aufhalten wollen. Dann marschierte er los, Lockhardt folgte ihm.

Vor der Haustür schaltete Simon seine Stabtaschenlampe wieder ein. Er brachte seine P7 in Schussposition und nickte Lockhardt auffordernd zu, der ebenfalls seine Waffe bereithielt. Auch er hatte seine Taschenlampe hervorgeholt, die allerdings nur fingergroß war. Lockhardt nahm sie eingeschaltet zwischen die Zähne und drückte die Klinke herunter. Es war nicht abgeschlossen, die Tür ging auf. Simon leuchtete in den Gang hinein und betrat ihn vorsichtig. Lockhardt tastete nach dem Lichtschalter, probierte daran herum, aber es blieb stockdunkel im Haus.

Es stank penetrant nach jahrzehntealtem Mief und Mäusedreck, der Lichtstrahl der Taschenlampe in Simons Hand streifte über verstaubte Möbel, meterhohe Stapel alter Zeitungen und Zeitschriften, Unrat. Rechts und links gingen Türen ab. Nirgends funktionierte das Licht, alles blieb dunkel. Lockhardt sicherte seinen Partner, so gut es ging.

Simon öffnete jede Tür, leuchtete jedes Zimmer ab. Möbel aus den Fünfziger- und Sechzigerjahren, vom Gelsenkirchener Barock bis zur sarggroßen Musiktruhe, in jedem Zimmer ein Herrgottswinkel mit Kruzifix und darunter vertrocknete Blumensträuße, reihenweise billige Ölschinken mit Gebirgspanoramen, verdreckte Teppichböden, speckige und ausgebeulte Sofas, Glasvitrinen voller Bücher wie in einem Antiquariat.

In der riesigen Küche mit einem altertümlichen Herd betätigte Lockhardt den Lichtschalter. Überraschenderweise ging das Deckenlicht an, eine Lampe aus Hirschgeweih mit fünf trüben Funzeln. Tisch, Anrichte und Spüle waren zugemüllt mit Tellern und Pfannen voller verkrusteter Essensreste, es herrschte ein Gestank nach Verfaultem und Schimmel, der kaum zu ertragen war. Simon warf einen Blick in den alten Bosch-Kühlschrank, der vor sich hin brummte. Die Innenbeleuchtung funktionierte, er war gefüllt mit Wasserflaschen, Joghurtbechern und Fertiggerichten, ein neuwertiges Mikrowellengerät stand auf dem Kühlschrank, die Haltbarkeitsdaten der Lebensmittel waren aktuell.

Auf dem Boden neben dem Tisch fanden sie einen Haufen mit Kleidungsstücken – einen Anzug, Unterwäsche, Hemd, Socken, Schuhe. Alles neu und teuer.

»Prechtls Sachen«, kommentierte Simon mit gedämpfter Stimme, obwohl Flüstern eigentlich sinnlos war – wenn noch jemand im Haus war und sich versteckte, hätte er ihre Anwesenheit ohnehin längst bemerkt.

Wie ein Gang durch die Geisterbahn, dachte Simon, nur dass der Geist, der irgendwo lauerte, höchst real war und keine Figur aus Pappmaschee.

Bis sie das Erdgeschoss durchkämmt hatten, waren sie schweißgebadet und hielten im Treppenhaus kurz inne. Lockhardt sah die Stufen hoch, die ins Obergeschoss führten. Fragend wies er mit seiner Walther P7 nach oben und nach unten. »Erster Stock oder Keller?«, raunte er.

»Rauf!«, zischte Simon.

Mit einer erstaunlichen Gewandtheit für einen Mann seiner Statur hetzte Lockhardt die alte Holztreppe hoch, die laut ächzte und knarzte.

Auch im ersten Sock befanden sich jede Menge Türen, Zimmer voller Gerümpel, zwei vollkommen leere Räume mit Tapetenresten an den Wänden. Eines der beiden Schlafzimmer war offensichtlich seit Jahren unbewohnt, das andere sah benutzt aus und war einigermaßen sauber. Das altmodische Doppelbett war auf der einen Seite mit frischem Bettzeug bezogen, im Kopfkissen eine Kuhle, das Bett wirkte wie eben verlassen. Männerwäsche im Schrank, wenig, aber frisch nach Waschmittel riechend, zusammengefaltete Hemden, Socken. Ein Rollkoffer davor. Die Lampe auf dem Nachttisch funktionierte. Daneben ein elektrischer Wecker und Lektüre: *Die schwarze Dahlie* von James Ellroy mit einem Lesezeichen im ersten Drittel, medizinische Fachzeitschriften und ein Stapel mit widerlichen kinderpornografischen Heften. Daneben ein Schuhkarton mit unzähligen Zeitungsausschnitten – Baby-, Jungen- und Mädchenköpfe, farbig und schwarzweiß.

Das Bad nebenan war im Stil der Siebzigerjahre gehalten, moosgrün und braun gefliest, aber alles sauber, frische Handtücher, ein Rasierapparat, Toilettenartikel für Herren von der teureren Sorte.

Lockhardt deutete wieder nach unten, Simon nickte.

Sie betraten hintereinander die Kellertreppe. Auf halber Höhe befand sich ein Sicherungskasten an der Wand. Er stand offen, die meisten der vorsintflutlichen Porzellansicherungen waren herausgedreht. Simon drehte sie alle wieder in die Fassungen. Sofort ging das Licht an. Hier unten war die Luft muffig und feucht, es roch nicht viel besser als im Erdgeschoss. Die schwachen Glühbirnen, die an Kabeln von der niedrigen Decke hingen, spendeten nur spärliches Licht. Lockhardt leuchtete mit seiner Minitaschenlampe in jeden Kellerraum. Beim dritten fuhr er zurück wie von der Tarantel gestochen.

Simon schob ihn beiseite und hielt den Lichtstrahl seiner stärkeren Lampe in die verliesähnliche Kammer.

Augenpaare blitzten ihn an. Dutzende Augenpaare.

Auch er hielt den Atem an, bevor er sich vorsichtig in den Raum hineintastete und feststellte, dass es Augen von Puppen waren, von lebensecht wirkenden Puppen aus Silikon, Mädchen, Babys, Jungen. Sie alle waren in Regalen aufgereiht, teilweise mit, teilweise ohne Perücke, einige nackt, andere in Puppenkleidern.

Simon warf Lockhardt einen Blick zu. »Das sind sogenannte Reborn-Puppen, sehen aus wie lebende Kinder«, flüsterte er. »Meine Tochter hat so eine. Ich mochte das Ding noch nie.«

In diesem Augenblick hörten sie das Geräusch. Es klang jämmerlich und furchtbar zugleich und ging ihnen durch Mark und Bein.

Ein schriller, aber gedämpfter Schrei irgendwo am Ende des langen Ganges.

Stille.

Sie waren stehen geblieben, horchten.

Dann erneut der hohe Schrei.

Simon rannte so schnell, dass Lockhardt Mühe hatte, ihm zu folgen. Sie kamen an eine Tür, die mit Dämmplatten versehen war.

Wieder der Schrei, er musste aus dem Raum dahinter

kommen. Der Schlüssel steckte im Schloss, Simon drehte ihn herum und zog die zwei Metallriegel aus ihren Halterungen, mit denen das Schloss zusätzlich gesichert war.

Er riss die Tür auf.

Sie sahen in eine fensterlose Gefängniszelle.

Ein Junge lag in Embryonalhaltung mit angezogenen Beinen auf einer schmutzigen Matratze in der Ecke und starrte sie mit schreckgeweiteten Augen an. Dann schloss er die Augen, verkrampfte seinen Körper noch mehr und fing wieder an zu schreien. Er konnte nicht mehr aufhören, obwohl er kaum noch einen Ton hervorbrachte, alles, was aus seinem Hals kam, war ein heiseres Krächzen.

Aber Julian lebte.

SECHS

»Wir haben da ein Problem, Kriminalhauptkommissar Simon«, sagte Marion Ehret vom Dezernat 13 für Interne Ermittlungen, während sie in Begleitung ihres Kollegen durch die Tür gestöckelt kam. Sie setzte sich zu Simon an den Tisch und tat so, als würde sie ignorieren, dass er rauchte, obwohl es im Vernehmungsraum verboten war.

Ihr glattes brünettes Haar war zu einem Pferdeschwanz gebunden, sie war dezent geschminkt und trug wie immer einen businessmäßigen Hosenanzug zur weißen Bluse, dunkelblaue Hose, dunkelblauer Blazer, dazu schwarze Stiefeletten. Die Parfümwolke, die sie mit sich brachte, war für Simons Geschmack eine Spur zu aufdringlich.

Ihr Kollege Schwarzbach, den Simon ebenso vom Sehen kannte wie Ehret, sagte kein Wort zur Begrüßung und hatte sein professionell griesgrämiges Gesicht aufgesetzt, das immer nach mittelschwerer Magenverstimmung aussah. Es signalisierte, dass mit ihm nicht zu spaßen war. Simon konnte ihn wegen seiner manierierten Blasiertheit einfach nicht ausstehen. Wahrscheinlich war Schwarzbach ein klammheimlicher Sadist, für den es ein innerer Reichsparteitag war, wenn er einen Kollegen nach allen Regeln der Kunst zusammenfalten und vielleicht noch darüber hinaus dafür sorgen konnte, dass er zusätzlich seine Pensionsansprüche verlor.

Simon musterte ihn mit unverhohlener Missachtung: dunkelbrauner Anzug, weißes Hemd, dunkelrote Krawatte mit Silberclip, braune Budapester, sündteures Chronometer mit mindestens zwei Dutzend Funktionen am Handgelenk – das gute Stück würde wahrscheinlich noch in zweihundert Metern Tauchtiefe oder auf dem Flug zum Mond anzeigen, wie spät es in St. Moritz im Kanton Graubünden war. Schwarzbach war Marion Ehret gefolgt und rückte nun mit seinem Stuhl geräuschvoll neben sie. Anscheinend hatte er primär die Aufgabe, Simon einzuschüchtern.

Aber dem hielt Simon locker stand. Sie hatten ihn lange genug mit einer Flasche Cola aus dem Automaten warten lassen, wahrscheinlich, um ihn ein wenig weichzukochen, eine uralte, aber immer wieder gern verwendete Verhörmethode, die er zuweilen selbst nutzte. Sie bei ihm einzusetzen war verlorene Liebesmüh, dafür war er mit seinen zwanzig Dienstjahren zu ausgebufft. Nur hätte er sich gewünscht, er wäre physisch und psychisch nicht so angeschlagen nach der langen Nacht auf dem grässlichen Bauernhof. Doch er wollte Ehret und Schwarzbach auf keinen Fall den Gefallen tun und sich das anmerken lassen. Er hatte eine Zigarette aus der neuen Schachtel gezogen – die erste seit ziemlich genau sieben Jahren – und sie sich angezündet, nachdem er die Cola ausgetrunken hatte. Notgedrungen benutzte er nun die Flasche als Aschenbecher. Die Zigarette schmeckte ganz und gar abscheulich, wie er erstaunt feststellen musste, aber er machte sie nicht aus, im Gegenteil. Er qualmte und paffte drauflos, was das Zeug hielt, weil er genau wusste, wie er die Kollegen von der Internen Ermittlung provozieren und ihnen gegenüber seine Missachtung ausdrücken konnte.

Bevor Marion Ehret sagen konnte, was für ein Problem sie mit ihm und Lockhardt hatte, beugte sich Schwarzbach plötzlich nach vorn, wedelte mit angeekelter Miene im Rauch herum und sagte: »Sie wissen genau, dass Sie hier nicht rauchen dürfen!«

»Wissen Sie was? Wenn ich meine Kippe jetzt ausmache, hören Sie gar nichts mehr von mir. Keinen Ton. Dann stehe ich auf, lasse mich vom Amtsarzt dienstuntauglich schreiben und gehe nach Hause. Suchen Sie sich's aus.«

Simon nahm den nächsten tiefen Zug und lehnte sich auf seinem unbequemen Stuhl zurück, um ein paar Kringel zur Decke zu blasen.

»Ihr Chef hat versprochen, dass Sie uneingeschränkt kooperieren«, sagte Ehret.

»Warum ist er dann nicht hier?«

»Weil wir erst mal allein mit Ihnen und Lockhardt reden wollten«, erklärte Ehret.

»Und zwar einzeln, voneinander getrennt«, fiel Schwarzbach ein. »Wir müssen sichergehen, dass Sie und Ihr Partner die gleiche Aussage machen, ohne sich vorher noch einmal miteinander abzusprechen.«

Simon ignorierte Schwarzbach demonstrativ und wandte sich ausschließlich an Ehret. »Und was bitte verstehen Sie unter Kooperation? Dass ich alle Karten auf den Tisch lege und Sie mit der Lupe nach Widersprüchen in unseren Aussagen suchen? Warum sagen Sie mir nicht gleich, was Sie uns vorwerfen?«

»Herrgott noch mal, Simon – stellen Sie sich doch nicht so dumm!«, polterte Schwarzbach aggressiv. »Sie wissen ganz genau, wie so was läuft. Wir haben Ihre Akte und die von Lockhardt. Wir wissen, wie lange Sie bei der Kripo sind. Wir wissen, wofür Sie eine Belobigung erhalten haben und wofür eine Abmahnung. Wir kennen alle Ihre Daten, den Mädchennamen Ihrer Frauen und das Geburtsdatum Ihrer Kinder. Wir wissen sogar Ihre Spitznamen. Man nennt Sie hinter Ihrem Rücken Simon and Garfunkel …«

»Tatsache?«, fragte Ehret. Sie wirkte ehrlich überrascht darüber, was ihr Kollege alles aufzutischen wusste.

»Tatsache«, antwortete Schwarzbach nicht ohne Stolz in der Stimme. »Liegt ja auch nahe. Simon and Garfunkel waren im Größenverhältnis wie die Fußballer Messi und Ibrahimovic, genau wie Simon und sein Partner. Simon heißt auch noch Paul mit Vornamen, und jeder im Präsidium weiß, dass sie wie Pech und Schwefel zusammenhalten. Simon and Garfunkel …« Er schüttelte angeekelt den Kopf. »… wie dieses schwule amerikanische Gesangsduo aus den Achtzigerjahren …«

Simon unterbrach ihn süffisant und studierte dazu seine Fingernägel. »Es waren die Sechzigerjahre. Simon and Garfunkel trennten sich Anfang 1970. Und schwul waren sie auch nicht, selbst wenn das meines Erachtens nichts zur Sache tut.« Er sah Schwarzbach zum ersten Mal mit einem aufgesetzten Grinsen direkt ins Gesicht.

Schwarzbach winkte verächtlich ab. »Egal. Wir beide,

Frau Ehret und ich, sind dazu da, um jede Art von falscher Kumpanei und Korpsgeist schonungslos aufzudecken. Bei uns zählen keine Gefälligkeitsalibis, keine gegenseitige Rückendeckung, wenn es um gesetzeswidriges Handeln geht. Es zählt nur die Wahrheit. Und die kriegen wir letzten Endes immer heraus. Also stellen *wir* hier die Fragen. Nicht umgekehrt.«

Simon fluppte seine Kippe in die leere Colaflasche, wo sie weiter vor sich hin kokelte, und nickte scheinbar beeindruckt. Dann beugte er sich noch ein Stück über den Tisch und sagte mit leiser Stimme: »Ich will Ihnen jetzt mal was erklären. Ich weiß, dass mein Partner Lockhardt und ich in der Sache Dr. Prechtl ein wenig … sagen wir mal: unorthodox vorgegangen sind. Aber ich denke, dass das in diesem Fall völlig angebracht war. Es ging schließlich um das Leben eines Kindes!« Er lehnte sich wieder zurück.

Marion Ehret seufzte. »Machen wir es uns doch nicht so schwer, Kommissar Simon. Sie wissen genau, wie das hier abläuft. In den Medien sind Sie und Ihr Partner die großen Helden. Und als Privatperson sage ich: völlig zu Recht. Sie haben meine uneingeschränkte Bewunderung und Hochachtung. Aber ich habe nun einmal auch meinen Job zu machen, und im Gegensatz zu Ihnen habe ich vor, ihn so auszuführen, wie es den Vorschriften entspricht. Also – warum haben Sie auf eigene Faust gehandelt und das normale Procedere völlig außer Acht gelassen?«

Simon war seit achtundvierzig Stunden auf den Beinen und allmählich am Ende seiner Kräfte, aber er riss sich zusammen.

»Ich habe es schon mehrfach zu Protokoll gegeben: weil es angemessen und notwendig war, Frau Ehret!«

»Wollen Sie uns nicht der Reihe nach erzählen, was in den letzten vierundzwanzig Stunden passiert ist? Warum Sie zum Beispiel nicht die Zentrale informiert und ein Sondereinsatzkommando angefordert haben, wie es Vorschrift gewesen wäre, als Sie den Bauernhof entdeckt haben? Oder warum Sie ohne Schutzwesten und überhaupt ohne richterlichen Beschluss in das Anwesen eingedrungen sind?«

»Also gut, fürs Protokoll …«

Simon sprach nun direkt in das Mikro, das vor ihm in den Tisch eingelassen war. Dabei warf er einen nachdrücklichen Blick in die Kamera, weil er davon ausgehen musste, dass das halbe Präsidium vor den Monitoren nebenan stand, um alles mitzuverfolgen.

»Der anonyme Anruf mit dem Hinweis auf den Bauernhof erfolgte, als die Kollegen schon im Feierabend waren. Wir hatten so viele Hinweise von Spinnern und angeblichen Wahrsagern bekommen, dass wir bei diesem Anruf zunächst durch eigene Recherchen verifizieren mussten, ob vielleicht – ich sagte: vielleicht! – ein Fitzelchen Wahrheit dran sein könnte. Wie Ihnen bekannt sein dürfte, gehen wir bei einer Kindesentführung jeder noch so windigen Spur nach, weil nichts schlimmer ist, als etwas übersehen zu haben, was sich hinterher als heiße Spur herausstellt – wenn es zu spät ist. Es hat sich bewahrheitet, dass besagter Bauernhof einem von unseren Zeugen gehörte, der inzwischen zum Tatverdächtigen geworden war. Da mein Partner Lockhardt und ich die Letzten im Büro waren, mussten wir eine schnelle Entscheidung treffen. Entweder war der anonyme Anrufer wieder so ein Verrückter, der sich nur einen Spaß daraus machte, uns irgendwohin aufs Land zu schicken, womöglich mit Hubschrauber, Hundertschaft und Hundestaffeln, nur damit wir vor einem gottverlassenen Hof stehen, den seit Jahrzehnten kein Mensch betreten hat. Wenn die Medien davon Wind bekommen hätten, dann wären wir mit Vorwürfen bombardiert worden, dass wir Steuergelder für sinnlose Aktionen verpulvern und unsere Kräfte verschwenden. Und wir hätten wieder einmal als die Gelackmeierten dagestanden!« Er lehnte sich wieder zurück und hob den rechten Zeigefinger. »Oder …«

Er machte eine rhetorische Pause und betrachtete seine Zigarettenschachtel, als würde er zum ersten Mal in seinem Leben eine Zigarettenschachtel sehen.

»Oder was?«, hakte Marion Ehret nach.

»… oder der Anrufer hat doch die Wahrheit gesagt, und wir haben die Chance, Julian lebend zu finden.« Simon fingerte eine neue Zigarette aus der Packung, mit der er aber zunächst nur herumspielte, um dann in ruhigerem Ton fortzufahren: »Also sind mein Partner und ich auf eigene Verantwortung losgefahren, um zuerst einmal nachzusehen, ob überhaupt etwas dran ist an dem Anruf.«

»Liegt so eine Entscheidung in Ihrem Kompetenzbereich?«, fragte Ehret.

»So, wie die Umstände waren: Ja.«

»Und wann genau haben Sie festgestellt, dass da etwas dran war an dem Anruf?«

»Als wir den Hof näher in Augenschein genommen haben – mit allen gebotenen Vorsichtsmaßnahmen …«

»Bis auf die Schutzwesten«, warf Schwarzbach ein.

Simon ließ sich nicht aus dem Konzept bringen. »… und mein Partner die Leiche von Dr. Prechtl in dieser Schlachtkammer aufgefunden hat.«

»Hätten Sie nicht spätestens in diesem Moment die Zentrale informieren und vor Ort abwarten müssen, bis Unterstützung gekommen wäre?«, fragte Ehret.

»Hätten wir vielleicht, im Nachhinein gesehen. Aber in dem Moment war uns beiden klar, dass der vermisste Junge vielleicht noch lebte und möglicherweise in der Gewalt eines Irren war, der gerade Dr. Prechtl abgeschlachtet hatte. Wir konnten nicht anders, wir mussten sofort handeln. Ich würde das auch jetzt wieder genauso tun. Ebenso wie mein Partner Lockhardt, da bin ich mir sicher.«

Schwarzbach winkte verächtlich ab. »Simon and Garfunkel, jaja. Sie hätten zumindest einen Notruf absetzen können. Die Zeit hätten Sie sich nehmen können vor der Durchsuchung des Hofes.«

Simon drehte die Zigarette zwischen seinen Fingern und studierte sie eingehend. Dabei überlegte er, was er jetzt tun sollte.

Er hatte zwei Optionen.

Er konnte sich eine weitere Zigarette anzünden.

Oder Schwarzbach mit dem nackten Hintern ins Gesicht springen.

Die Entscheidung wurde ihm abgenommen, weil in diesem Augenblick die Tür zum Vernehmungsraum aufgerissen wurde und ein Mann hereinstürmte, den Simon nur von Pressekonferenzen und offiziellen Veranstaltungen her kannte: Dr. Weinhold, der Polizeipräsident höchstpersönlich. In seinem Tross Simons direkter Vorgesetzter, Kriminaldirektor Schubert, ein Oberstaatsanwalt und zwei andere ranghohe Beamte des Innenministeriums, an deren Namen er sich momentan nicht erinnerte. Und hinter ihnen kam Abel Lockhardt herein, mit dem breitesten Grinsen im Gesicht, das Simon je bei ihm gesehen hatte.

Ohne Ehret und Schwarzbach zu beachten, steuerte Dr. Weinhold schnurstracks auf Simon zu und schüttelte ihm mit beiden Händen die Rechte so heftig, dass man meinen konnte, er wolle ihm den Arm auskugeln. »Gute Arbeit, Kommissar Simon, gut gemacht. Ich möchte Ihnen und Ihrem Partner auch im Namen des Innenministers gratulieren und Ihnen meinen ganz persönlichen Dank aussprechen. Kommen Sie, es gibt da draußen noch den Vater des Jungen, dem Sie beide das Leben gerettet haben. Er will sich persönlich bei Ihnen bedanken. Und die Presse wartet auch schon auf Sie beide!«

Als er Simons ziemlich perplexen Gesichtsausdruck registrierte, klopfte er ihm zusätzlich anerkennend auf die Schulter. »Keine Widerrede! Da müssen Sie jetzt durch, Sie beide! Kommen Sie schon …«

Damit schob er Simon zur Tür.

Kriminaldirektor Schubert wandte sich an Ehret und Schwarzbach. »Morgen früh will ich von Ihnen ein lückenloses Protokoll der Ereignisse, so, wie Simon und Lockhardt sie geschildert haben. Damit ist dieses unsinnige Verfahren gegen die Kommissare Simon und Lockhardt offiziell eingestellt. Das ist im Übrigen auch mit der Staatsanwaltschaft so abgesprochen.«

Nach dieser unmissverständlichen dienstlichen Anweisung stürmte er aus dem Zimmer, weil er selbstredend dabei sein wollte, wenn es vor aller Öffentlichkeit darum ging, die Lorbeeren für die Rettung des kleinen Julian einzuheimsen.

SIEBEN

Es war spät geworden, als Simon und Lockhardt von ihren Chefs endlich entlassen worden waren und der ganze Presserummel vorbei war. Lockhardt bot an, Simon noch mit dem Dienstwagen nach Hause zu bringen. Neuhausen lag zwar nicht auf seinem Weg, aber die beiden wollten noch ein paar Worte wechseln.

Der Verkehr am frühen Abend war wie immer mörderisch, sie quälten sich im Schritttempo voran. Als Lockhardt an einer Ampel ewig halten musste, warf er einen Seitenblick auf seinen Beifahrer und stellte fest, dass Simon kurz davor war einzudösen. Er stupste ihn mit dem Ellbogen an, und Simon schreckte auf. »Keine Angst, ich schlafe nicht«, murmelte er. »Ich hab nur kurz die Augen zugemacht.«

Lockhardt nickte und gab Gas, weil sich die endlose Autoschlange auf seiner Spur endlich in Bewegung setzte. »Schon klar. Und die Erde ist eine Scheibe.«

»Ist sie das?«, fragte Simon und gähnte herzhaft. »Und wenn schon, wär mir auch egal. Ich will nur noch ins Bett. Und zwar vierundzwanzig Stunden lang. Am Stück.«

»Wie geht's Julian? Du hast lange mit seinem Vater gesprochen.«

»Der Junge ist im Schockzustand. Sie haben ihn in ein künstliches Koma versetzt. Die Ärzte sagen, körperlich wird er sich schnell erholen.«

Lockhart nickte nachdenklich. »Körperlich, ja. Gut, dass Prechtl schon tot war. Ich wüsste nicht, was ich getan hätte, wenn wir ihn lebend erwischt hätten ...«

»Ich weiß, was du meinst«, sagte Simon.

»Als du den Jungen aus dem Keller getragen hast ... wenn mir der feine Herr Doktor in dem Moment über den Weg gelaufen wäre ...«

»Hast du das irgendjemandem gesagt?«

»Bist du meschugge? Das erzähle ich nicht mal meiner Frau.«

Simon grinste. »Welcher?«

Lockhardt grinste zurück. »Willst du den restlichen Weg laufen?«

Simon sah auf seine Uhr. »Keine schlechte Idee, vielleicht würde mir ein wenig frische Luft und Bewegung ganz guttun. Aber meine Tochter will mich noch sehen, bevor sie ins Bett muss.«

Lockhardt fuhr bei Dunkelgelb noch über die Kreuzung und stöhnte vernehmlich. »Die nächsten Tage werden kein Zuckerschlecken.«

»Was meint die Spurensicherung?«

»Braucht mindestens drei bis vier Tage, bis sie den Hof und die Umgebung ganz grob abgearbeitet haben, sagt der Chef. Für die Feinarbeit rechnen sie mit Wochen.«

»Und der Rechtsmediziner? Was sagt der über Prechtl?«

»So wie's aussieht, Tod durch Verbluten. Der Doc hat

von ›Ausbluten‹ gesprochen. Prechtl hat offenbar noch gelebt, als ihm sein Mörder bei vollem Bewusstsein die Kehle durchgeschnitten hat. Details werden nachgeliefert. Hast du gewusst, dass ein Mensch bis zu sieben Liter Blut im Körper hat, je nach Größe und Geschlecht?«

»Prechtl hatte jedenfalls keines mehr im Leib.«

»Keinen Tropfen, meint der Doc.«

Der Verkehr auf der Nymphenburger Straße war zäh, sie kamen nur stockend voran. Lockhardt war nun ganz in seinem Element, er tat nichts lieber, als Klatsch und Tratsch an seinen Kollegen weiterzugeben.

»Hast du gewusst, dass der Mörder von Prechtl schon einen Spitznamen hat?«

»Wie bitte?«

»Na ja, sowas wie Jack the Ripper oder Zodiac … das ist einprägsam. Die Presse und das Fernsehen brauchen eben was Einprägsames für ihre Schlagzeilen.«

Er wartete auf eine Reaktion von Simon, aber es kam keine außer einem Achselzucken.

Lockhardt gab nicht auf. »Willst du wissen, wie sie unseren Mörder nennen? Hat mir eine nette junge Journalistin gesteckt …«

»Du wirst es mir sicher gleich sagen«, antwortete Simon und musste wieder gähnen.

»Vampirkiller.«

»Hat was.«

»Finde ich auch. Hast du schon eine Theorie?«, wollte Lockhardt wissen. Er rutschte unruhig auf seinem Sitz herum, das Bullenfieber hatte ihn wieder ergriffen, eine

Krankheit, die immer dann grassierte, wenn sie bei den Motiven eines Mordes noch völlig im Nebel herumstocherten und sich auch nach Feierabend gedanklich mit einem Fall befassten.

»Wie wär's mit: Killer bringt Kinderschänder um?«, schlug Simon vor.

»Könnte schon sein. Aber wie ist der Typ auf Prechtl gekommen? Hat er ihn gekannt? Oder waren sie zu zweit bei der Planung und Entführung? Und sind dann in Streit geraten?«

»Hast du irgendeine Antwort?«

»Nun, unser Vampirkiller könnte auch ein Mann sein, der das Gesetz selbst in die Hand nimmt«, schlug Lockhardt vor. »Weil er sich rächen will zum Beispiel. Für etwas, das Prechtl ihm angetan hat. Oder für etwas, das ihm früher von anderen angetan wurde. Vielleicht wurde der Mörder selbst missbraucht und rächt sich stellvertretend an Prechtl.«

»Mann, Abel – das sind mir für heute zu viele Theorien auf einmal. Lass uns eine Nacht darüber schlafen. Morgen kann ich wieder klar denken.«

»Aber wir werden die Antworten suchen müssen.«

»Was meinst du damit?«

»Na ja, schließlich ist das unser Job. Der Kriminaldirektor hat uns beide hochoffiziell damit beauftragt.«

»Wie bitte? Womit hat uns Kriminaldirektor Schubert beauftragt?«

»Wir beide sollen uns ausschließlich um den Vampirkiller kümmern. Das hat absoluten Vorrang. Mit Prechtls Vorleben und möglichen weiteren Fällen, die auf sein Konto gehen könnten, soll sich die Soko herumschlagen.«

»Sagt Schubert?«

»Ausdrücklich. Höchstselbst.«

»Und wann hat er dir das … kundgetan?«

»Vorhin, als du zum zehnten Mal mit dem Polizeipräsidenten fotografiert worden bist.«

Wie immer hatte Lockhardt die Pointe bis ganz zum Schluss aufgehoben. Simon warf seinem Kollegen einen beredten Blick zu, der andeutete, dass er sich geschlagen gab.

»Und wann fangen wir an?«, fragte er.

»Morgen früh um Punkt acht im Büro.«

Lockhardt hielt vor Simons Haustür in der zweiten Reihe und bedachte den Fahrer, der wütend hinter ihm hupte, weil er wegen einer entgegenkommenden Straßenbahn nicht überholen konnte, mit einem Stinkefinger.

Simon stieg aus. »Bis morgen«, sagte er, schlug die Tür zu und klopfte mit der flachen Hand aufs Autodach.

Lockhardt wendete hinter der Straßenbahn, hupte seinen wütenden Hintermann noch einmal fröhlich an und fuhr davon, während Simon die Treppen in seine Wohnung hinaufging.

Auf halbem Weg nach oben kam ihm seine Tochter entgegengerannt und fiel ihm stürmisch um den Hals. Er drückte sie an sich und musste sie die restlichen Stufen nach oben tragen, weil sie nicht mehr loslassen wollte.

Wie leicht sie trotz ihrer fast elf Jahre immer noch ist!, dachte er, während sie prüfend mit ihrer kleinen Hand über seine Wange fuhr.

»Du bist kratzig!«, stellte sie kritisch fest.

»So ist das, wenn man nicht dazu kommt, sich zu rasieren, Magdalena«, meinte er und rieb sein raues Kinn an ihrer Nase.

Sie kicherte, dann flüsterte sie ihm ins Ohr: »Weißt du was? Mama und ich haben dich im Fernsehen gesehen. Bist du jetzt ein Held?«

»Kommt darauf an. Was sagt Mama?«

»Mama sagt: Ja!«

»Na, dann muss es wohl stimmen«, flüsterte er zurück.

Auf dem letzten Treppenabsatz stand Amelie und wartete auf ihn. Obwohl sie sich wegen Magdalena um eine fröhliche Miene bemühte, war nicht zu übersehen, dass sie sich große Sorgen um ihn gemacht hatte. Schon immer konnte er in ihrem Gesicht lesen wie in einem Buch. Er küsste sie, setzte Magdalena auf dem Boden ab und ging mit beiden in die Wohnung.

»Überraschung!«, rief seine Tochter und führte ihn zum Esstisch, der festlich gedeckt war und auf dem jede Menge Kerzen in allen Größen und Formen brannten. Das sei ihre Idee gewesen, bekannte Magdalena stolz, weil man nur auf diese Art einen echten Helden bei seiner Rückkehr begrüßen könne.

ACHT

Die Boni zum Jahresende waren ganz passabel ausgefallen, fand Claus Wischnewski. Als Investmentbanker in einer Privatbank war er der Meinung, dass durchaus noch Luft nach oben sei, aber man sollte das Spiel nicht überreizen, denn das kam in der Öffentlichkeit nicht gut an. Insbesondere in Zeiten wie diesen – Krisenzeiten, wie es den Leuten ständig eingehämmert wurde.

Er saß auf seinem Designersofa und konnte sich gar nicht sattsehen an der fantastischen Aussicht, während er den Duft eines Glases Armagnac genoss, der sechsundvierzig Jahre alt war und den er sich zur Feier des Tages vor einer halben Stunde eingeschenkt hatte, damit der Brandy Zeit hatte zu atmen. Der Armagnac war genau sein Jahrgang. Er hatte ihn sich zu seinem Geburtstag vor vier Wochen selbst geschenkt, eine einzige Flasche hatte es noch bei Feinkost-Käfer in der Prinzregentenstraße gegeben, die ihm der Chef persönlich zurückgelegt hatte.

Das andere Geschenk, das er sich selbst gegönnt und vor drei Wochen bezogen hatte, war das zweihundertfünfzig Quadratmeter große Dachgeschoss-Apartment mit Rundumterrasse, von wo aus man einen grandiosen Panoramablick über ganz München hatte. Bei Föhn konnte man meinen, die Alpenkette mit Händen greifen zu können, so nah war sie herangerückt.

Das Apartment war der krönende Abschluss eines der teuersten Neubauobjekte im Herzen der Landeshauptstadt, direkt an der Isar gelegen, fanatisch bekämpft von seinen zahlreichen unterprivilegierten Kritikern, die letztlich der normativen Kraft des Faktischen unterlegen waren, was eine hübsche akademische Umschreibung für die Macht des Geldes war. Der Quadratmeterpreis für diese Art von Eigentumswohnungen lag in astronomischen Bereichen jenseits der 20 000-Euro-Marke. Ein wahres Schnäppchen für denjenigen, der sich Urbanität, Qualität und Obszönität in heiliger Dreifaltigkeit leisten konnte und wollte.

Claus Wischnewski wollte es sich leisten und hatte das dazu nötige Kleingeld. Was ihn ebenfalls auszeichnete, war die völlige Abwesenheit von sentimentaler Empathie für andere, auch Gewissenlosigkeit genannt. Für seinen Job war das allerdings kein Makel, sondern eine Voraussetzung. Darauf war er stolz, wenn er von oben hinabblickte auf all die Kleingeister und Neider, die dort unten herumkrabbelten wie die Ameisen.

Er war sich völlig im Klaren darüber, worauf es ankam im Leben. Er hatte Stil und Geschmack, anders als diese neureichen Oligarchen und kulturlosen Ölprinzen, die nicht mehr wussten, wohin mit all ihrem Reichtum, und wahllos in New York, London, Miami und Paris Latifundien kauften wie andere Leute Frühstücksbrötchen, dazu sündteure Jachten unterhielten und Learjets besaßen, nur um damit angeben zu können. Menschen dieser Couleur verachtete er, obwohl er gut an ihnen verdiente. Wahre Noblesse zeigte sich seiner Meinung nach nicht im exhibitionistischen Zwang, alles herzuzeigen, was man sich leisten konnte. Nein, wahrer Stil genügte sich selbst.

Es gab eine Parallelwelt jenseits der normalen Vorstellungskraft und Normen, und für diese Art von Klientel arbeitete er. Seine Kundschaft drehte in ihrer blinden, unstillbaren Gier am ganz großen Rad, und er verdiente daran. Mehr, als es sich mancher in seinen kühnsten Träumen auch nur vorstellen konnte.

»Carpe noctem!«, lautete sein Wahlspruch, der als Monogramm nicht nur auf seinen maßgeschneiderten Hemden, sondern sogar auf seinem Morgenmantel eingestickt war. Nutze die Nacht.

Das altrömische Motto schien auf ihn gemünzt zu sein, denn er ging in seiner knapp bemessenen Freizeit einem besonders ausgefallenen Hobby nach, einer Leidenschaft, die gesellschaftlich so geächtet war, dass sie niemals bekannt werden durfte. Er zahlte eine Menge Geld an eine international operierende Organisation, die alles Erforderliche arrangierte, damit ihr exklusives Geschäftsmodell auch wirklich exklusiv und geheim blieb. In dieser Hinsicht fühlte er sich sicher, schließlich teilten viele Männer aus besten und einflussreichsten Kreisen seine heimliche Leidenschaft, darunter hohe Staatsbeamte, Adlige und Politiker. Sie alle hätten viel zu verlieren, wenn etwas von ihrem Tun und Treiben an die Öffentlichkeit gelangen würde. Niemand aus dem innersten Kreis würde es wagen, die Büchse der Pandora zu öffnen und Namen zu nennen, denn für einen Verrat hätte er mit dem Leben bezahlen müssen.

Sie trafen sich in regelmäßigen Abständen in einem streng abgesicherten Haus – es war jedes Mal ein anderes, die Adresse wurde erst kurz zuvor bekanntgegeben –, um dort hemmungslos und ohne Rücksicht auf jede bürgerliche Moral das auszuleben, wofür sie viel Geld ausgegeben hatten: Sex mit Minderjährigen.

Geächtet und strafbar nach den Gesetzen der normalen Menschen. Göttlich nach den Vorstellungen der Eingeweihten, der Auserwählten, derer, die sich selbst zur Elite zählten und für die anderen nichts als Verachtung übrig hatten.

Menschen wie Claus Wischnewski.

Den Morgenmantel mit dem Monogramm packte er obenauf in seinen Hermès-Trolley, in dem schon die Utensilien für ein Wochenende verstaut waren, das er sich nachträglich anlässlich seines Geburtstages gönnen wollte – sozusagen als Sahnehäubchen, als ganz persönlichen Bonus. Alles war sorgfältig arrangiert, nichts konnte mehr schiefgehen. Der Treffpunkt, den er verschlüsselt per Internet erfahren hatte, war zu seiner großen Freude diesmal ganz in der Nähe, in Augsburg. Er brauchte sich also nur mit dem Fahrstuhl nach unten in die Tiefgarage zu begeben und sich in seinen Audi Q7 zu setzen. Nach einer kurzen Fahrt auf der Autobahn und ein paar Kilometern auf der Landstraße würde er da sein.

Er vergewisserte sich noch einmal durch einen Griff in seine Tasche, ob er sein Döschen mit dem Viagra auch wirklich dabeihatte, machte die Alarmanlage mit seiner

Chipkarte und dem Nummerncode scharf, zog den Trolley in den offen stehenden Aufzug und drückte den Knopf für das Untergeschoss. Der Lift war nur mit dem richtigen Schlüssel so zu bedienen, dass er bis zu seinem Apartment hochfuhr.

Während er in der Tiefgarage zu seinem Wagen marschierte, ließ er mit dem Autoschlüssel die Hecktür hochschwingen. Er hob den Trolley in den Kofferraum und wollte die Tür gerade wieder schließen, als er hinter sich schnelle Schritte hörte. Reflexhaft drehte er sich um, aber es war schon zu spät. Ein scharfer, stechender Schmerz an der Halsschlagader ließ ihn zusammenfallen wie eine Marionette, deren Fäden man durchgeschnitten hatte.

Der Mann, der Wischnewski mit einem Elektroschocker mehrere Hunderttausend Volt durch den Körper gejagt und ihn damit für Minuten völlig bewegungsunfähig gemacht hatte, steckte das Gerät in seinen Rucksack zurück, packte Wischnewski unter den Achseln und schleppte ihn zum Lift, der immer noch offen stand. Er war durchtrainiert und hatte daher wenig Mühe, den schlaffen Körper in den Fahrstuhl zu ziehen. Dort fischte er in den Taschen des Bewusstlosen nach dem Schlüssel, steckte ihn ins Schloss und drehte ihn herum. Der Aufzug ging zu und fuhr direkt ins oberste Apartment.

Die Überwachungskamera vor dem Lift in der Tiefgarage kümmerte den Mann nicht. Erstens trug er eine Maske über dem Gesicht, und zweitens hatte er die Kameralinse durch Rasierschaumspray blind gemacht.

Er betrachtete sich im Spiegel des Aufzugs und wunderte sich nicht, dass bisher alles wie geschmiert lief. Schließlich hatte er monatelang seine gesamte Zeit und Energie in die Vorbereitung investiert. Natürlich musste bisweilen improvisiert werden, aber auch in dieser Disziplin konnte ihm niemand das Wasser reichen, schließlich war er in diesen Dingen ausgebildet worden. Nun endlich konnte er seine Kenntnisse für seine persönlichen Zwecke anwenden.

NEUN

Claus Wischnewski kam langsam wieder zu sich, weil er merkte, dass er fror wie ein Schneider. Das lag nicht nur an den Nachwirkungen des Elektroschocks, sondern auch an der Tatsache, dass er bei winterlichen Temperaturen und Graupelschauern nackt auf seiner eigenen Dachterrasse lag. Er blinzelte und wollte schreien, aber es ging nicht. Er wollte um sich schlagen, aber auch das war unmöglich – Klebestreifen um Mund, Arme und Beine verhinderten das.

Panik stieg in ihm auf.

Jemand musste ihn überfallen und zurück in sein Apartment geschleppt haben. So weit es ihm sein gefesselter Zustand erlaubte, sah er sich um. Aber das Einzige, was er erkennen konnte, war der dunkle, wolkenverhangene Himmel. Wenn er den Kopf extrem verdrehte, konnte er im Augenwinkel sein Penthouse erkennen, dessen Panoramafenster hell erleuchtet waren.

In einem jähen Anfall von sinnloser Wut bäumte er sich auf und versuchte, sich aus seinen Fesseln zu befreien. Aber es war sinnlos.

»Du vergeudest nur deine Kräfte«, sagte eine männliche

Stimme, die er plötzlich von außerhalb seines Gesichtsfeldes vernahm. »Du wirst sie noch brauchen.«

Irgendetwas in dieser Stimme ließ ihn erstarren. Sie hörte sich so an, als würde sie nicht mit sich spaßen lassen. Vage bekannt kam sie ihm vor, und er glaubte, sich daran erinnern zu können, dass sie zu einem seiner Gefährten im Geiste gehörte, einem Richter oder Staatsanwalt, der sich beim sexuellen Spiel mit den abgerichteten Jungen immer als besonders sadistisch und hemmungslos hervortat. Irgendwie musste er dem Mann, der ihn gerade angesprochen und offenbar gewaltsam in diese aussichtslos scheinende Lage gebracht hatte, vermitteln, dass er bereit zur Verhandlung war. Seine Gedanken rasten. Es konnte eigentlich nur um Geld gehen. Darum ging es am Ende immer.

»Hmmm«, grunzte er. »Hmmm!«

Dabei warf er seinen Kopf hin und her, um anzudeuten, dass er reden wollte.

Er erstarrte auf der Stelle, als sich unerwartet ein unbekanntes Gesicht von hinten in sein Blickfeld beugte und sagte: »Wenn du mir versprichst, dass du nicht schreist, nehme ich dir den Knebel ab.«

Wieder durchfuhr Wischnewski eine Panikattacke – der Mann hatte ihm sein unvermummtes Gesicht gezeigt. Er konnte sich vage daran erinnern, dass er eine Gesichtsmaske gesehen hatte, als er in der Tiefgarage überfallen worden war. Das war kein gutes Zeichen, es konnte nur bedeuten, dass es dem Mann gleichgültig war, wenn er erkannt wurde, weil er sowieso nicht vorhatte, sein Opfer am Leben zu lassen.

Aber den Gedanken schob Wischnewski schnellstens beiseite – auch diese Extremsituation war im Grunde nichts anderes als ein Handel: Geld gegen Leben. Er musste sich darauf besinnen, dass geschicktes Verhandeln und Schachern seine Kernkompetenz war. Damit hatte er es zu allem gebracht, was er besaß. Und das war nicht wenig. Alles und jeder war käuflich, es kam immer nur auf die Summe an. Hauptsache, er konnte seinen Mund aufmachen, alles weitere hing von seinem Geschick ab. Er hatte schon ganz andere Kaliber über den Tisch gezogen. Deshalb nickte er und zeigte sich einverstanden mit dem Vorschlag seines Peinigers.

Der Mann beugte sich wieder über ihn, eine behandschuhte Hand langte an das Klebeband über seinem Mund und riss es in einer Bewegung weg. Seine Lippen brannten wie Feuer, was aber angesichts der Umstände Kinderkram war.

»Was wollen Sie?«, brachte Claus Wischnewski krächzend heraus.

Der Mann, der hinter seinem Kopf in die Hocke gegangen war, erhob sich langsam und trat in sein Gesichtsfeld. Er war ganz in Schwarz gekleidet, sogar seine Sneakers waren schwarz. Mitleidlos und mit offensichtlicher Verachtung blickte er auf Wischnewski herab, wie auf eine Kakerlake, mit der er noch ein wenig spielen wollte, bevor er sie zertrat.

»Nichts, was du mir geben könntest«, sagte er.

Wischnewski überlegte fieberhaft. Wie war der Kerl nur in die Wohnung gekommen? Müsste nicht längst durch die

Alarmanlage dem privaten Sicherheitsdienst, der für dieses Gebäude zuständig war, ein Einbruch gemeldet worden sein?

Der Mann in Schwarz schien seine Gedanken lesen zu können, denn er wedelte mit seiner behandschuhten Hand vor Wischnewskis Gesicht herum. Zwischen Daumen und Zeigefinger hielt er die Chipkarte, die in einen dafür vorgesehenen Schlitz der Alarmanlage gesteckt werden konnte. Auf ihrer Rückseite stand der vierstellige Code, der zusätzlich zur Entschärfung eingegeben werden musste. Wischnewski hatte sie handschriftlich darauf notiert, weil ihm die Karte erst letzte Woche neu zugeteilt worden war und er den Code schon einmal aus Versehen falsch eingetippt hatte, was einen Riesenaufstand verursacht hatte.

»Man sollte einfach keine Geheimnummer aufschreiben«, stellte der Mann lapidar fest. »Schon gar nicht auf solche Karten.«

Wischnewski unternahm einen neuen, verzweifelten Anlauf. »Hören Sie«, sagte er, »ich habe Geld, viel Geld. Ich bin sicher, wir kommen ins Geschäft.«

»Ich bin nicht hier, um mit dir Geschäfte zu machen«, entgegnete der Mann trocken. »Ich bin hier, weil jemand wie du den Tod verdient. Hast du mir noch etwas zu sagen? Irgendetwas, das dir leidtut und das du loswerden willst?«

»Bitte hören Sie mir doch zu!« Wischnewski sprach so eindringlich, wie er nur konnte. Das war nicht einfach, er zitterte wie Espenlaub, was nicht nur der Kälte geschuldet war. Er hatte Todesangst, weil er spürte, dass der Mann es ernst meinte. Das setzte allerletzte verzweifelte Kräfte in ihm frei. »Ich mache Ihnen ein Angebot, das Sie nicht ausschlagen können!«

»Das ist gut«, sagte der Mann und lachte ein freudloses Lachen. »Aber nicht sonderlich originell. Irgendwo habe ich das schon mal gehört. Du siehst zu viele Filme. Du hast einfach nichts, was du mir anbieten könntest.«

Doch dann griff er sich mit einer Hand an den Kopf, als wäre er zerstreut und müsse sich auf einen Gedanken besinnen. »Obwohl – beinahe hätte ich's vergessen. Du kannst doch noch etwas für mich tun.«

Ein verzweifelter Rest Hoffnung glomm in den Augen von Wischnewski auf. Er bekam Aufschub, Zeit, die er nutzen konnte, um nach einem Ausweg zu suchen, selbst wenn die Chance noch so gering war. Er nickte heftig und gierte geradezu danach, dem schwarzen Mann einen Gefallen zu tun. Vielleicht konnte er ihn damit milde stimmen, irgendeine Art von Wohlwollen in ihm erwecken, eine klitzekleine Verbindung aufbauen.

»Ich tue alles, was Sie wollen! Wenn Sie mich nur am Leben lassen«, bettelte er.

»Nun, gar so groß wird die Belohnung nicht ausfallen. Aber ich werde dir entgegenkommen. Wenn du das schluckst«, sagte der schwarze Mann und hatte plötzlich etwas silbern Schimmerndes zwischen Daumen und Zeigefinger der rechten Hand, das er Wischnewski vor die Augen hielt.

»Was … was ist das?«, stotterte Wischnewski.

»Es ist vollkommen harmlos. Eine Münze. Tust du mir jetzt den Gefallen oder nicht?«, fragte der Mann.

Statt einer Antwort und ohne groß nachzudenken, streckte Wischnewski die Zunge heraus wie ein gläubiger Katholik beim Abendmahl, der erwartet, die Hostie aus der Hand des Priesters zu empfangen.

Der Mann legte die Münze auf Wischnewskis Zunge und achtete sorgsam darauf, dass dieser sie auch tatsächlich hinunterschluckte, was ihm nach zwei Versuchen endlich gelang.

»Gut gemacht«, sagte er und tätschelte ihm die Wange. »Alsdann – schreiten wir zur Tat.«

Wischnewskis Augen weiteten sich erneut vor Schrecken. »Aber … aber Sie wollten mir doch entgegenkommen. Das haben Sie mir versprochen!«

Der Mann schüttelte den Kopf. »Du solltest nicht alles glauben, was man dir sagt. Es war schlicht und einfach gelogen.«

Er drückte ihm wieder das Klebeband auf den Mund und schleifte ihn an den Fußfesseln auf dem nackten Rücken quer über die Marmorplatten der Terrasse, die laut Verkaufsprospekt aus Carrara stammten, aber in Wirklichkeit ohne Rücksprache mit den Eigentümern für den halben Preis aus China importiert worden waren. Um die Brüstung war bereits ein stabiles Seil geschlungen, das von Bergsteigern benutzt wurde und das vielfache Gewicht eines Menschen tragen konnte, ohne zu reißen.

Geschickt hakte der Mann das freie Ende des Seils mit einem Karabinerhaken in der Fußfessel ein, an die er schon zuvor das passende Gegenstück angebracht hatte. Dabei kümmerte er sich nicht darum, wie sehr sich Wischnewski wand und gegen seinen Knebel anschrie. Unten auf den Straßen brauste der Verkehr, hier oben auf der Dachterrasse hörte ihn sowieso niemand.

Mit unglaublicher Kraft stellte der Mann Wischnewski auf die Füße und lehnte ihn mit dem Rücken an die Brüstung.

»Weißt du, was ich wirklich will?«, fragte er und kam ganz nahe an das Gesicht von Wischnewski heran. »Ich will sehen, wie das Licht in deinen Augen ausgeht.«

Er hob den Arm mit dem scharfen Sushi-Messer aus Wischnewskis Küche und durchtrennte mit einer eleganten Sichelbewegung dessen Kehle und Halsschlagader von rechts nach links. Aus einem fünfzehn Zentimeter langen klaffenden Schlitz quoll Blut und besprenkelte das Gesicht des schwarzen Mannes, der völlig unbeeindruckt blieb und mit derselben gleichgültigen Miene Wischnewskis Körper über die Brüstung stieß.

Der Knoten des robusten Seils ruckte hart, hielt aber stand. Der blutende nackte Leib baumelte mit dem Kopf nach unten über der nächtlichen Stadt und ihren glitzernden Lichtern genau vor den Panoramafenstern des nächsttieferen Stockwerks wie ein Pendel hin und her. Die Glasscheiben wurden noch von ein paar dicken Spritzern Blut besudelt, das immer noch aus dem Schnitt durch die Kehle herausgepumpt wurde, aber schließlich verebbte.

Niemand außer dem Mann in Schwarz sah die letzten Todeszuckungen von Claus Wischnewski, denn in der Wohnung darunter war keiner zu Hause. Und wenn, wäre das dem Mann in Schwarz auch gleichgültig gewesen. Er hatte alles erledigt, was erledigt werden musste, und zog seine Sturmhaube wieder über den Kopf, bevor er mit dem Lift nach unten in die Tiefgarage fuhr. Dort krempelte er die Sturmhaube wieder zur Mütze hoch, ließ das Tor mit dem Zugseil von innen hochfahren und marschierte über die Auffahrtsrampe ins Freie.

Er sah sich nach allen Seiten um, ob die Luft rein war, und löste dann sein Fahrrad vom Laternenpfahl. Nachdem er das Schloss im Rucksack verstaut hatte, stieg er auf und fuhr in Richtung Gärtnerplatz davon. Schon bald verschluckten ihn die Nacht und der stärker werdende Schneefall.

ZEHN

Um 5.37 Uhr wurde Paul Simon von einem Anruf aus seinem wohlverdienten Schlaf gerissen. Gerade noch war er im Traum durch die unendlichen Gänge eines anonymen Riesenhotels geirrt, in dem nur die Notlichter an den Decken brannten. Er war auf der Suche gewesen nach … ja, wonach eigentlich? Er wusste es selbst nicht mehr. Wohin er auch schaute – in alle Richtungen verliefen Flure ins Unendliche.

Er drehte sich um seine eigene Achse. Plötzlich sah er überall Spiegel. Es mussten Hunderte sein. Und in jedem entdeckte er sein Spiegelbild, tausendfach reflektiert. Wie in einem dieser Spiegelkabinette auf dem Jahrmarkt, aus deren Labyrinth man nicht mehr herausfand und in dem man, wohin man auch ging, immer nur sich selbst begegnete.

Sollte er einfach alle Spiegel mit der Faust zertrümmern, um endlich wieder herauszufinden? Er schlug auf den ersten Spiegel ein, obwohl er wusste, dass er sich dabei verletzen konnte. Es war, als würde er auf sich selbst einschlagen. Nichts geschah, das Spiegelglas schien unzerbrechlich zu sein. Er schlug heftiger, immer und immer wieder hämmerte er auf den Spiegel ein. Doch das Glas ließ sich einfach nicht zersplittern, im Gegenteil, es beulte sich unter seinen Schlägen nur aus und verzerrte seine Gestalt ins Groteske.

Erschöpft hielt er inne, da brachen auf einmal alle Spiegel ohne sein Zutun in sich zusammen. Abermillionen von Glasscherben fielen wie in Zeitlupe auf den Boden, als wären sie funkelnde Diamantensplitter. Nur die Gänge blieben übrig, in denen sich Tür an Tür aneinanderreihte, alle mit dreistelligen Ziffern. Welche sollte er als Erste öffnen?

Erst jetzt erkannte er im dürftigen Licht der Notlampen, dass aus den Ritzen und Schlüssellöchern der Türen etwas Dunkles quoll. Und auf einmal wusste er, wonach er suchte: nach Blut. Hinter jeder dieser Türen schien Blut zu sein. Sobald er auch nur eine davon öffnete, würde es wie eine Flutwelle herausschießen, und er würde unweigerlich darin ertrinken.

Trotzdem war der innere Zwang herauszufinden, was sich wirklich hinter den Türen verbarg, so groß, so übermächtig, dass ihm gar nichts anderes übrig blieb, als nachzusehen. Gerade wollte er die Tür mit der Nummer 666 öffnen, als ihn im letzten Moment ein durchdringendes Klingeln davon abhielt.

Er zögerte, es klingelte erneut.

Endlich sickerte die Gewissheit in sein Bewusstsein ein, dass er friedlich neben seiner Frau im Ehebett lag. Draußen war es noch stockdunkel. Er musste rasch nach seinem Handy auf dem Nachttisch greifen, wenn er nicht auch noch Amelie um ihren Schlaf bringen wollte.

Also tastete er nach dem Telefon und nahm das Gespräch an.

»Ja?«, brummte er.

»Ich bin's, Abel. Hab ich dich geweckt?«, kam es scheinheilig aus dem Hörer. Wie immer war sein Partner Lockhardt zu dieser unchristlichen Stunde unmenschlich fröhlich und freute sich diebisch darüber, Simon zu nachtschlafender Zeit aus den Federn geklingelt zu haben.

»Was gibt's?«, murmelte Simon.

»Na, was wohl! Eine neue Leiche!«

»Können das nicht die zuständigen Kollegen erledigen?«, stöhnte Simon. »Irgendjemand muss doch Bereitschaftsdienst haben.«

»Das schon. Aber die Leiche hat leider mit unserem Fall zu tun, so, wie's aussieht.«

»Was?«

»Du hast schon richtig gehört. Unser Vampirkiller hat wieder zugeschlagen.«

»Woher wollt ihr das wissen?«

»Nackter Mann ausgeblutet, mit dem Kopf nach unten. Schnitt durch die Kehle. Reicht dir das?«

»Bin schon unterwegs! Wo?«

»Fraunhoferstraße, Höhe Reichenbachbrücke.«

Und schon war das Gespräch beendet.

Simon unterdrückte einen Fluch, gab seiner Frau, die aufgewacht war und ihm unwillig stöhnend den Rücken zugedreht hatte, einen flüchtigen Kuss und schlich aus dem Schlafzimmer.

ELF

Simon kroch mit seinem Dienstwagen die Straßen der menschenleeren Stadt entlang. Das garstige Winterwetter hatte sich so richtig ins Zeug gelegt, und im Autoradio kam ein Hinweis auf eine Unwetterwarnung mit heftigem Schneefall in den Alpen. Die Fahrt zur Reichenbachbrücke wurde zum reinsten Blindflug. Scheibenwischer und Lüftungsanlage mussten Schwerstarbeit leisten. Zu dieser Zeit waren nur ein paar Frühaufsteher unterwegs, deren Job es war, die Kreuzungen vom Schnee freizuräumen oder die aufgestellten Zeitungskästen mit Nachschub zu versorgen. Der Berufsverkehr hatte noch nicht eingesetzt, die Kälte und der zunehmende Schneefall verwandelten die Straßen in spiegelglatte Rutschbahnen.

In der Sonnenstraße wurde Simon von zwei parallel fahrenden Schneepflügen des Räumdienstes ausgebremst. Die Mischung aus Salz und Splitt prasselte aus den Streuverteilern der schweren Fahrzeuge gegen seine Wagenfront. Simon ließ sich während der Fahrt von der Einsatzzentrale über Funk genauer über die Sachlage informieren, die ihn erwartete.

Er stellte sein Auto in zweiter Reihe ab, als er das riesige Polizei- und Medienaufgebot vor der Reichenbachbrücke sah. Zahlreiche Streifenwagen und Feuerwehrautos blinkten um die Wette, das Aufgebot war so groß wie bei der Sicherheitskonferenz im Hotel Bayerischer Hof, bei der alljährlich die halbe Innenstadt, zur hellen Freude der Anwohner und Geschäftsleute, großräumig abgesperrt wurde. Obwohl Simon schon Dutzende Male erlebt hatte, dass um einen Tatort herum der Teufel los war, wunderte er sich, wie schnell sich zu dieser frühen Stunde das Spektakel eines Mordes herumgesprochen haben musste, bei dem das Opfer nackt und kopfüber an der Fassade einer Spekulationsimmobilie baumelte. Vermutlich dank der »asozialen Medien«, wie sein Kollege Lockhardt die digitalen Kommunikationswege zu nennen pflegte. Darauf deuteten schon die zahlreichen iPhones hin, die aus dem Zuschauerpulk nach oben gestreckt wurden, dahin, wo die Action war.

Simon schob sich durch die Menschenmenge und musste einem TV-Team ausweichen, dessen Reporterin ihn erkannt hatte. Sie verfolgte ihn mit dem Mikro, das sie wie eine Schusswaffe vor seine Nase hielt, und überschüttete ihn dabei mit einem Schwall von Fragen. Er ignorierte sie und sah an der Fassade des nagelneuen, protzigen Apartmenthauses hoch.

Gerade wurde im obersten Stock mithilfe eines Hubrettungsfahrzeugs etwas geborgen, das wie ein lebloser Körper aussah. Dass ausgerechnet dieses umstrittene Luxuswohnhaus im gentrifizierungsgeplagten Stadtteil Lehel zum Schauplatz eines Verbrechens geworden war, erregte wohl zusätzliches Aufsehen.

Aus einer Seitenstraße wurde Kriminaldirektor Schubert mit Blaulicht und Sirene herbeichauffiert, Uniformierte mussten ihm den Weg freimachen. Er stieg aus seinem Dienstwagen und schloss zu Simon auf.

»Was wissen wir?«, fragte er ohne umständliche Begrüßungsarien und marschierte dabei in einem solchen Tempo zum Eingang, dass Simon Mühe hatte, Schritt zu halten.

»Könnte das neueste Werk unseres Vampirkillers sein. Mehr weiß ich auch noch nicht«, antwortete Simon und betrat mit seinem Chef die Lobby, deren Größe und Ausstattung an das Foyer eines Fünf-Sterne-Hotels erinnerte. Hinter dem wuchtigen Marmortresen wurde gerade ein Nachtportier von Lockhardt vernommen. Als er die beiden sah, überließ er den Portier einem Kollegen und eilte heran.

»Zum Tatort?« Kriminaldirektor Schubert kam am liebsten sofort zur Sache.

»Hier entlang«, antwortete Lockhardt, nickte Simon zu und führte die beiden zum Aufzug, dessen Tür von einem Uniformierten für sie offen gehalten wurde.

Während sie zu dritt nach oben fuhren, informierte Lockhardt sie im Schnelldurchgang über alles, was er seit seinem Eintreffen über das Opfer in Erfahrung gebracht hatte: offensichtliche Tatumstände, Alter, Beruf, Familienstand.

»Mögliches Motiv?«, fragte Schubert. »Racheakt? Einbruch? Beziehungstat?«

»Wissen wir noch nicht. Keine Einbruchsspuren. Das Alarmsystem war intakt. Das Opfer lebte allein in der Wohnung, offensichtlich Single. Die Videoaufzeichnungen der

Überwachungskameras sind beschlagnahmt und werden gerade überprüft.«

Oben angekommen fiel ihr Blick durch die offene Wohnungstür auf das übliche scheinbar chaotische Gewusel der Kriminaltechniker in ihren weißen Overalls, die so konzentriert mit ihrer Arbeit beschäftigt waren, dass sie die Ankunft ihres Chefs und der beiden Kollegen gar nicht beachteten.

Lockhardt führte Schubert und Simon auf die Terrasse, wo die Feuerwehrleute ihre Gerätschaften zusammenpackten. Dabei berichtete er, dass ein Passant die baumelnde Leiche gesehen und die Polizei alarmiert habe.

Der Tote lag inzwischen halb zugedeckt unter dem Vordach der Dachterrasse auf den Marmorfliesen. Ein junger Rechtsmediziner, der mit seinem flaumigen Oberlippenbart und seiner randlosen Brille wie ein Student im zweiten Semester wirkte, hatte ihn gerade oberflächlich untersucht und erste Feststellungen in ein Aufzeichnungsgerät diktiert. Beim Anblick des Kriminaldirektors stand er auf und nickte ihnen zu.

»Dr. Franke«, stellte er sich vor. Er schien neu zu sein, Simon kannte ihn noch nicht, aber allein durch seine Körpergröße war er auffallend genug, um sich ins Gedächtnis einzuprägen.

Schubert ging vor dem Leichnam in die Hocke, und der Rechtsmediziner schlug die Decke zurück.

»Sieht ganz nach Tod durch Ausbluten aus«, konstatierte Schubert und sah den Arzt fragend an. »Was können Sie uns jetzt schon sagen?«

»Ein einziger Schnitt quer über die Kehle«, antwortete Dr. Franke und hob ein eingetütetes Messer hoch. »Vermutlich die Tatwaffe. Lag da vorne an der Brüstung. Ein Sushi-Messer. Scharf wie eine Rasierklinge. Beste Qualität, kostet ein kleines Vermögen.« Er machte eine umfassende Geste. »Wie alles hier.«

»Aus der Küche des Opfers?«, fragte Schubert.

»Ja, augenscheinlich. Dort gibt es ein ganzes Set. Die Schublade stand offen. Wahrscheinlich hat sich der Mörder daraus bedient.«

Der Mediziner zeigte mit dem Finger auf dunkle Flecken, die ein Techniker gerade abfotografierte. »Die Blutspritzer an der Brüstung und auf dem Boden stammen vom Schnitt. Anschließend wurde das Opfer über das Geländer gestoßen.«

Schubert ging zur Brüstung vor und sah hinunter, Simon, Lockhardt und Dr. Franke folgten ihm. Der Kriminaldirektor nahm das Seil in Augenschein, an dem das Opfer gehangen hatte und das immer noch am Geländer festgezurrt war.

»Das Seil, an dem das Opfer hing, ist ein handelsübliches Kletterseil für Profis«, erklärte Dr. Franke. »Hält ziemlich vicl aus.«

»Sonstige Verletzungen beim Opfer? Außer der Halswunde?«

»Ein paar Schürfwunden und kleine Hämatome. Und zwei centgroße Brandwunden im Abstand von fünf Zentimetern am Hals, eine Handbreit unter dem linken Ohr.«

»Von einer Zigarette? Dann wurde er vorher gefoltert?«, wollte Simon wissen.

»Die stammen nicht von einer Zigarette«, widersprach Dr. Franke. »Das war ein Elektroschocker, mit dem der Täter das Opfer vermutlich überwältigt und wehrlos gemacht hat. Genaueres … Sie wissen ja.«

»Nach der Obduktion«, ergänzte Schubert automatisch. »Danke.«

Franke nickte, und Schubert wandte sich an Simon und Lockhardt.

»Die Parallelen zum Fall Prechtl sind unübersehbar«, stellte er fest. »Zeugen? Konkrete Hinweise?«

»Bis jetzt nicht.«

Schubert legte seinen Kopf in den Nacken und schloss für einen Moment die Augen. Dabei ließ er sich die Schneeflocken aufs Gesicht rieseln, als könnten sie ihm eine Eingebung aus dem Himmel schicken, wer der Täter war.

Während Dr. Franke den Leichnam umrundete und mit Blitzlicht Aufnahmen aus verschiedenen Perspektiven machte, beugte sich Simon über die Brüstung und warf einen Blick nach unten auf die Straße, wo immer noch das reinste Tohuwabohu herrschte.

Schubert wischte sich das nasse Gesicht mit der Hand ab, seufzte aus tiefstem Herzen und sagte: »Wir sehen uns im Konferenzzimmer auf dem Präsidium. Ich will alle dabeihaben. Dr. Franke, jemanden von der Spurensicherung, Sie beide. In drei Stunden.« Damit ließ er Simon und Lockhardt stehen und marschierte davon.

»Was sagst du?«, meinte Lockhardt und sah dem Rechtsmediziner zu, der über die Hände des Opfers durchsichtige Plastikbeutel zog.

»Das ist die Handschrift des Vampirkillers«, meinte Simon. »Und wenn du mich fragst: Er will, dass wir das sofort erkennen.«

»Als hätte er das Copyright für so eine Inszenierung. Durchkomponiert wie ein Kunstwerk. Sag mir einer, unser Freund versteht nichts von seinem Geschäft. Das ist ein Profi. Kein Anfänger.«

Simon sah nachdenklich zum östlichen Horizont, wo sich erste blassgraue Streifen zeigten. Vielleicht dämmerte es doch noch nach der langen Nacht, man sollte die Hoffnung auf einen neuen Tag nie aufgeben, dachte er melancholisch. Für einen kurzen Moment stellte er sich mit Wehmut seine Frau und das warme Bett vor, das er hatte zurücklassen müssen.

Dann wandte er sich wieder seinem Partner zu.

»Du hast recht. Das ist ein Profi. Und sein Geschäft ist der Tod.«

»Hey, seit wann bist du zum Philosophen mutiert?«

»Um diese unchristliche Uhrzeit bin ich immer philosophisch«, sagte Simon und rieb sich die Augen. »Vor allem, wenn ich noch nichts im Magen habe. Was meinst du – kann man hier trotzdem irgendwo schon einen anständigen Kaffee kriegen?«

ZWÖLF

Gedankenverloren rührte Simon in seiner Tasse, dann nahm er einen Schluck und musste feststellen, dass der Kaffee immer noch viel zu heiß war. Er brauchte eine anständige Portion Koffein, wenn er seinen Verstand auf Betriebstemperatur bringen wollte. Manchmal wunderte er sich, dass sein Magen so viel davon vertrug, der Kaffee im Präsidium wäre von einem Chemiker beim Lackmustest wohl glatt als Säure durchgegangen.

Lockhardt simste auf Teufel komm raus mit Ehefrau Nummer eins oder Nummer zwei, wie der Kollege seinem hochkonzentrierten Gesichtsausdruck entnehmen konnte. Mit seinen Kindern aus zwei Ehen gab es ständig irgendwelche Probleme, derer er sich mit äußerster Gewissenhaftigkeit annahm.

Sie waren die Ersten im Besprechungsraum der Mordkommission. Gerade kamen Dr. Franke und Mehlich, der Leiter der Kriminaltechnik, herein und setzten sich mit einem knappen Kopfnicken an den Tisch. Sie studierten und ordneten ihre Unterlagen, es herrschte angespannte Stille, sie alle warteten auf ihren Chef, um nicht alles zweimal sagen zu müssen.

Endlich stürmte Schubert wie ein Bundesligacoach vor einem wichtigen Champions-League-Spiel mit zwei Wasserflaschen herein und kam ohne Umschweife zur Sache.

»Ich brauche Ihnen wohl nicht zu sagen, was diese Geschichte an der Reichenbachbrücke in der Öffentlichkeit für Wellen schlagen wird. Ach was, Wellen – das wird der reinste Tsunami! Zwei exorbitant spektakuläre Mordfälle in so kurzem Abstand nacheinander! Und wahrscheinlich auch noch derselbe Täter, von dem wir natürlich nicht die geringste Spur haben.«

Er setzte sich seufzend und sah reihum die vier Männer in der vagen Hoffnung an, dass einer ihn vom Gegenteil überzeugen würde. Aber anscheinend waren alle seiner Meinung, jedenfalls setzte keiner zu einem Widerspruch an.

Schubert seufzte erneut.

»Okay, okay«, sagte er zu sich selbst und schenkte sich Wasser ein. »Ich muss in spätestens einer Stunde eine Pressekonferenz geben, die Medienmeute rennt uns schon die Türen ein. Dabei haben wir nichts, aber auch gar nichts, was ich denen erzählen kann. Außer den buchstäblich nackten Tatsachen. Und die werde ich so sparsam wie nur irgend möglich ausbreiten.«

Er räusperte sich, bevor er fortfuhr: »Wir machen jetzt Folgendes. Ich werde ein Dutzend Leute für eine Sonderkommission anfordern, wir müssen jeder auch noch so kleinen Spur, jedem auch noch so absurden Hinweis und jeder Zeugenaussage nachgehen, und dazu brauchen wir jeden verfügbaren Mann respektive jede Frau. Haben wir überhaupt irgendeinen Augenzeugen?«

»Bis jetzt nicht«, erwiderte Lockhardt. »Aber vielleicht meldet sich noch einer.«

»Sie beide, Simon und Lockhardt, stellen die Soko nach Ihren Vorstellungen zusammen, ich lasse Ihnen dabei völlig freie Hand. Wir brauchen die fähigsten Leute, aber das ist ja sowieso klar. Simon leitet die Soko, und wir nennen sie vorläufig … ja, wie nennen wir sie?«

»Wie wär's mit Soko ›Vampirkiller‹?«, schlug Lockhardt vor. Schubert schüttelte den Kopf. »Kommt nicht infrage. Wir lassen uns auf keinen Fall von der Presse am Nasenring durch die Manege führen.

»Soko ›Rotkehlchen‹«, meldete sich Simon zu Wort.

»Okay, von mir aus«, meinte Schubert und nickte. »Wir brauchen das ja auch nur intern, damit wir eine Kostenstelle haben. Ach ja, ich will einmal am Tag über alles informiert werden. Außerdem will ich immer auf den neuesten Stand gebracht werden, sobald sich auch nur der geringste Fortschritt ergibt. Schon jetzt steht mein Telefon nicht mehr still, aus jeder Ecke nur Fragen, aber keine Antworten. Die erwarte ich von Ihnen. Und zwar möglichst schnell und möglichst zielführend.«

Er strich sich mit der Hand über seine dünnen Haare, eine nervöse Geste, die er sich nicht abgewöhnen konnte, sobald er unter Stress stand. Dann lehnte er sich zurück und sagte: »So, das war die obligatorische Brandrede, die ich nicht gehalten habe, weil sie nötig wäre, dazu kennen wir uns alle schon zu lange. Bis auf Sie, Dr. Franke. Haben Sie schon was Neues für uns?«

Der Rechtsmediziner befühlte seine albernen Flaumstoppeln am Kinn, die wohl allmählich zu einem D'Artagnan-Bart werden sollten, und nickte. »Todeszeitpunkt ziemlich genau halb zwei Uhr nachts. Ansonsten bei näherem Augenschein keine zusätzlichen Verletzungen außer den bereits festgestellten.«

»Gibt es irgendein Anzeichen für sexuellen Missbrauch?«, fragte Simon.

»Nein.«

»Hatte er Drogen im Blut, als er getötet wurde? K.-o.-Tropfen zum Beispiel?«

»Das muss noch festgestellt werden. Die Tests laufen. Aber das dauert.« Dr. Franke hob entschuldigend die Hände, eine Geste, die andeutete, dass er auch keine Wunder bewirken konnte.

»Was sagt die Spurenlage?«, wandte sich Schubert an Mehlich.

»So, wie's aussieht, ist das Opfer in der Tiefgarage überfallen, mit einem Elektroschocker außer Gefecht gesetzt und dann zum Aufzug geschleppt worden.«

»Überwachungsvideo?«

»Hier«, sagte Mehlich und drehte seinen aufgeklappten Laptop so, dass alle freie Sicht auf den Bildschirm hatten, bevor er auf Wiedergabe drückte. Man erkannte etwa ein Dutzend geparkte Wagen aus dem Luxussegment, dann einen Schatten, der aus dem Nichts auf die Kamera zukam. Die Gestalt trug Handschuhe und eine Sturmhaube. Der rechte Arm ging nach oben, und eine Flüssigkeit wurde auf die Kameralinse gesprüht, wodurch diese blind wurde. Mehlich hielt das Video an.

»Das ist alles?«, fragte Schubert mit einem Gesicht, als hätte er statt in einen Apfel in eine Zitrone gebissen.

»Tutto«, antwortete Mehlich mit schiefem Grinsen. »Und zwar bei allen relevanten Überwachungskameras.« Er ließ das Video zurücklaufen, bis die schwarze Gestalt am besten zu erkennen war, dann drückte er auf Standbild und vergrößerte es auf optimales Format. Die Qualität war ohnehin nicht besonders, aber es war das Beste, was sie vorläufig hatten.

»Lassen Sie das ausdrucken. Es bringt zwar nicht viel, aber damit habe ich wenigstens etwas Handfestes für die Medien«, sagte Schubert.

»Wir können wohl davon ausgehen, dass wir es mit einem Einzeltäter zu tun haben«, meinte Lockhardt und sah genauer auf den Bildschirm. »Geschätztes Alter zwischen dreißig und Ende vierzig, aber das bringt uns auch nicht viel weiter.«

»Männlich, kräftig, durchtrainiert«, ergänzte Simon. »Das muss er sein, wenn er sein Opfer in den Aufzug schleppt und oben im Penthouse über das Geländer wuchtet. Was wiegt Wischnewski?«, fragte er den Mediziner.

»Siebenundachtzig Kilo«, antwortete Franke nach einem kurzen Blick in seine Unterlagen.

»Wie sieht der mögliche Tathergang nach der Spurenlage aus?«, erkundigte sich Schubert bei Mehlich.

Der Leiter der Spurensicherung rief auf seinem Laptop einen Grundriss des Penthouses auf und fuhr mit seinem Kugelschreiber auf dem Bildschirm den Weg ab, den Opfer und Täter seiner Meinung nach genommen haben mussten.

»Hier zerrt er das Opfer aus dem Aufzug, in der Küche entkleidet, fesselt und knebelt er es mit einem mitgebrachten Klebeband, dann schleppt er es nach draußen auf die Terrasse und lässt es im Freien liegen. Er durchsucht das Penthouse oberflächlich; wonach er sucht, wissen wir nicht, ein paar Schubladen und Schranktüren waren offen.«

»Vielleicht hat Wischnewski sie offen gelassen, bevor er wegfahren wollte«, mischte sich Lockhardt ein. »Weil er in Eile war.«

»Woher wissen wir das?«, fragte Schubert. »Ich meine, dass er wegfahren wollte.«

»Er hatte einen gepackten Koffer im Kofferraum seines Wagens, Klamotten und Toilettenartikel für ein oder zwei Tage«, erklärte Lockhardt mit einem Blick auf seine Notizen. »Inklusive einer Notration Viagra.«

»Wissen wir, wohin er wollte?«

»Nein, das kriegen wir noch raus«, antwortete Simon. »Aber in einem Punkt bin ich anderer Meinung. Wischnewski war nicht der Typ, der Schranktüren und Schubladen geöffnet zurücklässt.«

»Woraus schließen Sie das?«, wollte Schubert wissen.

»Aus dem Zustand seiner Wohnung. Sieht alles aus wie geleckt. Seine Hemden, seine Krawatten, seine Anzüge – alles penibel gebügelt und nach Größe und Farbe geordnet, auch die Schuhe. Das Bett perfekt gemacht.«

»Hat er eine Haushälterin oder eine Reinigungskraft?«, fragte Schubert.

»Wird noch eruiert«, antwortete Lockhardt.

»Okay. Bitte, Mehlich, machen Sie weiter.«

»Nach einem vorgetäuschten Einbruch sieht es mir nicht aus, dann hätte der Täter absichtlich ein Chaos hinterlassen, was nicht der Fall ist.«

»Er versucht gar nicht erst, irgendeine falsche Spur zu legen«, gab ihm Simon recht.

»Nein«, stimmte Mehlich zu. »Das Einzige, was er wohl gesucht und gefunden hat, war das Sushi-Messer.«

»Also hat er wahrscheinlich keine Waffe mitgebracht.«

»Zumindest hat er keine eigene verwendet. Vielleicht erschien es ihm passender, Wischnewski mit dessen eigenen Messer die Kehle durchzuschneiden, aus was für Gründen auch immer«, meinte Simon.

Er hatte schon begonnen, dem Täter und seiner Denkweise nachzuspüren, denn Profiling war auch offiziell sein Spezialgebiet, seit er an einigen mehrwöchigen Seminaren von Experten des FBI und Interpol zu diesem Thema teilgenommen hatte. Seine besondere Fähigkeit, sich in die Denk- und Sichtweise eines Menschen hineinzuversetzen, der anders dachte, fühlte und handelte als die meisten anderen, war Fluch und Segen zugleich. Segen, wenn es bei der Aufklärung eines Verbrechens hilfreich war, in die Psyche eines anderen zu schlüpfen. Und Fluch, wenn Simon die Handlungs- und Denkweise einer Person derart kongruent nachvollziehen konnte, dass ihm bisweilen angst und bange wurde vor sich selbst und seinen eigenen Abgründen.

Das Sich-Hineinversetzen in ein anderes Gehirn kostete derart viel Kraft, dass er sich bei der Aufklärung besonders grausamer Verbrechen noch Wochen später ausgezehrt und beschmutzt fühlte, so, als wäre sein eigenes Ich missbraucht worden. Diesen Zustand konnte er nicht einfach nach Feierabend im Büro zurücklassen, er schleppte ihn ständig mit sich herum. Selbst wenn er sich bemühte, den Deckel drauf zu halten, so brodelte es doch darunter, und gelegentlich wurde der Druck so groß, dass der Deckel sich öffnete. Dann kam einer der vielen unterdrückten Dämonen zum Vorschein und drohte, ihn in eine schwere Depression abgleiten zu lassen.

Oft genug hatte Simon mit seiner Frau darüber gesprochen, die nicht nur eine sensible Ehefrau, sondern auch eine gute Ärztin war und ihr Bestes gab, ihm aus diesem schwarzen Loch wieder herauszuhelfen. Manchmal dachte er daran, was wohl mit ihm passieren würde, wenn er den Rat und die Unterstützung und vor allem die Liebe seiner Frau und seiner Tochter nicht hätte.

Er fragte sich, warum er ausgerechnet jetzt über den Zustand seiner Ehe nachgrübelte. War ihm seine Frau in letzter Zeit in ihrem Verhalten nicht bisweilen etwas seltsam vorgekommen? Hatte er sie zu sehr vernachlässigt, seine Familienpflichten nicht mehr so wahrgenommen wie früher? Schon einmal hatte ihm seine Frau vorgeworfen, dass er mit seiner Arbeit verheiratet sei. Hatte er den leisen Vorwurf nicht so ernst genommen, wie er das hätte tun sollen?

Er rieb sich über die Stirn. Darüber nachzudenken half ihm nicht weiter, im Gegenteil, damit brachte er sich nur wieder an den Rand des Abgrunds, in den er lieber nicht mehr hinabschauen wollte.

Über seine Grenzen war er erst ein einziges Mal gegangen. Hinterher hatte er inständig gehofft, eine solche Erfahrung nie wieder machen zu müssen. Es war, als hätte er dabei an eine innere Saite gerührt, deren Vibration er lieber nicht verspürt hätte.

Er konnte diesen Zustand nur schwer beschreiben. Lockhardt hatte sich wirklich alle Mühe gegeben, ihn zu verstehen, aber letztlich war Simon klar gewesen, dass er ganz allein damit fertigwerden musste. Damals war es weniger darum gegangen, dass er sich in den Kopf eines anderen Menschen hineinversetzt hatte, der durch und durch böse war, sondern darum, dass ihn das seltsame Gefühl befallen hatte, der andere, den er über Tage vernommen hatte, sei in *seinen* Kopf geschlüpft.

Seitdem hatte ihn die Angst, dass so etwas wieder passieren würde, nicht mehr losgelassen. Er befürchtete, dass dieses tödliche Gift des Bösen irgendwie in seinen Blutkreislauf gelangen konnte wie eine unheilbare Krankheit. Und das durfte er nicht zulassen, schließlich hatte er eine Frau und eine Tochter, die ihn brauchten und die er brauchte.

Nie mehr würde er einem Monster in Menschengestalt wie dem mehrfachen Frauenmörder, der seine Opfer auf grausamste Weise abgeschlachtet und zerstückelt hatte, erlauben, sich in seinem Gehirn einzunisten wie ein Parasit, der unmerklich größer und größer wurde, um am Ende die Herrschaft über Simon zu übernehmen und ihn um den Verstand zu bringen.

Die meisten Leute negierten die Existenz solcher Täter, ganz einfach deshalb, weil es so etwas nicht geben durfte.

Aber Simon wusste es besser. Er hatte einem Musterexemplar dieser Spezies gegenübergesessen. Und er wusste, dass es von Grund auf böse war. Es war seine Bestimmung.

»Kann es vielleicht doch sein, dass unser Täter den Mord nicht geplant hat?«, fragte Schubert. »Und nur etwas aus dem Opfer herauspressen wollte? Es muss ja nicht unbedingt um Geld gegangen sein. Vielleicht ging es ihm um eine wichtige Information, und dann ist möglicherweise der Gaul mit ihm durchgegangen, und er hat überreagiert ...«

Das brachte Simon mit einem Schlag wieder zurück in die Wirklichkeit. Er schüttelte entschieden den Kopf. »Dann hätte er Wischnewskis Hinrichtung nicht so penibel vorbereitet, mit Seil, Karabinerhaken und so weiter. Nein, er hat nach einem Messer gesucht, das dem Opfer gehörte, weil er annehmen konnte, dass er in dieser Luxusküche ein entsprechendes Messer finden würde.«

»Ich weiß nicht – für mich klingt es ganz plausibel, dass er sein Opfer vor dem Cut noch zu etwas zwingen wollte«, warf Lockhardt ein.

»Gut möglich«, sagte Mehlich. »Wir haben einen versteckten Safe gefunden. Momentan sind wir dabei, das Zahlenschloss zu knacken. In der Jacke des Opfers steckte übrigens eine Brieftasche mit zehn 500-Euro-Scheinen.«

»Das heißt im Klartext: Geld interessierte den Täter nicht«, folgerte Schubert.

»Richtig. Bei der Kaltblütigkeit, die der Täter an den Tag legt, hätte er Wischnewski ohne Weiteres dazu zwingen können, ihm die Kombination des Safes zu verraten«, meinte Simon.

»Das Zeug auf den Überwachungskameras war übrigens simpler Rasierschaum«, berichtete Mehlich. »Die Spraydose haben wir gefunden.«

»Keine Fingerabdrücke, nehme ich an?«, fragte Schubert.

»Keine Fingerabdrücke.«

»Okay. Ich fasse kurz zusammen. Wir haben bisher keine verwertbaren Spuren, keine Zeugen, keine Beziehung zum ersten Opfer auf dem Bauernhof. Wir haben lediglich eine weitere Leiche mit einem ähnlichen Modus operandi und ein undeutliches und nicht sehr aussagekräftiges Bild von einem schwarz vermummten Täter. Sehe ich das richtig?«

»Das ist der derzeitige Stand«, stimmte Lockhardt seinem Chef zu.

»Dann gehen wir nach dem üblichen Procedere vor. Ihre Leute knöpfen sich die Nachbarn des Toten vor. Wir veröffentlichen das Standbild aus der Tiefgarage. Dann das Wichtigste: Was war der Tote für ein Mensch? Umfeld, Verwandte, Bekannte, berufliche Kontakte, Herkunft, mögliche Feinde, wir brauchen das volle Programm.«

»Und wo ist das Motiv?«, erlaubte sich Lockhardt hinzuzufügen.

Simon sah seinen Chef fragend an. »Soll ich spekulieren?«

»Bitte, nur zu. Dass wir es mit einem Irren zu tun haben, ist ja offensichtlich.«

»Mit dieser Einschätzung wäre ich vorsichtig«, widersprach Simon. »Wir dürfen diesen Täter keinesfalls unterschätzen. Das heutige Opfer war nackt, wie der erste Tote auch. Das Ganze sieht mir nach Bestrafung aus, für eine Tat, die wir noch nicht kennen und die möglicherweise in der Vergangenheit zu suchen ist. Da müssen wir nachbohren, das ist etwas für dich, Abel. Vielleicht gibt es doch eine

Schnittstelle zwischen ihm und Prechtl. Ich spekuliere mal: Dr. Prechtl hatte es auf kleine Jungs abgesehen. Vielleicht wurde er dafür bestraft. Und womöglich hatte Wischnewski ähnliche Neigungen.«

Lockhardt nickte und machte sich ein paar Notizen.

»Der Mord im Penthouse war keine spontane Tat, sondern von langer Hand geplant und minutiös vorbereitet«, fuhr Simon fort. »Einen zufälligen Einbruch können wir mit Sicherheit ausschließen. Das Opfer und der Tatort müssen über Tage und Wochen ausspioniert worden sein. Allerdings denke ich nicht, dass die Tat persönlich motiviert war, also dass es eine direkte Verbindung zwischen Täter und Opfer gab. Eher eine indirekte, wie auch im ersten Fall.«

»Wie kommen Sie darauf?«, wollte Schubert wissen.

»Das ist nur eine Vermutung. Natürlich kann es ein persönlich motivierter Racheakt sein. Aber beide Taten waren Inszenierungen, große Oper, verstehen Sie? Nur für wen? Für die Kripo? Das wissen wir noch nicht.«

»Aber dann stellt sich mir die nächste Frage«, sagte Schubert. »Wie sucht sich der Täter seine Opfer aus? Wie findet er sie, wenn es keine persönliche Verbindung gibt?«

Auf diese Frage war Lockhardt vorbereitet. Er wedelte mit einer Menge bedruckter Papierseiten herum. »Vielleicht gibt es ja eine, die wir noch nicht kennen. Den Rest kriegt man problemlos aus dem Internet. Das da habe ich allein über Claus Wischnewski gefunden. Inklusive Interview auf einer Wirtschaftsseite, Adresse und Fotos.«

Simon murmelte vor sich hin. »Keiner ist das, was man von ihm denkt oder über ihn schreibt.«

Schubert sah ihn an. »Bitte?«

»Nichts. Ich habe nur laut gedacht.«

Schubert nickte und fragte: »Ist er vorbestraft?«

»Nein, aber unsere Experten sind noch dabei, seine Computer- und Handydaten auszuwerten. Und seine Kontobewegungen.«

»Wie auch immer, es ergibt sich eine weitere schwerwiegende Schlussfolgerung«, fuhr Simon fort. »Nämlich dass das erst der Anfang war.«

Das betretene Schweigen im Besprechungsraum sprach Bände.

Simon war noch nicht fertig mit seinen Ausführungen. »Eine nackte Leiche bedeutet normalerweise, dass der Täter sein Opfer bewusst herabwürdigen will. Es bloßstellen und demütigen. Damit will er der Welt oder der Kripo zeigen: Seht her, der hat nichts anderes verdient. Wie im Fall Prechtl. Ich will auf eines hinaus: Je theatralischer und verächtlicher die Präsentation eines Opfers ist – in unserem speziellen Fall sogar ein Aufhängen mit dem Kopf nach unten –, desto berechnender und intelligenter ist der Täter. Meine Hypothese ist, dass unser Mann allein lebt, keine festen Bindungen hat, niemandem gegenüber verantwortlich ist oder Rechenschaft abzulegen hat und ›hauptberuflich‹ für seinen Rachefeldzug lebt, für den er alles opfert. Ich denke nicht, dass ihm Zeit übrig bleibt, um einem Beruf nachzugehen. Das ist kein Mann mit zwei Gesichtern, der tagsüber eine bürgerliche Fassade hat und nachts auf die Jagd nach Menschenleben geht. Also muss er Geldreserven haben, auf die er zugreifen kann. Seit wann er das macht, wissen wir noch nicht. Wir wissen auch noch nicht, was der Auslöser für seine Taten war. Aber eines ist klar: Unser Mann ist extrem auf sein Ziel fixiert, er geht raffiniert vor und plant seine Taten von langer Hand, er schreckt vor keiner Grausamkeit zurück, hinterlässt keinerlei Spuren, sondern nur eine Art Botschaft. Und wenn es keine persönliche Beziehung zu seinen Opfern gibt, über die wir früher oder später auf ihn stoßen werden, sondern nur eine – lassen Sie es mich mal so salopp formulieren – rein ›geschäftliche‹, dann wird es verdammt schwierig werden, ihn zu fassen.« Simon trank seinen kalten Kaffee aus und sah die anderen direkt an. »Wenn wir in unseren Ermittlungen nicht weiterkommen, bleibt uns eigentlich nur eine Möglichkeit …«

»Und die wäre?«, fragte Schubert.

»Abwarten. Abwarten und einstweilen alle Informationen sammeln, die wir kriegen können. Und darauf hoffen, dass er beim nächsten oder übernächsten Opfer einen Fehler macht.«

Schubert schüttelte entschlossen den Kopf und stand auf. »Wir werden unter Garantie nicht dasitzen und abwarten. Nicht, solange ich Chef der Mordkommission bin. Niemand arbeitet fehlerfrei, auch unser Täter nicht. Und wir werden den gottverdammten Fehler finden, der ihm bereits jetzt unterlaufen sein dürfte. Worauf warten Sie noch, meine Herren? Da draußen treibt sich ein Killer herum, der zielgerichtet Menschen abschlachtet. An die Arbeit!«

DREIZEHN

Simon und Lockhardt waren noch lange im Präsidium, um alles Nötige in die Wege zu leiten. Sie nahmen eines der Großraumbüros in Beschlag und stellten die Soko Rotkehlchen zusammen – aus den Kolleginnen und Kollegen, die mit ihrem Können, ihrer Erfahrung und ihrer Hartnäckigkeit eine schlagkräftige Truppe bilden würden. Lockhardt hatte ein erstes Dossier über Claus Wischnewski zusammengestellt, das aus sämtlichen Informationen und persönlichen Daten bestand, die er aus dem Internet und per Telefon von Mitarbeitern aus dessen Firma einholen konnte. Verwandte schien Wischnewski keine zu haben, weder eine Freundin noch ein Lebenspartner war bisher bekannt. Überhaupt schien Wischnewski näheren persönlichen Beziehungen keinen großen Stellenwert in seinem Leben eingeräumt zu haben. Dieser Umstand verband ihn mit Dr. Prechtl. Auch der Kinderarzt war – soweit es die Kollegen, die sich mit den Missbrauchsfällen befassten, bisher in Erfahrung gebracht hatten – ein Einzelgänger gewesen.

Das Großraumbüro war mit zehn Arbeitsplätzen und dem neuesten technischen Equipment ausgestattet. Die Glaswand zum Nachbarbüro wurde mit allen Fotos,

Grundrissen, Daten und Stichwörtern zu den beiden Fällen bepflastert, sodass man auf Anhieb einen guten Überblick über den aktuellen Stand der Ermittlungen hatte. Es war nicht ganz einfach, bei der Unmenge an Material den eigentlichen Fokus nicht aus den Augen zu verlieren, nämlich dem Täter auf die Spur zu kommen.

Denn das war nun mal ihr Job. Sie mussten Wichtiges von Unwichtigem unterscheiden, durften dabei aber keine scheinbar unbedeutenden Details unter den Tisch fallen lassen, die sich hinterher womöglich als entscheidender Hinweis entpuppen oder weitere Opfer verhindern konnten. Das war die schlimmste aller denkbaren Möglichkeiten, der Worst Case für alle Ermittler bei Mordserien. Simon und sein Partner waren erfahren genug, um damit klarzukommen, auch wenn das Damoklesschwert eines eventuellen Flüchtigkeitsfehlers ständig über ihnen schwebte.

Am nächsten Morgen wollten sie frisch und ausgeruht vor versammelter Mannschaft die Aufgaben verteilen. Sie erhofften sich vor allem von der Auswertung von Wischnewskis Computer und Handy neue und weiterführende Erkenntnisse. Für heute hatten sie jedoch genug, der lange Tag forderte seinen Tribut. Sie waren seit gut siebzehn Stunden auf den Beinen und hatten das Abendessen mit ihren Familien, das sonst immer ein Fixpunkt war, absagen und sich mit ein paar Sandwiches und Unmengen Kaffee zufriedengeben müssen.

An solchen Tagen griff Lockhardt auf seine Notration von eingeschweißten Salamiwürsten zurück, die er in der untersten Schublade seines Schreibtischs versteckt hatte –

im Irrglauben, dass außer ihm und Simon niemand davon wusste, dabei machte sich die ganze Abteilung hinter seinem Rücken über diese Marotte lustig. Es gab einen geräumigen Kühlschrank in der Teeküche, wo die Vorräte am besten aufgehoben gewesen wären, aber Lockhardt weigerte sich strikt, sie dort fachgerecht unterzubringen, weil er behauptete, dass seine Würste schneller geklaut würden, als er neue nachkaufen könne.

Während er an seiner Salami knabberte, konnte er kaum noch seine Augen offen halten, schob den Müdigkeitsanfall aber auf die vergangene schlaflose Nacht, die er am Bett seiner vierjährigen Tochter verbracht hatte. Melanie hatte aus heiterem Himmel hohes Fieber bekommen und brütete wohl irgendeine Kinderkrankheit aus. Lockhardt, der bei vier Sprösslingen mittlerweile zum Spezialisten geworden war, tippte auf eine schmerzhafte Mittelohrentzündung, die auch nicht besser geworden war, nachdem er zum dritten Mal in zwei Stunden mit Melanies Mutter telefoniert hatte. Simon schickte ihn umgehend nach Hause, was sich Lockhardt nicht zweimal sagen ließ.

Um halb elf nachts saß Simon daher allein im Großraumbüro der Soko Rotkehlchen. In einem weit entfernten Winkel des Stockwerks klingelte ein Telefon, und im Nebenbüro nahm der nächtliche Putzdienst seine Arbeit auf. Er betrachtete konzentriert die Glaswand mit der Quintessenz dessen, was sie über die beiden grausamen Morde wussten.

Auf einmal kam ihm alles völlig chaotisch vor. Er musste seinen Blick bewusst fokussieren, weil vor seinen Augen alles zu einem einzigen Brei verschwamm. Erschöpft strich er sich mit den Handflächen übers Gesicht. Sein Arbeitstag war noch nicht zu Ende. Dies war ein Fall, der seinen besonderen persönlichen Einsatz erforderte. Dazu musste er etwas tun, das er sich bei komplexen Tötungsdelikten angewöhnt und zur Pflicht gemacht hatte. Jetzt, wo die Leute von der Spurensicherung aus Wischnewskis Wohnung abgerückt waren, zog es ihn noch einmal zurück an den Tatort. Wenn er Glück hatte, konnte er die Wände raunen hören, so nannte er das.

Die Vorstellung, vielleicht noch ein paar Reste der kriminellen Energie wahrnehmen zu können, die ihm verrieten, was wirklich abgelaufen war, konnte er mit niemandem teilen. Schließlich wollte er in seinen Kreisen nicht den Ruf eines Sonderlings bekommen. Aber manchmal hatte er tatsächlich das Gefühl, als könnte er etwas hören, was nur seine Ohren vernahmen, und etwas sehen, was ausschließlich seinen Augen vorbehalten war. Als hätte er einen zusätzlichen Sinn, über den normale Menschen nicht verfügten.

VIERZEHN

Diesmal nahm er die U-Bahn und stand lange vor dem siebenstöckigen Neubau am Ende der Fraunhoferstraße. Er fragte sich, wie er von hier weggekommen wäre, wenn er es eilig gehabt hätte, weil er gerade jemanden umgebracht hatte. Inzwischen hatte es zwar aufgehört zu schneien, doch der Schnee war an den Stellen, wo noch nicht geräumt worden war, knietief. Auf den Gehsteigen hatte sich durch das Streuen von Salz knöcheltiefer Matsch gebildet, der nur mit wasserdichten Stiefeln durchquert werden konnte. Die geparkten Autos waren von einer so dicken Schneeschicht bedeckt, dass man weder Fabrikat noch Marke erkennen konnte. Ein junger Mann mit Hipstermütze war damit beschäftigt, seinen Wagen freizuschaufeln, und kämpfte heroisch mit Handschaufel, Besen und Eiskratzer gegen die kompakten und halbgefrorenen Schneebarrieren, mit denen sein Auto von den Schneepflügen am Straßenrand eingemauert worden war.

Simon betrat die Lobby des Hauses. Er zeigte dem Portier seinen Ausweis und durfte mit dem Aufzug nach oben zum Penthouse fahren. Dort schnitt er das Siegel der Wohnungstür mit seinem Taschenmesser auf und öffnete mit

Karte und Sicherheitscode. Er ging in die Wohnung und schaltete sämtliche Lichter an. Dann schloss er die Tür hinter sich und sah sich um. Überall waren die unverkennbaren Hinterlassenschaften einer Armada von Kriminaltechnikern zu erkennen, Reste von Fingerabdruckpulver, aufgeklebte Pfeile mit Nummern, die auf verdächtige Flecken und Rückstände verwiesen, aus dem Bett gezogene Matratzen, offene Schranktüren – die Spezialisten hatten gründliche Arbeit geleistet und das Unterste zuoberst gekehrt.

Simon machte einen Rundgang durch die ganze Wohnung und versuchte, die Atmosphäre auf sich wirken zu lassen. Er konzentrierte sich, bis er glaubte, den Nachhall der Gewalt spüren zu können, die hier ausgeübt worden war.

Solange der Tross aus Technikern und Polizisten hier herumwuselte, ging es nicht, aber jetzt, seit er allein hier war, merkte er, wie sich die Haare auf seinem Unterarm aufstellten und er eine Gänsehaut bekam. Weil er spürte, dass so etwas wie der Hauch des Bösen anwesend war. Dieses Gefühl ließ sich nicht erklären, und es war auch nicht messbar. Es hatte nichts zu tun mit Autosuggestion oder Magnetresonanzwellen oder sonstigem esoterischen Humbug. Es war einfach da und schmeckte im Gaumen leicht nach Kupfer. Wo hatte er diesen seltsam unangenehmen Geschmack das letzte Mal wahrgenommen? Richtig, im Schlachtraum auf dem Einödhof von Prechtl. Aber auch vorher schon. Er war allein gewesen, nicht ganz wach, fast im Halbschlaf. So sehr er sich auch das Gehirn zermarterte – er kam einfach nicht drauf.

Wie in Trance öffnete er die Tür, die zur Terrasse hinausführte, und ging mit knirschenden Schritten über die verharschte Schneedecke, die alle Spuren auf der Terrasse überdeckt hatte. Schließlich stand er an der Brüstung und blickte auf die nächtliche schneebedeckte Stadt hinunter, die vor ihm im weißen Mondlicht glitzerte. Das Verkehrschaos war immer noch beträchtlich, sämtliche Flüge waren gestrichen worden, die Züge von und nach München hatten stundenlange Verspätungen. Die Lichter der Scheinwerfer wirkten wie glühende Lindwürmer, die sich nach einem undurchschaubaren Ratschluss ohne Sinn und Verstand kreuz und quer durch die Gegend schlängelten.

Simon schloss die Augen und atmete tief durch. Er war todmüde, aber die frische, kalte Luft half ihm, wieder klare Gedanken zu fassen. Der Geschmack von Kupfer war sicher Einbildung, die unsichtbare Anwesenheit von etwas undefinierbar Bösem ebenfalls. Wie konnte er überhaupt zulassen, dass so abstruse Gedankengänge von ihm Besitz ergriffen, nur weil er am Tatort eines besonders brutalen und grausamen Tötungsdelikts war, wie es im offiziellen Polizeibericht hieß?

Er merkte, dass er fror, und stapfte wieder zurück ins Penthouse, schloss die Terrassentür hinter sich und sah sich erneut um, als wäre er zum ersten Mal hier. Moderne Designermöbel, sparsam eingerichtet, eine riesige Musikanlage mit einem Plattenspieler, der ein kleines Vermögen wert war, eine Riesensammlung Vinylplatten, alles Opern und klassische Konzerte, wie er bei einer oberflächlichen Durchsicht feststellte, ein paar Kunstwerke – filigrane Metallskulpturen, die aussahen, als wären sie von Giacometti, und an den Wänden zwei große Warhols, die keine Kunstdrucke waren, wie er feststellte, als er sie näher inspizierte, sondern echte Siebdrucke, die von Warhols Hand nummeriert und signiert waren. Elvis als Cowboy in sechsfacher blauer und roter Variation und Schloss Neuschwanstein in bunt. An Geld schien es dem Besitzer des Penthouses nicht gefehlt zu haben, aber das hatten schon seine Bankkonten gezeigt. Dabei hatten sie bisher nur die offiziellen überprüft, wer wusste schon, wo Wischnewski noch überall Geld gebunkert hatte?

Ein weiterer Druck von Warhol stand auf dem Boden, an die Wand gelehnt: die sechsfache Hexe aus dem Film *Wizard of Oz* in giftgrünen Farbtönen. In Augenhöhe, wo der Druck normalerweise hing, befand sich eine halboffene Tresortür. Offenbar hatte einer der Techniker die Zahlenkombination doch noch herausbekommen.

Simon öffnete die schwere Stahltür bis zum Anschlag. Mehlichs Leute hatten ganze Arbeit geleistet: Sie hatten den Inhalt zwar für eine genauere Untersuchung mitgenommen, aber dafür eine handgeschriebene Liste mit Unterschrift, Datum und Stempel hinterlassen, ganz wie es sich für ordentliche deutsche Beamte gehörte. Im Tresor hatte ein deutscher Pass mit Nummer und Gültigkeitsdauer gelegen sowie eine Sammlung antiker Münzen, zwei Uhren (Audemars Piguet Royal Oak und Breitling Chrono-Matic QP), zwei Ordner mit Zahlenkolonnen und Bankunterlagen sowie gebündeltes Bargeld: zehntausend Dollar in Hundertern, zwanzigtausend Schweizer Franken in Fünfhundertern und siebentausendsechshundert Euro in Hundertern und Fünfzigern.

Simon legte die Liste zurück und ging weiter in die großräumige Küche. Auch hier war alles vom Feinsten, grauer Schieferboden, ein Küchenblock in der Mitte, ein amerikanischer Kühlschrank in Edelstahloptik mit Eisspender und Doppeltür. Er war leer bis auf Milch, Butter und zwei Flaschen mit edelstem Schampus, Dom Pérignon rosé Vintage 2004 Jahrgangschampagner.

Er schätzte den Preis pro Flasche auf mindestens dreihundert Euro und dachte mit einem Lächeln wieder an Lockhardt und einen seiner dämlichen Sprüche, der hier auf makabere Weise passte: Nobel geht die Welt zugrunde. In diesem Fall die Welt des Claus Wischnewski.

In den Gefrierfächern lagen ein paar Single-Menüs von Feinkost Käfer. Sonst nichts. Single-Menüs für die Mikrowelle. Wieder eine Kleinigkeit, dachte Simon, die Wischnewski mit Dr. Prechtl gemeinsam hatte.

Er wollte sich schon wegdrehen, als ihm oben rechts auf der Kühlschranktür ein unscheinbarer Motivmagnet auffiel. Ein Magnet, der Simon bekannt vorkam. Es war ein kleiner dreiarmiger Kaktus in einem Topf, etwa so groß wie ein Daumen.

Er konnte nicht so recht glauben, was er da sah, denn es war der gleiche Magnet wie auf dem Kühlschrank in seiner eigenen Küche. Seine Tochter hatte ihn sich ausgesucht, in einem Spielzeugladen in Meersburg, der sich »Omas Kaufhaus« nannte. Bei einem Familienausflug an den Bodensee vor einem guten halben Jahr waren sie an dem Geschäft vorbeigekommen, in dem sich auf engstem Raum Hunderte von altmodischen Spielsachen stapelten. Ritterausrüstungen aus Pappe, Schwerter, Beile und Turnierschilde aus Holz, Puppen, Puppenhäuser und Kaufläden samt Einrichtung, Retrospielzeug aus Blech, Dampfmaschinen, Miniatur-Drehorgeln – bei diesem vielfältigen Angebot hatte Magdalena ganz glänzende Augen bekommen. Sie musste jede Spieluhr ausprobieren, obwohl es eigentlich verboten war, einen Spitzhut für Burgfräulein aufsetzen, jedes Buch aufklappen, aus dem ihr Figuren entgegensprangen. Als sie schließlich die Kühlschrankmagneten entdeckte, war sie vollkommen aus dem Häuschen gewesen. Simon und Amelie hatten sich von der Begeisterung ihrer Tochter anstecken lassen und ihr erlaubt, ein ganzes Dutzend dieser Magnete mit verschiedensten dreidimensionalen Motiven zu kaufen. Magdalena suchte sie sorgfältig aus, weil sie als Mitbringsel für ihre zahlreichen Freundinnen gedacht waren.

Simon und seine Frau hätten nie damit gerechnet, aber jeder einzelne Magnet fand eine entzückte Abnehmerin, und ihre Tochter schaffte es tatsächlich, sich von den mitgebrachten Kostbarkeiten zu trennen. Mit Ausnahme des kleinen grünen Kaktus in seinem tonfarbenen Topf. Den hatte sie ganz besonders ins Herz geschlossen und behielt ihn für den familieneigenen Kühlschrank.

Und da hing er immer noch, um Notiz- und Einkaufszettel festzuhalten, davon war Simon überzeugt. Bestimmt gab es auch in München oder im Internet Geschäfte, die solchen Krimskrams verkauften. Trotzdem – der Kaktusmagnet an Wischnewskis Kühlschranktür kam Simon in dieser unpersönlich eingerichteten Luxuswohnung seltsam unpassend vor, wie ein Fremdkörper. Hätte sich ein betuchter männlicher Single wie Wischnewski, der seine Wohnung von einem Innenarchitekten bezugsfertig einrichten ließ, bei einem Spontankauf dieses kleine, verspielte Ding gekauft? Und wenn er wirklich ein heimliches Faible für diese Magneten hatte, warum waren da nicht gleich mehrere, so wie bei den Simons? Ganz davon abgesehen, dass Wischnewski nach allem, was sie über ihn wussten, nicht der Mensch war, der überhaupt Läden mit billigem Schnickschnack betrat. Vielleicht war der Magnetkaktus ein Geschenk gewesen, doch dann hätte er ihn bestimmt nur kurz angesehen und anschließend entsorgt, statt ihn sich an seinen edlen Kühlschrank zu pappen.

Simon wunderte sich ein wenig über sich selbst, weil er dieser Kleinigkeit so viel Bedeutung beimaß. Die Techniker von der Spurensicherung hatten den kleinen Magneten wohl übersehen oder ihn nicht für tatrelevant gehalten. Aber auf seinen Instinkt konnte er sich eigentlich immer verlassen. Irgendetwas passte nicht ins Bild.

Behutsam löste er den Magneten von der Kühlschranktür. Dabei fiel ein kleiner zusammengefalteter Zettel zu Boden. Er hatte darunter gesteckt und war ihm auf den ersten Blick gar nicht aufgefallen. Simon hob ihn auf, faltete ihn auseinander und las:

> Bitte unbedingt mitbringen!
> PFEFFERMINZMÜSLI
> NESQUIK und
> NUTELLA!!!

In kindlicher, schön geschwungener Jungmädchenhandschrift mit Filzstift geschrieben.

Simons Hände fingen an zu zittern, er erkannte die Schrift auf den ersten Blick.

Es war die Schrift seiner Tochter. Die Schrift von Magdalena.

TEIL II

Der Teufel in tausend Gestalten

EINS

Als Simon mit dem Lift hinunter ins Erdgeschoss fuhr, fiel ihm schlagartig wieder ein, wann und wo er zum vorletzten Mal den schalen Geschmack von Kupfer an seinem Gaumen verspürt hatte.

Er war mitten in der Nacht wach geworden. Draußen hatte sich ein heulender Wintersturm ausgetobt, er hatte auf die Toilette gemusst und Durst gehabt. Es war ein paar Wochen her, aber seine Frau sagte immer, dass er ein Elefantengedächtnis habe. Und jetzt, in einem Gedankenflash, erinnerte er sich so genau und detailliert, als wäre es letzte Nacht gewesen. Der Sturm hatte an allem gerüttelt, was nicht niet- und nagelfest war, hatte Schneewehen aufgetürmt und Bäume enthauptet. Die üblichen Boulevardblätter hatten sich veranlasst gesehen, Schlagzeilen wie »Blizzard über München« und »Schneekatastrophe in der Landeshauptstadt« zu produzieren.

Auf dem Weg von der Küche zurück ins Schlafzimmer hatte er es gespürt. Sein merkwürdiges zusätzliches Sinnesorgan hatte Alarm geschlagen. Kurzzeitig hatte er den charakteristischen Kupfergeschmack auf Zunge und Gaumen geschmeckt. Den Pesthauch des Bösen. Noch jetzt schauderte es ihn beim bloßen Gedanken daran, wie er in seiner Paranoia überprüft hatte, ob die Wohnungstür auch abgeschlossen war. Anschließend war er wieder zurück zu seiner Frau ins Bett geschlüpft, weil er davon überzeugt gewesen war, dass alles seine Richtigkeit hatte.

Aber anscheinend war das ganz und gar nicht der Fall gewesen.

Er hätte damals besser auf seine innere Stimme hören sollen.

In düstere Gedanken versunken, blieb er wie angewurzelt stehen, obwohl die Aufzugtür schon längst aufgegangen war.

»Wollen Sie raus, oder fahren Sie weiter nach unten, junger Mann?«, fuhr ihn eine gertenschlanke Frau mit übertrieben toupiertem Blondhaar, rosafarbenem Lippenstift und hochgezogenen tätowierten Augenbrauen an. Sie war undefinierbaren Alters, aber sicher weit jenseits der siebzig, mit Botox im Gesicht und einem Schoßhündchen auf dem Arm.

Simon starrte sie verständnislos an, als hätte sie ihn auf Nepalesisch angesprochen.

»Rauf oder runter?«, fragte sie noch mal und klimperte dazu mit ihren falschen Augenwimpern und den echten Goldkettchen, die zahlreich an ihrem spindeldürren Handgelenk hingen. Erst als das Schoßhündchen ihn ankläffte, erwachte Simon aus seiner Schockstarre. Wortlos drängte er sich an den beiden vorbei und verließ das Gebäude.

Die Dame mit dem Schoßhündchen schickte ihm einen

bösen Blick hinterher, drückte den Knopf für den dritten Stock und sagte noch »So ein Flegel!« zu ihrem Hündchen, das sich mit einem zweimaligen Bellen der Empörung seines Frauchens anschloss, bevor die Aufzugtür endlich zuging.

Wie er in die richtige U-Bahn eingestiegen war, wusste Simon später nicht mehr. In seinem Kopf lieferten sich die Geschwister Chaos, Panik und Wut einen mörderischen Schlagabtausch; wer davon die Oberhand behielt, war schwer zu sagen.

Obwohl Simon nichts dringender wollte, als nach Hause in seine Küche zu stürmen und sich zu vergewissern, dass der verfluchte Kaktusmagnet an seiner angestammten Stelle hing, graute ihm gleichzeitig davor. Weil er nur zu gut wusste, dass er den fraglichen Magneten in der verkrampften Faust hielt, mitsamt dem Zettel, den seine Tochter geschrieben hatte.

Er stieg eine U-Bahn-Station früher aus, weil er in seinem derzeitigen aufgewühlten Zustand unmöglich seiner Frau gegenübertreten konnte. Sie hätte auf Anhieb gesehen, dass er völlig außer sich war, und keine zwei Minuten später die Wahrheit aus ihm herausgequetscht. Er hatte seine Frau noch nie anlügen können, ohne dass sie sofort dahintergekommen wäre.

Simon marschierte in scharfem Tempo die menschenleere Nymphenburger Straße entlang und ließ sich den eiskalten Wind ins Gesicht wehen. Wie waren der Magnet und der Zettel in die Wohnung von Claus Wischnewski gelangt? Das war die Kardinalfrage, auf die er, wie er es auch drehte und wendete, einfach keine Antwort fand.

Kurzzeitig hatte er seinen Partner Lockhardt in Verdacht, ihm einen bösen Streich gespielt zu haben, indem er in einem unbeachteten Augenblick den Magneten und den Zettel von Simons Kühlschrank genommen und ihn dann bei der Tatortbegehung in Wischnewskis Küche drapiert hatte. Er war der Einzige, der Gelegenheit dazu gehabt hatte. Oft genug saß er noch auf ein Bier bei Simon in der Küche und plauderte mit Amelie und Magdalena. Aber das erschien Simon, je länger er sich darüber den Kopf zerbrach, als völlig undenkbar, ja geradezu absurd. Lockhardt war zwar ab und an zu schlechten Scherzen aufgelegt, aber so weit würde er niemals gehen, niemals.

Dieser Verdacht entsprang eher seiner Wunschvorstellung, denn wenn es Lockhardt nicht gewesen war, dann blieb nur noch eine Möglichkeit, und die war so erschreckend und monströs, dass Simon sie gar nicht weiterzudenken wagte.

Er rannte mit seinem Tunnelblick am Rotkreuzplatz beinahe einen angetrunkenen Kneipengänger über den Haufen, der sich die Beine im Freien vertrat und eine Zigarette qualmte. Ohne ein Wort der Entschuldigung eilte Simon weiter. Ein Außenstehender hätte ihn in diesem Moment unweigerlich für verrückt gehalten. Der Mann mit der Zigarette tat es jedenfalls, nach seiner Scheibenwischergeste zu urteilen.

In Simons Kopf kreisten die Gedanken. Was sollte er jetzt tun? Er hatte ein Beweisstück vom Tatort entwendet, das unzweifelhaft eine Verbindung zu ihm herstellte. Aber bis jetzt wusste das keiner. Bis auf denjenigen, der es dort platziert hatte. Der Mörder natürlich.

Simon lachte höhnisch auf. Wie sollte er nur darauf reagieren? Er konnte ja schlecht vor seinen Vorgesetzten treten und sagen: »Tut mir leid, Herr Kriminaldirektor, aber ich muss Ihnen mitteilen, dass ich den Kühlschrankmagneten und den Einkaufszettel meiner zehnjährigen Tochter in der Küche von Claus Wischnewski entdeckt habe. Der Mörder muss den Magneten nachts von meinem Kühlschrank geklaut haben. Das kann nur in der Nacht gewesen sein, als ich mich mit meiner Frau halb um den Verstand gevögelt habe. Deshalb habe ich nicht mitbekommen, dass er in meiner Wohnung war. Warum der Vampirkiller den Magneten mitgenommen hat, weiß ich leider auch nicht.«

Absurd! Da konnte er sich ja gleich in die Klapsmühle einweisen lassen! Psychiatrische Klinik, geschlossene Abteilung, Zwangsjacke inklusive.

Er blieb im Licht einer Straßenlaterne stehen und öffnete seine verkrampfte Faust, um nachzusehen, ob nicht doch alles nur ein böser Traum war. Doch der Kaktus und das zerknüllte Stück Papier sprachen eine andere, deutliche Sprache. Er steckte beides wieder weg und setzte sich langsam wieder in Bewegung. Jetzt musste er unter allen Umständen strategisch vorgehen und durfte nicht den geringsten Fehler machen.

Erstens musste er seine Entdeckung vorläufig strikt für sich behalten. Zweitens durfte er auf gar keinen Fall bei seiner Frau auch nur irgendeinen Verdacht aufkommen lassen. Zu Recht würde sie vollkommen ausflippen bei der Vorstellung, dass die Mörder, die ihr Mann jagte, jetzt schon nachts in ihrer Wohnung herumspazierten und Andenken klauten.

Drittens musste er sofort die Türschlösser auswechseln lassen. Mit einer nachvollziehbaren Ausrede, um nur ja keinen Argwohn zu erregen. Am besten wäre es, er würde behaupten, er habe die Wohnungsschlüssel verloren. Ja, so ging es.

Seinen Kollegen durfte er um keinen Preis erzählen, was er gesehen und getan hatte. Obwohl er den Schlüssel zur Lösung des Falls in seiner Tasche hatte. Oder sollte er Lockhardt reinen Wein einschenken? Auf seinen Rat hoffen? Und ihn bitten, die Geschichte für sich zu behalten? Damit würde er ihn in einen schweren Gewissenskonflikt stürzen. Und Lockhardt würde niemals alles verschweigen. Nicht in einem Mordfall.

Es würde ein Riesenbohei geben, Amelie würde alles erfahren, und es würde genau das eintreffen, was Simon sofort panisch werden ließ: Amelie würde ihm vorwerfen, er gefährde das Leben ihrer gemeinsamen Tochter, nur weil er unfähig war, einen Mörder zu fassen. Damit hätte sie vielleicht sogar recht, denn je länger er nachdachte, desto mehr wurde ihm klar, dass der Magnet und der Zettel Botschaften waren.

Botschaften, die an ihn persönlich gerichtet waren.

Oder besser gesagt Drohungen.

Von einem Mörder, der alles im Griff hatte und sich aus

sicherem Abstand daran delektierte, wie er, Paul Simon, sich ins Hemd machte.

Doch warum tat der Vampirkiller das? Was wusste er über ihn? Und vor allem: Warum setzte er sich mit ihm auf eine so vertrackte Weise in Verbindung, trat sozusagen in Kontakt mit ihm? Indem er ein wahnwitziges Risiko auf sich nahm und sich unbemerkt Zugang zur Wohnung der Simons verschaffte?

Wieder brach ihm der Angstschweiß aus, wenn er daran dachte, dass ein eiskalter, psychopathischer Killer ihn und auch noch seine Tochter wer weiß wie lange schon beobachtete und im Visier hatte.

Simon wusste nur zu gut, wie solche Typen tickten und wozu sie fähig waren. Ob es ein entlassener Knacki war, der sich an ihm rächen wollte?

Denkbar. Aber nicht sehr wahrscheinlich. Ihm fiel niemand ein, der durchtrieben und intelligent genug war, um auf diese perfide Weise einen Rachefeldzug zu starten, da war er sich sicher.

Je mehr er nachdachte, desto mehr war er davon überzeugt, dass er zuerst das Motiv herausfinden musste, warum der Täter ihm durch kranke Botschaften mitteilte, dass er, Paul, das eigentliche Ziel war.

Oder wollte der Mörder vielleicht sogar eine Spur legen, die zu ihm führte? Und ihn als Täter hinstellen?

Paul Simon zügelte seine Gedanken. Diese Schlussfolgerung war nun wirklich die reinste Paranoia. Er merkte, dass er allmählich keinen klaren Gedanken mehr fassen konnte.

Es war an der Zeit, nach Hause zu gehen, sich nichts anmerken zu lassen und den Rest der Nacht darüber zu schlafen. Wenn er überhaupt in der Lage war, ein Auge zuzumachen. Was er stark bezweifelte, so aufgewühlt, wie er war.

Er sah hoch und nahm erst jetzt wahr, dass er schon seit einer geraumen Weile direkt vor seiner Haustür in der Romanstraße stand. Einmal holte er tief Luft, dann steckte er den Schlüssel ins Schloss und schloss auf.

ZWEI

So leise und behutsam wie in dieser Nacht hatte Simon noch nie seine Wohnungstür geöffnet und wieder geschlossen. Durch seinen Beruf bedingt, kam es bei wichtigen Ermittlungen des Öfteren vor, dass er erst spät nach Hause kam, und er war üblicherweise immer bestrebt, keine seiner beiden Frauen zu wecken. Seine Tochter hatte ohnehin einen festen Schlaf, und seine Frau arbeitete immer mal wieder im Nachtdienst, oder sie musste früh raus, also ging auch sie meist zeitig ins Bett, um ausgeschlafen zu sein. So gut es ging hatten sie ihre Dienstpläne aufeinander abgestimmt. Wenn niemand zu Hause war, machte Magdalena bei einer Freundin ihre Hausaufgaben und übernachtete bisweilen nach Absprache dort. Jedenfalls war sie nie allein, sie wussten immer, wo sie war, darauf legten Paul und Amelie größten Wert.

Simon hoffte inständig, dass seine Frau schon schlief, denn er hätte sich in seinem jetzigen Zustand schwergetan, ihr in die Augen zu schauen. Er zog Mantel, Schal und Schuhe aus, vergewisserte sich erneut, dass abgeschlossen und die Sicherheitskette eingehakt war, dann schlich er im Dunkeln in Magdalenas Kinderzimmer, um einen Blick hineinzuwerfen, wie er es stets machte, egal wann er nach Hause kam. Ihre Tür war wie immer halboffen, der Schein ihrer Einschlaflampe genügte, damit Simon im Flur genug sah, um nicht über irgendetwas zu stolpern, das unerwartet herumstand.

Magdalena schlief tief und fest inmitten ihrer Stofftiermenagerie. Ihre Reborn-Babypuppe, die so echt aussah, als wäre sie lebendig, hatte sie fest im Arm.

Simon kehrte wieder zur Wohnungstür zurück und nahm zwei Schirme aus dem Schirmständer, die er als Geräuschindikator an die Tür lehnte. Er hatte einen leichten Schlaf und würde es sofort hören, wenn sie umgestoßen wurden. Eine passende Erklärung für diese seltsame Installation würde er sich morgen früh einfallen lassen.

Auf Socken schlich er in die Küche, wo er nur das kleine Licht über der Arbeitsplatte anmachte und endlich einen Blick auf den Kühlschrank warf. Der letzte Rest von Hoffnung wich der Gewissheit, dass der Kaktusmagnet fehlte. Bisher schien das niemandem aufgefallen zu sein, nicht einmal seiner Tochter, die unter Garantie ein Riesentamtam veranstaltet hätte. Aber im Laufe der Zeit waren jede Menge anderer Magnete hinzugekommen, die mittlerweile die Kühlschranktür bevölkerten und verschiedenste Notizzettel und Postkarten daran befestigten. Seine Frauen liebten das, und Simon wurde ganz schwer ums Herz, als er das bunte Durcheinander sah. Er setzte den kleinen Kaktus wieder an seine angestammte Stelle, den Zettel zerriss er und warf die Papierfetzen in den Mülleimer.

»Du kommst spät«, sagte eine Stimme in seinem Rücken.

Simon hatte seine Frau nicht kommen hören und rang sich ein Lächeln ab. Es war weiß Gott keine schauspielerische Glanzleistung, aber glücklicherweise schien Amelie schlaftrunken zu sein und seinen Zustand nicht richtig wahrzunehmen. Sie lehnte im Nachthemd und barfuß an der Tür und gähnte.

»Anstrengender Tag?«, fragte er und hoffte, dass sie seiner Stimme und seiner Miene nicht anmerkte, was für ein abgrundtief schlechtes Gewissen ihn plagte.

»Kann man so sagen«, antwortete sie.

Er holte eine Flasche Pinot Grigio aus dem Kühlschrank und goss ihr ein Glas ein, das er ihr reichte. Sie lehnte dankend ab und füllte stattdessen ein Glas mit Leitungswasser, das sie in einem Zug austrank, bevor sie es auf die Spüle stellte. Nach einem flüchtigen Küsschen ging Amelie wieder zurück in Richtung Schlafzimmer.

»Komm bald«, murmelte sie an der Tür. »Ich muss schlafen.« Und schon war sie verschwunden.

Simon leerte das Weinglas mit ein paar Schlucken, um sich gleich noch einmal nachzuschenken. Niemals hatte er inständiger gehofft, einschlafen zu können, um am nächsten Morgen aufzuwachen und festzustellen, dass alles nur ein böser Traum gewesen war.

Beides würde sich nicht erfüllen, so viel Realist war er, als er noch einmal einen kurzen Blick auf seine Tochter in ihrem Bett warf. Er beneidete sie um ihren inneren Frieden und ihre kindliche Unbekümmertheit.

In diesem Augenblick schwor er sich, alles zu tun, damit sich für seine Tochter nichts daran änderte.

DREI

Nach einer quälend langen Nacht war Simon völlig erschöpft eine halbe Stunde vor dem Klingeln des Weckers eingenickt. Noch immer völlig übermüdet stand er auf und duschte zehn Minuten lang so heiß wie irgend möglich. Dabei gelangte er zur Erkenntnis, dass er ermittlungstechnisch ab sofort zweigleisig fahren musste. Da waren auf der einen Seite die offiziellen Ermittlungen, die er mit Lockhardt leitete und die, je nachdem, was sich an neuen Indizien und Spurenanalysen ergab, in die eine oder andere Richtung forciert werden mussten.

Und auf der anderen Seite war da dieser versteckte hämische Hinweis, von dem bisher nur er wusste. Und der Mörder natürlich. Diese eigens für ihn gelegte Spur durfte er nicht aus den Augen verlieren, auch wenn er sie für sich behalten musste. Ein schwieriger Balanceakt.

Er stellte die Dusche auf eiskalt um, bis er es nicht mehr aushielt. Dann noch genügend Kaffee und ein paar Aspirin – und er würde den Tag irgendwie durchstehen. Als er sich gründlich abfrottiert hatte, kam ihm eine Idee, wie er der zweiten Spur nachgehen konnte, ohne dass jemand anderes davon erfuhr. Er musste herausbekommen, ob der Täter auch beim ersten Mordfall einen versteckten Hinweis auf Simon hinterlassen hatte. Vielleicht brachte ihn das weiter. Allerdings konnte er diese Spur nur weiterverfolgen, wenn er die Zeit und die unauffällige Gelegenheit dafür fand. Sollte jemand dahinterkommen, dass er der Soko Rotkehlchen irgendwelche entscheidenden Informationen vorenthielt, war er nicht nur draußen und hatte die Interne Ermittlung und ein Disziplinarverfahren am Hals. Nein, dann hatte er, was fast noch schlimmer war, auch das Vertrauen seines Partners und besten Freundes missbraucht. Das würde Lockhardt ihm nie verzeihen.

Simon rasierte sich oberflächlich, zog sich an und warf einen Blick in den Spiegel. Das war keine so gute Idee, denn ihn befiel das irritierende Gefühl, einen Fremden zu sehen.

Er weckte Magdalena, frühstückte mit ihr und begleitete sie zur Schule, bevor er selbst zur Arbeit fuhr. Magdalena fand zwar, dass das nicht nötig sei, aber Simon war erst beruhigt, als er sah, wie sie ihre Freundinnen am Eingang begrüßte und, ohne sich noch einmal umzudrehen, mit ihnen im Gebäude verschwand. Amelie ließ er schlafen, denn er wusste, dass sie erst später Dienst hatte. Simon war erleichtert, dass er seiner Frau nicht beim Frühstück gegenübersitzen musste, denn das wäre an diesem Morgen eine Qual für ihn gewesen. Von unterwegs telefonierte er noch schnell mit dem Hausmeister, der die Auswechslung des Wohnungsschlosses vornehmen und eine zusätzliche, von außen nicht manipulierbare Sicherungsanlage einbauen sollte. Seiner Frau hatte er eine entsprechende Nachricht hinterlassen.

Jetzt stand Simon vor versammelter Mannschaft im Großraumbüro und versuchte, sich auf seinen Kollegen Lockhardt zu konzentrieren, der die Aufgaben innerhalb der Soko Rotkehlchen verteilte. Normalerweise übernahm Simon die Verteilung, doch er hatte heute Kopfschmerzen vorgeschoben.

Lockhardt hatte schon gemerkt, dass es Simon an diesem Morgen nicht gut ging, aber der Berg an Fakten, Aussagen, Daten und Querverweisen, der akribisch Schritt für Schritt abgetragen werden musste, hielt ihn davon ab, seinen Partner zu fragen, wo ihn der Schuh drückte. Auch ihm selbst steckte eine anstrengende Nacht in den Knochen. Bei Lockhardt war sie allerdings familiär begründet. Seine jüngste Tochter Melanie kränkelte immer noch und hatte ihn ganz schön auf Trab gehalten. Bis sie endlich eingenickt war, hatte er fast die Hälfte von *Pippi in Taka-Tuka-Land* vorgelesen. Als er ihren regelmäßigen Atem hörte, legte er seine Hand auf ihre Stirn und stellte erleichtert fest, dass sie kein Fieber mehr hatte. Eigentlich wollte er nur das Buch weglegen und sich kurz entspannen, da war er selbst eingeschlafen. Gott sei Dank war Melanie am Morgen immer noch fieberfrei gewesen, sodass er sich jetzt ganz auf seinen Job konzentrieren konnte.

Lockhardt fand die richtigen Worte und machte seinen Leuten gerade so viel Feuer unter dem Hintern, dass sie voller Enthusiasmus ans Werk gingen. Kaum war er mit seiner Liste durch, brachte Mehlich ihn und Simon auf den neuesten Stand, was die Spurensicherung in Wischnewskis Wohnung gefunden hatte: neunzehn verschiedene Fingerabdrücke und ein Dutzend DNA-Spuren, die nicht von Wischnewski stammten und dementsprechend überprüft werden mussten. Obwohl Mehlich, Lockhardt und Simon davon ausgingen, dass der Täter durchgehend Handschuhe getragen hatte, keine Haare verloren und keine Fußabdrücke hinterlassen hatte, war diese langwierige und arbeitsaufwendige Prozedur unabdingbar.

Auch Kriminaldirektor Schubert hatte sich blicken lassen und den Mitarbeitern der Soko Druck gemacht, wenn auch nur indirekt und diplomatisch verbrämt. Er sagte ihnen jede technische und personelle Unterstützung zu und fügte hinzu, dass sowohl der Polizeipräsident als auch der Innenminister den beiden Morden allerhöchste Priorität eingeräumt hatte.

Kaum war er verschwunden, war der Forensiker Dr. Franke aufgetaucht. Um seine wissenschaftlich-medizinische Kompetenz zu unterstreichen, hatte er einen weißen Kittel an und trug eine wichtigtuerische Miene zur Schau, als wäre er vor einer Minute für den Nobelpreis nominiert worden.

Simon und Lockhardt versuchten gerade, der nagelneuen Kaffeemaschine eine Schaumkrone für ihren Kaffee zu entlocken, als Dr. Franke auf sie zusteuerte.

»Kann ich Sie kurz sprechen?«, fragte Dr. Franke.

»Dazu sind wir da, Herr Doktor«, sagte Lockhardt leutselig. »Auch ein Käffchen?«

Franke winkte ab. »Kein Koffein, kein Alkohol, kein Nikotin, kein Zucker, kein Salz«, rasselte er mit einem Ernst herunter, als wäre das sein Glaubensbekenntnis. Was es wahrscheinlich auch war.

»Sind Sie als Partycrasher hier oder in Ihrer Eigenschaft als Forensiker?«, bemerkte Simon ein wenig spöttisch.

Franke zuckte mit den Schultern. »Ich meine ja nur. Sollten Sie auch beherzigen, meine Herren, dann leben Sie wesentlich länger.«

Lockhardt gab demonstrativ noch ein Extratütchen Zucker in seinen Kaffee und schlürfte genießerisch an seinem heißen Gebräu, bevor er fragte: »Sagt wer?«

»Der Mann, der jeden Tag die Schäden zu Gesicht bekommt, die das ganze Zeug im menschlichen Körper anrichtet«, entgegnete Franke.

»Da kann ich nur sagen: Augen auf bei der Berufswahl, Doktor«, kommentierte Lockhardt süffisant. »Jetzt sagen Sie schon, was ist so wichtig, dass Sie Ihre unterirdische Gruft verlassen und sich persönlich herbemühen?«

»Ich hätte Sie natürlich auch anrufen können, aber ich dachte, in diesem besonderen Fall …« Dr. Franke zog ein Tütchen aus seiner Tasche, wie ein Zauberer, der ein Kartenkunststück zeigen will. »Raten Sie mal, was ich im Magen von Claus Wischnewski gefunden habe!«

»Essensreste?«, schlug Lockhardt vor. »Eine halb verdaute Visitenkarte mit Namen und Adresse des Mörders?«

Franke verzog keine Miene. »Weder noch. Nein, einen metallischen Gegenstand, den er kurz vor seinem Tod verschluckt haben muss.« Er hielt das Tütchen mit einer fast triumphierenden Geste in die Höhe und wedelte damit.

Lockhardt sprang auf und riss es ihm förmlich aus der Hand, um es ins Licht zu halten.

»Es ist unschwer zu erkennen, dass es sich dabei um eine

Münze handelt«, konstatierte Dr. Franke trocken. »Und zwar um eine ganz besondere Münze. Ein altes Zehnpfennigstück aus DDR-Zeiten.«

Lockhardt reichte die Münze in der Plastiktüte an Simon weiter, der sie ebenfalls genau in Augenschein nahm. »Seltsam leicht«, stellte er fest.

Dr. Franke hob den Finger – wie Lehrer Lämpel bei Wilhelm Busch, dachte Simon.

»Sie ist aus Aluminium«, dozierte Franke. »Ein sogenannter Alu-Chip. Der Ausdruck stammt übrigens nicht von mir. So hat der Volksmund in der Deutschen Demokratischen Republik diese Münzen genannt, wenn man sicher sein konnte, dass niemand von der Staatssicherheit in der Nähe war.«

»Aber was soll das?« Lockhardt sah Simon und Franke ratlos an. »Freiwillig schluckt doch kein Mensch, der bei Verstand und über drei Jahre alt ist, eine Münze. Also muss der Täter ihn gezwungen haben …«

»Und weshalb ausgerechnet eine DDR-Münze?«, ergänzte Simon.

»Nun, das ist nicht mein Metier«, antwortete Franke. »Aber es kommt noch besser. Nachdem ich diese Münze …«, er schnappte Simon das Tütchen wieder weg, »… gefunden hatte, dachte ich mir, dieser Fall und der in dem verlassenen Gehöft hängen doch irgendwie zusammen. Also bin ich zu Schubfach vier gegangen und habe mir die sterblichen Überreste von Dr. Prechtl noch einmal angesehen. Nichts gegen meinen Kollegen, der die Obduktion vorgenommen hat, aber er hat anscheinend ein kleines Detail übersehen. Ich gebe zu, es ist einfacher, etwas zu finden, wenn man weiß, wo und wonach man suchen muss. In diesem besonderen Fall befand sich das gute Stück im Dünndarm. Voilà …« Er zog aus seiner anderen Tasche ein weiteres Plastiktütchen mit einer Münze und hielt es neben die erste.

»Wie Sie sehen, bin ich auch bei Dr. Prechtl fündig geworden. Er wurde allem Anschein nach ebenfalls gezwungen, eine Zehnpfennigmünze aus DDR-Zeiten zu verschlucken. Seltsame Koinzidenz, nicht wahr?«

VIER

Schon von Weitem hörte er das langgezogene Pfeifen der Rangierloks und das Rumpeln von Puffer auf Puffer – typische Geräusche für das riesige Rangierareal der Bahn bei Allach im Norden Münchens, wo auf Dutzenden von Gleisen Tag und Nacht die Güterwaggons aneinandergekuppelt und zu langen Zugverbänden zusammengestellt wurden.

Simon fuhr ein schier endlos scheinendes Industriegelände entlang, gesäumt von Lagerhallen, Werkstätten, Schrotthalden und Stundenhotels. In diesem trostlosen Gewerbegebiet waren vom LKA ein paar abseits gelegene Lagerhallen angemietet worden, in denen Schießübungen absolviert, Sondereinheiten trainiert und Beweismittel eingelagert werden konnten, die mehr Platz brauchten als nur einen Schuhkarton. So war zurzeit eine ganze Halle mit den Trümmerteilen eines abgestürzten Sportflugzeugs belegt, weil Spezialisten herausfinden sollten, warum der Pilot abgestürzt war und zwei Passagiere mit in den Tod gerissen hatte.

Wie Simon von Mehlich erfahren hatte, war der größte Teil des Beweismaterials aus Dr. Prechtls Gehöft zentnerweise in Lieferwagen verladen und in eine der Hallen abtransportiert worden, wo Spezialisten der Spurensicherung Unwichtiges von Wichtigem trennten und das relevante Material genauer untersuchten. Eine wahre Sisyphusarbeit, wie Mehlich seufzend anmerkte. Er hatte einige seiner besten Mitarbeiter für Tage, wenn nicht sogar Wochen dazu abstellen müssen, im Müll von Dr. Prechtl herumzustochern, weshalb sie für aktuelle Einsätze nicht infrage kamen. Dr. Prechtl stand im Verdacht, nicht nur Julian entführt zu haben, sondern auch für das spurlose Verschwinden von anderen Kindern und Jugendlichen verantwortlich zu sein, denn man hatte im Gehöft Kleidungsstücke von Kindern gefunden. Eine Sonderabteilung der Kripo unter der Leitung von Hauptkommissar Tobler kümmerte sich intensiver um die zahllosen Hinterlassenschaften aus dem Mordfall Prechtl. Tobler war ein alter Haudegen, der es gewohnt war, wochenlang buchstäblich im Dreck anderer Leute herumzuwühlen, ohne dabei seine Hartnäckigkeit einzubüßen. Dass er dabei im Laufe der Jahre zum abgebrühten Zyniker geworden war, den nichts mehr erschüttern konnte, und dass er nebenbei Schiffbruch mit drei Ehen erlitten hatte, machte den Umgang mit ihm nicht gerade leichter.

Für die Fahrt zur Außenstelle Allach, wie die Dependance kripointern genannt wurde, hatte Simon sich für ein paar Stunden aus dem Großraumbüro im Polizeipräsidium abgemeldet. Die Maschinerie der Soko lief bereits auf Hochtouren. Für die Kleinarbeit brauchte man ihn nicht, Lockhardt war auf seinem Posten, um neu hereinkommende Informationen zu sammeln und das weitere Vorgehen zu koordinieren. Simon war für ein erstes, enger gefasstes Profil des »Vampirkillers« verantwortlich und hatte dabei vorläufig völlig freie Hand.

Nach dem Fund der beiden Münzen durch den Gerichtsmediziner wollte er einem Verdacht nachgehen, der ihm am Morgen unter der Dusche gekommen war. Vielleicht gab es außer den Zehnpfennigmünzen noch etwas, das Prechtl und Wischnewski verband. Etwas, das auf ihn, Simon, hinwies. Er hoffte es nicht, aber er wollte auf Nummer sicher gehen und nichts außer Acht lassen.

Simon erreichte die unauffälligen Lagerhallen und fuhr durch das geöffnete Eingangstor auf den Innenhof, wo ein Traktor mit Schneepflug damit beschäftigt war, Schneisen für Autos freizuräumen. Er parkte neben drei großen roten Müllcontainern. Kein Firmenschild und keine Werbung zierten die Wände der Hallen, auffällig angebrachte Kameras und Scheinwerfer demonstrierten, dass das Gelände rund um die Uhr überwacht wurde.

Als er die Rampe hochging, seinen Ausweis in die Überwachungskamera über der Stahltür hielt und klingelte, öffnete ihm Tobler persönlich und bat ihn herein. Er stand kurz vor der Pensionierung, hatte einen schütteren Haarkranz, einen dichten Vollbart und eine durchtrainierte, drahtige Figur. Sein kerniger Händedruck hätte einen Arnold Schwarzenegger in die Knie gehen lassen. Simon hatte sich telefonisch angekündigt, und so kam Tobler ohne große Umschweife zur Sache.

»Dass Sie sich das antun wollen«, merkte er kopfschüttelnd an, als er seinen Kollegen in die erste Halle führte, die doppelt so groß war wie ein Tennisplatz und in der es aussah wie auf einem Flohmarkt. In langen Reihen mit überladenen Tapeziertischen war alles ausgebreitet, was genauer untersucht und aufgelistet werden musste. Ein Riesenaufwand, aber angesichts der möglichen weiteren Verbrechen Prechtls wohl angebracht, dachte Simon, als er die Tische und die Handvoll Techniker sah, die dort mit Sortieren, Fotografieren, Eintüten, Beschriften und Aussortieren beschäftigt waren.

»Keine Sorge«, sagte Simon. »Ich habe nicht vor, mich in Ihre Arbeit einzumischen. Ich will mir nur einen groben Überblick verschaffen. Vielleicht fällt mir etwas auf, was irgendwie mit unserem neuen Mordfall in der Fraunhoferstraße in Verbindung zu bringen ist.«

»Habt ihr noch nichts?«, fragte Tobler.

Simon schüttelte den Kopf.

»Also die Suche nach der Nadel im Heuhaufen«, kommentierte Tobler.

»Wir haben noch nicht mal den Heuhaufen«, bemerkte Simon.

»Hier ist einer«, sagte Tobler und wies mit einer resignativen Geste auf die Tapeziertische. »Sehen Sie sich um, und wenn Sie mich brauchen, melden Sie sich einfach.«

Simon bedankte sich, Tobler schüttelte ihm noch einmal die Hand und ließ ihn dann allein.

Wo sollte er anfangen? Systematisch vorzugehen war sinnlos, dann hätte er mehrere Tage hier verbringen müssen. Unzählige Kleidungsstücke, Bücher, Zeitschriften, alte Videokassetten, Küchengerätschaften, Schuhe, Schmuckstücke, Nippes, Spielsachen – ein einziger Basar der Überreste menschlichen Lebens, chaotisch, teilweise verdreckt und verschimmelt. Er erkannte den Modergeruch des Bauernhofes, der sich auch in dieser Halle breitgemacht hatte. Ihm kam es vor, als wären die gesamten Abfall- und Altkleidercontainer einer mittleren Kleinstadt in dieser Halle ausgeleert worden, weil man auf der Suche nach etwas war, von dem niemand so recht wusste, was es eigentlich sein sollte.

Simon zog seine mitgebrachten Vinylhandschuhe an und ging die erste Tischreihe ab, dann die zweite, die dritte. Er grüßte die Kollegen von der Spurensicherung, die ihm zunickten, nahm das eine oder andere Kinderkleidungsstück in die Hände, warf einen Blick auf die vielen Spielsachen, die in Plastikwannen lagen, und inspizierte sie genauer. Je länger er die schier endlosen Reihen abschritt, desto deprimierter wurde er.

Ein ganzer Tisch war für die gespenstisch lebendig wirkenden Baby- und Kinderpuppen aus Silikon aus dem Kellerraum des Bauernhofs reserviert, es waren Dutzende. Selbst hier, im hellen Tageslicht, kamen sie Simon unheimlich vor. Daneben stand ein Wäschekorb mit Latexmasken, Handschellen, Mundknebeln, Vaginalspreizern und anderen gynäkologischen Instrumenten.

Schließlich sah er ein, dass es sinnlos war, so weiterzumachen, und er wandte sich an die nächste Technikerin, eine dunkelhaarige junge Frau, die systematisch Fundstücke abfotografierte und ihnen eine Nummer gab.

»Entschuldigen Sie«, sprach er sie an. »Mein Name ist Paul Simon. Vielleicht können Sie mir weiterhelfen.«

»Ich weiß, wer Sie sind«, sagte sie und lächelte. »Ihnen haben wir all das hier zu verdanken.«

»Tut mir leid«, erwiderte Simon und zuckte mit den Schultern. »Lag nicht in meiner Absicht.«

»War auch nicht als Vorwurf gedacht«, beeilte sie sich hinzuzufügen. »Ich heiße Elbera Onar.« Sie zeigte dabei auf ihr Namensschild. »Was kann ich für Sie tun?«

Sie sah ihn erwartungsvoll an, und Simon registrierte in ihrem Blick eine unverhohlene Bewunderung für ihn, was ihm richtig peinlich war. Wenn sie wüsste, weshalb ich wirklich hier bin, schoss es ihm durch den Kopf.

»Können Sie mir sagen, wo ich die Sachen finde, die im Schlafzimmer von Prechtl waren? Das Schlafzimmer, in dem er selbst übernachtet hat, meine ich.«

»Natürlich. Kommen Sie«, sagte sie und ging voraus. »Die meisten Tische sind nach den Räumen geordnet, in denen wir die Sachen gefunden haben«, erklärte sie, und Simon sah erst jetzt die kleinen Schilder mit den entsprechenden Bezeichnungen.

Elbera Onar führte Simon zu einem Tisch mit zwei Kartons.

»Darin befinden sich die persönlichen Sachen von Dr. Prechtl«, sagte sie. »Bedienen Sie sich.«

Er durchstöberte die Kartons oberflächlich und erkannte einiges, das er schon bei der kurzen Durchsuchung des Schlafzimmers zusammen mit Lockhardt gesehen hatte. Frische Unterwäsche, Hemden und Socken, medizinische Fachzeitschriften, Hefte mit Kinderpornografie, der Roman von James Ellroy samt Lesezeichen. Er blätterte ihn durch und sah sich das Lesezeichen genauer an. Es war eine Kinoeintrittskarte aus dem Mathäser Filmpalast, Kino 1, Datum vom Dezember des Vorjahrs, Nachtvorstellung, *Fifty Shades of Grey*.

Simon legte das Buch wieder zurück und wandte sich an die Technikerin. »Wo sind denn die Klamotten, die Prechtl anhatte, bevor er sie ausziehen musste?«

Onar ging ihre Liste auf dem Klemmbrett durch. »Sie meinen den Anzug und die Wäsche, also die Kleidungsstücke, die man auf dem Boden in der Küche gefunden hat?«

»Genau die.«

»Da muss ich Sie enttäuschen«, sagte Onar und zuckte mit den Schultern. »Das ist alles schon im Labor zur genaueren Untersuchung. Es kann ein paar Tage dauern, bis Ergebnisse vorliegen.«

Simon war noch nie gut darin gewesen, ein Pokerface zu machen und seine Gefühle zu verstecken. Auch die Kollegin schien ihm seine Enttäuschung angesehen zu haben.

»Ich kann Ihnen aber genau sagen, was wir gefunden haben«, fügte sie schnell hinzu und versuchte ein Lächeln.

»Ich höre«, sagte er und ärgerte sich über sich selbst, dass er so unfreundlich klang, obwohl die Technikerin nichts für seine Ungeduld und innere Wut konnte.

Elbera Onar eilte zu einem Tisch, auf dem sie ein Tablet liegen hatte. Sie brauchte nicht lang, um die entsprechende Liste darauf zu finden, und las vor: »Anzugjackett und Anzughose Größe 48, Farbe dunkelblau, Ledergürtel, weißes Hemd, weiße Unterwäsche, T-Shirt und Slip, ein Paar schwarze Socken, ein Paar Lederschuhe, schwarz,

Größe 44, schwarzes Lederportemonnaie, achtzig Euro in Scheinen, 6 Euro 24 Cent in Münzen, EC-Karte, Kundenkarte Kaufhof, Visacard, Führerschein, Personalausweis, zwei Supermarktquittungen …«

»Fotos?«, fragte Simon.

Sie sah nach. »Keine Fotos. Eine Herrenarmbanduhr, Jaeger-LeCoultre …«

»Was hatte er in den Hosentaschen?«

»Eine Packung Papiertaschentücher in der Jacketttasche, in der Hosentasche einen Schlüsselbund, Autoschlüssel, passend zum 5er BMW in der Scheune, eine Kinderuhr, ein Päckchen Kaugummi …«

»Moment mal …«, unterbrach sie Simon und bemühte sich, seine Aufgeregtheit so gut es ging zu verbergen. »Was war das? Eine Kinderuhr?«

»Ja«, sagte sie, nachdem sie noch einen Blick auf die Liste geworfen hatte. »Eine Daisy-Duck-Uhr. Eine Mädchenuhr, Daisy Ducks Arme sind die Zeiger. Warten Sie, ich habe ein Foto …«

Sie wischte auf ihrem Tablet herum und hielt Simon den Bildschirm mit der Uhr in Vergrößerung hin.

Er erkannte sie sofort. Es war Magdalenas Uhr. Sie hatte sie zu ihrem neunten Geburtstag von ihm geschenkt bekommen.

Er hatte den Freudenschrei seiner Tochter beim Auspacken noch immer im Ohr.

FÜNF

Er hatte sich eine dieser hässlichen bunten Inkamützen tief ins Gesicht gezogen. Die Quasten an den Ohrenlappen baumelten bis auf seine Brust. Als er sich so durch die Meute der Eltern in der Reithalle drängte, fiel er nicht weiter auf. Draußen war es bitterkalt, und er sah mit seinem Viertagebart aus wie einer dieser stolzen Väter aus der Ökofraktion, der seiner Tochter endlich einmal beim Voltigieren zusehen will, weil er es ihr schon seit einer geraumen Weile versprochen hat. Mit der Mütze fühlte er sich unter den Leuten fast so unsichtbar wie hinter seiner Restlichtverstärkerhaube bei Nacht.

Er wusste von Magdalenas Voltigierstunden beim Reitverein Neuhausen-Nymphenburg, so wie er fast alles über Paul Simon und dessen Familie wusste. Sich vorzustellen, wie die Familie zusammenlebte, wie man miteinander umging, wie groß ihre Zuneigung zueinander war – das war das eine. Das andere war, es mit eigenen Augen zu sehen.

Nachts in ihrer Wohnung. Im Supermarkt. Auf der Straße. In der Klinik am Rotkreuzplatz. Vor der Schule. Amelie und Magdalena. Allein oder zu zweit. Ohne dass sie davon wussten oder es auch nur ahnten. Er schwebte, wann immer es seine Zeit zuließ, wie ein unsichtbarer Geist in ihrer Nähe. Dieses Gefühl von Heimlichkeit und Macht zugleich versetzte ihm einen Adrenalinstoß, den er bis in die Fingerspitzen spürte.

Nur wenn Paul dabei war, riskierte er es lieber nicht, sie zu beschatten. Der nächtliche Besuch in der Romanstraße vor einigen Wochen war eine Ausnahme gewesen. Paul war schließlich Bulle von Beruf. Das Risiko, vorzeitig entdeckt zu werden, war in diesem Stadium seines Plans zu groß. Vor allem jetzt, da Paul allmählich begreifen musste, dass es ans Eingemachte ging und er seine Augen und Ohren überall hatte.

Er drängte sich an die hölzerne Balustrade der tennisplatzgroßen Reithalle und sah zu, wie Magdalena in ihrem glitzerblauen Kostümchen auf dem Rücken des Pferdes ihre Kunststücke vorführte. Nach einem lange gehaltenen Handstand klatschten die Leute Beifall, also tat er es auch.

Aus dem Augenwinkel heraus erspähte er Amelie, die wohl gerade von ihrer Arbeit im Klinikum gekommen war, um ihrer Tochter zuzusehen und sie abzuholen.

Er wusste bestens über die Tagesabläufe der Familie Bescheid, daher war es keine große Kunst, die beiden bei diversen Gelegenheiten abzupassen. Und es gab ihm jedes Mal einen gewissen Kick, wenn er sie sah.

Amelie hatte sich ebenfalls an die Zuschauerbrüstung gelehnt. Sie lachte und klatschte, als ihre Tochter nach der Übung leicht wie eine Feder mit einem gestandenen Salto auf dem Sägespanboden aufkam und auf ihre Mutter zueilte.

Er hatte genug gesehen und ging so knapp an Amelie vorbei, dass er ihren Duft einatmen konnte. Am liebsten hätte er auch noch wie zufällig ihr Haar berührt, aber er nahm sich zusammen und ließ es sein. Der Tag würde noch kommen, wo er mit Amelie all das tun konnte, wonach ihm der Sinn stand.

SECHS

Um seine Gefühle wieder einigermaßen unter Kontrolle zu bringen und einen klaren Kopf zu bekommen – schließlich hatten sich seine schlimmsten Vorahnungen erneut bestätigt –, hatte Simon auf der Rückfahrt beschlossen, einzukaufen und für seine Familie zu kochen, nachdem er seinen Partner Lockhardt angerufen und erfahren hatte, dass es in der Soko nichts Neues gab. Es sollte eine Überraschung für seine Frau und Magdalena sein. Die beiden waren noch nicht daheim, als er, mit zwei Tüten beladen, früher als sonst nach Hause kam.

Der kroatische Hausmeister namens Rakitic war eben mit dem Auswechseln des Wohnungsschlosses fertig geworden, eine zusätzliche Innensicherung hatte er auch schon anmontiert. Simon war auf Nummer sicher gegangen und hatte Rakitic im Zentralregister noch einmal abgecheckt und seinen Namen in die Interpoldatei eingegeben. Er hatte keinerlei Vorstrafen, außerdem kannte ihn Simon schon seit Jahren als äußerst zuverlässig und gewissenhaft.

Rakitic führte Simon alles zu dessen Zufriedenheit vor, die Zusatzsicherung schien von außen unüberwindlich zu sein, wie ihm der Hausmeister anschaulich demonstrierte.

Simon bedankte sich für die prompte Erledigung seines Auftrags, nahm alle Schlüssel entgegen, gab Rakitic ein angemessenes Trinkgeld und packte dann, als er allein war, seine Einkäufe aus. Er musste keinen Blick auf den Familienkalender werfen, um zu wissen, dass Magdalena noch beim Voltigieren war. Amelie würde sie dort abholen. Ihr Pilateskurs, den sie besuchte, sofern es ihr Dienstplan erlaubte, fand ganz in der Nähe der Reithalle statt. Simon schrieb seiner Frau eine SMS, dass er schon daheim sei und auf sie beide warte, dann machte er sich an die Arbeit. Kochen entspannte ihn normalerweise und half ihm, beruflichen Stress zu vergessen, wenigstens für ein paar Stunden.

Doch heute war das nicht so einfach. Sosehr er sich auch anstrengte, immer wieder grübelte er darüber nach, wie es einem Unbekannten gelungen war, an den Kaktusmagneten und an Magdalenas Uhr zu kommen. Über die Konsequenzen war er sich immer noch nicht ganz im Klaren, und was das Motiv des Täters anging, erst recht nicht. Aber die Bedrohung für seine Familie war augenscheinlich.

Er schob eine seiner Lieblings-CDs in den Player und drehte laut auf. Aretha Franklins Power und Intensität ließ ihn beim Kochen normalerweise schweben. Simon war kein Badezimmerpavarotti, sondern sang lieber, während er den Kochlöffel schwang. Er kannte jeden Songtext von Aretha auswendig, doch diesmal wirkte der sonst so zuverlässige Zauber nicht. Als Aretha den Song *Killing me softly* anstimmte, drückte er auf die Stopptaste und legte eine CD seiner Frau ein, Café del Mar. Chillige Musik war wohl besser für seinen gegenwärtigen Gemütszustand. Dann konzentrierte er sich ganz auf seine Kochkünste.

Als Vorspeise bereitete er Insalata Caprese zu, obwohl es Winter war und die Tomaten natürlich nicht so aromatisch schmeckten wie in der warmen Jahreszeit, aber seine Tochter liebte nun mal die Kombination in den italienischen Farben. Ein grünes Basilikumblättchen auf weißer Mozzarellascheibe auf roter Tomate – genauso musste es für sie sein. Dazu noch Salz, Pfeffer, Olivenöl und Balsamicoessig.

Als Hauptgericht hatte er Wiener Schnitzel geplant. Er bereitete die Panade für die Fleischscheiben vor, die er vorher sorgfältig weich und breit geklopft hatte. Ein echtes Wiener Schnitzel musste so groß sein, dass es fast über den Tellerrand hing. Das hatte er vor Jahren in seiner Lieblingskochsendung spätnachts im Fernsehen erfahren, als er einmal nicht schlafen konnte. *Silent cooking* in einem österreichischen Sender – die mussten schließlich wissen, wie man anständige Schnitzel fabrizierte. Als obligatorische Beilage machte er Kartoffelsalat mit Gurkenscheiben, den er lauwarm servieren würde. Er dünstete Zwiebeln an und goss ein wenig Fleischbrühe in die Pfanne, das Ganze gab er in die Schüssel zu den geschnittenen heißen Kartoffel- und den Gurkenscheiben und rührte ein wenig um, bevor er die Schüssel mit einer Folie überzog, damit der Salat schön durchziehen konnte. Er dachte kurz an seine Oma, von der er das Rezept für den Salat hatte. Immer wenn er Kartoffelsalat machte, musste er an sie denken. Merkwürdig.

Als er Tisch und Anrichte mit einem Rundumblick bedachte, stellte er fest, dass er etwas Wichtiges vergessen hatte. Aus der kleinen Vorratskammer neben der Küche holte er seine Küchenschürze vom Haken und band sie sich vor dem Spiegel im Gang um. Die Schürze gehörte zum Ritual. Wenn er kochte, musste er sie zur Gaudi seiner Familie anziehen, schließlich hatte er sie von seinen beiden Frauen letztes Jahr zu Weihnachten geschenkt bekommen. Magdalena hatte sie in einem Geschäft entdeckt. Ihr war der besonders alberne Spruch darauf gleich aufgefallen: »Mann mit Grill sucht Frau mit Kohle.« Seine Tochter konnte sich jedes Mal, wenn er die Schürze umhatte, kringelig lachen darüber. Also tat er ihr den Gefallen. Beim Gedanken an eine unbeschwerte, fröhliche Magdalena musste er unwillkürlich lächeln und merkte plötzlich, dass er tatsächlich für einen winzigen Augenblick vergessen hatte, was für ein Damoklesschwert über ihnen schwebte.

Während er sich vergewisserte, dass noch genug Tuttifrutti-Eis für die Nachspeise im Tiefkühlschrank war, klingelte es heftig und mehrmals nacheinander. Er zuckte vor Schreck zusammen. Seine Nerven waren wahrlich schon besser gewesen. Das mussten Amelie und Magdalena sein.

Er drückte auf den elektrischen Öffner für die Haustür, schaltete schnell die Herdplatte mit der vorbereiteten Bratpfanne an und wartete in der offenen Wohnungstür. Von dort hörte er seine Tochter im Schweinsgalopp die Treppen heraufstürmen – wenn sie gut drauf war, nahm sie nicht den Aufzug, weil sie zu Fuß schneller war.

Als sie ihm wie immer übermütig in die Arme flog, schien wenigstens für diesen Abend die Welt wieder in Ordnung zu sein.

Nach dem Festmahl, bei dem alles, was Paul gekocht und hergerichtet hatte, bis auf den letzten Krümel verputzt wurde, waren sie pappsatt. Gerade wollten sie mit dem Abräumen anfangen, da klingelte Magdalenas Handy.

»Ich weiß, kein Handy beim Essen, aber wir sind ja schon fertig. Darf ich?« Magdalena zog das klingelnde Gerät aus ihrer Tasche und hob es hoch.

Amelie und Paul sahen sich gespielt kritisch an, nickten dann aber gnädig. Magdalena nahm das Gespräch an und verzog sich, weil ihre Eltern beim Einräumen des Geschirrspülers so viel Lärm produzierten.

Als die Küche wieder blitzblank aussah, kam Magdalena im Schlafanzug zurück, um Gute Nacht zu sagen. Es war mittlerweile recht spät geworden.

»Wer war denn vorhin dran?«, erkundigte sich Paul.

»Ein komischer Mann«, antwortete seine Tochter.

»Wieso komisch?«, fragte Paul argwöhnisch.

»Na ja, er hat gesagt, er fand mich großartig heute beim Voltigieren. Und als ich ihn gefragt hab, wer er ist, da hat er gesagt: ›Dein Vater kennt mich. Ich bin der unsichtbare Mann.‹«

Schlagartig hatte Magdalena die volle Aufmerksamkeit ihrer Eltern.

»Was hat er gesagt?«, fragten beide nahezu gleichzeitig.

»Dass er der unsichtbare Mann ist«, antwortete Magdalena in aller Unschuld.

»Gib mir dein Handy!«, sagte Paul unmissverständlich ernst und streckte die Hand aus.

»Wieso denn das?«, wollte Magdalena wissen.

»Hol es und gib es mir! Auf der Stelle!«, kommandierte Paul heftiger, als er es eigentlich wollte.

»Es war aber keine Nummer angezeigt«, sagte Magdalena verunsichert. Sie brachte das Handy, das Paul ihr aus der Hand nahm. Er wischte darauf herum, bis er einsah, dass es keinen Sinn hatte. »Eine unterdrückte Nummer«, murmelte er.

»Ich hab irgendwann einfach ausgemacht«, erklärte Magdalena.

Paul sah ihr ins Gesicht. »Warum?«, fragte er.

»Weil der Mann mir Angst gemacht hat.« Tränen traten ihr in die Augen.

»Und du machst ihr auch Angst!«, sagte Amelie vorwurfsvoll zu Paul und nahm die Tochter tröstend in den Arm. »Was ist denn auf einmal los?«

Paul ging vor Magdalena in die Knie, die sich an ihre Mutter schmiegte, legte seine Hände auf ihre Schultern und sprach sie eindringlich in Augenhöhe an. Dabei gab er sich Mühe, wieder einen moderaten Tonfall anzuschlagen. »Es tut mir leid, Magdalena, ich wollte dich nicht erschrecken. Ich will nur nicht, dass fremde Männer meine Tochter anrufen und ihr Angst einjagen. Du hast den Anrufer also nicht erkannt? Den unsichtbaren Mann?«

»Woher soll ich einen unsichtbaren Mann kennen?«

»Es gibt keinen unsichtbaren Mann. Der Mann am Telefon hat gelogen«, beruhigte Amelie sie.

Paul fixierte Magdalenas Augen. »Pass auf«, sagte er. »Das ist jetzt ganz wichtig.«

Magdalena hielt seinem Blick stand.

»Versuch dich bitte genau zu erinnern, was der Anrufer gesagt hat. Wort für Wort.«

»Er hat gesagt: ›Guten Abend, spreche ich mit Magdalena Simon?‹ Ich habe geantwortet: ›Ja, wer ist denn da?‹ Er hat gesagt: ›Der unsichtbare Mann.‹ Und dann hat er so komisch gelacht. Irgendwie unheimlich. Er hat gemeint: ›Ich bin der Mann, der dir heute beim Voltigieren zugeschaut hat. Du bist wirklich gut!‹ ›Danke‹, habe ich geantwortet. ›Wer sind Sie denn?‹ ›Dein Vater kennt mich, nein, besser: Er sollte mich kennen.‹ Ich habe gefragt: ›Woher?‹ ›Ach, er hat mit mir geschäftlich zu tun.‹«

»Geschäftlich? Er hat wirklich geschäftlich gesagt?«, fragte Paul.

Magdalena nickte.

»Und dann?«

»Der Mann hat gesagt: ›Dein Vater wird schon wissen, wer ich bin.‹ Ich habe gefragt: ›Wollen Sie ihn sprechen?‹ Da hat er wieder gelacht und gesagt: ›Du kannst ihm von mir ausrichten, dass er Glück hat, eine so nette Tochter zu haben.‹ Und dann ist es still gewesen. Ich hab noch zwei oder drei Mal ›Hallo?‹ gesagt und dann aufgelegt.«

»Wie war seine Stimme? Jung? Alt?«

Magdalena zuckte mit den Schultern. »Er hat fast geflüstert. Aber es war eine Männerstimme. So wie deine.«

»Jetzt machst du mir aber wirklich Angst«, sagte Amelie zu ihrer Tochter. »Du bist sicher, dass der Typ sich nicht einfach verwählt hat?«

»Und woher wusste er dann, dass Magdalena beim Voltigieren war?«

Kaum hatte Paul den Satz ausgesprochen, hätte er sich am liebsten auf die Zunge gebissen. Aber er war nicht mehr rückgängig zu machen.

Amelie hatte schon Verdacht geschöpft. »Willst du damit sagen, dass es einen Perversen gibt, der unserer Tochter nachstellt?«

»Was ist ein Perverser?«, wollte Magdalena wissen.

Die ganze Situation drohte allmählich außer Kontrolle zu geraten. Paul musste die Angelegenheit sofort in eine neue, harmlosere Bahn lenken, sonst ahnte Amelie womöglich, dass noch etwas ganz anderes im Busch war. Etwas, das mit seinem gegenwärtigen Fall zu tun hatte, und das musste er auf jeden Fall verhindern.

»Stopp!«, sagte er. »Wir fangen noch einmal ganz von vorne an. Ich bin nichts weiter als ein besorgter Vater, der von seiner Tochter wissen will, was ein wildfremder Mann zu ihr am Telefon gesagt hat.«

»Wir haben dir doch erzählt«, wandte sich Amelie an Magdalena, »dass es Männer gibt, die auf kleine Mädchen stehen und schlimme Dinge mit ihnen machen wollen. Und dass du dich vor solchen Männern in Acht nehmen musst.«

Magdalena verdrehte genervt die Augen. »Ja, ich weiß. Und dass ich euch sofort erzählen soll, wenn es einen gibt, der mir seltsam vorkommt.«

»Und?«, fragte Paul. »Ist dir einer beim Voltigieren aufgefallen?«

Magdalena zuckte mit den Schultern und schüttelte den Kopf.

»Und dir?«, wandte sich Paul an seine Frau.

»Es war wie immer voll, wenn die Leute die Kinder abholen.«

»Kanntest du sie alle?«

»Da sind immer mal wieder welche dabei, die man nicht vom Sehen kennt. Ich habe nicht weiter darauf geachtet. Sag mal – soll das jetzt so eine Art Verhör werden?«

»Nein, natürlich nicht«, antwortete Paul und stand auf. Magdalenas Handy schob er in seine Tasche.

»Was ist mit meinem Handy?«, fragte Magdalena. »Kann ich es bitte wiederhaben?«

»Nein. Du kriegst ein neues. Mit einer anderen Nummer. Das hier nehm ich mit. Wir haben Spezialisten, die vielleicht etwas anfangen können damit.«

Magdalena zog eine Schnute. »Aber dann muss ich meinen ganzen Freundinnen meine neue Nummer geben.«

»Das wirst du vorläufig nicht tun. Die neue Nummer kennen nur deine Mutter und ich.«

»Und wie lange soll das bitte so gehen?«

»Nicht lange.«

»Was heißt, nicht lange?«

»Bis ich das geklärt habe. Und du gehst zukünftig nicht mehr allein zum Voltigieren.«

»Tu ich doch gar nicht. Helene und Laura sind immer mit dabei.«

»Gib mir mal deine linke Hand!«, sagte Paul unvermittelt.

»Warum?«

»Gib sie mir einfach.«

Zögernd streckte Magdalena ihren linken Arm aus. Er

nahm ihn und deutete auf die Uhr am Handgelenk, eine rosafarbene billige Mädchenarmbanduhr aus Plastik.

»Was ist das für eine Uhr?«, wollte er wissen und sah ihr dabei direkt in die Augen.

Magdalena schlug die Augen nieder und zog ihre Hand ruckartig zurück, als hätte sie auf eine heiße Herdplatte gefasst.

»Die ist von meiner Freundin«, sagte sie widerwillig und versteckte die Hand mit der Uhr hinter ihrem Rücken. »Hab sie mir ausgeliehen.«

»Warum? Hast du die Uhr nicht mehr, die du von mir geschenkt bekommen hast? Die Daisy-Duck-Uhr? Oder hat sie dir nicht mehr gefallen und du hast sie weiterverschenkt?«

Magdalena schüttelte den Kopf, heftiger als normal, und kaute auf ihrer Unterlippe herum.

»Nein. Hab ich nicht. Ich glaube, ich hab sie verloren.«

»Wo?«

»Weiß ich nicht mehr. Wahrscheinlich in der Umkleide. Beim Voltigieren. Oder beim Schwimmunterricht. Ich hab sie überall gesucht, aber sie war einfach weg.«

»Seit wann hast du sie nicht mehr?«

»Seit zwei oder drei Wochen.«

»Warum hast du nie gesagt, dass du sie verloren hast?«

»Ich … ich wollte nicht, dass du sauer bist.«

»Ich bin nicht sauer. Ich finde nur, wir sollten ehrlich zueinander sein. Du kannst uns doch alles sagen.«

Magdalena zuckte verlegen mit den Schultern und wusste nicht, was sie darauf antworten sollte.

Amelie griff ein und zog Magdalena mit sich in den Gang hinaus. »So, für heute reicht es. Lena geht jetzt ins Bett. Und wir reden später weiter.«

Als Paul und seine Frau im Bett lagen und das Licht gelöscht hatten, schwiegen sie und lauschten beide den Geräuschen in der Dunkelheit nach. Paul hatte die Theorie vertreten, dass es ein Leichtes sei, an eine Telefonnummer zu kommen, so viel, wie die Kids sich heutzutage im Internet herumtrieben, twitterten und bei Facebook hemmungslos Infos austauschten. Beruhigen konnte er seine Frau damit nicht.

Die beiden konnten nicht in den Schlaf finden. Nachdem sie sich eine Weile im Bett herumgewälzt hatten, fragte Amelie plötzlich: »Was ist eigentlich los mit dir?«

»Nichts«, brummte er. »Ich habe mir einfach nur Sorgen gemacht. Außerdem haben wir einen anstrengenden Fall am Hals, vielleicht sehe ich deshalb überall Gespenster.«

»Du hast Lena heute ganz schön zugesetzt.«

»Das tut mir leid. Ich will doch nur, dass sie einsieht, dass sie uns alles sagen kann.«

»Das weiß sie. Du warst zu streng mit ihr.«

»Meinst du?«

»Ja.«

»Ich werde es wiedergutmachen.«

»Tu das.«

Sie gähnte und drückte ihn ohne weitere Fragen an sich. Doch er wusste genau, dass er ihre Zweifel nicht ausgeräumt hatte.

Die ganze Wahrheit konnte er ihr keinesfalls sagen, solange er selbst nicht wusste, in was er da verwickelt war.

Er wusste nur, dass er alles unternehmen musste, um es herauszufinden, bevor noch etwas passierte, woran er lieber gar nicht zu denken wagte.

Die Nacht kam ihm endlos vor, bis er schließlich in einen tiefen, traumlosen Schlaf fiel.

SIEBEN

»Bad-hair-day, hm?«, bemerkte Lockhardt am nächsten Morgen bei Simons Anblick gehässig.

Im Großraumbüro der Soko waren die Kolleginnen und Kollegen schon eifrig zugange, telefonierten, tauschten Informationen aus und recherchierten im polizeiinternen Computersystem.

Simon ließ sich in seinen Schreibtischstuhl fallen, warf Lockhardt einen giftigen Blick zu und wuschelte sich mit einer Hand seine Haare einigermaßen zurecht.

»Gibt es irgendetwas von Belang, was ich wissen sollte?«, fragte er so beiläufig wie möglich. Ihm war klar, dass er aussah, als hätte er die Nacht unter der Wittelsbacherbrücke zugebracht. Er hatte sein Ebenbild erst vor einer knappen Stunde im Badezimmerspiegel gesehen und wäre sicher erschrocken, wenn er schon richtig wach gewesen wäre. Dass er sich nach dem ausgiebigen Duschen nicht mehr gekämmt und rasiert hatte, war dem Zeitdruck geschuldet und fiel normalerweise nur seiner Tochter auf, die er noch zur Schule gebracht hatte. Magdalena, die sonst ohne Punkt und Komma plapperte, sagte an diesem Morgen kein Wort und starrte nur beleidigt vor sich hin. Simon wusste genau, warum: Das waren akute Entzugserscheinungen, denn ohne Handy fühlten sich Teenager heutzutage wie amputiert. Seine Tochter würde erst wieder auftauen, wenn er ihr ein neues besorgt hatte.

Magdalenas Smartphone war bereits in den Händen eines IT-Experten, der Simon aber keine großen Hoffnungen gemacht hatte, was Informationen über den anonymen Anrufer betraf. Doch Simon wollte nichts unversucht lassen.

Lockhardt blätterte in seinen chaotischen Notizen, während er die neueste Wasserstandsmeldung an seinen Partner weitergab. »Ich habe mit dem Bruder unseres zweiten Opfers telefoniert, einem gewissen Harald Wischnewski. Er ist achtunddreißig Jahre alt, lebt in London und ist in derselben Heuschreckensparte tätig wie sein Bruder. Hedgefonds-Manager, soviel ich verstanden habe. Ein eiskalter Hund.«

»Ist das nicht die Grundvoraussetzung für einen solchen Job?«

»Keine Ahnung. Aus der Geldbranche kenne ich eigentlich nur meinen Kundenbetreuer von der Sparkasse. Und der ruft mich auch nur an, wenn ich wieder einmal knietief im Dispo stecke.«

»Also mindestens einmal im Monat.«

Simon grinste über seine Retourkutsche. Diesmal warf Lockhardt ihm einen gespielt bösen Blick zu, bevor er fortfuhr: »Jedenfalls hat dieser Harald Wischnewski die Nachricht vom Tod seines Bruders mit einem Achselzucken hingenommen. Hab's zwar nicht gesehen, aber es hat sich so angehört. Von Trauer oder Entsetzen nicht die Spur. Für die Tatzeit hat er ein wasserdichtes Alibi. Er war in Anwesenheit von irgendwelchen Promis auf einer Party und hat mir die Fotos gemailt. Seiner Aussage nach hatten er und sein Bruder seit Jahren keinen Kontakt mehr, nicht mal an Weihnachten oder zum Geburtstag. Eltern seit Jahren tot, keine sonstige Verwandtschaft. Unsere Kollegen Rosner und Kleinert klappern heute die Arbeitskollegen von Wischnewski ab, sein Computer und sein Handy werden gerade geprüft. Sie halten mich auf dem Laufenden. Bisher nur berufliche Kontakte, ob er auch mit zwielichtigen Geschäften zu tun hatte, müssen wir überprüfen. Macht ein Spezialist der Abteilung Wirtschaftskriminalität.«

»Schweinkram persönlicher Art?«

»Bisher negativ.«

»Das wundert mich. Nichts auf seinen Festplatten? Auf seinem Smartphone?«

»Sauber wie der Lebenslauf von Mutter Teresa.«

»Zu sauber?«

»Du sagst es. Vielleicht hat er ein zweites Handy. Oder einen zweiten Laptop, den wir noch nicht gefunden haben.«

»Schließfach?«

»Haben wir schon geprüft. Wenn er eines unter falschem Namen hat, können wir natürlich lange suchen.«

»Wenn du mich fragst: Wischnewski war ein übervorsichtiger Typ, der keine Spuren hinterlassen wollte. Wenn er wirklich ein zweites heimliches Leben geführt hat, von dem niemand wissen durfte …«

»Vielleicht hat er sich anonym im Darknet herumgetrieben?«

»Möglich ist alles. Auch die dritte Möglichkeit, selbst wenn sie noch so unwahrscheinlich ist: Er war absolut clean.«

»Das glaubst du doch wohl selber nicht.«

»Nein. Aber wenn wir nichts finden?«

Lockhardt fuhr sich über seinen Bürstenhaarschnitt, warf demonstrativ einen Blick auf seine Armbanduhr und griff nach seiner Vorratsschublade. »Übrigens wird unser Dr. Frankenstein uns gleich wieder mit seiner Gegenwart beehren«, sagte er. »Hat irgendwas Neues herausgefunden, was er mir am Telefon aber nicht mitteilen wollte.« Er zog eine Papiertüte aus der Schublade und langte hinein, dann schob er sich etwas in den Mund, das verdächtig nach einer kulinarischen Todsünde so früh am Morgen aussah. Er bot die offene Tüte seinem Partner an, deren Inhalt Simon mit gerunzelter Stirn als mit Käse überbackene Brezen identifizierte. Er wehrte mit einer fast schon panischen Handbewegung ab und sagte: »Wenn diese Laborratte wieder so eine Rätselstunde abhält, kann ich für nichts garantieren. Ich bin gerade so richtig in Stimmung.«

Lockhardt rollte sofort mit seinem Schreibtischstuhl ein gutes Stück zurück und hob die Hände zum Zeichen, dass er verstanden hatte. Er sagte lieber nichts, weil er wusste, wann es bei Simon angebracht war, den Mund zu halten. Außerdem hatte er genug damit zu tun, seine Käsebreze zu kauen und die Krümel von seiner Hose zu klopfen. Als er wieder hochsah, entdeckte er Dr. Franke und gab Simon einen Wink.

Wie immer kam der Doktor mit wehendem Kittel herbeigeeilt, ein dramatischer Auftritt im Dienste der Wissenschaft, als könnte er der Welt den erfolgreichen Abschlusstest eines neuen, von ihm persönlich entwickelten Breitbandantibiotikums verkünden.

»Meine Herren, wir sind einen großen Schritt weiter!«, posaunte er und wedelte dazu mit einem beschrifteten Blatt Papier herum.

Lockhardt tat ihm den Gefallen und fragte: »Was ist das?«

Dr. Franke knallte das Blatt Papier auf Lockhardts Schreibtisch. »Das ist das Ergebnis meiner Blutanalysen. Und jetzt raten Sie mal, was ich entdeckt habe!«

Lockhardt warf Simon einen warnenden Blick zu, weil er befürchtete, dass sein Partner dem guten Doktor tatsächlich an die Gurgel gehen könnte. Um die Situation zu entschärfen, hielt er dem Forensiker seine Tüte mit den Käsebrezen hin.

»Auch eine?«, fragte er mit Dackelblick und weidete sich am konsternierten Gesichtsausdruck von Dr. Franke, der nicht begreifen konnte, dass die beiden Kommissare seine wissenschaftliche Begeisterung nicht mit ihm teilen mochten.

Als keine Reaktion auf sein Angebot kam, griff Lockhardt nach einer weiteren Käsebreze und biss herzhaft hinein. »Dann helfen Sie uns mal auf die Sprünge, Herr Doktor. Und zwar so allgemein verständlich, dass auch mein Partner und ich es kapieren.«

»Vor einer Stunde bin ich endlich mit sämtlichen Blutprobenanalysen vom Bauernhof fertig geworden«, erklärte Dr. Franke. »Ich habe die Proben mit denen von Dr. Prechtl und dem Jungen aus dem Kellerverlies verglichen …«

»Jonas«, ergänzte Simon.

Das brachte den Forensiker erneut aus dem Konzept, aber er fing sich schnell wieder. »Wie auch immer, es hat sich herausgestellt, dass wir das Blut einer dritten Person haben. Möglicherweise das des Mörders.«

Auf einmal waren Lockhardt und Simon ganz Ohr.

»Heißt das«, fragte Simon, »dass wir unter Umständen die DNA des Täters haben?«

»Sieht so aus, ja«, bestätigte Dr. Franke und tippte mit einem Finger auf das Blatt Papier. »Blutgruppe Null, Rhesusfaktor positiv.«

»Wie viele Menschen haben diese Blutgruppe?«, wollte Simon wissen.

»Blutgruppe Null? Etwa vierzig Prozent der Bevölkerung.«

»Großartig! Dann können wir ja schon mal sechzig Prozent ausschließen«, bemerkte Lockhardt ironisch.

»Und woher genau ist diese Blutprobe?«, erkundigte sich Simon und griff nach dem Blatt Papier.

»Aus dem gefliesten Raum im Gebäude hinter dem Bauernhof. Der Täter muss sich bei der aufwendigen Zurschaustellung und Abschlachtung von Dr. Prechtl verletzt haben, oder Dr. Prechtl hat sich gewehrt und ihn irgendwie erwischt. Ich tippe auf Nasenbluten nach einem Fausthieb. Aber bitte – das ist reine Spekulation.«

»Mit anderen Worten: Sollten wir einen Tatverdächtigen haben, können wir eindeutig beweisen, ob er am Tatort war oder nicht«, fasste Simon zusammen.

»So ist es.« Der Doktor rückte stolz seine randlose Brille zurecht.

»Gibt es ähnlich vielversprechende Spuren vom Penthouse-Tatort?«, fragte Lockhardt.

»Bis jetzt nicht. Die Analysen dauern noch an.«

»Aber wenn Sie was finden …«

»… erfahren Sie es als Erste«, bestätigte Dr. Franke.

»Danke, Doc«, sagte Lockhardt. »Gute Arbeit!«

»Na ja, das ist mein Job«, antwortete Dr. Franke mit rotem Kopf, drehte sich um und stakste mit seinen Storchenbeinen hinaus.

»Doch nicht so übel, unser Doktor Frankenstein«, meinte Lockhardt und studierte das Papier, das Simon ihm gereicht hatte. »Jetzt brauchen wir nur noch einen Tatverdächtigen.«

»Wenn das wieder einer deiner üblichen schlechten Scherze sein soll …«

»Nein. Das habe ich todernst gemeint«, entgegnete Lockhardt. Er stopfte sich den letzten Rest seiner Käsebreze in den Mund, zerknüllte die leere Tüte, zielte und warf die Papierkugel haarscharf neben den Papierkorb.

ACHT

Aller guten Dinge sind drei, dachte der Mann in dem dicken Eskimoparka, den schwarzen Lederhandschuhen, der schwarzen Ray-Ban-Sonnenbrille und der tief ins Gesicht gezogenen Inkamütze vergnügt und nahm einen wärmenden Schluck Glühwein, während er dem bunten Treiben auf dem Eis zusah. Er wunderte sich immer noch, dass sich so viele Leute an einem stinknormalen Werktag Zeit nehmen konnten, um das strahlende, eiskalte Winterwetter in der Großstadt mit Flanieren, Eislaufen, Eishockey oder Eisstockschießen zu genießen.

Das lang anhaltende, geradezu arktische Winterwetter hatte endlich etwas fertiggebracht, was seit Jahren nicht mehr der Fall gewesen war: Der Nymphenburger Kanal war komplett zugefroren und die Eisschicht inzwischen so dick, dass sie zum allgemeinen Betreten ohne Einschränkungen freigegeben worden war, von welcher zuständigen Behörde auch immer.

Nach einer geraumen Zeit schüttete er den Rest des Glühweins in den Schnee, bevor er den Plastikbecher zerdrückte und extratief in den Abfalleimer stopfte. Nicht dass ihm das Getränk nicht geschmeckt hätte, aber er wartete nun doch schon eine ganze Weile untätig in der klirrenden Kälte darauf, dass seine Zielperson endlich ihren Bewegungsdrang ausgelebt hatte und nach Hause ging. Allmählich wurde ihm trotz der wärmenden Kleidung kalt.

Er musste einen klaren Kopf bewahren und durfte sich keinen Fehler bei der Durchführung seines Vorhabens erlauben. Wie immer hatte er alles generalstabsmäßig geplant. Aber wie hatte man ihm in seiner Ausbildung ständig eingebläut: Man musste bei der Durchführung von heiklen Missionen jederzeit damit rechnen, dass einem im unpassendsten Moment ein dummer Zufall ins Handwerk pfuschte und alle Planungen zunichtemachte, ja schlimmer noch – einen selbst an den Galgen brachte. Auf einen Zufall nicht mit aller erdenklichen Schnelligkeit, Härte und Konsequenz reagieren zu können, das durfte er nicht riskieren, dafür war er zu sehr Profi.

Er blinzelte in die gleißend helle Wintersonne und löste sich von der hölzernen Verkaufsbude, die vor Kurzem am Ufer des Kanals aufgestellt worden war, weil auch weiterhin mit einer stabilen Kaltwetterlage gerechnet wurde. Sonst lohnte es sich nicht, Glühwein, Kaffee, Schnaps, Bratwürste und Süßes anzubieten. Der Kanal zog sich unter zwei Brücken hindurch vom Nymphenburger Schloss bis zum Hubertusbrunnen in Neuhausen und war gut eineinhalb Kilometer lang. Rechts und links vom Kanal waren die südliche und nördliche Auffahrtsallee, vielbefahrene Aus- und Einfallstraßen, die jetzt schon völlig zugeparkt waren, sodass es für den normalen Verkehr kaum noch ein Durchkommen gab.

Der Mann mit der Inkamütze war von der U-Bahn-Station Gern zu Fuß hergekommen und hatte alles, was er für sein riskantes Vorhaben brauchte, in seinem Rucksack und in der Innentasche seines Parkas dabei. Seine Zielperson, Gitta van der Ville, hatte er abgepasst und observiert, seit sie ihr protziges Zuhause verlassen hatte. Sie war ein sportliches, wasserstoffblondes Luxusweibchen, das momentan wenige Querstraßen entfernt in einer zehn Zimmer großen Möchtegern-Tudor-Villa im vornehmen Stadtteil Gern lebte.

Und zwar ganz allein.

Eine einzige Ausnahme gab es: Einmal in der Woche kam eine Putzfrau, die in Anwesenheit der Hausherrin ihren Pflichten nachging und nur nach telefonischer Voranmeldung eingelassen wurde.

Er schlenderte ein Stück am Ufer des Kanals entlang und achtete darauf, dass er Gitta nicht aus den Augen verlor. Überall lagen die Taschen und Schuhe der Leute herum, die auf der Eisfläche des Kanals unterwegs waren und ihre Siebensachen vertrauensselig auf der verschneiten Böschung deponiert hatten. Einige zogen ihre Stiefel an oder aus, schlüpften in ihre Schlittschuhe oder legten eine Pause mit einem Hotdog und einem Becher Kaffee ein. Andere saßen auf dem Schlitten ihrer Sprösslinge und schauten dem Treiben auf dem Kanal zu. Es war ein buntes Durcheinander aller Altersklassen und Bevölkerungsschichten, das reinste Wimmelbild. Vom sportlichen Eishockeyspieler bis zum blutigen Anfänger, von der Schlittschuh fahrenden Mutter, die auf dem Eis ihren Kinderwagen vor sich her schob, bis zum Rentner, der Stunde um Stunde mit Eisstockschießen verbrachte, war alles vertreten.

Als der Mann mit der Inkamütze sicher sein konnte, von niemandem beachtet zu werden, ging er kurz in die Hocke, als müsse er sich die Schuhe binden, und schnappte sich dabei ein Handy aus einer offen stehenden Damentasche. Dann stellte er sich mit dem Smartphone hinter den dicken Stamm eines Alleebaums, um eine Nummer zu wählen, die er sich eingeprägt hatte. Das Handy war nicht im gesicherten Modus, sonst hätte er einfach ein weiteres gestohlen. Er wartete, bis die Verbindung hergestellt war, und sah dabei seiner Zielperson zu, die unermüdlich und scheinbar selbstvergessen auf Schlittschuhen ihre Kreise zog.

»Hallo«, sagte er ins Handy, »hier Unteregger, können Sie mich bitte mit der Soko Rotkehlchen verbinden, Hauptkommissar Paul Simon? Ich habe eine wichtige Nachricht für ihn, die vielleicht ein wenig Licht ins Dunkel seiner Ermittlungen bringen könnte.«

»Wie war Ihr Name?«

»Unteregger heiße ich, und sagen Sie ihm bitte, ich bin ein guter Bekannter seiner Tochter Magdalena, dann weiß er schon, mit wem er es zu tun hat.«

»Einen Moment, bitte.«

»Ja, ich warte.«

Mit Schadenfreude beobachtete er die junge Besitzerin des Handys, mit dem er gerade telefonierte. Sie war soeben mit einer Schar schnatternder Freundinnen vom Eislaufen zurückgekommen und durchwühlte nun ihre Tasche vergeblich nach ihrem Telefon. Sicherheitshalber ging er zum nächsten Alleebaum weiter und behielt dabei das Handy am Ohr, bis sich am anderen Ende eine männliche Stimme meldete:

»Hier Kommissar Simon. Sie wollten mich sprechen?«

»Hallo, Herr Simon. Hören Sie gut zu, ich muss mich kurz fassen …«

»Wer sind Sie?«, fiel ihm Paul Simon ins Wort.

»Wer ich bin? Nun, Sie kennen mich als Verehrer Ihrer Tochter. Ich bin der unsichtbare Mann. Jetzt ist der Groschen gefallen, stimmt's?«

»Jetzt hören Sie mal gut zu. Was fällt Ihnen eigentlich ein …«

»Nein, Sie hören mir zu, sonst lege ich sofort auf, und Sie haben eine einmalige Chance vertan. Ich will nicht lange um den heißen Brei herumreden. Sie bekommen die einmalige Gelegenheit, sich mit mir zu treffen. Diese Gelegenheit bietet sich Ihnen nur einmal, nämlich hier und heute. Sollten Sie auf die naheliegende Idee kommen, Ihre Kollegen einzuschalten oder ihnen von diesem Gespräch zu erzählen, dann wird mein großzügiges Angebot hinfällig. Dann hören Sie nie wieder von mir, geschweige denn dass wir uns sehen. Sollten Sie allerdings ein dringendes, ja, um nicht zu sagen, lebhaftes Interesse an einer Begegnung mit mir unter vier Augen verspüren, dann will ich von Ihnen nur ein lautes und deutliches ›Ja!‹ hören.«

»In Gottes Namen, ja.«

»Okay, abgemacht. Wir treffen uns um Punkt siebzehn Uhr am Westfriedhof in Moosach, Haupteingang Baldurstraße, gleich gegenüber vom Dantestadion. Ich nehme an,

Sie kennen die Örtlichkeit. Ich bin da, selbstverständlich werde ich alle nötigen Vorsichtsmaßnahmen treffen, um festzustellen, ob Sie auch allein und ohne jede Unterstützung durch Ihre Kollegen kommen. Davon muss ich mich aus gegebenem Anlass überzeugen, ich rechne mit Ihrem Verständnis. Also vermasseln Sie es nicht! Sie erkennen mich daran, dass ich einen Fanschal vom FC Bayern trage. Kommen Sie nicht zu spät, ich warte nicht.«

Er drückte auf das rote Telefonsymbol und atmete tief durch.

Es war schon das zweite Mal, dass er mit Paul Simon persönlich gesprochen hatte – ein seltsames Gefühl.

Beim ersten Mal hatte er ihn anonym auf den Einödhof von Dr. Prechtl aufmerksam gemacht. Das zweite Mal war fast schon ein vertrautes Zwiegespräch unter alten Bekannten gewesen, wenn man es durch die zynische Brille betrachten wollte.

Apropos – vielleicht wäre es an der Zeit gewesen, Paul Simon zu duzen, jetzt, wo sie feststellten, dass es mehr und mehr persönliche Berührungspunkte zwischen ihnen gab.

Er überlegte. Nein, es war besser, dass er Paul Simon gesiezt hatte. Er durfte nicht zu viel von sich preisgeben, auch wenn es ihn zuweilen reizte. Alles schön step by step.

Selbstverständlich besaß er keinen Fanschal des FC Bayern. Und selbstverständlich würde der arme Paul Simon umsonst zum avisierten Treffpunkt am Westfriedhof pilgern. Bis jetzt wusste er noch nicht, warum er so in die Irre geführt wurde. Aber ihm würden schon noch gründlich die Augen aufgehen.

Dann allerdings würde es für Paul Simon zu spät sein.

Er ging in die Hocke und legte das geklaute Smartphone so unter den Hinterreifen eines parkenden Autos, dass es beim Losfahren des Wagens unweigerlich überrollt und unbrauchbar gemacht werden würde. Dann erhob er sich und hielt wieder Ausschau nach seiner Zielperson.

NEUN

Nachdem Gitta sich mit Pirouetten und anderen akrobatischen Nummern aus ihrem reichhaltigen Eiskunstlaufrepertoire auf dem Schlosskanal ausgetobt hatte, fuhr sie mit ihren Schlittschuhen an die Uferböschung, wo sie ihre Prada-Stiefelchen anzog.

Van der Ville war ihr vierter Nachname. Unter ihrem Mädchennamen Brigitte Unteregger war sie in den späten Achtzigerjahren eine mäßig erfolgreiche Eiskunstläuferin gewesen, die es auf dem Höhepunkt ihrer sportlichen Laufbahn bis zum fünften Platz bei einer deutschen Meisterschaft gebracht hatte. Bei dieser Gelegenheit hatte sie in Garmisch-Partenkirchen ihren wohlhabenden ersten Mann kennengelernt, der um mehr als fünfundzwanzig Jahre älter war. Nach der baldigen Scheidung zog sie es vor, sich durch erneutes strategisch geschicktes Verehelichen nach und nach ein Vermögen und höhere gesellschaftliche Weihen anzueignen, um standesgemäß leben zu können und von den Klatschspalten gebührend beachtet zu werden. Normalerweise hatte sie genug damit zu tun, in der Weltgeschichte herumzureisen, abwechselnd ihre Ferienhäuser in Südfrankreich, der Schweiz und auf Sylt aufzusuchen und nach neuen, lukrativen Ehemännern Ausschau zu halten.

Ihr Leben bestand aus einer nicht enden wollenden Abfolge von Partys, Modenschauen und Charityveranstaltungen, was bisweilen in echten Stress ausarten konnte. Dass man ihr das nicht auf den ersten Blick ansah, verdankte sie der kunstvollen Arbeit ihres vierten Ehemannes, eines Schönheitschirurgen, dessen Namen und Vermögen sie sich angeeignet hatte – in diesem Fall übrigens nicht durch Scheidung, sondern durch eine Fügung des Schicksals: Der gute Mann war beim Skifahren in der Nähe von Davos einem tragischen Lawinenunglück zum Opfer gefallen, während seine Gattin es glücklicherweise vorgezogen hatte, zur gleichen Zeit mit seinen Kreditkarten Powershopping zu machen.

Gitta van der Ville befand sich noch im Trauerjahr, hatte aber ihre Fühler schon nach einem weiteren vielversprechenden Kandidaten ausgestreckt, der seinen Hauptwohnsitz in Monaco hatte und sein vieles Geld irgendwie und irgendwo für sich arbeiten ließ – so genau wollte Gitta es gar nicht wissen. Wichtig war nur, dass er nach ihr gierte und sie das tagtäglich auf ihrem goldfarbenen Smartphone wissen ließ. Die hohe Kunst, einen potentiellen Lover bei der Stange und doch zunächst auf Abstand zu halten, beherrschte Gitta so perfekt wie ihre kleinen Eislaufnummern. Momentan hatte sie gerade eine kleine Verschnaufpause in ihrem Münchner Refugium eingelegt, das für Außenstehende tabu war. Ein paar erholsame Tage ohne Männer und Rummel, bevor es nächste Woche weiter nach

Saint-Barthélemy ging, eine märchenhafte, angesagte Karibikinsel, die politisch zu Frankreich gehörte, aber fiskalisch autonom war. Ihr Zukünftiger hatte dort seinen zweiten oder dritten Wohnsitz und konnte demzufolge das Angenehme mit dem Nützlichen verbinden. Seit er ein einziges Mal mit Gitta im Bett gewesen war, schien er komplett den Verstand verloren zu haben, jedenfalls wollte er ihr unbedingt sein nettes kleines Überseedomizil zu Füßen legen, so hatte er es noch gestern in einer überschwänglichen E-Mail formuliert. Als Aperitif hatte er ein paar beeindruckende Fotos mitgeschickt.

Der Mann hatte alles mitgelesen, so wie er das seit Wochen tat. Er hatte Gittas digitale Korrespondenz akribisch verfolgt und gesammelt, schließlich wollte er genau wissen, mit wem er es zu tun hatte, bevor er daranging, seine ganz besonderen Pläne mit ihr in die Tat umzusetzen. An sämtliche relevanten Informationen heranzukommen war in der heutigen computervernetzten Welt nicht weiter schwierig, besonders dann, wenn man wie er ein Crack in diesem Metier war.

Was die Vita von Gitta van der Ville anging, war alles noch viel einfacher: Sie hatte ihr ganzes Society-Lifestyle-Programm sowieso in sämtlichen Medien ausgebreitet, es gab sogar auf YouTube ein Filmchen mit Sexszenen von ihr zusammen mit einem B-Klassen-Promi, das angeblich anonym ins Netz gestellt worden war. In den Klatschspalten der Boulevardpresse war sogar von einer schmutzigen Erpressungsgeschichte die Rede, was Gitta durch einen Anwalt dementieren ließ, aber erst, nachdem das Thema ordentlich ausgereizt worden war.

Kurzum: Die öffentliche Zurschaustellung ihres Lebens machte für Gitta van der Ville den eigentlichen Sinn und das Salz ihres Daseins aus.

Wenn er sich nun daranmachte, eben dieses in seinen Augen parasitäre Dasein abrupt und gewaltsam zu beenden, würde das ein gewaltiges Rauschen im Blätterwald erzeugen. Der Medienhype und die todsicher ins Kraut schießenden Spekulationen waren dabei gar nicht seine eigentliche Motivation, aber die hysterischen Folgeerscheinungen passten ihm perfekt ins Konzept. Je größer der Druck wurde, der auf der Soko Rotkehlchen und damit auf Paul Simon lastete, desto besser. Das war es, was für sein Vorhaben ausschlaggebend war.

Gitta van der Ville schwang ihre Schlittschuhe über die Schulter und machte sich zu Fuß auf den Weg nach Hause, sie hatte es schließlich nicht weit.

In gebührendem Abstand folgte ihr der Mann, der sie die ganze Zeit beobachtet hatte. Ohne ihren Rücken aus den Augen zu lassen, rekapitulierte er, was er alles dabeihatte:

Ein Profi-Kletterseil von Mammut, Eternity Classic, 9,8 Millimeter Durchmesser.

Ein scharfes Bowiemesser mit 33-Zentimeter-Klinge aus 440C-Stahl, hervorragend ausbalanciert, von Down Under Knives.

Eine Zehnpfennigmünze aus der DDR.

Und ein kleines Souvenir, das er immer bei sich trug. Ein

Souvenir, das unzweifelhaft bewies, dass Paul Simon der Mörder von Gitta van der Ville war.

Er lächelte in sich hinein und überlegte sich, wo er Gitta am wirkungsvollsten an den Füßen aufhängen und ausbluten lassen konnte. Vom damaligen Immobilienmakler hatte er sich übers Netz diverse Bilder von Innenansichten sowie den Bauplan der Villa besorgt, die sie von ihrem dritten Ehemann nach der Scheidung zugesprochen bekommen hatte. Daher kannte er das Haus in- und auswendig. Am besten knüpfte er Gitta am zentralen Kronleuchter auf, in der riesigen Eingangshalle mit den symmetrisch geschwungenen Treppen rechts und links, die ins Obergeschoss führten.

Ja, das würde den größtmöglichen dramatischen Effekt erzielen.

Und nur darauf kam es ihm an.

ZEHN

Er hatte sich genau überlegt, wie er vorgehen wollte. Das Wichtigste war, das mannshohe, massive Tor zur Straße hin zu überwinden und anschließend ins Haus zu gelangen. Das Grundstück von Gitta van der Villes Schickimicki-Heim war komplett von einer fast drei Meter hohen Mauer umgeben, da konnte man nicht so ohne Weiteres hineingelangen. Doch sobald er mit ihr im Haus war, wäre der Rest ein Kinderspiel. Gitta hatte die Statur eines Teenagers, und er war ihr körperlich haushoch überlegen. Insbesondere, wenn sie nur noch ein zitterndes Bündel Angst war, nachdem er ihr unmissverständlich klargemacht hatte, was auf sie zukommen würde.

Die spektakuläre Präsentation ihrer Leiche für die Leute von der Kripo und damit letztlich für die interessierte Öffentlichkeit würde ihm einiges abverlangen, aber das machte ihm nichts aus, er war kräftig und durchtrainiert. Wenn er sich Gitta van der Ville ansah, wie sie mit federnden Schritten zwanzig Meter vor ihm her ging, wog sie höchstens fünfundfünfzig Kilogramm, maximal sechzig.

Als hätte sie seine Gedankenspielereien gespürt, verschärfte sie plötzlich das Tempo. Was ihn veranlasste, ebenfalls schneller zu gehen.

Hatte sie bemerkt, dass sie von ihm verfolgt wurde?

Inzwischen waren sie nur noch eine Querstraße von ihrer Villa entfernt.

Er sah sich um.

Ab und zu fuhr ein Auto vorbei, ein alter Mann führte seinen Hund spazieren.

Er beschleunigte wieder, auf gar keinen Fall durfte er den Abstand zu Gitta zu groß werden lassen, sonst entwischte sie ihm womöglich noch im letzten Moment, wenn sie das Gartentor öffnete und hinter sich schließen konnte, bevor er sie eingeholt hatte.

Zu seiner Verblüffung blieb sie an der nächsten Straßenecke stehen und drehte sich um. Zögernd verlangsamte er sein Tempo, aber dann beschloss er, so zu tun, als hätte er zufällig denselben Weg wie sie. Er marschierte einfach weiter auf sie zu, während er vorgab, sich im Gehen auf sein Smartphone zu konzentrieren, so wie das alle Kids auf der Straße seit Neuestem machten.

Gitta van der Ville hatte ihre an den Schnürsenkeln zusammengeknüpften Schlittschuhe vom Rücken genommen und ließ sie spielerisch vor ihrem Körper hin- und herschaukeln. Ohne Furcht wartete sie darauf, dass er sich näherte.

Er konnte jetzt unmöglich stehen bleiben oder die Straßenseite wechseln, ohne Verdacht zu erregen, und hielt daher schnurstracks auf sie zu. Sie stemmte die freie linke Hand in die Hüfte und sprach ihn an, als er noch fünf oder sechs Schritte von ihr entfernt war.

»Wollen Sie etwas von mir? Warum gehen Sie mir nach? Sind Sie von der Presse?«

Er blieb stehen und tat so, als wäre er völlig überrascht, indem er von seinem Smartphone aufsah und auf sich selbst zeigte.

»Meinen Sie mich?«

»Sehen Sie vielleicht sonst noch jemanden?«

Er drehte sich um seine Achse und setzte sein unschuldigstes Lächeln auf. »Eigentlich nicht, nein …«

Nun ging sie in die Offensive. »Sie verfolgen mich, seit ich den Kanal verlassen habe. Was wollen Sie von mir?«

Gitta van der Ville hatte offensichtlich Schneid, das musste er ihr lassen. Andererseits – was konnte ihr schon passieren, mitten am Spätnachmittag auf offener Straße im vornehmen Stadtteil Gern?

Auf der anderen Straßenseite weiter oben lieferten sich ein paar Jungen eine Schneeballschlacht zwischen Baumstämmen, Schneebergen und parkenden Autos. Ein paar Häuser weiter, vor einer größeren Wohnanlage, befreite ein Hausmeister auf seinem kleinen motorisierten Schneepflug die Tiefgaragenzufahrt von Schneeresten und verursachte dabei einen Heidenlärm.

Nun musste er improvisieren, bevor die Situation außer Kontrolle geriet. Aber es half alles nichts – dies war der Augenblick, wo er zuschlagen musste, in diesem Moment musste Paul Simon gerade zum Eingang des Westfriedhofs unterwegs sein und steckte wahrscheinlich im üblichen Feierabendverkehr fest, hatte also kein richtiges Alibi, genau deshalb hatte er ihn dorthin gelockt.

»Sind Sie Gitta van der Ville?«, fragte er.

»Wer will das wissen?«, fragte sie herausfordernd.

Er machte einen Schritt auf sie zu, doch sie gebot ihm mit der Hand Einhalt, mit der sie die Schlittschuhe vor sich hielt, die andere hatte sie in die Tasche gesteckt.

»Noch einen Schritt weiter, und Sie machen Bekanntschaft mit der Polizei.« Mit diesen Worten fischte sie ihr Smartphone aus der Tasche und hielt es drohend hoch. »Ein Fingerdruck – und ich bin mit dem Notruf verbunden. Also, was wollen Sie?«

»Ein … ein Autogramm«, kam es zögerlich und gespielt schüchtern aus seinem Mund. Irgendetwas Positives, Vertrauenerweckendes musste er von sich geben, sonst würde sie vollkommen durchdrehen und damit unkontrollierbar werden. »Ich kenne Sie aus der *Gala* … oder war es die *Bunte*? Egal – meine Freundin liest alles über Sie … Und sie möchte so gern ein Autogramm von Ihnen. Wenn sie erfährt, dass ich Ihnen zufällig persönlich begegnet bin und Sie nicht um ein Autogramm gebeten habe – sie würde mich glatt umbringen!«

Er merkte, dass sie dennoch misstrauisch wurde, sich verunsichert umdrehte, nach möglicher Hilfe Ausschau hielt und anfing, nach hinten auszuweichen, um mehr räumlichen Abstand zu gewinnen.

»Wie heißt denn Ihre Freundin?«, fragte sie, aber es klang eigentlich eher wie: Aus welcher Klapsmühle kommen Sie noch mal?

Ihm wurde klar, dass er mit seiner Inkamütze und der Sonnenbrille nicht unbedingt einen vertrauenswürdigen Eindruck machte. Also nahm er seine Ray-Ban-Brille ab, steckte sie mit einer Hand in die Innentasche seiner Jacke und sagte dabei in einem beruhigenden Ton: »Ich habe hier einen Stift und die *Gala* mit Ihrem Foto auf Seite achtzehn. Ein Autogramm – und Sie sind mich los ...«

Anscheinend hatte er durch Zufall und Einfühlungsvermögen die richtige Taste bei ihr gedrückt. Angesichts eines leicht verrückten Fans schien sich Gitta sichtlich zu entspannen und sagte: »Also gut – geben Sie schon her!«

Er hatte bereits das Bowiemesser im Inneren seiner Jacke aus der Lederscheide gezogen und war im Begriff, rasch die letzten Schritte auf Gitta zuzumachen, bevor er die Hand mit dem Messer herausziehen und ihr die Klinge in einem Aufwärtsschwung in den Bauch stoßen wollte, als sie, ohne mit ihren überlangen künstlichen Wimpern zu zucken, ihre Schlittschuhe in sein Gesicht schwang und ihm mit einer der scharf geschliffenen Kufen einen Cut quer von der Augenbraue bis über die Nase zog.

Davon und von ihrem couragierten Ausfallschritt war er so überrascht, dass er abrupt stehen blieb und mit einer Hand über sein lädiertes Gesicht tastete.

Blut!, registrierte er, als er sich fassungslos die rot besudelte Hand vor Augen führte und mit der Zunge den typischen Kupfergeschmack auf seinen Lippen schmeckte.

Dieses Biest hat mich tatsächlich verletzt!, dachte er empört. Was fällt dieser verfluchten Drecksschlampe ein?

Trotz seines täglichen Trainingsprogramms, bei dem auch ultraschnelle Reaktionszeiten geübt wurden, war er von der völlig unerwarteten Attacke seiner Zielperson so perplex, dass er zwei ewig lange Sekunden brauchte, bis er kontern konnte.

Aber da hatte Gitta van der Ville schon kehrtgemacht. Sie rannte auf die Straße und auf den Schneepflug zu, auf dem der Hausmeister saß. Wieselflink war sie, schließlich machte sie jeden Tag Workout und Fitnesstraining, und das war es, was er sträflich unterschätzt hatte. Er war bei Gitta und ihrem Vorleben von einem degenerierten Paris-Hilton-Klon ausgegangen, der gerade noch genügend Energie hatte, um ein Champagnerglas zu schwenken, auf Louboutin-Pumps Posen für die Fotografen einzunehmen und exklusiven Kreditkarten mit ihrer Unterschrift zur Gültigkeit zu verhelfen.

Als er endlich zur Verfolgung ansetzte, hatte Gitta van der Ville schon fast die andere Straßenseite erreicht. Verzweifelt winkte sie nach dem Hausmeister, der ihr gerade den Rücken zukehrte, und rutschte genau in diesem Moment auf einer Eisplatte aus. Einen Sekundenbruchteil kämpfte sie mit ihrem Gleichgewicht, aber dann fiel sie der Länge nach auf stahlhartes Glatteis, schlug hart mit dem Kopf auf und blieb bewegungslos, halb unter einen parkenden Pick-up gerutscht, auf dem Bauch liegen.

In aller Hast sah sich der Mann mit der Inkamütze um – offensichtlich hatte niemand gesehen, was sich gerade abgespielt hatte. Jetzt musste er handeln – und zwar schneller als schnell. Er sprintete über die Straße und kniete an ihrer Seite nieder. Wieder sah er sich um und stellte fest, dass es anscheinend immer noch keine Augenzeugen gab. Der Hausmeister hatte Ohrenschützer auf und fuhr unverdrossen mit seinem motorisierten Schneepflug weiter auf dem Gehsteig umher.

Im Kopf ging er die verschiedenen Möglichkeiten durch. Er konnte aufstehen und davonlaufen, und die Sache wäre gegessen. Doch diese Möglichkeit kam nicht ernsthaft infrage, weil dann seine langjährige sorgfältige Planung in sich zusammengefallen wäre wie ein Kartenhaus. Wenn er sein Ding noch durchziehen wollte, blieb nur Möglichkeit Nummer zwei.

Bei seinen Recherchen über Gitta van der Ville hatte er herausgefunden, dass sie auf dem Gebiet der Security für ihre Villa das Allerneueste und Raffinierteste hatte, was momentan auf dem Markt war, das Nonplusultra der Schließtechnik für Garten- und Haustür. Mit Zahlen – außer denen auf ihren Kontoauszügen – stand sie seit jeher auf Kriegsfuß. Daher kam kein Zahlencode für ihre Villa infrage. Zum Glück war ihr dritter Mann ein Sicherheitsfanatiker gewesen, der nicht nur sein Vermögen mit Sicherheits- und Alarmanlagen gemacht, sondern seiner Frau auch sein neuestes System aufgeschwatzt hatte: einen Miniaturchip, so groß wie ein Reiskorn, der ihre Schlösser aufschließen konnte. Diesen Chip konnte man nicht verlieren, denn er war in Gittas Hand implantiert. In der Haut zwischen Daumen und Zeigefinger. Wenn man diesen Chip im Abstand von ein paar Zentimetern vor den Sensor hielt, erkannte dieser die eingespeicherte Nummer, gab den Sperrriegel frei und schaltete die Alarmanlage aus.

Ohne Chip kein Zugang zur Villa.

Ohne Zugang kein neues Rätsel für die Soko Rotkehlchen.

Und ohne Zugang kein neues, unmissverständliches Zeichen für Paul Simon, dass ihm eine unerklärliche Bedrohung immer näher auf den Pelz rückte.

Sein ursprünglicher Plan hatte vorgesehen, dass er Gitta van der Ville ohne großes Aufhebens zwang, ihre Schlösser mit dem implantierten Chip aufzuschließen.

Aber jetzt lag sie vor ihm auf der vereisten Straße. Damit stand sein ganzes, über Jahre hinweg vorbereitetes und nun kurz vor der Vollendung stehendes Vorhaben auf der Kippe. Und alles nur, weil diese blöde Schlampe nicht so reagiert hatte, wie sie es hätte tun müssen!, dachte er wütend.

Sie schien in eine tiefe Bewusstlosigkeit gefallen zu sein. Blut sickerte von einer Platzwunde an der Stirn in das Gemisch aus Eis, Streusalz und Matsch.

Es war ein Ding der Unmöglichkeit, sie sich über seine Schulter zu werfen und wie einen Müllsack zu ihrem Haus zu tragen, damit er mithilfe ihres implantierten Chips die Türen öffnen konnte.

Nicht am helllichten Tag.

Erst jetzt bemerkte er, dass er das Bowiemesser in der rechten Hand hielt. Wie ein Blitz durchzuckte ihn eine weitere, wenn auch riskantere dritte Möglichkeit. Wenn er schnell und ohne Skrupel handelte, konnte er immer noch alles so ausführen, wie er es ursprünglich vorgehabt hatte.

Es gab keine Alternative.

Und er hatte keine Skrupel.

Die hatte er noch nie gehabt.

Doch es war wie verhext – Gitta schien es ihm auch jetzt, da sie bewusstlos war, so schwer wie nur irgend möglich machen zu wollen. Nur mit brachialer Gewalt gelang es ihm, ihre verkrampften Finger von den Schnürsenkeln der Schlittschuhe zu lösen. Dann nahm er sein Bowiemesser, setzte die Klinge an Gittas zierlichem Handgelenk neben dem brillantbesetzten Goldkettchen von Tiffany an und trat mit voller Wucht mit seinem rechten Stiefel auf die Oberkante der Klinge.

Einmal, es knackste, zweimal, dreimal.

So lange, bis die stabile und scharfe Schneide endgültig durch und die Hand von den Armknochen getrennt war. Er hob Gittas Hand auf und rollte den immer noch leblosen Körper von ihr unter den Pick-up, sodass er bei der nun schnell hereinbrechenden Dunkelheit kaum gesehen werden konnte. Außer der Besitzer des Wagens wollte damit losfahren, aber das musste er riskieren.

Die Schlittschuhe kickte er mit dem Fuß ebenfalls unter den Wagen. Dann rannte er mit der abgetrennten Hand los.

ELF

Es kam ihm vor wie eine Ewigkeit, bis er vor dem Gartentor im kitschigen Tudorstil ankam, obwohl es höchstens fünfhundert Meter waren. Er hielt die blutige abgeschnittene Hand vor den Scanner. Es summte kurz, und das Tor sprang auf. Er wand sich durch den Spalt und drückte die schwere Pforte wieder hinter sich zu. Als er sie einschnappen hörte, musste er sich erst einmal mit dem Rücken dagegenlehnen und japsend nach Luft schnappen. Jetzt blieb ihm nichts anderes übrig, als auf die Dunkelheit zu warten – Gott sei Dank dämmerte es schon – und zu hoffen, dass bis dahin niemand Gittas Körper unter dem parkenden Auto entdecken würde. Oder sie kam wieder zu sich, rappelte sich trotz des sicher massiven Blutverlusts wieder auf und versuchte, mit ihrem Armstumpf das nächste Auto anzuhalten, das vorbeikam.

Bei dieser Vorstellung stieg etwas in ihm hoch, das bisher ein absolutes Fremdwort für ihn gewesen war: Panik.

Er schloss die Augen und konzentrierte sich darauf, dass sein Herz, das ihm bis zum Hals schlug, in seinen normalen, ruhigen Rhythmus zurückfand. Als er sich wieder einigermaßen unter Kontrolle hatte, öffnete er die Augen und merkte, dass er immer noch Gittas abgetrennte Hand in seiner Rechten hielt.

Er beschloss, hinter dem Gartentor auszuharren, bis er es wagen konnte, zum Pick-up zurückzugehen und Gitta ungesehen hierherzuschleppen. Langsam ging er in die Hocke und versuchte, durch seine antrainierte Atemtechnik eine Art innere Ruhe wiederzufinden, was ihm allmählich auch gelang, wenn auch nur mit Mühe und größter Konzentration.

Trotzdem entging ihm kein Laut. Noch waren keine Sirenen zu hören, die angezeigt hätten, dass irgendein Anwohner die Polizei oder einen Krankenwagen gerufen hatte, weil ein weiblicher Körper ohne rechte Hand am Straßenrand unter einem geparkten Pick-up lag.

Sein Plan konnte immer noch aufgehen.

Dunkel genug war es inzwischen.

Er hatte eine Idee. Mit dem Chip in Gittas Hand konnten alle verschlossenen Türen innerhalb und außerhalb der Villa geöffnet werden, also musste er zuerst in die Villa und von dort aus zur Garage, die baulich direkt an das Haupthaus anschloss und deren überbreites Tor auf die Straße führte.

Er nahm Gittas Hand und hielt sie vor den Scanner der Eingangstür zur Villa, die summte und mit einem sanften Klick aufsprang.

In der Eingangshalle machte er Licht, denn es war mittlerweile stockdunkel. Der monströse Kristallkronleuchter mit seinen zig Lampen in Kerzenform flutete das Foyer mit strahlendem Licht.

Alles sah genauso aus, wie er es von den Fotos des Immobilienmaklers in Erinnerung hatte. Aber für den schwülstigen, überladenen Glanz des Hauses hatte er jetzt keine Zeit. Er warf nur einen kurzen Blick in den riesigen Spiegel im Eingangsbereich und erschrak, als ihm eine blutverschmierte Fratze unter einer dämlichen Inkamütze entgegensah. Aus dem klaffenden Schnitt quer über Stirn, Augenbraue und Nase tropfte Blut. Er fluchte und stürzte in die großzügige cremefarbene Küche, machte Licht, warf Gittas Hand auf den gigantischen Küchenblock in der Mitte des Raumes und suchte nach Tüchern. Dazu riss er einen Schrank nach dem anderen auf, bis er Stoffservietten fand, ordentlich gebügelt und gestapelt. Achtlos griff er sich ein paar davon, befeuchtete eine an der Spüle und versuchte, sein Gesicht vor dem Spiegel wieder einigermaßen sauber zu bekommen. Die benutzten Tücher ließ er einfach auf den Marmorboden fallen, darauf kam es nun auch nicht mehr an.

Im Gäste-WC fand er einen Erste-Hilfe-Kasten und darin Pflaster und eine Schere. Er schnitt das Pflaster auf die richtige Größe zu und verklebte den Schnitt vor dem Spiegel, so gut es ging. Jetzt sah er zwar aus wie eine Mumie, aber wenigstens hatte die Wunde aufgehört zu bluten.

Nach kurzer Suche fand er den direkten Zugang vom Haus zur Garage, wo er das helle Neonlicht anschaltete. Die Garage hätte genügend Platz für drei Autos geboten. Neben einem kleinen roten Sportwagen mit Saisonkennzeichen stand ein bronzefarbener BMW X5.

An der Wand säuberlich aufgereiht waren ein Sitzrasenmäher und Gerätschaften zum Schneeräumen, unter anderem ein normaler Schneeschieber und eine Schneewanne, die sechs- oder achtmal so groß war.

Er suchte wie ein Rasender nach dem Autoschlüssel für den BMW, fand aber keinen. Die Zeit wurde allmählich verdammt knapp.

Die Schneewanne!

Er packte sie am Bügelgriff. Es war ein unförmiges Riesending, aber die einzige Lösung, die ihm auf die Schnelle einfiel. Er drückte auf den Knopf, der das Garagentor von innen hochfahren ließ, und warf einen vorsichtigen Blick auf die nächtliche Straße. Außer zwei Autos, die vorbeifuhren, war niemand unterwegs, noch war kein Blaulicht zu sehen oder eine Sirene zu hören.

Kurz entschlossen packte er die Schneewanne am Griff und lief mit ihr im Schlepptau den vereisten Gehweg entlang, bis er den Pick-up erreichte. Unter dem hochrädrigen Wagen war undeutlich etwas Dunkles zu erkennen, wenn man ganz genau hinschaute.

Als wieder ein Auto vorüberglitt, tat er kurz so, als würde er mit der Monsterschaufel Schneereste von der Straße räumen. Niemand hielt an.

Er ließ den Schneewannengriff los, kroch halb unter den Pick-up und zerrte Gittas Körper heraus. Ob sie noch lebte oder nicht, war ihm völlig gleichgültig. Sie gab jedenfalls keinen Mucks von sich. Er schob und wuchtete sie auf die Schneewanne und machte sich mit seiner Last auf den Rückweg.

Ich habe mehr Glück als Verstand, dachte er, als er mit der Schneewanne die offen stehende Garage erreichte. Er schloss das Tor und ließ sich schweißgebadet auf den blanken Betonboden fallen.

Aber er durfte sich keine Ruhepause gönnen. Ächzend stemmte er sich wieder hoch und fing an, Gitta auszuziehen. Ihr Körper war inzwischen eiskalt, der Armstumpf blutete nicht mehr.

Er holte das Kletterseil aus seinem Rucksack und blickte sich in der Garage nach einer Stehleiter um, die er brauchte, um Gitta mit dem Kletterseil am Kronleuchter aufzuhängen. An der linken Wand über dem Sitzrasenmäher entdeckte er eine.

Nachdem er Gitta an den Füßen ins Foyer geschleppt hatte, stellte er die Leiter unter dem Kronleuchter auf. Dieses Mal würde er auf das Aufräumen und die Beseitigung der Spuren komplett verzichten. Das würde ihn die halbe Nacht kosten und war im Grunde genommen sinnlos.

Denn selbst wenn er noch so gründlich vorging, würde die Spurensicherung unter Garantie irgendetwas finden, weil er selbst alles vollgeblutet hatte wie ein abgestochenes Schwein. Aber auch das passte in seinen Plan.

Er war jetzt wieder voll auf Kurs und vergaß nicht einmal, Gitta die Alumünze in den Mund zu stecken.

Sein kleines Zusatzspecial, über das sie sich in der Soko ruhig den Kopf zerbrechen durften.

ZWÖLF

Als Simon spät in der Nacht frustriert und demoralisiert nach Hause kam, weil die Soko Rotkehlchen seit Tagen auf der Stelle trat und keine Fortschritte machte, wartete Amelie im Morgenmantel auf ihn.

Das tat sie so gut wie nie, vor allem dann nicht, wenn sie am nächsten Morgen Frühdienst hatte. Ihr musste etwas Wichtiges auf dem Herzen liegen, was vermutlich mit Magdalena zu tun hatte. Vielleicht war sie krank geworden oder hatte irgendwelche Probleme in der Schule.

Herrgott, dachte er, als er die Wohnungstür aufschloss und das Licht in der Küche brennen sah, lass es nichts Schlimmes mit Magdalena sein!

Er hatte Amelie und Magdalena gegenüber ein schlechtes Gewissen, weil er mit der Wahrheit schon so lange hinter dem Berg hielt. Aber er konnte sie momentan beim besten Willen nicht einweihen. Wäre es nicht indirekt um seine Tochter gegangen, hätte er sich niemals darauf eingelassen, mit diesem anonymen Anrufer ein heimliches Treffen zu vereinbaren. Einem Mann, der ihm unmissverständlich drohte und außerdem wahrscheinlich auch noch ein mehrfacher Mörder war. Am liebsten hätte er die Soko –

seine Soko! – sofort davon in Kenntnis gesetzt und alles dafür getan, den »unsichtbaren Mann«, wie er sich nannte, zu schnappen.

Nach dem Anruf war er durch die Gänge des Polizeipräsidiums bis zu seinem Dienstwagen gesprintet. Wenig später steckte er im Stau. Dort erst war ihm klar geworden, dass er sich momentan in einer regelrechten Manipulationsfalle befand. Egal, wo ihm der »unsichtbare Mann« den Wurm hinhielt – er musste nach ihm schnappen. Selbst auf die Gefahr hin, dass der Köder vor seinen Augen wieder weggezogen wurde. Und das vermutlich zur großen Freude des »Vampirkillers«, der es aus unerfindlichen Gründen auf ihn abgesehen hatte.

Wer kannte ihn, Paul Simon, so gut, wusste genauestens über seine Familie Bescheid, hatte ein Interesse daran, ihn, seine Frau und seine Tochter richtiggehend auszukundschaften? Sich sogar Zugang zu seiner Wohnung zu verschaffen? Beim Gedanken daran fuhr ihm noch immer der Schreck in alle Glieder.

Dazu kam maßlose Wut. Er hämmerte auf das nutzlose Lenkrad seines Dienstwagens ein, mit dem er mitten im Stau steckte. Eine attraktive Frau am Steuer eines Smart neben ihm sah seinem spontanen Ausbruch neugierig zu. Als er sich ihr zuwandte, drehte sie schnell ihren Kopf weg und tat so, als würde sie nach vorn starren.

Wer zum Teufel konnte ihn so abgrundtief hassen, dass er sein widerliches Spielchen mit ihm trieb?

Wer wollte sich an ihm für etwas rächen, von dem Simon nicht einmal ahnte, was es sein konnte?

Den halben Nachmittag war er im Büro des Polizeipräsidiums seine früheren Fälle durchgegangen, hatte alte Gerichtsurteile studiert und herauszufinden versucht, wer von seinen zahlreichen »Kunden« hinter den Wogen des Schreckens stecken könnte, die in immer kürzeren Abständen heranrollten und vielleicht nur Vorboten eines gewaltigen Tsunamis waren, der sein ganzes Leben, seine Familie und ihn selbst am Ende zertrümmern und verschlingen würde.

Aber er konnte es sich als Leiter der Soko Rotkehlchen eigentlich nicht erlauben, in Altfällen, Cold Cases und Aktenbergen herumzustöbern und seine eigentliche Arbeit zu vernachlässigen. Er konnte es noch einigermaßen vor sich selbst rechtfertigen, indem er sich sagte, dass es irgendeine vergessene Geschichte aus seiner beruflichen Vergangenheit war, die ihn nun eingeholt hatte. Wenn er da einen Zusammenhang fand, wären sie auch in den beiden Vampirkiller-Fällen einer Lösung auf der Spur.

Diesen Gedanken hatte er Lockhardt gegenüber vorsichtig angedeutet, ohne zu viel preiszugeben, doch der hatte nur die Augen verdreht und gemeint, dass Simon gefälligst das Pferd nicht von hinten aufzäumen sollte. Es gebe so viele aktuelle Spuren und Hinweise zu beurteilen, Fakten zu sammeln, Leute zu vernehmen, dass es einfach kontraproduktiv sei, die wertvolle Arbeitszeit mit sinnlosem Herumstöbern in Altfällen zu vergeuden.

Das war an sich ein vernünftiges Argument, aber Lockhardt hatte schließlich auch keine Ahnung davon, welche zusätzliche Dimension sich für Simon aufgetan hatte, die ihm zentnerschwer auf der Seele lastete.

Als Simon nach dem Anruf des »unsichtbaren Mannes« den Telefonhörer aufgelegt hatte, war er kurz in Versuchung gewesen, vor Lockhardt die Karten auf den Tisch zu legen. Aber dann dachte er daran, was das unweigerlich für Folgen haben würde. So könnte er durch die Beweise, die er der Soko bisher vorenthalten hatte, selbst in Verdacht geraten, in die Morde verwickelt zu sein.

Hatte er für die Mordzeiten ein Alibi?

Oder hatte der Täter in seiner abgrundtiefen Gerissenheit alles so arrangiert, dass Paul Simon unter Verdacht geraten musste?

Allein der Gedanke daran war verrückt, aber Simon mochte inzwischen gar nichts mehr ausschließen. Er war nur noch davon besessen herauszukriegen, wer es auf so perfide Art auf ihn und seine Familie abgesehen hatte. Egal wie – er musste zu diesem Treffen am Westfriedhof, auch wenn die Wahrscheinlichkeit mehr als groß war, dass es ein Fake oder eine Falle war. Es gab keine Alternative, er konnte nur nach diesem Strohhalm greifen, den ihm der Fremde hingestreckt hatte.

Erneut steckte er mitten auf einer heillos verstopften Kreuzung fest, auf der es weder vor noch zurück ging. Alles Hupen und Schimpfen war sinnlos. Entnervt stellte er den Wagen am Straßenrand im absoluten Halteverbot ab und stürmte in die U-Bahn am Stiglmaierplatz. Mit ihr fuhr er die nächsten vier Stationen zum Westfriedhof, was er von Anfang an hätte machen sollen. Während er wie auf Kohlen saß und immer wieder auf seine Uhr schaute, wurde ihm bewusst, wie sehr ihm die mysteriöse Angelegenheit mit dem »unsichtbaren Mann« und seiner Tochter inzwischen zusetzte. So sehr, dass er nicht einmal mehr in der Lage war, klar und logisch zu denken.

Im Fenster des U-Bahn-Waggons sah er sein verzerrtes Spiegelbild. Dabei kam ihm der surreale Gedanke, dass er vor sich selbst auf der Flucht war. Er schlug mit der flachen Hand heftig gegen die Glasscheibe, weil es ihm vorkam, als wollte die Bahn an der Haltestelle Maillingerstraße ewig stehen bleiben, was ihm einige verstörte Blicke anderer Fahrgäste einbrachte.

Endlich setzte sich der Zug wieder in Bewegung. Er schloss die Augen, versuchte sich zu beruhigen, und zählte die noch fehlenden Stationen im Kopf herunter. An der Haltestelle Westfriedhof stieg er aus und stürmte die Stufen hoch. Die Rolltreppe verschmähte er, weil sie zu voll war.

Es war bereits dunkel geworden, als Simon zum Haupteingang des Westfriedhofs lief. Vor der Aussegnungshalle in der Baldurstraße blickte er sich in alle Richtungen um.

Aber er war zu spät gekommen. Um etwas mehr als eine Viertelstunde. Er sah keinen Mann mit einem Bayernschal, er sah nur zwei vom Alter gebeugte Seniorinnen, die, sich gegenseitig am Arm stützend, in Richtung Dantestadion in kleinen Schritten davontrippelten.

Der Eingang war schon geschlossen, im Winter ab Punkt siebzehn Uhr, wie er auf einem Schild lesen konnte. Er fluchte innerlich, sah auf seine Armbanduhr und beschloss, noch eine Viertelstunde zu warten. Ungeduldig marschierte er vor dem Eingang auf und ab, sah jedem zufällig vorbeikommenden Passanten auffordernd in die Augen, aber keiner blieb stehen und gab sich ihm als der Gesuchte zu erkennen, im Gegenteil, alle wandten sich schnell ab und beschleunigten ihre Schritte, als wäre er ein Verrückter, der ihnen womöglich ans Leder wollte.

Nach Ablauf der Wartezeit verlängerte Simon noch um ein paar Minuten, aber es kam niemand, der auch nur annähernd so aussah, wie er sich den »unsichtbaren Mann« von Alter und Statur her vorstellte. Vielleicht war er auch gar nicht erst gekommen und hatte sich nur einen bösen Streich erlaubt, indem er ihn hierherbestellt hatte. Das konnte Simon kaum glauben. Bisher hatte alles, was der Unbekannte getan hatte, einen Sinn und Zweck gehabt, zumindest innerhalb einer gewissen Täterlogik.

Er ging schließlich in das Restaurant gegenüber, das »Villa Dante« hieß, um sich dort aufzuwärmen, und bestellte einen Kaffee.

Er sah sich um.

Kein Mann mit Bayernschal, wäre auch noch schöner gewesen.

Erst als der Kellner den Kaffee brachte und Simon den Zucker dazugab und umrührte, fand er allmählich seine innere Ruhe wieder. Er dachte nach. Aber er konnte sich einfach keinen Reim darauf machen, warum er ausgerechnet zum Westfriedhof bestellt worden war. Auf seinem Smartphone hatte er vier Nachrichten. Eine von seiner Frau, der Rest aus dem Büro. Er schickte Amelie eine SMS, dass es später werden konnte, bezahlte und machte sich auf den Weg zurück zu seinem Dienstwagen, von dem er nur hoffte, dass er wenigstens nicht abgeschleppt worden war.

Während er auf dem Bahnsteig auf die U-Bahn wartete, überlegte er ernsthaft, ob er nicht einfach blaumachen sollte. Am liebsten wäre er direkt nach Hause gegangen, hätte sich auf sein Bett gelegt und alle viere von sich gestreckt, um endlich wieder einmal tief und fest zu schlafen, ohne Albträume und stundenlange Wachphasen, in denen seine Fantasie Amok lief.

Er spürte den Sog, der im Tunnel entstand, als die U-Bahn endlich kam. Es half alles nichts – er musste wieder zurück ins Büro.

DREIZEHN

Nachdem er im Büro von Lockhardt auf den neuesten Stand gebracht worden war, hatte er nach dem Verbleib seines selbstverständlich abgeschleppten Dienstwagens telefoniert und das übliche Memorandum für den Kriminaldirektor verfasst.

Nun stand er spätnachts in der Küche vor seiner Frau und hätte eigentlich die obligatorische Frage stellen müssen, warum Amelie noch wach war und auf ihn gewartet hatte. Stattdessen erkundigte er sich besorgt: »Ist was mit Magdalena?«

Seine Frau schüttelte den Kopf, holte sich ein Glas aus dem Schrank und schenkte sich Wasser ein. Dass sie ihm nichts anbot, war ein schlechtes Zeichen. Er holte sich selbst ein Glas aus dem Schrank, goss sich ebenfalls Wasser ein und setzte sich Amelie gegenüber.

»Also, was ist los?«, fragte er.

»Merkst du das denn gar nicht?«, konterte Amelie.

Er rieb sich über die Stirn. Das kann heiter werden, dachte er. Es geht also ans Eingemachte.

Er seufzte und suchte nach der richtigen Antwort.

»Liebst du mich eigentlich noch?«, fragte sie unvermittelt in die Stille hinein, in der nur das Brummen des Kühlschranks zu hören war.

»Was?« Simon war völlig verwirrt. Mit einer so grundsätzlichen Frage hatte er nun wirklich nicht gerechnet.

»Du verstehst mich schon«, flüsterte sie traurig und spielte mit ihrem halbvollen Wasserglas.

»Kannst du mir mal bitte sagen, was zum Teufel in dich gefahren ist?«, sagte er und merkte dabei, wie er sich zusammenreißen musste, um nicht laut zu werden.

»Ja, das kann ich«, entgegnete sie mit fester Stimme. »Du sagst mir seit einiger Zeit nicht mehr die Wahrheit.«

»Wie bitte?«, entfuhr es ihm, denn er wusste nicht, was er sonst sagen sollte. Denn Amelie hatte recht. Und er durfte es unter keinen Umständen zugeben.

»Mehr hast du dazu nicht zu sagen?«, fuhr sie gnadenlos fort und fixierte seine Augen, als ob sie bis auf den Grund seiner Seele sehen könnte.

Er bemühte sich, ihrem inquisitorischen Blick nicht auszuweichen.

»Pass auf«, sagte er so ruhig wie möglich, weil er diese Situation unter keinen Umständen eskalieren lassen wollte. »Ich habe einen anstrengenden Tag hinter mir. Ach was – einen von mehreren aufeinanderfolgenden katastrophalen Tagen. Trotzdem bemühe ich mich, damit unser Familienleben so normal wie möglich weitergeht. Ich gebe zu, es gelingt mir nicht immer, aber ich tue alles dafür, was in meinen Kräften steht.«

»Davon merke ich nicht viel«, warf sie ein. »Wenn du hier bist, dann gehst du wie ein Gespenst durch die Wohnung. Manchmal habe ich das Gefühl, du siehst regelrecht durch mich hindurch.«

Er wollte etwas sagen, doch Amelie legte ihm ihren Zeigefinger auf die Lippen. Dass sie ihn berührte, wertete er als ein positives Zeichen.

»Weißt du noch, was wir uns versprochen haben, damals, als unsere Tochter auf die Welt gekommen ist?«, fragte sie.

»Natürlich weiß ich das. Wir sind immer ehrlich zueinander.«

»Warum hältst du dich dann nicht daran?«

»Ich halte mich daran. Ich lüge dich nicht an. Niemals.«

»Aber du sagst mir auch nicht die ganze Wahrheit. Ich merke doch, dass dich etwas bedrückt. Warum verschweigst du mir, was los ist?«

»Ich will dich nicht damit belasten. Es gibt so viele kranke und perverse Menschen da draußen. Wenn ich in unsere Wohnung komme, will ich nicht den ganzen Dreck mit mir hereinbringen, verstehst du?«

»Bist du wirklich so naiv zu glauben, du könntest den ganzen Dreck einfach auf dem Fußabstreifer vor der Wohnungstür loswerden? Die Tür hinter dir abschließen und die böse Welt draußen lassen? Das geht nicht. Darüber haben wir schon öfter gesprochen.«

»Ich weiß. Und ich habe gehofft, dass ich mich nie wieder durch einen Fall so herunterziehen lasse.«

»Und jetzt passiert es wieder?«

Er zuckte mit den Schultern. Seine Frau kannte ihn so gut, dass er das nicht verleugnen konnte. Sie würde ihn sofort durchschauen.

Amelie schüttelte resigniert den Kopf. »Du musst darüber reden. Du kannst nicht alles in dich hineinfressen!«

»Ich möchte nicht mit dir darüber reden. Nicht hier in unserer Wohnung. Das ist, als würde ich alles besudeln. Ich spreche ununterbrochen den ganzen Tag darüber. Aber nur im Büro. Mit meinen Kollegen.«

»Du weichst mir aus. Du weißt genau, wie ich das meine. Du hast mir ein Versprechen gegeben. Muss ich dich daran erinnern?«

»Nein. Musst du nicht.«

»Weißt du noch, was du damals gesagt hast? Dass du Angst hast, dass das Böse von dir Besitz ergreift und dich langsam von innen her infiziert. Wie ein Virus.«

»Ja, ich weiß.«

Sie packte ihn unerwartet heftig am Arm. So, dass es weh tat. Irgendwie war er froh, dass er es noch spüren konnte.

»Ich will nicht, dass das unsere Ehe zerstört, Paul. Das, was du mit dir herumschleppst, was du mit heimbringst und in dich hineinfrisst.«

Sie ließ ihn wieder los und nippte an ihrem Wasserglas. »Weißt du, was Lena heute gesagt hat?«

»Nein.« Er ahnte Schlimmes.

»Sie hat gesagt: ›Mama, ich möchte meinen alten Papa wiederhaben.‹«

»Das hat sie gesagt?« Er hatte plötzlich einen ganz trockenen Mund und nahm erst jetzt einen Schluck vom Wasser, das er sich schon vor geraumer Zeit eingeschenkt hatte.

»Ja, wortwörtlich. Und dabei hatte sie Tränen in den Augen. Ich hab gefragt, wie sie das meint.«

»Und? Was hat sie gesagt?«

»›Ich möchte, dass er wieder lacht. Er ist auf einmal so traurig.‹«

Simon stellte fest, dass er starke Kopfschmerzen hatte, die schlagartig eingesetzt hatten.

»Verstehst du, worauf ich hinauswill?«, fragte Amelie.

Er verstand es genau, aber sie wollte es wohl von ihm ausgesprochen haben. Also sagte er es. »Du willst, dass ich mich versetzen lasse.«

»Ja«, nickte sie und legte ihre rechte Hand auf die seine. »Ja, Paul. Du hast es mir versprochen. Ich erinnere mich noch ganz genau daran. Wenn ich jemals wieder in meinem Job in einen solchen menschlichen Abgrund blicken muss, dann lasse ich mich in eine andere Abteilung versetzen. Das hast du gesagt.«

Er lehnte sich in seinem Stuhl zurück und starrte in sein Glas. Dann blickte er auf und sah in Amelies Augen.

»Du hast recht«, sagte er. »Natürlich hast du recht.«

»Und? Wirst du dein Versprechen einhalten?«

»Ja. Ich werde mein Versprechen halten. Aber es ist nicht so, wie du denkst.«

»Was ist nicht so?«

»Der Fall, an dem wir arbeiten. Abel und ich. Er ist zwar abstoßend und grausam, aber er tangiert mich nicht so stark, wie du denkst.«

»Was ist es dann?«

»Vertraust du mir, Amelie?«

»Ich weiß nicht, ob ich das noch tun kann, wenn es so weitergeht.«

Er nickte. »Es geht nicht mehr lange so weiter. Wir werden den Kerl erwischen. Und zwar bald. Dann ist dieser Albtraum vorbei. Das verspreche ich dir.«

»Paul – du hast mir etwas ganz anderes versprochen.«

»Ich weiß. Und ich werde mein Versprechen halten. Sobald wir den Fall geklärt haben. Dann reiche ich mein Versetzungsgesuch ein.«

»Meinst du das ernst?«

»Ja.«

Sie sah ihn an. Er erwiderte ihren Blick, so fest und sicher, wie er nur konnte.

»Ich werde dich beim Wort nehmen«, sagte sie schließlich.

»Das kannst du.«

Sie stand auf. Plötzlich wirkte sie sehr müde. »Ich muss jetzt ins Bett. Morgen fängt mein Dienst um sieben Uhr an. Kommst du?«

»Ja«, sagte er. »Ja, ich komme.«

Während Amelie schon vorging, räumte er die Gläser in den Geschirrspüler und stellte die Wasserflasche zurück in den Kühlschrank.

Dabei streifte sein Blick den kleinen grünen Magnetkaktus. Er fuhr mit dem Finger darüber, dann nahm er ihn ab und starrte ihn an.

Niemand hatte bemerkt, dass der Magnet für eine Weile entfernt worden und ein paar Wochen später am Tatort eines grausamen Gewaltverbrechens wieder aufgetaucht war. Niemand wusste davon außer ihm und dem geheimnisvollen Unbekannten, der das irgendwie bewerkstelligt hatte.

Er setzte den Magneten wieder an seinen alten Platz am Kühlschrank, löschte das Licht, überprüfte noch einmal die Türschlösser und warf noch einen kurzen Blick ins Zimmer seiner Tochter.

Sie schlief tief und fest.

Die Einschlaflampe drehte sich immer noch und projizierte die schwimmenden Fische an Wand und Decke.

Er schaltete sie aus und ließ die Tür einen Spalt offen, bevor er ins Bad ging, wo er vor dem Spiegel zwei extrastarke Aspirin schluckte und mit einem Glas Wasser hinunterspülte. Dabei versuchte er, seinem eigenen Spiegelbild mit den Augen auszuweichen, was ihm nicht ganz gelang.

Dann machte er das Licht aus und folgte endlich seiner Frau ins Schlafzimmer.

VIERZEHN

Sylvia Brettschneider war die Zuverlässigkeit in Person, seit ein paar Jahren Rentnerin und bis auf ein paar Wehwehchen bei bester Gesundheit. Ihr perfekter Umgang mit Staubsauger, Putzmitteln und Bügeleisen machte sie in den Vierteln Gern und Neuhausen zur gesuchten Perle, die in mehreren Haushalten so viel Schwarzgeld dazuverdiente, dass sie mehr einnahm, als sie eigentlich für ihren bescheidenen Lebensstandard brauchte.

Sie war seit acht Jahren Witwe und hatte sich daran gewöhnt, allein zu leben. Das Einzige, wozu sie sich nicht in der Lage sah, war, das normale und damit langweilige Leben einer Frau ihres Alters und ihres Standes zu führen. Von Kindesbeinen an war sie eine gute Katholikin gewesen, besuchte immer noch jeden Sonntag die Heilige Messe und ging anschließend zur Beichte, aber ans Sterben verschwendete sie kaum einen Gedanken. Sie fühlte sich viel zu lebendig, um ihre Tage wie viele ihrer Altersgenossinnen auf Friedhöfen und in Kaffeehäusern bei Klatsch und Tortenstücken zu verbringen und abends vor dem Fernseher Däumchen zu drehen, ganz abgesehen davon, dass es sowieso auf allen Programmen fast ausschließlich Krimis mit Mord und Totschlag gab, die sie nicht ausstehen konnte.

Sylvia Brettschneider musste aktiv sein und das Gefühl haben, etwas Nützliches zu tun. Dass sie dabei noch einiges an Geld auf die hohe Kante legen konnte, war eine willkommene Dreingabe, schließlich hatte sie zwei kleine Enkel, denen sie eines fernen Tages alles vererben würde. Sie bedauerte sehr, dass sie deren Gesichter naturgemäß nicht mehr würde sehen können, wenn es so weit war. Fassungslos würden die beiden darüber staunen, wie viel ihre Großmutter, die immer so bescheiden gelebt hatte, für sie zusammengespart hatte.

Seit mehreren Jahren betreute sie den Haushalt der Villa Wernegg, mittlerweile Villa van der Ville. Frank Wernegg war ein großzügiger Gentleman gewesen, aber so gut wie nie daheim, sondern immer auf wichtigen Geschäftsreisen. Bei seiner Scheidung hatte er das Haus seiner Exfrau Gitta überlassen müssen. Seither hatte Sylvia Brettschneider ihn nicht mehr gesehen. Da sie quasi zum Inventar der Villa gehörte, machte sie übergangslos bei Gitta weiter, die froh war, in ihr eine loyale Zugehfrau zu haben, auch wenn sie selbst ständig auf Achse war und Frau Brettschneiders Dienste nur in Anspruch nahm, wenn sie in München weilte.

Mit den – wie Sylvia Brettschneider fand – völlig übertriebenen Sicherheitsmaßnahmen, was den Zugang zur Villa betraf, war sie bestens vertraut, schließlich waren sie schon vom Sicherheitsspezialisten Frank Wernegg installiert worden. Aber Gitta van der Ville machte kein Hehl daraus, dass es mit ihr in Punkto Sicherheit keinerlei Abstriche geben würde. Sie allein hatte einen Zugangschip. Die Zugehfrau und der Gärtner wurden nur eingelassen, wenn die Hausherrin selbst in der Villa weilte und im Vorfeld telefonisch einen Termin vereinbart hatte. Die Bezahlung war aber so gut, dass über gewisse Eigenheiten großzügig hinweggesehen wurde.

Sylvia Brettschneider war am Vortag für diesen Morgen um sieben Uhr bestellt worden. Vor zwanzig Minuten hatte sie sich mit ihrem Golf auf den Weg gemacht. Es war ein altes Modell, aber gut in Schuss, genau wie sie, scherzte sie manchmal. Ihr Schwiegersohn war Werkstattmeister in einem VW-Autohaus und sorgte dafür, dass alles funktionierte. Diesmal war sie wirklich froh, dass er ihr die Winterreifen aufgezogen hatte, denn in der Nacht hatte es wieder zu schneien begonnen, und die Nebenstraßen in Gern waren schlecht geräumt oder hatten rutschige Fahrrillen.

Sie hatte Glück und fand einen Parkplatz gleich vor dem Haus unter einer Straßenlampe. Beim Aussteigen musste sie sich regelrecht auf den Gehsteig kämpfen, was bei den kniehohen Schneewällen für eine Frau ihres Alters gar nicht so einfach war. Schließlich hatte sie es geschafft und stapfte zum Eingangstor der Villa. Gerade wollte sie auf den Klingelknopf an der Gegensprechanlage drücken und ihr Gesicht der dort angebrachten Kameralinse zuwenden, als sie bemerkte, dass das schwere Bronzetor nur angelehnt war. Eine ungute Vorahnung beschlich sie. Trotzdem drückte sie auf die Klingel und wartete. Als nichts geschah, schob sie die schwere Pforte auf. Das Schneetreiben wurde immer dichter, aber sie konnte noch die vielen Spuren im Altschnee erkennen, die bis zur Haustür verliefen.

Schritt für Schritt näherte sich Sylvia Brettschneider dem Eingang. Zu ihrer großen Verwunderung musste sie auch hier feststellen, dass die Tür einen Spalt offen stand. Und im Foyer brannte Licht.

So etwas sah der Hausherrin gar nicht ähnlich, die in ihrem Münchner Refugium kaum jemanden duldete außer sich selbst und die nie auf die Idee gekommen wäre, die Tür für jemanden, den sie erwartete, schon mal offen stehen zu lassen.

Da stimmte etwas ganz und gar nicht.

Sylvia Brettschneider holte ihr Handy aus der Tasche und wählte die Nummer ihrer Auftraggeberin. Aber sie landete nur auf dem Anrufbeantworter. Jetzt wurde es ihr allmählich mulmig. Schließlich gab sie die Notrufnummer ein, meldete sich mit Namen und Adresse und der Vermutung, dass es wohl einen Einbruch in die Villa gegeben hatte. Sie versprach, nichts zu unternehmen und auf das Eintreffen einer Polizeistreife zu warten, dann steckte sie das Handy weg und sah auf ihre Uhr. Es war kurz vor sieben. Aus dem Spalt der leicht geöffneten Eingangstür drang Licht nach draußen. Sie beschloss, einen kurzen Blick ins Haus zu werfen, nur so, aus Neugierde. Vorsichtig tippte sie die Tür mit einem Finger an.

Langsam schwang sie auf.

»Hallo!«, rief Frau Brettschneider ins Haus hinein. »Hallo,

Frau van der Ville! Ich bin's, Sylvia Brettschneider. Sind Sie da?«

Sie lauschte, aber es kam keine Antwort.

Sylvia Brettschneider war eine praktisch veranlagte Person. Noch im Windfang zog sie ihre Winterstiefel aus, um keinen unnötigen Schmutz ins Haus zu schleppen. Dann schlüpfte sie in ihre bequemen Hausschuhe, die sie bei ihrer Arbeit zu tragen pflegte und die sie stets in einer Plastiktüte dabeihatte.

Als sie die Eingangshalle betrat, sah sie es auf den ersten Blick.

Vor ihr hing Gitta van der Ville kopfüber an einem Seil, das den festlich illuminierten Kronleuchter mit den Fußgelenken der Hausherrin verband. Sie war nackt und baumelte wie ein menschliches Pendel über dem Marmorboden mit dem Schachbrettmuster. Der Hals war aufgeschnitten, ihre herabhängenden Arme berührten beinahe den Boden, und ihr fehlte eine Hand. Unter ihrem Kopf hatte sich eine dunkelrote, fast schon schwarze Lache aus geronnenem Blut gebildet.

Obwohl Sylvia Brettschneider bei dieser apokalyptisch anmutenden Szenerie der Schreck in die Glieder fuhr, bewegte sie sich wie ferngesteuert auf den Körper der Toten zu, nachdem sie sich hastig bekreuzigt und »Jesses, Maria, heilige Muttergottes!« gemurmelt hatte.

Sie wusste selber nicht, warum, aber sie verspürte in diesem Augenblick den überwältigenden Drang, ihre tote Hausherrin anzufassen. Sei es, weil sie sich in einem Albtraum wähnte, aus dem sie hoffentlich gleich aufwachen würde, sei es, weil sie überprüfen wollte, ob vielleicht doch noch ein Funken Leben in der Gestalt war, die da von der Decke baumelte, auch wenn bei Anwendung des gesunden Menschenverstandes alles dagegensprach.

Aber der gesunde Menschenverstand hatte bei Sylvia Brettschneider sowieso vorübergehend ausgesetzt. Wie in Zeitlupe hob sie die Hand, um den Leib der Toten zu berühren – wie der ungläubige Thomas, der bei der Begegnung mit Jesus Christus nach dessen Auferstehung ertastet hatte, ob die klaffende Wunde an der Seite des Heilands auch wirklich echt war. Sylvia Brettschneider steckte ihre Finger in die Halswunde Gitta van der Villes und flüsterte dabei: »Heiliger St. Thomas, steh mir bei!«

Diese Berührung löste eine biomechanische Reaktion aus, als würde ein kurzzeitiger Stromfluss auf Gittas Nervenbahnen einwirken. Ihr Körper zuckte in einem postmortalen spasmischen Krampf zusammen, ein gutturales Krächzen drang aus der zerschnittenen Kehle, und sie gab in hohem Bogen etwas metallisch Glänzendes von sich. Das silbrige Ding traf auf den Marmorboden, hüpfte ein paarmal und rollte schließlich in einer spiralförmigen Bewegung aus.

Noch nach ihrem Tod schien Gitta van der Ville die in ihren Gaumen applizierte Zehnpfennigmünze als Fremdkörper registriert zu haben, den sie durch eine nachträgliche krampfartige Abstoßungsreaktion loswerden musste. So etwas Billiges wollte sie nicht mit ins Grab nehmen.

Sylvia Brettschneider stieß einen Schrei aus, der mit Sicherheit noch im nahen Westfriedhof zu hören war.

FÜNFZEHN

Die Gegend um das Van-der-Ville-Anwesen war weiträumig abgesperrt. Auf der Straße vor der Villa standen die blinkenden Einsatzwagen dicht an dicht, es fiel immer noch Schnee, wenn auch nur in einzelnen watteleichten Flocken, die pusteblumengleich dahergeschwebt kamen. Der Zugang vom schweren Bronzetor bis zum Hauseingang war schon mit Leichtbauzeltplanen abgedeckt, um die restlichen Spuren, die noch im Freien vorhanden waren, nicht vollends zu zerstören, obwohl es eigentlich inzwischen sinnlos war. Bis die Spurensicherungsleute eingetroffen waren, um alles abzusperren und abzusichern, waren Dutzende von Menschen in die Villa gelangt und hatten alles zertrampelt, was der Neuschnee nicht schon gnädig überdeckt hatte.

Mehlich, der Leiter der Kriminaltechnik, war aus dem Schimpfen nicht mehr herausgekommen, aber ein erster Rundgang durch das Erdgeschoss der Villa hatte ihn wieder einigermaßen beruhigt. Selten hatte er einen Tatort gesehen, der so mit Spuren übersät war. Allem Anschein nach hatte sich der Täter nicht mehr die Mühe gemacht, alles einem Großreinemachen zu unterziehen – es wäre sowieso aussichtlos gewesen. Bei der Installation der kopfüber aufgehängten Leiche war er ohne Rücksicht auf Verluste vorgegangen. Es sah alles so aus, als wäre es in großer Eile arrangiert worden, Hauptsache, der Körper hing am Kronleuchter für den größtmöglichen Effekt. Nicht einmal die Stehleiter war weggeräumt worden, sondern lag umgekippt neben der Wand im Foyer.

Simon und Lockhardt saßen für ein erstes Resümee nebeneinander auf der obersten Stufe der einen Treppe und schlürften Kaffee aus Pappbechern, den Lockhardt spendiert hatte. Von dort hatten sie den besten Überblick und standen niemandem im Weg, bis die Basisarbeit von Spurensicherung und Gerichtsmedizin getan war. Lockhardt hatte in weiser Voraussicht in der Metzgerei seines Vertrauens – er hatte mehrere davon, wobei er sorgfältig unterschied, wo es jeweils die beste von ihm gerade favorisierte Wurst- oder Salamisorte gab – zwei dick mit süßem Senf bestrichene Leberkässemmeln eingekauft, von denen er jetzt die erste verdrückte. Wie immer hatte er das zweite Brötchen pro forma seinem Partner angeboten, der dankend abgewinkt hatte. Bei seinem zweiten Frühstück achtete Lockhardt darauf, dass keinerlei Krümel das Spurenbild verfälschen konnten, indem er mit einer auf dem Schoß ausgebreiteten Serviette alles abfing, was herunterbröselte.

Nachdem er sich mit den ersten Bissen seiner Semmel einigermaßen gestärkt hatte, bemerkte er: »Ganz die Handschrift unseres Vampirkillers. Das wird ein Echo in den Medien geben! Mir klingeln jetzt schon die Ohren!«

Simon sah gedankenverloren Dr. Franke zu, der die am Kronleuchter hängende Leiche noch nicht hatte abnehmen lassen, sondern sie immer noch mit Vorsicht und Akribie untersuchte und seine Assistentin dazu anhielt, aus allen nur erdenklichen Perspektiven Fotos zu machen.

Weil er keine Antwort bekam, drehte Lockhardt sich zu Simon um und stellte fest, dass dieser mit seinen Gedanken in einem anderen Universum zu sein schien. Er klopfte seinem Partner mit dem Zeigefingerknöchel leicht an den Hinterkopf. »Apollo an Houston, Apollo an Houston … Hört mich jemand?«

Simon zuckte zusammen, als hätte Lockhardt ihn mit einer Revolvermündung attackiert.

»Was ist denn los mit dir?«, erkundigte sich Lockhardt.

»Nichts«, murmelte Simon. »Nichts. Was hast du gerade gesagt?«

Lockhardt seufzte vernehmlich. »Deine Theorie. Was ist deine Theorie?«

Simon konzentrierte sich. »Ich denke auch, es war der Vampirkiller. Und je mehr Leute er umbringt, desto schleierhafter wird mir sein Motiv.«

Lockhardt zuckte mit den Schultern und biss herzhaft in den Rest seiner Leberkässemmel.

»Vielleicht hat er gar keins«, sagte er. »Außer purer Mordlust.« Er merkte selbst, dass seine Aussprache ziemlich undeutlich war. Deshalb schluckte er erst seinen Bissen hinunter und bemühte sich, deutlicher zu sprechen. »Und der morbiden Freude an der Inszenierung seiner Morde. Als wäre es eine perverse Art von Kunst. Um zu zeigen, was er kann.«

»Er verspottet uns. Oder besser: Er verhöhnt uns.«

Es klang so, als würde Simon laut denken. Lockhardt kannte das und wunderte sich nicht darüber. So verlief ihre Kommunikation, wenn Simon versuchte, sich in die Denkweise eines Täters hineinzuversetzen. Vielleicht war dieses Vorgehen an einem zunächst verwirrenden Tatort eine Form der Meditation – anders konnte sich Lockhardt das bisweilen seltsame Verhalten seines Partners nicht erklären. Aber meistens sprang dabei, ermittlungstechnisch gesehen, eine Art Erkenntnis heraus. Deshalb ließ er seinem Partner in Situationen wie dieser sämtliche Freiheiten. Sein eigenes Ego konnte er durchaus hintanstellen, wenn es darum ging, Fortschritte in einem Fall zu erzielen.

»Du meinst also, es stecken keine persönlichen Motive dahinter?«, hakte Lockhardt nach.

»So was wie Rache oder Vergeltung, meinst du?«

»Ja. Die Art und Weise, wie sie bloßgestellt wird, und zwar bloßgestellt im wahrsten Sinne des Wortes … Das könnte man durchaus als eine Art Bestrafung deuten.«

»Warum sollte sich jemand an Gitta van der Ville rächen wollen? Wem hat sie etwas derart Schlimmes angetan, dass sie so bestraft wird?«, fragte Simon.

Lockhardt zuckte mit den Achseln. »Wenn ich das wüsste, hätten wir schon bald ihren Mörder …«

»Was wissen wir eigentlich über sie?«

Lockhardt zog seinen altmodischen Notizblock zurate, in dem er schon einige Informationen gesammelt hatte.

»Sie war dreiundfünfzig Jahre alt, ehemalige Eiskunstläuferin, viermal verheiratet, und zwar nur mit steinreichen Männern, infolgedessen vermögend und so bekannt, dass sie alle paar Wochen in der Klatschpresse aufgetaucht ist. Nichts als Männer und Partys im Kopf. Aus der Sicht derjenigen, die fleißig arbeiten und trotzdem auf keinen grünen Zweig kommen, nicht gerade ein nützliches Mitglied der menschlichen Gesellschaft.«

»Aber was hat sie getan – außer Geschmacklosigkeit zu ihrer ganz persönlichen Religion zu machen?« Er deutete eine Geste an, die das ganze feudale Anwesen einschloss.

»Vielleicht hat einer ihrer Exmänner durchgedreht? Weil sie ihn betrogen oder zu sehr ausgenommen hat?«

Simon blickte Lockhardt an, und zum ersten Mal hatte er so etwas wie ein Grinsen im Gesicht, als er schadenfroh meinte: »Na, dann viel Vergnügen. Das rauszukriegen wird die nächsten Tage deine dringlichste Aufgabe sein.«

Lockhardt nickte nur, er hatte sich das selbst schon vorgenommen.

»Hast du die Namen ihrer früheren Männer?«, fragte Simon.

»Ist der Papst katholisch?«, konterte Lockhardt ironisch und blätterte in seinem Notizbuch. »Bei jeder Heirat hat sie den Namen ihres neuen Ehemannes angenommen. Aber den Namen van der Ville wollte sie auf jeden Fall behalten …«

»Woher willst du denn das wissen?«

»Weil sie das in einem Interview vor ein paar Wochen verkündet hat.« Dabei grinste er Simon an. »Meine Frau liest so ein Zeug. Das liegt dann bei uns zu Hause als WC-Lektüre herum.« Er schlug Simon auf den Oberschenkel. »Tja – Lesen bildet! Könnte auch dir nicht schaden!«

»Jaja, schon gut. Wie heißen sie denn nun, ihre Exmänner?«

»Nach der ersten Heirat hieß sie Mansfeld. Nach der zweiten Sternberg, nach der dritten Wernegg und jetzt van der Ville.«

»Und wie war ihr Mädchenname?«

»Unteregger. Brigitte Unteregger.«

Ruckartig drehte sich Simon zu Lockhardt um. »Unteregger?«

»Ja, Unteregger. Wieso? Kennst du jemanden, der so heißt?«

»Nein. Das heißt, ja. Aber nur vom Hörensagen …«

Der verdammte Anrufer, der ihn zum Westfriedhof bestellt hatte. Der »unsichtbare Mann« hatte sich Unteregger genannt. Jetzt gab es für Simon keinen Zweifel mehr, wer Gitta van der Ville ermordet hatte. Und warum er ihn ausgerechnet zur Tatzeit zum Westfriedhof gelockt hatte, der nur ein paar Hundert Meter von hier entfernt lag.

Der »unsichtbare Mann« zog die Schlinge um Simons Hals immer enger zusammen.

SECHZEHN

Simon stand auf. »Wo ist eigentlich die Zugehfrau, die den ganzen Schlamassel hier entdeckt hat?«

»Frau Brettschneider? Die ist draußen beim Sani im Notarztwagen. Sie hatte wohl so eine Art Nervenzusammenbruch.«

»Nimmst du ihre Zeugenaussage auf? Ich möchte mich erst mal genauer hier umsehen.«

Dass er am Tatort nach Kleinigkeiten Ausschau halten wollte, die womöglich aus seinem eigenen familiären Umfeld stammten und als perfide Hinweise auf ihn hier platziert worden waren, erwähnte er wohlweislich nicht. In jedem Fall musste er sie finden, bevor Mehlich oder jemand aus seinem Team sie entdeckte.

Lockhardt war diese Arbeitsteilung von ihren Einsätzen her gewohnt, also fügte er sich. Er faltete seine Serviette zusammen und ließ sie blitzschnell mit der noch in Alufolie verpackten zweiten Leberkässemmel in seiner Tasche verschwinden, als er Kriminaldirektor Schubert bemerkte, der gerade das Foyer betrat. Seine zu allem entschlossene professionelle Miene, die normalerweise für die Fotografen und Kameraleute bei Pressekonferenzen reserviert war, hatte er angesichts der ernsten Lage jetzt schon aufgesetzt. Kein Wunder – bei drei bizarren Morden innerhalb von ein paar Wochen und kaum irgendwelchen Fortschritten in den Ermittlungen, obwohl genügend Spezialisten auf die Fälle angesetzt waren. Wenn das so weiterging, würden bald erste Vorwürfe laut werden.

Während Lockhardt auf den Kriminaldirektor zusteuerte, um ihn auf den aktuellen Stand zu bringen, verzog sich Simon lieber, als er feststellte, dass in Schuberts Gefolge auch noch der Polizeipräsident und ein ranghoher Ministerialbeamter auftauchten, dessen Name ihm nie einfiel. Er wich den zahlreichen Technikern in der Eingangshalle geschickt aus und nahm sich als Erstes die Luxusküche vor. Von ihren Ausmaßen her hätte sie ebenso gut in einem Restaurant stehen können, nur dass sie eher auf optische Wirkung als auf Funktionalität ausgerichtet war. Wie die Küche von Claus Wischnewski war sie blitzblank und sah alles andere als häufig benutzt aus. Oder die Zugehfrau war wirklich perfekt.

Selbst wenn er und seine Frau darauf bedacht waren, die Küche nach jeder Mahlzeit wieder auf Hochglanz zu bringen, so war sie per definitionem ein Ort zum Kochen, und wenn man genau hinschaute, erkannte man eben gewisse Abnutzungsspuren, die einfach dazugehörten.

Davon war hier nichts zu sehen.

Mitten auf dem Küchenblock lag Gittas rechte Hand immer noch so, wie sie vorgefunden worden war. Sie war mit Kreide umrandet und mit einem Beweisstücknummernschild hinreichend gekennzeichnet worden.

Simon nahm sie genauer in Augenschein, ohne sie zu berühren. Frisch manikürte Fingernägel, French Nails, so perfekt wie aus einem Lehrbuch für Nagelstudios, weiße Streifen an jedem Finger, als fehlten Ringe, die jemand abgenommen hatte. Das war überdeutlich zu sehen, so sonnenbankgebräunt, wie die Hand war.

Dass der Vampirkiller auf einmal so scharf auf Wertgegenstände sein sollte, passte nicht in sein bisheriges Schema. Simon beugte sich noch näher zur Hand und versuchte zu erkennen, wo sich der Chip für den Türöffnungsscanner befand. Er und Lockhardt waren von Mehlich schon darüber informiert worden, wie der Täter offenbar ins Haus gelangt war: mit einem Chip in der Hautfalte zwischen Daumen und Zeigefinger der abgetrennten Hand. Warum er dann die Hand abgehackt hatte und sein Opfer nicht einfach dazu gezwungen hatte, die Tür mit dem Chip aufzuschließen, war noch ein Rätsel. Eines unter vielen.

Wenn er ganz genau hinschaute, konnte er eine winzige Erhebung in der Haut erahnen, aber vielleicht war das auch nur Einbildung.

Angetrocknetes Blut am abgehackten Stumpf. Die Schnittfläche erinnerte ihn an etwas, das er erst kürzlich beim Metzger in der Verkaufstheke gesehen hatte: Schweinsfüße. Als er die Kalbsschnitzel kaufen wollte, hatte er bei ihrem Anblick überlegt, ob er stattdessen Zampone-Cotto machen sollte, gefüllte Schweinsfüße, eine italienische Spezialität. Aber er hatte sich nur das entsetzte Gesicht seiner Tochter vorstellen müssen, wenn er sie servierte, um diese Schnapsidee gleich wieder fallen zu lassen.

Er blinzelte, um die unpassende Assoziation aus dem Kopf zu verbannen. Dies war eine menschliche Hand, die dem Opfer gewaltsam und bei lebendigem Leib abgehackt worden war. An so einem Tatort würde er niemandem ein gedankenloses Abrutschen in zynische Gefilde durchgehen lassen, erst recht nicht sich selbst.

Er wandte sich wieder ab und inspizierte die Küche genauer, ohne etwas anzufassen. Sicherheitshalber hatte er die üblichen Vinylhandschuhe angezogen, und auch seine Straßenschuhe steckten in Plastiküberzügen, wie bei allen, die derzeit das Haus bevölkerten. Mehlich ließ in dieser Beziehung nicht mit sich spaßen.

Kein Dekomagnet am Kühlschrank oder sonst wo, nichts.

Simon schöpfte leise Hoffnung, obwohl er wusste, dass es irrational war.

Aber handelte der Täter im Grunde nicht auch irrational?

Er ging ins Foyer zurück, wo der Leichnam eben sorgfältig und mit allem Respekt unter der Aufsicht von Dr. Franke abgenommen und in einem flüssigkeitsdichten Leichensack verstaut wurde. Die Kleidungsstücke der Toten wurden ebenfalls eingetütet, nachdem sie dort fotografiert worden waren, wo man sie aufgefunden hatte. Anscheinend waren sie achtlos weggeworfen worden. Simon wartete, bis der Reißverschluss des Leichensacks zugezogen worden war – ein deprimierend endgültiges Geräusch, das ihm immer durch Mark und Bein ging, das aber zu seinem Beruf gehörte. Dann wurde die Tote abtransportiert.

Simon warf einen Blick nach oben auf die rundum verlaufende Galerie, von der mehrere Türen abgingen. Dort oben schien keiner der Kollegen zugange zu sein.

Lockhardt fuchtelte noch immer am Eingang vor den höheren Chargen herum und erklärte ihnen gestenreich, was er bisher in Erfahrung gebracht hatte. Er stattete die Männer mit Plastiküberzügen für die Schuhe aus und führte sie zur Hand auf dem Küchenblock.

Simon ging vor Mehlich in die Hocke, der im weißen Overall auf dem Marmorboden im Foyer herumkroch und mit speziellen Wattestäbchen irgendwelchen Partikeln auf der Spur war. »Sag mal, Mehlich – war eigentlich schon jemand von euch im Obergeschoss?«

Mehlich sah ihn schräg von unten mit einem desorientierten Blick an, als würde Simon ihn ausgerechnet in diesem Augenblick nach den Auswirkungen der Bankenkrise auf seine Rentenansprüche fragen, dann knurrte er ungnädig: »Soweit ich weiß, noch niemand. Darum kümmern wir uns, sobald wir hier unten fertig sind. Wir können viel, aber zaubern leider nicht.«

Simon nickte und ging hinauf ins Obergeschoss. Auf der Galerie sah er hinter jede Tür: zwei Schlafzimmer, die durch eine weitere Tür jeweils mit einem opulenten Bad verbunden waren, ein großes Ankleidezimmer, darin eine Spiegelwand wie in einem Ballettstudio, farblich geordnete Kleidungsstücke für zehn Haute-Couture-Modenschauen in übervollen Einbauschränken, endlose Schubladenreihen mit Wäsche, in den Regalen Hunderte von Schuhpaaren. Imelda Marcos wäre neidisch gewesen!, dachte Simon. Und meine Frau auch.

Das größere der beiden Schlafzimmer hatte offenbar der Hausherrin gehört. Simon betrat zögerlich das Boudoir der Gitta van der Ville, anders konnte man den Schlafzimmersalon von der üppigen Einrichtung her nicht nennen.

Ein einziger schwülstiger Jungmädchentraum in Weiß und Pink: Doppelbett, Riesenkommode mit Spiegel und Kosmetika, kunstvoll drapierte Vorhänge, Hochflorteppiche, Seidentapeten. Die Schubladen der Kommode waren herausgerissen, leere Schachteln mit Aufschriften von teuren Juwelieren lagen auf dem Boden herum. An den Wänden hochformatige Ganzkörperporträts von Gitta in verschiedenen Posen: verspielt, sexy, neckisch. Alle von einem bekannten Modefotografen, wie Simon mit einem Blick auf das Copyright feststellte. Die Fotografien waren nachträglich so bearbeitet, dass sie wie echte Ölgemälde auf Leinwand mit Pinselstruktur wirkten. Ein Porträt hing schief an der Wand, und Simon nahm es ab. Dahinter kam eine Safetür zum Vorschein. Etliche Kratzer und Bohrspuren zeigten, dass jemand mit untauglichen Werkzeugen daran herumgedoktert hatte, offensichtlich aber ohne Erfolg. Auf dem Teppich vor dem Safe waren auffällige Schmutzflecken zu sehen.

Ein Geräusch ließ Simon herumfahren. Die Balkontür war nur angelehnt, der Vorhang bauschte sich in einem Windstoß. Die Hausherrin hätte bei diesem eiskalten Winterwetter wohl kaum ihre Balkontür offen gelassen. Simon trat hinaus und sah sich um.

Im Schnee unter dem Balkon, der sich gut sechs Meter über dem Boden befand, verliefen frische Fußspuren. Offenbar war gerade eben jemand hinuntergesprungen.

Aufmerksam blickte Simon in den Garten. Ganz richtig, am anderen Ende des parkähnlichen Grundstücks schleppte sich eine Gestalt hinkend auf die Mauer zu!

Im selben Augenblick hörte Simon ein Schaben und Schnaufen und nahm einen Schatten im Fenster der Balkontür wahr. Instinktiv drehte er sich um. Ein schwarz gekleideter Mann mit Skimaske kam mit erhobenem Arm auf ihn zugestürzt. In Sekundenbruchteilen registrierte er, dass der Mann einen Schraubenzieher in der Hand hatte und von oben herab auf ihn einstechen wollte. Er hob seinen linken Unterarm und blockte den Angriff ab. Der Schraubenzieher durchstieß den Ärmel seines Mantels und traf ihn am Unterarm. Gleichzeitig schwang Simon die rechte Faust in den Solarplexus des Angreifers. Der Hieb kam mit aller Kraft und traf so punktgenau, dass der Mann mit einem Schmerzenslaut zusammenklappte, wie vom Blitz getroffen. Ein elfmeterreifer Fußtritt in die Magengegend sorgte dafür, dass Simons Angreifer sich heftig übergab und dann endgültig liegen blieb.

Simon handelte, ohne groß nachzudenken. In ihm hatte sich genügend Wut angestaut, die sich nun ein Ventil suchte. So wie er war – mit Vinylhandschuhen und den albernen blauen Schuhüberziehern –, schwang er sich über das Balkongeländer, rappelte sich nach dem Aufprall wieder hoch und rannte hinter dem zweiten Kerl her, der gerade vergeblich versuchte, die mehr als mannshohe Gartenmauer zu überwinden. Er schien durch den Sprung vom Balkon gehandicapt zu sein, jedenfalls schaffte er es trotz verzweifelter Bemühungen nicht, die Mauer zu erklimmen.

Noch während er sich panisch nach einer anderen Fluchtmöglichkeit umsah, kam Simon in seinen Plastiküberschuhen heran und rammte den Mann so heftig mit der Schulter, dass dieser, nach Luft japsend, liegen blieb. Er beugte sich über den wimmernden Kerl und wartete darauf, dass seine Kollegen ihm zu Hilfe kamen.

Simon wollte eben mit seinem unverletzten Arm nach seinem Handy fischen, als er endlich zwei Streifenpolizisten mit gezogenen Schusswaffen heraneilen sah. Er hoffte nichts inständiger, als dass einer der beiden schwarz gekleideten Männer mit Skimaske der Mann war, der ihm so viele schlaflose Nächte bereitete und ihm so viel Angst eingejagt hatte wie niemals ein Mensch zuvor.

Angst um seine Tochter.

Und um seine Frau.

Er riss dem Kerl, der vergeblich versuchte, auf die Füße zu kommen, die Maske grob vom Kopf und sah in das schmerzverzerrte Gesicht eines Unbekannten.

»Kennst du Magdalena?«, zischte er.

Als er keine Antwort bekam, packte er ihn am Kragen und zog ihn zu sich heran, bevor er ihm seine nächsten Fragen ins Gesicht schleuderte.

»Sag schon, wer bist du? Warum bist du hinter mir her?«

Der Mann versuchte, seinen Arm schützend vor sein Gesicht zu halten, weil er offenbar weitere Schläge befürchtete.

»Jetzt sag schon!«, brüllte Simon auf ihn ein und schüttelte ihn. »Sag schon, warum hast du meine Tochter bedroht?«

Die beiden uniformierten Kollegen, die inzwischen näher gekommen waren, mussten ihn mit Gewalt von dem Mann in Schwarz wegzerren. Allmählich beruhigte Simon sich wieder und sah zu, wie die Streifenpolizisten den Mann hochzogen und ihm Handschellen anlegten.

Ein Sanitäter kam mit einer schweren Tasche vom Haus her durch den tiefen Schnee herangeeilt. »Ihr braucht Hilfe?«, schrie er schon von Weitem. Offenbar hatte ihn einer der Polizisten per Funk herbeigerufen.

»Allerdings«, bestätigte der eine. »Der Chef blutet am Arm.«

SIEBZEHN

Simon klopfte sich den Schnee von Mantel und Hose, begutachtete das Loch in seinem Ärmel und sah erst jetzt, dass es voller Blut war. Vorsichtig zog er den Mantel aus. Der Sanitäter half ihm dabei, schnitt den blutigen Hemdsärmel auf, versorgte die Wunde und versah Simons Unterarm mit einem dicken Verband.

Gefolgt von den beiden Streifenpolizisten, die den hinkenden Mann in Handschellen mit sich führten, stapfte Simon wenig später ums Haus, wo Lockhardt gleich auf ihn zustürzte.

»Ist alles in Ordnung? Dich kann man auch keine fünf Minuten aus den Augen lassen!«, rief er besorgt. Den vorwurfsvollen Unterton konnte er sich nicht ganz verkneifen. Dann deutete er auf Simons Verband. »Was hast du da?«

»Ach, das ist nur ein Kratzer«, winkte Simon ab. »Von einem Schraubenzieher. Was ist mit dem Typen, der mich am Arm erwischt hat?«

»Wird schon abtransportiert. Sagt kein Wort.«

»Meiner auch nicht«, meinte Simon lakonisch und zeigte auf den Mann, der gerade in den Streifewagen verfrachtet wurde.

»Wir fahren die beiden ins Präsidium«, sagte Lockhardt. »Dort werden sie erst mal erkennungsdienstlich behandelt. Willst du sie vernehmen?«

»Allerdings«, erwiderte Simon, während er sich die Vinylhandschuhe von den Händen zupfte und die Plastiküberschuhe abstreifte. »Was habt ihr gefunden?«

»Eine Reisetasche voller Schmuck. Wahrscheinlich aus den Schubladen im Schlafzimmer.«

»Und von der Hand auf dem Küchenblock.«

»Bitte?«

»An der abgeschnittenen Hand müssen Ringe gewesen sein.«

»So genau haben wir die Tasche auf die Schnelle nicht durchsucht. Da war noch eine zweite Tasche mit Einbruchswerkzeug. Vermutlich waren die beiden Typen nachts auf Diebestour im Viertel unterwegs, haben das offene Tor der Villa gesehen und sind dann ins Haus rein, weil sie gedacht haben, dass da was zu holen ist. Sie sehen die Tote, kriegen Schiss, wollen sich vielleicht gleich wieder vom Acker machen. Aber dann sehen sie, wo sie gelandet sind und dass niemand mehr im Haus ist. Die Gelegenheit ist einfach zu günstig, um abzuhauen.«

»Du glaubst also nicht, dass die zwei Gitta van der Ville umgebracht haben?«, hakte Simon nach.

»Nein.«

»Warum nicht?«

»Meinst du, Einbrecher nehmen sich die Zeit für eine solche Fesselungsnummer am Kronleuchter? Mit zur Schau gestellter nackter Leiche? Das wäre wirklich ein Präzedenzfall. Wenn sie auf frischer Tat ertappt werden, drehen sie vielleicht mal durch und fesseln jemanden oder bringen ihn sogar um. Aber dann machen sie sich doch schleunigst aus dem Staub.«

»Warum waren sie dann noch im Haus, als wir eingetroffen sind?«

»Weil sie nach dem ersten Rundgang den Safe entdeckt haben und ihn knacken wollten.«

»Aber sie wissen doch gar nichts von dem Chip in der Hand …«

»Nein. Davon haben sie offensichtlich keine Ahnung. Sonst hätten sie nicht versucht, den Safe mit Gewalt aufzubrechen. Ich denke, sie sind auf ihrer Tour zufällig vorbeigekommen.«

»Als unser Täter mit seiner Arbeit schon fertig war …«

»Genau. Er geht und lässt alles sperrangelweit offen stehen, weil er will, dass der Mord sobald wie möglich entdeckt wird. Wenn du mich fragst – der ist jetzt schon scharf auf die Schlagzeilen.«

»Vielleicht haben die beiden Typen doch etwas gesehen, was uns weiterbringt.«

»Möglich. Ich vermute, sie haben dort oben eine Weile mit untauglichen Mitteln herumgewerkelt und dann ihre Kollegen angerufen. Wir haben bei einem der Männer ein Handy gefunden, von dem aus vor gut einer Stunde ein Anruf getätigt wurde. Sie warten also auf die Verstärkung. Und damit wahrscheinlich auch auf geeigneteres Werkzeug, sie wollen vielleicht den Safe als Ganzes aus seiner Verankerung reißen und ihn wegtransportieren, um ihn irgendwo in aller Ruhe zu knacken. Oder aufzusprengen. Übliche Vorgehensweise bei herumreisenden Banden, muss ich dir nicht erzählen. Stattdessen kommen wir. Jetzt sitzen sie in der Falle. Sie verstecken sich im Bad, und der eine versucht, über den Balkon abzuhauen. Der andere will dir eins überziehen. Den Rest hast du erledigt.«

»Klingt plausibel. Wir müssen die ganze Gegend absuchen lassen«, sagte Simon. »Die müssen irgendwo ein Auto stehen haben. Vielleicht finden wir darin Hinweise auf ihr Versteck. Ist das angerufene Handy schon geortet worden?«

»Beides in Arbeit.«

Simon nickte. »Wo ist eigentlich der Chef?«

»Die sind alle noch drin. Sie wissen Bescheid, wollen dich aber noch sprechen.«

Simon drückte seinem Partner Plastikhandschuhe und Schuhüberzieher in die Hände. »Okay – sag ihnen, ich hab Wichtigeres zu tun. Du kannst ihnen alle nötigen Infos geben und Händchen halten. Ich fahre ins Präsidium und nehme die beiden ins Gebet. Vielleicht hat einer der Typen was gesehen, das uns in unserem Fall irgendwie weiterhilft. Falls sie wirklich nichts mit dem Mord zu tun haben. Das muss ich so schnell wie möglich klären.«

Er wollte schon zu seinem Dienstwagen, aber Lockhardt hielt ihn noch auf.

»Ich verwette meine inzwischen kalte Leberkässemmel, dass du sowieso kein Wort aus denen rauskriegst. Sie haben keine Ausweise, kein Geld, nichts, was auf ihre Identität hinweist. Das sind eiskalte Profis. Die kümmert nicht mal, dass da ein Mordopfer am Kronleuchter baumelt. So was hab ich auch noch nicht erlebt. Ich schätze mal, wir finden sie in unserer Datei. Ruf den Demel vom Einbruchsdezernat an, der weiß immer Bescheid, wo gerade die eine oder andere Bande auf Raubzug unterwegs ist. Vielleicht sind uns da zwei dicke Fische ins Netz gegangen.«

»Mach ich von unterwegs. Sobald ich mehr aus ihm herausbekommen habe, kann Demel sie übernehmen.«

»Und besorg dir lieber gleich einen Dolmetscher«, riet ihm Lockhardt. »Bei den Werkzeugen haben wir das hier gefunden …«

Er reichte ihm einen Werbezettel von einem ausländischen Baumarkt mit Fotos von Werkzeugen und dazugehörigen Preisen.

»Was ist das? Tschechisch?«

»Rumänisch. Hat mir einer von Mehlichs Leuten gezwitschert. Also ich glaube wirklich nicht, dass die beiden was mit dem Mord zu tun haben. Aber man weiß ja nie. Keiner ist das, was man von ihm denkt.«

»Steht das auch in deinen Hochglanzzeitschriften auf deinem Klo?«

Lockhard grinste. »Nein. Ich habe nur dich zitiert.«

»Das soll ich gesagt haben?«

»Laut und deutlich. Ist noch gar nicht so lange her.«

ACHTZEHN

Simon ließ die beiden Männer nach dem erkennungsdienstlichen Prozedere noch eine Weile getrennt voneinander in zwei kahlen Vernehmungsräumen schmoren. Das hatte meist den Effekt, dass die Täter schon mal darüber nachdachten, was gleich auf sie zukam, und anschließend gesprächsbereiter waren.

Was die beiden Diebe betraf, war Simon genauso skeptisch wie Lockhardt, nachdem Demel, der Kollege vom Einbruchsdezernat, über die zentrale Datei ihre Identität festgestellt und ihr Vorstrafenregister hatte ausdrucken lassen. Bogdan Popa und Vlad Sadoveanu waren mehrfach wegen Eigentumsdelikten, räuberischer Erpressung und Körperverletzung vorbestraft und hatten auch schon etliche Jahre in deutschen Haftanstalten abgesessen. Außerdem lag noch ein Einreiseverbot für beide vor.

Die würden den Teufel tun und reinen Tisch machen, hatte Demel gemeint, ansonsten wären sie ihres Lebens nicht mehr sicher. Seiner Erkenntnis nach waren sie Mitglieder einer europaweit agierenden Bande. Sie klapperten gezielt bestimmte Regionen ab und tauchten dann, wenn der Boden zu heiß geworden war, wieder für eine Weile in ihrer Heimat unter, bevor es auf die nächste Tournee ging. Aus Vlad Sadoveanu werde Simon schon gleich gar nichts herausbekommen, behauptete der Kollege.

»Und warum nicht?«, wollte Simon wissen.

»Der Mann ist taubstumm.«

Jetzt verstand Simon auch, warum der Kerl, als er ihn in seiner Wut so unverhältnismäßig scharf angegangen war, nicht wenigstens ein paar unflätige Schimpfworte von sich gegeben hatte.

»Das Einzige«, sagte Demel, »was Sadoveanu mir gegeben hat, bevor er seine Kleidung für die Spurensicherung ausziehen musste, war das da.«

Er reichte Simon eine Visitenkarte, auf der Name, Adresse und Telefonnummer eines Rechtsanwalts aufgedruckt waren.

Simon gab sie zurück. »Lass dir noch ein wenig Zeit, bevor du den Anwalt kontaktierst. Ich möchte zumindest den vernehmen, der sprechen kann.«

»Bogdan Popa?«

»Genau den werde ich mir mit dem Dolmetscher vorknöpfen.«

»Na, dann viel Glück«, wünschte Demel. Sein Sarkasmus war nicht zu überhören.

Paul Simon wartete im Gang auf den angeforderten Dolmetscher, während er sich Bogdan Popas Vorstrafen und Familienverhältnisse – soweit sie Interpol und der eigenen Fahndungsdatei bekannt waren – zu Gemüte führte und mit Lockhardt telefonierte, um ihm die neuen Erkenntnisse mitzuteilen. Lockhardt berichtete, dass der Wagen der Einbrecher inzwischen gefunden worden war, die Spurensicherung kümmerte sich darum.

Der Dolmetscher entpuppte sich als eine Frau mittleren Alters mit schwarzer Löwenmähne, grauem Hosenanzug und Aktentasche. Sie stellte sich als Elvira Petrescu vor. Simon führte sie in den Vernehmungsraum, in dem Bogdan Popa unter der Aufsicht eines uniformierten Beamten hinter dem einfachen Metalltisch saß und seine Fingernägel einer gründlichen Prüfung unterzog.

Als sie hereinkamen, sah er kurz auf, widmete sich aber gleich wieder seinen Nägeln.

Die Dolmetscherin setzte sich auf einen Stuhl an der Wand, den Simon ihr hinschob, er selbst nahm auf der anderen Seite des Tisches Platz und sah Bogdan Popa zunächst nur neutral an. Dieser wandte sich gleich an die Dolmetscherin und gab einen rumänischen Satz von sich.

Elvira Petrescu übersetzte: »Er will kein Wort ohne seinen Anwalt sagen.«

Simon nickte, er hatte nichts anderes erwartet.

»Bitte übersetzen Sie ganz präzise Wort für Wort, was ich ihm jetzt mitzuteilen habe«, bat er sie.

Simon sprach langsam und deutlich und wartete nach jedem Satz, bis ihn die Dolmetscherin übersetzt hatte.

»Zuerst einmal: Wir zeichnen dieses Gespräch nicht auf. Es ist völlig inoffiziell. Hat er das verstanden?«

Elvira Petrescu übersetzte, und Popa nickte.

»Wir wissen, wer Sie sind, Bogdan Popa«, fuhr Simon fort. »Wir kennen Ihre Vorstrafen. Wir wissen, wer Ihr Kollege ist und dass er taubstumm ist. Sie sind es nicht.

Sie wissen, was Sie zu erwarten haben. Ein paar Jahre Gefängnis. Was Sie nicht wissen, ist, dass ich beim Staatsanwalt ein gutes Wort für Sie einlegen könnte, das sich unter Garantie positiv auf die Länge Ihres Knastaufenthalts auswirken wird. Dann lassen wir auch den Anklagepunkt ›tätlicher Angriff auf einen Polizeibeamten‹ fallen.« Er zeigte ihm demonstrativ seinen verbundenen Arm. »Diese Abmachung gilt aber nur, wenn Sie mir weiterhelfen können.«

Popa murmelte etwas vor sich hin. Frau Petrescu übersetzte. »Er will kein gutes Wort. Er will eine Garantie.«

Simon schüttelte demonstrativ den Kopf. »Die kann ich ihm nicht geben. Ein gutes Wort kann ich einlegen, mehr nicht.«

Bogdan Popa zuckte nach der Übersetzung mit den Schultern, was wohl »dann eben nicht« bedeuten sollte.

Simon erwiderte seine Geste mit derselben Gleichgültigkeit und stand auf. Die Dolmetscherin erhob sich ebenfalls.

Simon wandte sich zum Gehen, blieb aber kurz vor der Tür stehen und drehte sich um – nicht zu Popa, sondern zu Elvira Petrescu.

»Ach ja, ich habe noch etwas vergessen. Seine Haft könnte erheblich länger ausfallen, wenn wir ihm den Mord an der Besitzerin des Hauses zur Last legen können. Sagen Sie ihm das bitte, Frau Petrescu.«

Als die Dolmetscherin übersetzt hatte, fuhr Popa hoch und brüllte etwas auf Rumänisch. Dass er mit dem Mordfall nichts zu tun haben wollte, verstand Simon auch ohne Übersetzung, hörte sich aber trotzdem an, was Frau Petrescu auf Deutsch an ihn weitergab – er hatte mit seiner Vermutung ganz richtig gelegen.

»Das wird der Staatsanwalt möglicherweise anders sehen«, meinte Simon süffisant und legte die Hand auf die Türklinke.

»Warten Sie«, sagte Bogdan Popa. Plötzlich konnte er Deutsch.

»Ja?«

»Sie haben kein Mikro an? Keine Kamera?«

»Nein. Ich sage es noch einmal: Dies ist keine offizielle Vernehmung. Ich bin nur hier, weil ich wissen will, ob Sie in der Lage sind, eine Zeugenaussage zu machen. In Bezug auf den Mordfall.«

Bogdan Popa nickte und gab der Dolmetscherin mit einer Geste zu verstehen, dass sie nicht zu übersetzen brauchte, weil er alles verstanden hatte.

»Ich habe etwas gesehen.«

»Was?«

»Sie reden mit dem Staatsanwalt? Legen ein Wort für mich ein?«

»Ein gutes sogar«, erwiderte Simon. »Kommt ganz darauf an, was Sie mir sagen können. Das muss schon etwas Handfestes sein, was ich noch nicht weiß.«

»Ich habe *ihn* gesehen.«

»Wen?«

»Den Mörder. Ich habe den Mörder der Frau gesehen. So nah, wie Sie jetzt vor mir stehen.«

Simon deutete ihm an, dass er sich wieder setzen sollte. Er selbst nahm auch Platz, ebenso die Dolmetscherin.

»Wann?«, wollte Simon wissen.

»Wir saßen im Auto, Vlad und ich. In der Nacht. Vor offenem Tor. Lange. Innen im Haus brannte Licht.«

»Wie lange?«

»Zwei Stunden, vielleicht drei. Dann kam der Mann heraus.«

»Wie sah er aus?«

»Deal?«

Simon nickte andeutungsweise. »Wie sah er aus?«

»So groß wie Sie. So alt wie Sie. Hatte Mantel an, Stiefel, Rucksack. Und eine Mütze. So eine bunte Mütze mit …«

Er deutete etwas an und formulierte es in seiner Sprache.

»Ohrenklappen«, übersetzte die Dolmetscherin.

Bogdan Popa machte eine Bewegung mit der Hand, als wolle er schreiben. Frau Petrescu verstand und gab ihm Stift und Papier aus ihrer Mappe.

Trotz seiner Handschellen zeichnete er erstaunlich geschickt ein männliches Gesicht und die dazugehörige Mütze.

»Eine Inkamütze«, sagte Simon, als er einen Blick auf die Zeichnung warf.

»Ja«, sagte Popa. »Und da war noch etwas. Er hatte Pflaster. Hier, über Gesicht.«

Er zeichnete ein Pflaster dazu, es ging über Nase und Augenbraue.

»Ist er mit einem Auto weg?«, fragte Simon.

»Nein. Gelaufen.«

»Ist er gerannt?«

»Nein. Ist normal gelaufen.«

Er bekreuzigte sich und sagte etwas auf Rumänisch.

»Was sagt er?«, fragte Simon die Dolmetscherin.

»Der Teufel«, übersetzte sie. »Er hat gespürt, dass das der Teufel war.«

TEIL III

Blutgruppe Null, Rhesusfaktor positiv

EINS

»Mit welchen Zusagen hast du denn dem seine Aussage versüßt?«, fragte Lockhardt misstrauisch, als er die Zeichnung des Mannes mit der Inkamütze in Augenschein nahm. »Sag schon – was hast du ihm dafür versprochen?«

»Bogdan Popa, meinst du?« Simon nahm die Zeichnung wieder an sich und klemmte sie an die große Glaswand. »Absolute Straffreiheit plus zwei Wochen Urlaub in einem Fünf-Sterne-Hotel seiner Wahl auf Staatskosten, all inclusive natürlich.«

Lockhardt sah seinen Partner verblüfft an. Erst als alle anderen zu lachen begannen, begriff er, dass Simon ihn vor versammelter Mannschaft auf den Arm genommen hatte.

Obwohl es schon spät war, hielt die Soko Rotkehlchen noch eine Lagebesprechung ab. Kriminaldirektor Schubert lächelte säuerlich. Ihm war angesichts des neuen, aufsehenerregenden Mordfalls nicht mehr nach Scherzen zumute. Er hatte gerade eine erste improvisierte Pressekonferenz vor Dutzenden Journalisten abgehalten, bei der es zugegangen war wie in einem Tollhaus. Die Fragen und Zwischenrufe waren derart auf ihn eingeprasselt, dass er nur mit Müh und Not dazu gekommen war, sein in aller Eile zusammengeschustertes Statement vorzutragen und die Allerweltserklärung abzugeben, dass er beim gegenwärtigen Stand der Ermittlungen keine weiteren Fragen beantworten könne. Was das Geschrei und Gedränge der Medienvertreter nur noch weiter angestachelt hatte. Seit die Polizei den Namen des neuesten Mordopfers bekannt gegeben hatte, waren sämtliche Medien außer Rand und Band. Schubert versprach eine erneute Pressekonferenz für den nächsten Tag und war heilfroh, dass er der Pressemeute mit heiler Haut entkommen war.

Jetzt saß er verschwitzt und denkbar schlecht gelaunt im Großraumbüro, wo gerade lautstark das weitere Vorgehen diskutiert wurde.

»Ruhe, bitte! Also – was haben wir?«, fragte Schubert, um seine Autorität zu wahren und wieder eine gewisse Ordnung in die Diskussionsbeiträge zu bringen.

»Wir haben die Zeichnung eines Zeugen, der unseren Mann gesehen haben will«, berichtete Simon.

Kriminaldirektor Schubert sah das Bild an. »Glaubwürdig?«

»Stammt von einem der Einbrecher. Er hat den Mann gesehen, als er aus der Villa kam.«

Simon reichte ihm eine zweite Skizze.

»Ich habe ihn das Bild zweimal machen lassen. Einmal mit, einmal ohne Heftpflaster. Ich muss zugeben, der Mann hat Talent.«

Der Kriminaldirektor begutachtete die Skizzen. Dann hielt er die ohne Heftpflaster neben Simons Gesicht.

»Ob das wirklich aussagekräftig ist?«, fragte er skeptisch.

»Könnten genauso gut Sie sein. Vielleicht hat er Sie nur verarscht und Ihr Gesicht abgezeichnet.«

»Möglich«, antwortete Simon. »Aber ich habe ihm seine Aussage abgekauft.«

Schubert gab Simon die beiden Skizzen zurück. »Weiter«, drängte er, »was wissen wir über den zeitlichen Ablauf der Tat? Wie ist der Täter vorgegangen?«

Lockhardt ging an die Glaswand und befestigte dort einen Lageplan der Villa samt angedeuteten Umgebungsstraßen. Simon erkannte sogar den Eingang zum Westfriedhof, wo er sich – wahrscheinlich genau zum Tatzeitpunkt – völlig sinnlos hinbegeben hatte.

Das heißt, aus Tätersicht war es keineswegs sinnlos gewesen, ganz im Gegenteil – das Kalkül war punktgenau aufgegangen. Der Täter hatte mit seinem Anruf dafür gesorgt, dass Simon für die fragliche Zeit kein Alibi hatte und dazu noch in der Nähe des Tatorts gewesen war.

Lockhardt zeigte mit einem Kugelschreiber auf den Plan und legte los: »Wir haben nicht nur die Leiche und die Spuren in der Villa, die alle noch genauer ausgewertet werden müssen, sondern noch ein anderes für uns relevantes Spurenbild, auf das wir erst gestoßen sind, als wir Streifenbeamte auf die Suche nach dem Auto der beiden Einbrecher geschickt haben. Sie haben hier, also drei Grundstücke weiter, den gesuchten Wagen gefunden.« Er deutete mit seinem Stift auf die entsprechende Stelle. »Und hier, ganz in der Nähe der Villa, haben andere Beamte Blutspuren auf der Straße entdeckt. Sie haben genauer hingesehen und die Spurensicherung hingeschickt, die folgende Fotos gemacht hat …«

Er klemmte einige vergrößerte Bilder an die Glaspinnwand und erläuterte sie.

»Das hier ist eine Goldkette mit Brillanten, ziemlich wertvoll, gehört mutmaßlich dem Opfer, Gitta van der Ville. Die Kette lag unter diesem Pick-up, vor und unter dem auch Blut- und Schleifspuren sowie die Schlittschuhe des Opfers entdeckt wurden, an deren Kufen übrigens auch Blut haftete. Die Beamten haben sich noch in der Nachbarschaft umgehört, aber bisher keine Augenzeugen aufgetrieben.«

»Da sollten wir aber unbedingt dranbleiben«, unterbrach der Kriminaldirektor. »Erst recht, weil wir jetzt diese Zeichnungen des mutmaßlichen Täters haben, die wir herumzeigen können. Die Skizzen sollten auch an die Medien gehen, am besten an alle Tageszeitungen.«

»Habe ich schon veranlasst«, nahm ihm Lockhardt den Wind aus den Segeln.

Schubert nickte zufrieden, und Lockhardt machte an der Glaswand weiter.

»Nach diesem Fund muss der Tatablauf meines Erachtens neu interpretiert werden. Wir sind bisher anhand der Spurenlage davon ausgegangen, dass der Mord im Haus stattgefunden hat. Jetzt sieht der Ablauf nach meiner Meinung aber folgendermaßen aus: Gitta van der Ville war beim Schlittschuhlaufen, wahrscheinlich auf dem Nymphenburger Schlosskanal, wird auf dem Nachhauseweg hier in der Nähe des Pick-up überfallen …«

»Zeitpunkt?«, ging Schubert dazwischen.

Lockhardt nickte Dr. Franke zu, woraufhin dieser aufsprang wie ein Klassenstreber, der förmlich platzt vor lauter Exklusivwissen.

»Den genauen Todeszeitpunkt zurückzurechnen ist eine komplexe Angelegenheit. Dazu müssen eine Menge Variablen berücksichtigt werden«, dozierte er, »die alle genau bestimmt und in Korrelation zueinander gebracht werden müssen. Außentemperatur, Luftfeuchtigkeit, Auffindungsort, Auffindungsart, et cetera et cetera …«

Kriminaldirektor Schubert winkte genervt ab. »Verschonen Sie uns bitte damit und heben Sie sich diesen Vortrag für Ihr nächstes Pathologieseminar auf. Nur die Fakten, wenn ich bitten darf!«

Dr. Franke bekam einen puterroten Kopf. »Zwischen sechzehn und achtzehn Uhr gestern Nachmittag«, gab er schmallippig von sich, um sich dann sichtlich beleidigt wieder hinzusetzen.

»Also bei Einbruch der Dunkelheit oder danach«, bemerkte Schubert. »Ich kann mir aber auch kaum vorstellen, dass man in Gern am helllichten Tag mitten auf der Straße über eine Frau herfällt. Noch was, Herr Dr. Franke …«

Dr. Franke sah von seinem Tablet hoch, auf dem er ungnädig herumgewischt hatte.

»Wissen Sie schon etwas zur Todesursache von Frau van der Ville?«

»Ja. Sie wurde kopfüber an den Fußgelenken aufgehängt, dann wurde ihr die Kehle durchgeschnitten. Die übliche Vorgehensweise des Täters also. Gitta van der Ville lebte zwar noch, war dabei allerdings bewusstlos. Also letztendlich Tod durch Verbluten. Die Hand wurde höchstwahrscheinlich auf der Straße neben diesem Pick-up abgetrennt, als das Opfer noch lebte.«

»Womit?«

»Scharfkantiges, stabiles Jagdmesser oder kleines, scharfes Beil. Ich tippe auf Jagdmesser, jedenfalls ohne Zacken oder Rillen. Es wurde nicht gesäbelt, sondern zwei- oder dreimal heftig gehackt, mit großer Gewalt. Ich vermute …«

»Ja?«

»Nun, ich gebe ungern Vermutungen ab, solange ich etwas nicht mit Gewissheit weiß, bevor ich es genau und gründlich untersucht habe …«

»Geschenkt. Was vermuten Sie?«

»Ich vermute, dass der Täter die Hebelwirkung mit der Beinkraft verstärkt hat.«

»Soll heißen?«

Dr. Franke kam nach vorne und wandte sich an Lockhardt: »Bitte legen Sie sich doch kurz mit dem Rücken auf den Boden, und strecken Sie die Hand ab.«

Das war insofern ein wenig ungünstig, weil Lockhardt den Augenblick eigentlich für ein paar Bissen von der Kabanossi hatte nutzen wollen, die er für alle Fälle mit sich führte. Er reichte Simon seine angebissene Dauerwurst und legte sich umständlich vor Dr. Franke auf den Boden.

»So?«, fragte er, nachdem er seinen Bissen hinuntergeschluckt und alle viere von sich gestreckt hatte.

Simon merkte erst jetzt, was er in die Hand gedrückt bekommen hatte, und legte die Kabanossi auf den nächsten Schreibtisch.

»Bleiben Sie bitte so«, bestätigte der Doktor, kniete sich

neben Lockhardt und legte ihm ein Lineal, das er in seiner Brusttasche trug, quer über das Handgelenk. Dann deutete er an, wie er mit dem Fuß auf das freie Ende eintrat.

»So muss es abgelaufen sein«, kommentierte er.

Lockhardt stand wieder auf und suchte seine Kabanossi. Simon zeigte ihm mit den Augen, wo sie war. Lockhardt schnappte sie sich und kaute weiter, während er zuhörte.

»Eines muss ich allerdings hinzufügen«, meldete sich Dr. Franke noch einmal zu Wort und steckte sein Lineal wieder ein. »Frau van der Ville wäre wahrscheinlich sowieso gestorben.«

Schubert schaute ungläubig. »Woran?«

»Sie hatte eine stark blutende Kopfwunde, Trümmerbruch am rechten Schläfenknochen, Hirnverletzung, letztlich Exitus innerhalb von zwei oder drei Stunden. Aber vorher hat man ihr die Kehle durchgeschnitten.«

»Woher stammt die Kopfverletzung? Wurde sie mit einem stumpfen Gegenstand niedergeschlagen?«

»Den Umständen nach zu urteilen: Nein. Ich nehme an, sie wurde entweder gestoßen oder ist auf der Flucht unglücklich gestürzt. Auf eine Eiskante oder einen spitzen Stein. Aber das ist nur eine Vermutung, die ich vorerst auf der Grundlage der Fotos vor dem Pick-up und der oberflächlichen Untersuchung der Kopfverletzung des Opfers habe. Ich bin nicht einmal zum Röntgen gekommen.«

Mit diesem versteckten Vorwurf setzte er sich wieder.

Kriminaldirektor Schubert nickte Lockhardt zu, der mit seinen Ausführungen fortfuhr und wieder mit seinem Kugelschreiber auf den Plan zeigte.

»Hier schlägt der Täter sie nieder, oder sie stürzt«, sagte Lockhardt. »Jedenfalls hackt er ihr hier auf der Straße die Hand ab. Er weiß also genau Bescheid, dass man nur mit dem Chip als Sesam-öffne-dich in die Villa gelangt. Wir müssen noch herausfinden, wie und wo er an die ganzen Informationen gekommen ist, das übernehmen bitte Laurenz und Grulik …«

Die beiden angesprochenen Frauen nickten.

»Mir ist schon klar, dass der Täter unbedingt an die Hand des Opfers muss, um in die Villa zu gelangen«, meldete sich der Kriminaldirektor zu Wort. »Aber wie hat er Gitta van der Ville in ihr Haus geschafft? Hat er sie erst mal auf der Straße liegen gelassen? Oder sie in ein Auto geladen? Was sagt die Spurensicherung?«

Nun war Mehlich gefordert. Er sah erschöpft aus, kein Wunder, er war nun seit fast fünfzehn Stunden auf den Beinen.

»Zu den Spuren im Haus kann ich mich zum gegenwärtigen Zeitpunkt noch nicht dezidiert äußern. Das muss alles erst einmal gesichtet, zugeordnet und analysiert werden, das dauert, auch wenn wir Nachtschichten machen. Wir haben Dutzende Fingerabdrücke, ebenso viele Blutspuren an verschiedenen Orten, dazu kommt der Einbruch … Aber nun zu Ihrer Frage, was die Spurenlage zum mutmaßlichen Tathergang beizutragen hat. Wir haben Grund zur Annahme, dass der Täter die Leiche oder besser gesagt: die Bewusstlose zumindest unter dem Pick-up versteckt hat, um mithilfe des Chips ins Haus zu kommen. Später – wie viel später, wissen wir nicht genau – kehrt er mit einer Gerätschaft aus der Garage zurück zum Pick-up. Nämlich mit einer Schneewanne. Er lädt das Opfer auf die Wanne und schleppt sie damit durch die Garage in die Villa.«

Der Kriminaldirektor schlug mit der Faust so hart auf den Tisch, dass alle zusammenzuckten.

»Es kann doch nicht sein, dass es bei diesem ganzen Zirkus auf offener Straße niemanden gegeben hat, der etwas davon mitbekommen hat, verdammt noch mal!«

Keiner sagte etwas, das war Antwort genug.

Schließlich meldete sich Simon, der sich bisher zurückgehalten hatte. »Wir werden Kollegen im gesamten Viertel mit der Zeichnung und der Beschreibung des Gesuchten von Tür zu Tür schicken. Und den Schlosskanal klappern wir auch ab und tackern die Zeichnung an die Alleebäume, wenn es sein muss. Es ist die erste einigermaßen nennenswerte Spur, die wir haben.«

Dr. Franke meldete sich wie in der Schule, indem er den Zeigefinger hob. »Nicht zu vergessen die DNA. Bringen Sie mir einen Verdächtigen, und ich kann Ihnen sagen, ob er's war.«

Da fiel Simon noch etwas ein. »Eines noch, Doktor, war eine Zehnpfennigmünze im Kehlkopf oder im Magen der Toten?«

Dr. Franke nahm seine Brille ab und fing an, sie mit einem frisch gebügelten Tuch aus seiner Brusttasche zu putzen, während er antwortete. »Ganz abgesehen davon, dass ich noch nicht zum Röntgen und schon gar nicht zur Obduktion gekommen bin – nein.«

Er hielt seine Brille prüfend ins Licht und setzte sie wieder auf. Dann sagte er: »Die Münze lag in der Blutlache auf dem Boden. Sie war also nicht verschluckt, sondern nur oberflächlich appliziert worden. Kann also von selbst herausgefallen sein.«

»Danke, Herr Dr. Franke.« Kriminaldirektor Schubert nickte müde, stand auf und klopfte seine Akten zusammen – zum allgemeinen Zeichen dafür, dass die Sitzung für diese Nacht beendet war.

Simons Arm hatte wieder angefangen, schmerzhaft zu pulsieren. Die Wirkung des Schmerzmittels, das er vom Sanitäter bekommen hatte, ließ spürbar nach. Nichts wie ab nach Hause und ins Bett, dachte er, und schon beim bloßen Gedanken daran ging es ihm besser.

ZWEI

Er wusste nicht, zum wievielten Mal, seit sie diese Leiche im Schlachthaus des Einödhofs gefunden hatten, er schon spätnachts nach Hause geschlichen kam. Wie ein Ehemann, der seine Frau betrogen hat und inständig hofft, dass sie schon schläft und nichts merkt, damit er nicht mit hanebüchenen Ausreden kommen muss, die sie ihm sowieso nicht glaubt.

Nur war es keine Geliebte, mit der er Amelie betrog, sondern ein Mann, der seine gesamte Aufmerksamkeit beanspruchte. Allmählich hatte Simon das Gefühl, als wollte dieser Unbekannte ihm nach und nach erst sein Glück und dann seine Seele aussaugen – wie die Dementoren bei Harry Potter. Bis vor Kurzem hatte er seiner Tochter daraus vorgelesen. Sie hatten immer großen Spaß dabei, weil er sich Mühe gab, die vielen Protagonisten mit verschiedenen Stimmen und Akzenten sprechen zu lassen. Obwohl es erst ein paar Wochen her war, kam es ihm wie eine gefühlte Ewigkeit vor, dass er pünktlich von der Arbeit nach Hause gekommen und mit sich und der Welt im Reinen war.

Seine Frau Amelie hatte allen Grund, eifersüchtig zu sein, weil Paul Simon sein ganzes Denken, seine Energie, ja, sogar seine Emotionen auf diesen Mann konzentrierte. Erlösung von diesem Albdruck würde er wohl nur finden, wenn er dem »unsichtbaren Mann« entgegentreten, in die Augen schauen und ihn fragen konnte, was er mit seinem Handeln bezweckte. Aber er war sich keineswegs sicher, ob das ausreichen würde oder ob er weitergehen musste – über die gesetzlichen Grenzen und die Beschränkungen hinaus, die ihm sein Gewissen und seine Moral auferlegten. Wenn nötig, würde er auch das tun, ohne darüber nachzudenken.

Früher hätte er sich nie vorstellen können, dass er dazu fähig war. Das hatte sich grundlegend geändert.

Um seine Familie zu retten, würde er alles tun.

Denn was wäre er ohne sie? Nichts.

Letzten Endes ging es also darum, sich selbst zu retten.

So leise wie möglich ging er die Treppen hoch, schloss die Wohnungstür auf und wieder zu, zog die Schuhe aus und schlich den Gang entlang, auf den das Schlaflicht seiner Tochter einen Leuchtstreifen schickte. Im Bad machte er Licht, trank aus dem Wasserhahn und wusch sich das Gesicht.

Dabei spürte er seinen verletzten Arm schmerzhaft pochen, und ihm fiel wieder ein, was er im Bad eigentlich wollte: ein paar Schmerztabletten einnehmen und nach dem Verband sehen. Er schloss die Tür zum Gang und zog sein zerschnittenes und blutbeflecktes Hemd aus. Es war völlig ruiniert, und ihm blieb nichts anderes übrig, als es in den Abfalleimer zu stecken.

Der Verband war blutdurchtränkt. Es half nichts – er

musste ihn abnehmen, ebenso das darunter liegende Pflaster, was nicht ging, ohne die Zähne zusammenzubeißen. Dann stellte er sich unter die Dusche und ließ das Wasser so heiß, wie er es nur aushalten konnte, auf sich herunterprasseln. Schließlich drehte er auf kalt. Als er merkte, dass die Stichwunde an seinem Unterarm wieder anfing zu bluten, stieg er aus der Dusche. Er presste das Handtuch auf die Verletzung und wartete darauf, dass der Dampf, den er im Bad verursacht hatte, sich lichtete. Mit dem Handtuch wischte er den beschlagenen Spiegel ab und erstarrte, als er sah, dass eine menschliche Gestalt in seinem Rücken wartete. Wie sein personifiziertes schlechtes Gewissen.

Ruckartig drehte er sich um und erkannte zu seiner Erleichterung, dass es seine Frau war. Sie musste hereingekommen sein, als er unter der Dusche stand und nichts mitbekam. Amelie kam näher und zog ihm das Handtuch vom Unterarm. Nach einem ersten professionellen Blick auf die Wunde sagte sie: »Das muss genäht werden. Warte hier und setz dich. Ich hole eben meine Sachen.«

Ohne ein weiteres Wort verschwand sie.

Simon trocknete sich ab und schlüpfte in frische Unterwäsche. Dann setzte er sich auf den Rand der Badewanne und sah wie paralysiert den Blutstropfen zu, die pitsch

pitsch

pitsch

auf die Fliesen perlten.

Purpurrot auf Weiß.

Er konnte sich weder bewegen noch seine Augen von dem abstrakten roten Muster abwenden, das sich bildete.

Wie ein Drip-Painting von Jackson Pollock, dachte er. Nur nicht mit Ölfarbe, sondern mit Blut. Ihm war, als hätte ihn eine irrationale Ganzkörperlähmung erfasst.

Die Rückkehr seiner Frau löste ihn aus seiner Starre. Amelie hatte ihren Arztkoffer mitgebracht, der immer neben ihrem Schreibtisch stand und stets einsatzbereit war. Sie nahm einen Hocker und sah sich seine Verletzung genauer an. Dann holte sie eine Einwegspritze heraus und zog damit ein Lokalanästhetikum aus einer Ampulle.

Simon hoffte immer noch darauf, dass sie etwas sagen würde, irgendetwas, das wenigstens einen Anflug von Mitleid oder Empathie bewies. Aber Amelie strich sich nur eine Haarsträhne aus dem Gesicht und setzte ihm die Spritze, nachdem sie den Unterarm gründlich gesäubert und desinfiziert hatte. Während sie darauf wartete, dass die örtliche Betäubung wirkte, bereitete sie alles zum Nähen vor. Sie machte eine Naht mit drei Stichen und schmierte etwas Salbe darauf. Anschließend verband sie die Wunde wieder, packte ihre Sachen zusammen und ging hinaus. Wortlos.

Simon wartete darauf, dass sie wieder zurückkam, aber vergebens.

Es würde also keine erneute Aussprache geben.

Er hatte die frostige Aura, die seine Frau umgab, nahezu körperlich wahrgenommen. Normalerweise war das für ihn unerträglich, weshalb er in ähnlichen Situationen immer sein Bestes gegeben hatte, um sich mit Amelie wieder auszusöhnen, selbst wenn er sich keiner Schuld bewusst war.

Aber diesmal hätte er beim besten Willen nicht gewusst, was er ihr sagen sollte. Was sie wollte und mit ihrem Verhalten einforderte, von dem sie genau wusste, wie es ihn quälte, war bedingungslose Wahrheit. Etwas, das er ihr momentan nicht bieten konnte.

Vor allem aber war er viel zu erschöpft, um sich auf eine erneute, fruchtlose Grundsatzdiskussion einzulassen. Es bestand durchaus die Gefahr, dass man im Eifer eines sich hochschaukelnden Disputs Worte sagte, die man hinterher bereute, die aber nicht mehr rückgängig zu machen waren.

Also blieb ihm nichts anderes übrig, als diese Eiszeit irgendwie zu überstehen. Er tröstete sich damit, dass keine Eiszeit ewig währte, einmal musste sie auch wieder zu Ende gehen.

Fragte sich nur, wann.

Er riss ein Stück von der Toilettenpapierrolle ab und wischte damit die Blutstropfen vom Boden.

Dann löschte er das Licht, ging ins Schlafzimmer, tastete sich im Dunkeln zum Bett und kroch hinein.

Amelie hatte ihm demonstrativ den Rücken zugekehrt.

Er schloss die Augen und ließ den Tag noch einmal im Geist Revue passieren.

Auf einmal sprach die Stimme des Mannes mit der Inkamütze zu ihm. Im Traum befahl er Simon, ihm zu folgen.

Er ging voraus. Wohin – das wusste Simon nicht. Er sah nur den Rücken des Mannes und die Ohrenklappen der Inkamütze mit ihren Quasten, die hin und her baumelten. Obwohl er eigentlich nicht wollte, musste er ihm nachgehen, ein innerer Zwang ließ ihm keine Wahl.

Plötzlich drehte sich der Mann um und lachte.

Es war ein fürchterliches Lachen, weil das Gesicht unter der Inkamütze unkenntlich war, es war über und über mit Heftpflastern bedeckt, und die Augenlider waren mit einem groben schwarzen Faden zugenäht. Ebenso die Lippen, wie Simon jetzt feststellte. Doch wieso war der Mann dann dazu in der Lage, lauthals zu lachen?

Bevor Simon dieses Rätsel lösen konnte, mutierte der bandagierte Kopf zu einem Totenschädel, und ihm wurde auf einmal klar, wohin die Reise ging.

Sie ging direkt ins Herz der Finsternis. Zu einem schwarzen Loch, das alles anzog und unweigerlich verschlang, wenn man ihm zu nahe kam.

Aber blieb ihm denn eine Wahl?

Wollte er das Geheimnis dieses Mannes lüften, musste er ihm folgen. So schrecklich die Erkenntnis der Wahrheit auch sein mochte, die am Ende auf ihn wartete.

DREI

Seine Inkamütze hatte er längst in eine Mülltonne geworfen, an der er vorbeigekommen war. Er betrachtete sein Gesicht im Badezimmerspiegel, während er vorsichtig das blutige Heftpflaster abzog. Der Schnitt von Gittas Schlittschuhkufen zog sich quer von der rechten Augenbraue über seine Nasenwurzel. Behutsam betastete er die Verletzung. Gott sei Dank war sie nicht tief und blutete inzwischen nicht mehr.

Er hörte das Blut in seinem Kopf rauschen. Sein Geist war seit dem Desaster mit Gitta van der Ville in einer Art Trancezustand, der erstaunlich lange anhielt. Ein Rest von Adrenalin durchfuhr seine Adern noch immer, er glaubte es regelrecht zu spüren. Seit der Abwehrbewegung von Gitta mit ihren Schlittschuhen hatte er nicht mehr kühl und überlegt gehandelt, wie er es gelernt hatte, sondern war schlicht und ergreifend ausgerastet. Es war, als hätte er nicht nur im übertragenen Sinne, sondern tatsächlich neben sich gestanden und seinem Alter Ego zugesehen, das wie ein Fuchs im Hühnerstall reagiert und ein Blutbad um des Blutbads willen angerichtet hatte.

Müde schloss er die Augen in der Hoffnung, dass der unweigerlich folgende Kater nicht gar so schlimm sein würde.

Für seinen finalen Feldzug war er für alle Eventualitäten gewappnet, lange genug hatte er alles bis ins kleinste Detail vorbereitet und geplant.

Seine große Wohnung lag im zwölften Stock eines riesigen Wohnkomplexes im Münchner Stadtteil Haar. Dort hatte er alles, was er brauchte: eine anonyme Bleibe, die mit dem Allernotwendigsten spartanisch ausgestattet war; mit überflüssigen Möbeln und Accessoires konnte er sowieso nichts anfangen, und Besuch bekam er auch keinen. Also gab es nur eine Futonmatratze zum Schlafen auf dem Boden, einen Tisch, zwei Stühle, eine Lampe. Seine Klamotten und was er sonst noch brauchte, waren in einem ausladenden Einbauschrank verstaut. Nichts Überflüssiges lag herum, ein paar Bücher waren auf dem Boden gestapelt, und ein Flachbildfernseher stand daneben. Das war's. Der einzige Luxus bestand in der Aussicht, die er von seinem Panoramafenster aus hatte. Die Wohnung war nach Süden ausgerichtet, und vom zwölften Stock aus konnte man bei entsprechendem Wetter die ganze bayerische Alpenkette sehen.

Aber Naturschönheiten standen nicht auf seiner Agenda, damit verschwendete er keine Zeit. Seine Tage und Nächte waren ausgefüllt mit obsessiver Strategie, Planung, Vorbereitung und Durchführung seines langfristigen Vorhabens und dem Erhalt und der Verbesserung seiner körperlichen Fitness.

Außerdem war er IT-Experte. Sein Computerequipment mit den zwei Monsterbildschirmen war absolutes Hightech vom Neuesten und Feinsten. Der Hochleistungsrechner war sein Nabel zur Welt, der ihm Einblicke in das Leben der anderen verschaffte, die vor einer Generation noch undenkbar gewesen wären.

Hier in seinem Rückzugsort, den seit der Besichtigung mit seiner Maklerin kein Mensch mehr betreten hatte außer ihm selbst, war er absolut anonym, seinen Nachbarn auf dem Gang ging er konsequent aus dem Weg. Das war nicht weiter schwer, schließlich wusste er über ihre Gewohnheiten genau Bescheid und richtete sich danach.

Er war mit falschen Papieren ausgestattet, unter falschem Namen angemeldet und bezog ein regelmäßiges Gehalt von einer Firma, die ihm selbst gehörte und die aus einem Briefkasten in Gibraltar bestand. Selbst seine Steuern wurden pünktlich bezahlt. Seine Bankgeschäfte machte er vom Computer aus.

Niemand kannte seine wahre Identität. Der Letzte, der über ihn Bescheid wusste, war nachts beim Gassigehen mit seinem Hund von einem Auto über den Haufen gefahren worden und zwei Stunden später seinen Verletzungen erlegen. Die Fahndung nach dem flüchtigen Fahrer war nach ein paar Monaten ergebnislos eingestellt worden.

Von diesem Moment an hatte er sich endlich frei gefühlt.

Frei für das, was er seinen persönlichen Feldzug nannte.

Dafür war er bestens präpariert.

An Klingelschild und Briefkasten war der falsche Allerweltsname *H. Meyer* angebracht.

Außergewöhnliche Bedürfnisse hatte er auf ein Minimum reduziert, er lebte nur noch für sein Ziel, das Paul Simon hieß, und hatte alles dieser einen Mission untergeordnet, die sein Dasein bestimmte und die nun ihrer Vollendung entgegenging.

Das Einzige, was er sich ab und zu gönnte, waren fünfundzwanzig Bahnen im hauseigenen Hallenbad, das im obersten Stockwerk des Wohnkomplexes untergebracht war und zu bestimmten Zeiten von niemandem aufgesucht wurde. Er hatte freien Zugang, das Becken und die Einrichtungen konnten Tag und Nacht benutzt werden, und um fünf Uhr morgens kam niemand außer ihm auf die Idee, sich dort sportlich zu betätigen. Er tat das regelmäßig, schließlich musste er in Form bleiben, was er durch zusätzliche selbst zusammengestellte Trainingseinheiten in einem großen Fitnesszentrum an der Donnersbergerbrücke konsequent durchzog.

Er spürte, wie er ganz allmählich von seinem Adrenalinrausch herunterkam. Während er vor dem Spiegel seinen Schnitt desinfizierte, ging er noch einmal im Kopf durch, was in den letzten vierundzwanzig Stunden passiert war. Dabei kam er zu dem beruhigenden Ergebnis, dass er immer noch voll auf Kurs lag. Nichts hatte sich verändert, weil er kurzzeitig die Kontrolle über sich selbst verloren hatte.

Es war alles noch einmal gut gegangen.

Aber es war schon verdammt knapp gewesen.

Er warf einen Blick zum Fenster. Es dämmerte bereits, und er merkte, dass er todmüde war und ihm alle Knochen wehtaten.

Er nahm eine kleine Tube Sekundenkleber aus seiner

Werkzeugkiste im Einbauschrank. Dann musterte er sich wieder im Badezimmerspiegel. An dessen linker Ecke war eine Fotografie mit Tesafilm befestigt, es war das einzige Bild in der ganzen Wohnung und zeigte die Familie Simon bei einem Besuch im Tierpark Hellabrunn. Er hatte es selbst mit einem Teleobjektiv aufgenommen, vor einem halben Jahr im Sommer.

Paul, Amelie und Magdalena.

Vor der Panzerglasscheibe am Polarium. Dahinter ein Eisbär in imposanter Pose. Die Gesichter der Familie Simon spiegelten sich im Glas.

Er erinnerte sich jedes Mal, wenn er das Foto sah, so genau daran, als wäre es erst einen Tag her. Und jedes Mal verspürte er etwas, das ihm eigentlich völlig fremd war. Ein Gefühl, das er so niemals gekannt hatte. Wie ein Stich in der Bauchgegend, aber nicht unangenehm, im Gegenteil.

Es war fast so etwas wie … ja, eine seltsame Form von Zuneigung.

Um diesen aberwitzigen Gedankengang wieder loszuwerden, zwinkerte er heftig und schüttelte den Kopf. Das fehlte ihm gerade noch, dass er rührselig wurde und zuließ, wie Emotionen sein Denken und Handeln beeinflussten. Das war nicht professionell.

Er atmete tief ein und hielt die Luft an, dann klemmte er die Wundränder seines Schnitts im Gesicht mit den Fingern zusammen so fest er konnte. Mit der Tube des Sekundenklebers fuhr er den Cut entlang und brachte dabei eine dünne Schicht Klebstoff auf.

Er wartete kurz, bis der Kleber trocken war, dann ließ er

los. Das würde ausreichen, damit es keine sichtbare Narbe gab.

Obwohl er vor Müdigkeit kaum noch die Augen offen halten konnte, musste er noch das kleine Geschenk für Paul Simon und dessen Gattin vorbereiten, das die zweite Phase in seinem Plan einläuten würde. Wie er ihnen jeweils das Geschenk zukommen lassen wollte, hatte er sich schon lange durch den Kopf gehen lassen. Schließlich hatte er sich für den simpelsten Weg entschieden: neutrale Briefumschläge, auf die er nur den Namen und die Adresse aufdrucken ließ. Sollte der Postbote sie abgeben. Wenn er es selbst tat, bestand immer die Gefahr, dass er gesehen wurde, das konnte er in diesem Stadium nicht riskieren. Er steckte die kopierten USB-Sticks in die Kuverts und frankierte sie ausreichend. Wenn er zum Joggen ging, würde er sie mitnehmen und im Briefkasten einwerfen.

Es war an der Zeit, die Stellschrauben ein wenig anzuziehen und den Druck zu verstärken.

Spaß muss sein, sonst geht keiner mit auf die Beerdigung.

Diesen Spruch hatte sein Führungsoffizier Oberstleutnant Kallwey immer von sich gegeben, wenn er mal jovial sein und damit verklausuliert sagen wollte, dass der nächste Auftrag heikel werden konnte.

Nun – er war auf Kallweys Beerdigung gewesen. Nachdem er ihn mit dem Auto totgefahren hatte.

Kallwey hatte recht gehabt: Es war ein Riesenspaß, unerkannt mitten unter den Trauergästen zu sein und dem Grabredner zuzuhören, einem Ex-SED-Bonzen, der pathetisch etwas von Pflichterfüllung im Dienste des Sozialismus und tragischem, zu frühem Ende des Verstorbenen geschwafelt und keine Ahnung davon gehabt hatte, wer Kallwey wirklich gewesen war und wie viele Mordaufträge auf sein Konto gingen.

Mit diesem Tag hatte er alle Verbindungen gekappt, die noch etwas mit seinem früheren, ersten Leben zu tun hatten.

Sein neues Leben hatte begonnen. Er war frei und hatte seine Vergangenheit endgültig hinter sich gelassen. Es war fast so etwas wie eine Wiedergeburt.

Dieser Gedanke entlockte ihm nun doch ein leises Lächeln, bevor er sich unter die Dusche stellte, ausgiebig das heiße Wasser auf seinen Schädel prasseln ließ, sich abtrocknete und sich so, wie er war, in sein Bett legte.

Wenig später war er eingeschlafen.

Er schlummerte tief und traumlos wie ein unschuldiges Kind.

VIER

Amelie stürmte in ihrem beruflich bedingten Laufschritttempo durch die Gänge der Rotkreuzklinik. Dabei studierte sie die neuesten Laborergebnisse auf ihrem Klemmbrett und wäre beinahe über zwei Füße gestolpert. Lockhardt saß auf einem Besucherstuhl, hatte seine langen Beine übereinandergeschlagen und verdrückte gerade einen rosafarbenen Donut. Mit den Bröseln, die seine Kleidung und den Boden bedeckten, machte er seinem Spitznamen »Krümelmonster« wieder einmal alle Ehre – so nannte Simon seinen Kollegen, wenn er mit Amelie über ihn sprach.

Davon abgesehen wirkte Lockhardt unglaublich verschlafen. Mit seinem zerknitterten Hemd, den Bartstoppeln und den zusammengekniffenen Augen unter dem Rand seiner obligatorischen Wollmütze kam er Amelie vor, als habe er die Nacht in seinen Klamotten gepennt und sei geradewegs so aus dem Bett gekrochen, wie er nun vor ihr saß.

Amelie selbst fühlte sich so, wie Lockhardt aussah. Nachdem sie sich um Simons Verletzung gekümmert hatte, hatte sie den Rest der Nacht wachgelegen, auch wenn sie so getan hatte, als schliefe sie. Aber im Gegensatz zu Lockhardt war sie frisch geduscht und geföhnt zum Dienstbeginn angetreten, das ließ sie sich nicht nehmen, selbst wenn es ihr noch so mies ging und sie am liebsten losgeheult hätte.

Schließlich war sie es ihren Patientinnen schuldig, stets mit einer positiven Einstellung und einem gepflegten äußeren Erscheinungsbild aufzutreten. Mit eiserner Disziplin hatte sie sich angewöhnt, Kompetenz, Einfühlungsvermögen und Zuversicht auszustrahlen.

Als Lockhardt sah, wen er beinahe zum Straucheln gebracht hatte, zog er schnell seine Beine zurück, klopfte sich die Brösel von der Jacke und stand auf, um Amelie mit Küsschen zu begrüßen.

»Du wolltest mich sprechen?«, sagte er dabei mit vollem Mund.

»Ja«, antwortete Amelie, »aber ich dachte, du rufst mich an und wir machen ein Date aus. Müsstest du um diese Zeit nicht im Präsidium sein?«

»Schon«, meinte Lockhardt und zog mit spitzen Fingern einen weiteren Donut aus dem Karton, diesmal mit schokobraunem Zuckerguss. Dann hielt er Amelie die offene Schachtel vor die Nase, in der noch drei Donuts lagen. »Auch einen zum Frühstück?«, fragte er. »Ist noch die extraleckere exklusive Weihnachtsmischung …«

Amelie zögerte, dann nahm sie sein Angebot an und fischte ein Donut mit silbernen Glitzersternchen heraus.

»Gute Wahl«, kommentierte er grinsend und nickte anerkennend, während er den Deckel seines Kartons wieder zumachte. Dann sah er ihr ernst in die Augen. »Du hast mir gesimst, dass es dringend sei … Deshalb bin ich hier.

Wir haben keine Stechuhren im Präsidium. Ich hab schon mit Paul telefoniert, dass ich aus familiären Gründen später komme …«

Amelie zog Lockhardt beiseite, weil eine Patientin von einem Pfleger in ihrem Krankenbett vorbeigeschoben wurde, und fragte ihn mit leiser Stimme, als hätte sie Angst, belauscht zu werden: »Hast du Paul gesagt, dass ich dich um ein Treffen gebeten habe?«

»Nein, natürlich nicht.« Er legte ihr beruhigend die Hand auf den Arm, weil er merkte, dass mit Amelie etwas nicht stimmte. »Ich bin Kriminaler, Amelie. Wenn du ›dringend‹ schreibst, weiß ich, dass du mich allein sprechen willst. Also – was liegt an?«

Amelie schaute sich um, dann hob sie den Zeigefinger zum Zeichen, dass er kurz warten sollte, drehte ihm den Rücken zu und telefonierte über ihr Handy. Lockhardt überbrückte die Pause, indem er sich in einem erneuten Schwächeanfall doch noch einen Donut aus dem Karton angelte und erst einmal nur probeweise daran schnupperte.

Amelie beendete ihr Gespräch, steckte das Handy wieder weg und zog Lockhardt am Ärmel mit sich.

»Komm«, sagte sie, »ich muss mit dir reden. Aber nicht hier.«

Sie eilte in ihrem üblichen Tempo voraus, so dass Lockhardt Mühe hatte, ihr zu folgen und nebenbei sein Donut zu verdrücken.

Am Aufzug hielt sie an und wartete, bis eine junge hochschwangere Frau im Morgenmantel mit einem fahrbaren

Gestell herauskam, an dem ein Infusionsbeutel angebracht war.

Lockhardt starrte ihr nach, aber Amelie schob ihn in den Aufzug und drückte auf den Knopf für den fünften Stock. Sie stellte sich stumm neben ihn und wartete, bis sich die Tür schloss und der Aufzug nach oben in Bewegung setzte.

Lockhardt beäugte Amelie, die stur nach vorne blickte, fuhr sich mit einer Hand über seinen Stoppelbart und fing an herumzueiern. »Das trifft sich gut. Ich meine, dass wir alleine sind. Ich wollte sowieso mit dir reden, Amelie. Und dich was fragen.«

»Ja?«

»Es ist … na ja, es ist eine Frage an dich als Ärztin. Und nicht als Frau meines Kollegen, verstehst du?«

Amelie drehte sich zu ihm um. »Nein«, sagte sie. »Nein, ich verstehe nicht.«

Normalerweise fiel es ihr schwer, ihn ganz ernst zu nehmen, was seiner hünenhaften Figur, seinem Auftreten und seinem Hang geschuldet war, alles, was er sagte, ins Lächerliche zu ziehen und selbst am lautesten über seine zuweilen grenzwertigen Witze zu lachen. Aber er war kein schlechter Kerl, und sie mochte ihn. Diesmal aber schien er keinen seiner üblichen Scherze in petto zu haben, sein verlegenes Grinsen war echt.

»Du unterliegst doch als Ärztin der Schweigepflicht, auch deinem Mann gegenüber, oder?«, brachte er schließlich heraus.

»Selbstverständlich«, sagte sie, um es ihm ein bisschen

leichter zu machen. »Aber worauf willst du eigentlich hinaus?«

»Nun ja … es ist … es ist sehr privat«, druckste er herum und kratzte sich verlegen unter seiner Wollmütze. »Ich schlage mich innerlich schon lange damit herum, habe aber noch mit keiner Menschenseele darüber gesprochen.«

»Nicht mal mit deinen zwei Frauen?«

»Ach, hör mir damit auf. Die eine ist meine Ex, mit der würde ich sowieso nicht darüber sprechen. Sie versorgt mich mit genügend Ratschlägen, die ich nicht brauche. Nein, es ist etwas, das ich ganz allein mit mir abmachen muss.«

Er schniefte, was bei ihm ein untrügliches Zeichen dafür war, dass es sich um eine ganz intime Angelegenheit handeln musste.

Der Aufzug hielt an, die Türen öffneten sich.

Amelie blieb im Aufzug stehen, sah Lockhardt an und wartete darauf, dass er endlich mit seinem Problem herausrückte.

Es ist schon verrückt, dachte sie. Da will ich ihm erzählen, was mich bedrückt, und er fängt prompt damit an, mir seine Sorgen anzuvertrauen. Ob das an meinem weißen Kittel liegt?

Die meisten Menschen, mit denen sie zu tun hatte, wollten ihr Herz bei ihr ausschütten. Als Ärztin war sie für viele eine Art Ersatzseelsorger. Sie war das gewöhnt, das brachte ihr Beruf mit sich. Und sie nahm sich gern die Zeit für solche Gespräche, wenn der Klinikalltag es zuließ.

Amelie hielt die Hand vor den Sensor der Aufzugtüren,

bis Lockhardt endlich mit einem Seufzer heraustrat und ihr den menschenleeren Gang entlang bis zu einer zweiflügeligen Tür folgte. Langsam drückte sie die Klinke hinunter, ließ ihn eintreten und schloss dann die Tür hinter ihnen beiden.

FÜNF

Sie befanden sich in der Klinikkapelle, in der es leicht nach Weihrauch roch. Mit dem Schließen der Tür schien die profane Welt mitsamt ihren Geräuschen vollkommen ausgesperrt zu sein. Ein indirekt beleuchtetes Kreuz an der Rückwand dominierte den schlichten Raum, darunter, auf einem Podest, standen eine Vase mit weißen Lilien und Callas sowie eine brennende Kerze. Die Kapelle war mit drei Stuhlreihen versehen. Auf einem Pult lag ein aufgeschlagenes Buch, offensichtlich mit Eintragungen von Menschen, die ihre Ängste, Nöte und Fürbitten niederschreiben wollten.

Es war ein sehr dickes Buch.

»Hier sind wir ungestört, setz dich«, wies Amelie Lockhardt an und nahm selbst auf einem der Stühle Platz. Er sah sich zunächst ein wenig irritiert um, bevor er seinen Karton vorsichtig ablegte und einen Stuhl heranzog, was ein scharrendes Geräusch verursachte, das Amelie durch Mark und Bein ging. In einer entschuldigenden Geste hob er die Hände, bevor auch er sich ihr gegenüber hinsetzte.

»Entschuldige bitte«, sagte er. »Ich bin wirklich ein hoffnungsloser Fall. Vergiss, was ich gesagt habe. Ich bin deinetwegen hier, nicht umgekehrt. Wie kann ich dir helfen?«

Sie sah ihm direkt in die Augen und beschloss, gleich zur Sache zu kommen.

»Sag mir bitte, was mit Paul los ist. Du bist sein Partner und bester Freund. Hat mein Mann eine Affäre?«

Lockhardt zuckte leicht zurück und sah Amelie irritiert an. »Wie kommst du denn darauf?«

»Weich mir bitte nicht aus. Hat er?«

»Nicht dass ich wüsste. Hat er dir einen Grund für deinen Verdacht geliefert?«

»Das kann man wohl sagen …«

»Was hat er denn getan?«

»Nichts.«

»Nichts?«

»Mir kommt es vor, als wäre ich Luft für ihn.«

»Habt ihr euch gestritten?«

»Nein. Ich habe eher das Gefühl, ich bin für ihn nicht mehr vorhanden.«

»Er vernachlässigt dich?«

»Unter anderem, ja. Er vernachlässigt seine Familie. Er ist ja kaum noch zu Hause. Und wenn, dann schleicht er wie ein Gespenst durch die Wohnung.«

»Hör mal zu, Amelie, er steht als Leiter der Soko Rotkehlchen unter wahnsinnigem Stress. Die Verantwortung für ein ganzes Team und der Druck, den Täter zu fassen, bevor er noch mal zuschlägt – das alles ist schwer genug. Wir …«

Amelie hatte den Zeigefinger auf ihre Lippen gelegt, als Zeichen für Lockhardt, erst einmal zu schweigen und sie reden zu lassen.

»Abel«, sagte sie, »Paul ist seit ein paar Wochen nicht mehr der Mann, den ich geheiratet habe und mit dem ich seit zwölf Jahren zusammenlebe. Also sag mir die Wahrheit, ich bitte dich. Ich kann ihn so, wie er ist und wie er alles in sich hineinfrisst, nicht mehr ertragen. Er verschweigt mir irgendetwas. Und ich bin es leid, ihn danach zu fragen.«

Sie fixierte ihn immer noch mit ihrem Blick, und Lockhardt stellte fest, dass sie kurz davor war, ihre Fassung zu verlieren. Er hatte sie, die ausgeglichene, starke und selbstbeherrschte Dr. Amelie Simon, Fachärztin für pränatale Diagnostik, noch nie so angeschlagen erlebt. Er gab sich alle Mühe, so ehrlich wie möglich zu klingen, als er sagte: »Amelie, so wahr ich hier mit dir sitze: Er hat bestimmt keine andere.«

»Würde er es dir denn sagen, wenn es so wäre?«

»Ich weiß es nicht. Aber ich würde es garantiert merken. Wir sind jeden Tag zehn, fünfzehn Stunden zusammen ...«

»Und du merkst nicht, dass er sich verändert hat in letzter Zeit?«

»Amelie, bitte glaub mir: Er liebt dich, das weiß ich.«

Amelie biss sich auf die Lippen. »Daran habe ich auch nie gezweifelt. Aber jetzt bin ich mir nicht mehr so sicher. Manchmal kommt es mir vor, als wäre ein Fremder in unserer Wohnung.«

Lockhardt machte ein betretenes Gesicht. Er wusste nicht, was er sagen sollte.

»Und weißt du, was das Schlimmste ist?«, fuhr Amelie fort. »Er lügt mich an. Mein eigener Mann lügt mir ins Gesicht!«

»Weswegen?«

»Er verheimlicht mir etwas, das ihn wahnsinnig bedrückt. Und er sagt mir nicht die Wahrheit, wenn ich ihn danach frage. Aber ich weiß, dass es etwas Schlimmes sein muss. Etwas Furchtbares …« Sie schlug die Hände vors Gesicht. »Und ich … ich sage ihm auch nicht die Wahrheit. Ich kann es einfach nicht. Nicht wenn er mir so fremd ist …«

Lockhardt, ein Bär von einem Mann, überwand seine schüchterne Zurückhaltung und umarmte sie unbeholfen. Er spürte ihre Tränen an seinem Hals, als er leise sagte: »Welche Wahrheit, Amelie? Was kannst du ihm nicht sagen?«

Sie löste sich von ihm und sah ihn mit tränenverschmierten Augen und verzweifeltem Gesichtsausdruck an, bevor es aus ihr herausplatzte: »Ich bin schwanger!«

Er zuckte zurück, fasste sie mit den Händen an den Schultern und fragte: »Im Ernst?«

Sie nickte stumm.

Lockhardt fing an zu grinsen und breitete die Arme aus. »Dann weiß ich gar nicht, was du hast! Das ist doch eine wunderbare Neuigkeit!«

Sie blickte ihn verstört an, durch ihre verlaufene Schminke machte sie einen völlig desolaten Eindruck. Lockhardt griff in seine Hosentasche und brachte schließlich ein ungebrauchtes Papiertaschentuch zum Vorschein, das er ihr reichte.

Sie tupfte sich damit ab und schüttelte den Kopf. »Nein, das ist keine wunderbare Neuigkeit. Nicht, wenn er eine andere hat.«

Beschwörend redete Lockhardt auf sie ein. »Glaub mir, das bildest du dir nur ein! Wir stecken mitten in einem besonders schwierigen und hässlichen Fall. So etwas hatten wir noch nie, seit ich bei der Kripo bin. Aber du kennst Paul. Ich habe das Gefühl, dass er das Ganze aus irgendwelchen Gründen persönlich nimmt. Warum das so ist – darüber zerbreche ich mir auch schon den Kopf. Vielleicht weil ihm unser Boss eine Menge Verantwortung aufs Auge gedrückt hat. Aber das ist der einzige Grund, warum er derart neben der Kappe ist, wenn du mich fragst. Wenn er sich in einen Fall so verbeißt, dann ist er nicht mehr derselbe.«

»Vor ein paar Jahren war das schon einmal so. Das hat ihn damals beinahe kaputt gemacht. Und jetzt geht das wieder los …«

»Aber das ist sein Job! Und den nimmt er nun einmal sehr ernst.«

»Viel zu ernst, wenn du mich fragst.«

»Das stimmt.«

Amelie schnäuzte sich.

»Paul hat mir hoch und heilig versprochen, dass er sich nicht mehr so auffressen lässt, wie das schon mal passiert ist.«

Lockhardt erhob sich und tigerte auf und ab.

»Was soll ich dir sagen? Ich weiß, es ist ein einziger Albtraum. Für uns alle. Aber sobald wir den Täter haben, ist es vorbei. Und das wird schon bald der Fall sein, das kann ich dir versichern.«

»Woher willst du das wissen?«

»Weil wir so einen Täter immer erwischen. Eine ganze

Armada von Spezialisten ist auf ihn angesetzt. Er kann uns gar nicht entwischen, auch wenn er sich noch so sicher fühlt und seine perversen Spielchen mit uns treibt. Aber je mehr er von sich preisgibt, desto näher kommen wir ihm. Über kurz oder lang macht er einen Fehler oder geht zu weit. Und dann schnappen wir ihn uns. Das ist so sicher wie …« Er suchte nach einem Vergleich, fand ihn vor seiner Nase und breitete die Arme aus wie ein Prediger: »… wie das Amen in dieser Kapelle.«

Sie lächelte unter Tränen. »Wenn du das sagst …«

»Ich weiß, wovon ich spreche. Bei Morden dieser außergewöhnlichen Art liegt die Aufklärungsquote bei hundert Prozent. Wir geben nicht eher auf, bis wir ihn haben.«

Amelie atmete tief durch und versuchte, sich wieder in den Griff zu bekommen.

Lockhardt gab sich alle Mühe, überzeugend zu wirken, obwohl er selbst gar nicht so sicher war, wie er tat.

Aber eine Frage musste er Amelie noch stellen.

»Sag mal, Amelie, ahnt Paul irgendwas? Ich meine, von deiner Schwangerschaft?«

Sie schüttelte den Kopf. »Nein. Und ich möchte auf keinen Fall, dass du es ihm sagst, hörst du?«

»Natürlich nicht. Das ist einzig und allein deine Angelegenheit. Aber vielleicht solltest du es ihm sagen, bevor er es von selbst sieht!«

Traurig entgegnete sie: »Ich habe momentan das Gefühl, er würde es nicht mal merken, wenn ich im achten Monat vor ihm stünde.«

Lockhardt beugte sich in einem Anflug von Misstrauen

zu ihr hinunter und zwang sie, ihm in die Augen zu sehen. »Das Baby – du willst es doch, oder?«

Es dauerte eine Weile, bis sie zaghaft nickte.

Erleichtert richtete er sich wieder auf und lächelte in sich hinein. »Ich fasse es nicht. Lena bekommt ein Geschwisterchen. Na, die wird Augen machen!«

Amelie musste wider Willen auch lächeln. »Da bin ich mir gar nicht so sicher. Ob sie sich freut, meine ich.«

Lockhardt winkte ab. »Mach dir bloß keine Sorgen. Mit so was kenne ich mich aus. Am Anfang wird sie eifersüchtig sein, weil sie nicht mehr der einzige Liebling ihrer Eltern sein wird. Aber das legt sich. Und du wirst sehen: Sie wird dir mit Feuereifer zur Hand gehen, wenn das Baby erst mal da ist.«

»Das sagst du!«

Er klopfte sich stolz auf die Brust: »Du sprichst mit einem Experten! Immerhin bin ich Vater von vier Kindern. Ich weiß also, wovon ich rede!«

Amelie betrachtete ihr zerknülltes Taschentuch und wischte sich damit über die Augen. Dadurch machte sie alles nur noch schlimmer. »Mein Gott, ich muss ja schrecklich aussehen …«, murmelte sie.

Lockhardt machte ein gespielt skeptisches Gesicht. »Na ja, für das Titelbild der *Vogue* reicht es wohl nicht ganz.«

Sie sah ihn hilflos an.

Er winkte ab. »Scherz! Es ist nichts, was du nicht in zwei Minuten auf der Damentoilette wieder in Ordnung bringen kannst.«

»Danke, dass du dir das alles angehört hast.«

»Ich bitte dich!«

Amelie stand auf und deutete mit dem Kopf zur Tür. »Gehst du als Erster nach draußen und schaust, ob die Luft rein ist? So derangiert sollte mich wirklich niemand sehen.«

»Natürlich.«

Er wollte schon an ihr vorbei, aber sie hielt ihn fest. »Abel …«

»Ja?«

»Wenn wir schon dabei sind … Was wolltest du mir vorhin beichten?«

Er wand sich. Dass Amelie dieses Thema wieder anschnitt, war ihm unangenehm. »Ich weiß wirklich nicht, ob das jetzt der passende Augenblick ist. Ich glaube, es ist besser, wir reden ein andermal drüber.«

»Jetzt komm schon. Sag's mir. Darauf kommt's jetzt auch nicht mehr an. Raus mit der Sprache.«

Lockhardt atmete tief durch. »Also gut. Es ist so … Ich … ich will mich sterilisieren lassen.«

»Abel …«

»Das ist mein voller Ernst. Ich habe vier Kinder und liebe sie über alles, aber ich finde, dass es reicht. Und Elfie verträgt die Pille nicht …«

»Bist du dir sicher?«

»Absolut. Nach reiflicher Überlegung.«

»Dann sprich mit Elfie darüber.«

Er seufzte. »Die Sache muss vorläufig unter uns bleiben. Noch weiß kein Mensch von meinem Entschluss. Nicht einmal Paul.«

Amelie versiegelte sich mit einer Geste den Mund und warf den imaginären Reißverschluss weg.

»Dann willst du also meinen medizinischen Rat?«

»Ja«, sagte er. »Ich meine, es ist doch keine große Sache, oder? Und danach …«

»Danach verändert sich nichts. Außer, dass du keine Kinder mehr zeugen kannst. Selbst das lässt sich unter Umständen wieder rückgängig machen. Aber du musst das mit deiner Frau absprechen. Es ist eine Frage des gegenseitigen Vertrauens, findest du nicht auch? In solchen Dingen sollte man keine Geheimnisse vor seinem Partner haben.«

Er grummelte ein wenig, nickte aber dann.

»So viel zu Punkt eins«, fuhr Amelie fort. »Punkt zwei: Es ist ein kleiner ambulanter Eingriff. Wirklich keine große Affäre.«

Er verzog argwöhnisch das Gesicht. »Wirklich?«

»Wirklich.«

»Und danach … danach kann ich wie vorher?«

»Wenn du damit sagen willst, dass der Eingriff keinerlei physische Auswirkungen auf deine Potenz hat – ja, definitiv.«

»Garantierst du mir das? Dass ich danach noch einen hochkriege?«

»Was willst du? Mich verklagen, wenn du schlapp machst?«

Sie sahen sich an und mussten beide grinsen.

»Worauf du dich verlassen kannst!«, sagte Lockhardt.

Amelie verdrehte die Augen und schob ihn zur Tür.

»Männer«, sagte sie dabei mit leichtem Spott.

Er öffnete die Tür einen Spalt und spähte hinaus, dann drehte er sich zu ihr um. »Die Luft ist rein.«

Er umarmte sie kurz zum Abschied. »Pass auf dich auf. Ich meine, auf euch zwei …«

»Ich mache mir wirklich Sorgen um Paul. Bitte hab ein Auge auf ihn! Meinetwegen.«

»Mach ich. Du wirst sehen: Alles wird gut.«

Amelie nickte. Aber ihre Zweifel waren damit nicht ausgeräumt.

Nicht im Geringsten.

SECHS

»Was ist denn mit der Morgenbesprechung?«, fragte Lockhardt erstaunt, als er die Büroräume der Soko betrat. Alle Mitarbeiter, die nicht gerade im Außendienst waren, saßen konzentriert vor ihren Bildschirmen oder telefonierten eifrig.

Simon sah kurz von seinem Computerbildschirm auf. »Erstens wärst du sowieso zu spät dran, und zweitens ist die Besprechung verschoben worden, bis es wirklich neue Erkenntnisse gibt. Mehlich und Dr. Franke brauchen wohl noch ein wenig Zeit.«

»Was ist mit unserem Chef? Der besteht doch darauf …«

»Kriminaldirektor Schubert ist beim Innenminister zum Rapport. Ich vermute, er wird dort gerade zur Minna gemacht, weil wir immer noch keine Fortschritte vorzeigen können. Wenn du die Schlagzeilen der Zeitungen liest, kannst du dir vorstellen, was er da zu hören bekommt. Ganz abgesehen von Facebook und Twitter, wo ›Unfähigkeit‹ noch das freundlichste Attribut ist, das man uns um die Ohren haut. Der Vampirkiller ist inzwischen zum Politikum geworden.«

Lockhardt zuckte mit den Schultern. »Das war doch

nicht anders zu erwarten, oder?« Er zog seine Jacke aus und ließ sich in seinen Schreibtischstuhl gegenüber von Simon fallen. »Schubert wird seine Standpauke im Ministerium abholen und sie ohne Abstriche an uns weitergeben. Wann wird er denn zurückerwartet, damit ich mich rechtzeitig in die Kantine verabsentieren kann?«

»Erst am Nachmittag. Aber glaub bloß nicht, dass du dich verdrücken kannst. Bis dahin gehen wir noch mal alles durch und erstellen schriftliche Berichte, die auf dem neuesten Stand sind. Wie weit bist du mit Wischnewskis möglichem Doppelleben?«

»Wir graben tief, aber wir sind immer noch auf nichts Relevantes gestoßen. Und du?«

»Ich feile an meinem Profil.« Damit wandte Simon sich wieder seinem Text zu.

Lockhardt stöberte in seiner Geheimschublade herum, fand aber nichts, was ihn besonders angemacht hätte. Auf die plastikverschweißten Minisalamis, seine Notration, die in drei verschiedenen Variationen – classic, scharf und extra scharf – auf seinen Zugriff warteten, hatte er momentan keine Lust. Ihm war eher nach einem Koffeinschub.

Kaffee muss schwarz sein wie der Teufel, heiß wie die Hölle und süß wie die Liebe, dachte er und grinste in sich hinein. Er mochte diesen alten Spruch, der noch von seiner Großmutter stammte.

Also begab Lockhardt sich an die Kaffeemaschine und drückte ein paar Knöpfe, woraufhin sie röchelnd eine dunkelbraune Brühe absonderte. Während er überreichlich Zucker dazugab und umrührte, bemerkte er in Simons Richtung: »Du siehst nicht gerade aus, als ob du viel geschlafen hättest …«

»Gleichfalls. Was machen die Kinder?«

»Alle Gott sei Dank wieder wohlauf. Und bei dir? Was sagt Amelie eigentlich dazu, dass du dich zu Hause kaum noch blicken lässt?«

»Sie ist nicht gerade begeistert«, antwortete Simon geistesabwesend und hackte auf seine Tastatur ein.

Lockhardt setzte sich mit seinem Kaffeebecher auf die Schreibtischkante seines Kollegen. Eine ganze Weile sah er Simon nur zu, bis er sagte: »Weißt du, was mir aufgefallen ist?«

»Nein. Sag's mir.«

»Du hast doch diese Theorie aufgestellt, dass unser Täter ein Pädophilenhasser ist und sein Motiv eventuell darin besteht, mit ein wenig Selbstjustiz nachzuhelfen.«

»Wohl nicht ganz von der Hand zu weisen, oder?«

»Nein. Nur dass wir bei Wischnewski immer noch nichts Dementsprechendes gefunden haben. Und wie passt dann der Mord an Gitta van der Ville zu dieser These?«

Simon rollte mit seinem Stuhl vom Schreibtisch weg und streckte sich. »Eben gar nicht. Das ist es ja, was mich nicht schlafen lässt. Gitta van der Ville ist ein völlig unbeschriebenes Blatt. Wenn man mal davon absieht, dass sie schon x-mal wegen Geschwindigkeitsüberschreitung geblitzt wurde.«

»Hat eben auf der Überholspur gelebt – in jeder Beziehung.«

Endlich war der Kaffee so weit abgekühlt, dass Lockhardt ihn lautstark schlürfen konnte, bevor er konstatierte:

»Profitmaximierung durch gewinnbringende Scheidungen ist leider noch kein Straftatbestand. Aber vielleicht ein hinreichendes Motiv für einen Mord.«

»Gut möglich. Wer durchleuchtet eigentlich ihre Ehemänner? Das heißt, die Exgatten, die noch am Leben sind.«

»Zwei von ihnen haben Gitta van der Ville nicht überlebt. Sandra Kleinert ist an der Sache dran. Ich hab schon mit ihr gesprochen.«

Er zog sein Notizbuch zurate.

»Also, einer ist an Altersschwäche gestorben …«

»Welcher?«

»Ehemann Nummer eins. Ein gewisser Mansfeld. Mit einundachtzig. Todesursache Herzversagen. Der vierte Gatte, ein holländischer Gesichts- und Figurendesigner namens Frans van der Ville, starb durch einen Lawinenabgang beim Skifahren in der Schweiz. Keine Kinder, keine Verwandten. Gitta war Alleinerbin.«

»Bleiben noch zwei.«

»Richtig, Sternberg und Wernegg. Aber meiner Meinung nach ist das eine Sackgasse. Ich glaube nicht, dass Gittas Exmänner etwas mit ihrem Tod zu tun haben. Viel auffälliger finde ich den übereinstimmenden Modus Operandi bei allen drei Fällen.«

Simon zuckte mit den Schultern. »Vielleicht hat Gittas Mörder ganz einfach die Chance der Stunde genutzt und die gleiche Methode wie bei den beiden ersten Morden anwendet, um von sich abzulenken und die Schuld unserem Vampirkiller in die Schuhe zu schieben …«

Ihr übliches ungezwungenes Brainstorming, in dem jeder laut vor sich hin dachte, selbst auf die Gefahr hin, sich zu widersprechen oder zu wiederholen, wurde in diesem Augenblick abrupt vom Aufreißen der Tür unterbrochen. Mehlich kam hereingestürmt.

»Wir haben ein Bild von ihm«, trompetete er aufgeregt.

»Von wem?«, fragten Simon und Lockhardt gleichzeitig.

»Von unserem Vampirkiller«, meinte Mehlich grinsend und pfriemelte einen mitgebrachten USB-Stick in die entsprechende Schnittstelle des großen Flatscreen-Bildschirms. Die halbe Soko trat neugierig näher. Bevor er die Aufzeichnung startete, hielt Mehlich ein eingetütetes goldenes Handy in die Höhe.

»Ich hatte Gitta van der Villes Smartphone in der Mangel«, erklärte er. »Das haben wir in ihrer Manteltasche gefunden. Und siehe da – sie hat anscheinend ihren Mörder mit der Videofunktion aufgenommen, als er versuchte, auf offener Straße Kontakt zu ihr aufzunehmen. Es ist nicht viel, aber wenigstens etwas.«

Man sah die wacklige Aufnahme einer winterlichen Straße bei Sonnenlicht mit parkenden Autos auf beiden Straßenseiten und einen Mann mit dunkler Eskimojacke, Sonnenbrille und tief ins Gesicht gezogener Inkamütze, der auf die Kamera zuging.

»Aufgepasst – Ton ist auch dabei!«, kommentierte Mehlich und erhöhte die Lautstärke mit der Fernbedienung. »Was ihr da hört, ist Gitta van der Ville.«

»Ein Fingerdruck – und ich bin mit dem Notruf verbunden«, sagte eine weibliche Stimme. »Also, was wollen Sie?«

»Ein … ein Autogramm«, sagte der Mann mit der Inkamütze und der Sonnenbrille zögerlich. Dummerweise war von seinem Gesicht so gut wie nichts zu sehen, aber seine Gestalt war recht deutlich zu erkennen. Er sprach weiter, während er auf die Kamera zuging. »Ich kenne Sie aus der *Gala* … oder war es die *Bunte*? Egal, meine Freundin liest alles über Sie … Und sie möchte so gern ein Autogramm von Ihnen. Wenn sie erfährt, dass ich Ihnen zufällig persönlich begegnet bin und Sie nicht um ein Autogramm gebeten habe – sie würde mich glatt umbringen!«

Die Kamera wackelte, zeigte den Himmel, dann wieder Autos und den Mann mit der Inkamütze. Er folgte ihr, war aber immer noch nicht deutlich zu erkennen.

»Wie heißt denn Ihre Freundin?«, fragte die weibliche Stimme.

»Jetzt wird's interessant!«, rief Mehlich, und alle starrten gespannt auf den Bildschirm.

Der Mann nahm seine Sonnenbrille ab und steckte sie in die Innentasche seiner Jacke. Leider spiegelte sich in diesem Moment ein greller Sonnenreflex in der Kameralinse und überstrahlte alles. Dann gab es einen Wackler nach unten, sodass nur der Bauch des Mannes auf dem Bildschirm zu sehen war, während er sagte: »Ich habe hier einen Stift und die *Gala* mit Ihrem Foto auf Seite 18. Ein Autogramm – und Sie sind mich los …«

Die Kamera schwenkte weg und ging ganz aus.

»Das war's.« Mehlich fuhr noch einmal in Zeitlupe bis zu der Stelle zurück, an der man den Mann am besten erkennen konnte, dann schaltete er auf Standbild um.

Alle kamen noch ein Stück näher an den Bildschirm heran.

»Na ja, mit der komischen Mütze und dem Lichtreflex sieht man nicht gerade viel, aber immerhin besser als ein Phantombild. Obwohl unser bulgarischer Künstler ihn ganz gut getroffen hat«, meinte Lockhardt, der die Zeichnung von der Fotowand geholt hatte und sie zum Vergleich neben das Standbild hielt.

»Jedenfalls haben wir etwas Konkretes für die Öffentlichkeit, wenn unser Chef die nächste Pressekonferenz gibt«, sagte Simon, während die Kollegen wieder zurück an ihre Arbeitsplätze gingen. »Danke, Mehlich.«

Der Chef der Kriminaltechnik nickte und verschwand wieder.

Simon und Lockhardt sahen sich das Standbild des Mannes mit der Inkamütze eine Weile schweigend an, als wollten sie es für alle Zeiten auf ihrer Festplatte im Gehirn abspeichern. Dann ließen sie das Video noch einmal Frame für Frame ablaufen.

»Glaubst du das mit der Freundin?«, fragte Lockhardt, ohne seinen Blick vom Bildschirm abzuwenden.

»Nie und nimmer«, antwortete Simon. »Das ist ein aalglatter Lügner.«

»Und ein gottverdammter Glückspilz obendrein«, fügte Lockhardt hinzu. »Da vergisst er tatsächlich, Gittas Handy an sich zu nehmen, und dann ist er nicht mal richtig zu erkennen. Das gibt's doch nicht!«

»Ich bin mir sicher, er hat sich Gitta van der Ville nicht zufällig ausgesucht, sondern ganz gezielt«, entgegnete Simon.

»Richtig. Er wird sie über Tage, wenn nicht sogar Wochen beobachtet haben.«

»Und was sagt uns das?«

»Er wählt seine Opfer nicht willkürlich aus, sondern nach einem ganz bestimmten Prinzip, das wir immer noch nicht durchschaut haben.«

»Oder er will uns aufs sprichwörtliche Glatteis führen, indem er das dritte Opfer so auswählt, dass es willkürlich aussieht. Um bei uns Chaos zu stiften. Oder um uns auf eine falsche Fährte zu locken.«

»Durchaus denkbar«, meinte Lockhardt. »Angenommen, die Inszenierungen sollen so etwas wie Nachrichten an uns Bullen sein – kannst du dir einen Reim darauf machen? Zwei Männer, die nichts, aber auch gar nichts miteinander zu tun haben, und eine Frau, die Dauergast in den Klatschspalten von Promiblättern ist – wie passt das zusammen?«

»Tja, das ist die Eine-Million-Euro-Frage.«

»Vielleicht bringt der Publikumsjoker ja etwas«, schlug Lockhardt vor. »Ich mach mich mal daran, ein schönes Porträt unseres Vampirkillers für die Medien zu fabrizieren.«

Er ging mit dem Stick an den Arbeitsplatz der Kollegin, die den größten Bildschirm hatte und gerade nicht da war. Dort begann er nach der besten Smartphoneaufnahme des Täters zu suchen.

Währenddessen ging Simon am Bildschirm seines Laptops noch einmal durch, was er bisher geschrieben hatte. Da kam ein Bote mit seinem Wägelchen vorbei und legte einen Stapel Umschläge auf seinen Schreibtisch. Oberflächlich blätterte Simon seine Post durch. Einer der Umschläge war dicker als die anderen. Er war an ihn adressiert und trug keinen Absender. Simon nahm ihn sich vor und befühlte ihn. Im Umschlag steckte etwas, das ungefähr so groß war wie ein Daumen. Er hielt ihn ans Licht. Das selbstklebende Kuvert war billig und aus braunem Papier. Was ihn stutzig machte, war ein kleiner stilisierter Kaktus, der handschriftlich mit Kugelschreiber neben die Adresse gemalt war.

Vorsichtig öffnete er den Umschlag mit der Schneide seiner Papierschere und ließ den Inhalt auf seine Schreibtischplatte fallen.

Es war ein USB-Stick, schwarz, mit silbernem Bügel, ohne Markenbezeichnung. Ein billiges No-Name-Produkt. Schon vor dem Öffnen des Umschlags hatte Simon Vinylhandschuhe angezogen. Jetzt nahm er den Stick in die Finger und betrachtete ihn im weißen Licht seiner Schreibtischlampe genauer, doch von außen war nichts Besonderes zu sehen.

Im Umschlag selbst befand sich kein weiterer Hinweis.

Unauffällig sah sich Simon im Großraumbüro um. Alle hatten zu tun, niemand beachtete ihn. Er steckte den Stick in seine Hosentasche und versuchte, sich wieder dem Profil des Vampirkillers zu widmen. Eine geschlagene Viertelstunde starrte er auf seinen Bildschirm, ohne auch nur den kleinen Finger zu rühren.

Jetzt war vielleicht die letzte Gelegenheit, sich der Soko oder zumindest seinem Partner zu offenbaren und zu beichten, was passiert war, dass seine Familie bedroht wurde, von einem Unbekannten, der sich selbst der »unsichtbare Mann« nannte.

Oder war es längst zu spät für ein solches Geständnis?

Wenn er auspackte, die ganze Wahrheit erzählte – er würde auf der Stelle vom Dienst suspendiert werden. Davon war er überzeugt. In seinem Leben und in dem seiner Familie würde das Unterste zuoberst gekehrt werden, intimste Details würden ans Licht der Öffentlichkeit gezerrt werden, seine Familie würde zum Spielball der Medien mutieren.

Alles, nur das nicht.

Er war ohnehin schon viel zu weit gegangen. Nun musste er zusehen, wie er allein damit fertigwurde. Dass er den Kerl, der hinter der ganzen Sache steckte und sich auf seine Kosten ins Fäustchen lachte, fassen und unschädlich machen musste – das stand außer Frage.

Als Erstes musste er herausbekommen, was der Unbekannte eigentlich bezweckte und warum er es ausgerechnet auf ihn und seine Familie abgesehen hatte. Vielleicht wollte er ihm auf dem Stick alles beichten, sich offenbaren, sich stellen …

Der USB-Stick brannte förmlich in seiner Hosentasche.

Wie ein Stück Weißer Phosphor.

Er hatte in einem Zeitungsartikel gelesen, wie Phosphorbrandbomben am Ende des Zweiten Weltkriegs in der Ostsee verklappt worden waren und dass nun, über siebzig Jahre danach, Partikel davon am Strand angeschwemmt wurden, die man für Bernstein halten konnte. Wenn Touristen so ein Souvenir aufhoben und einsteckten, trocknete es in der Hosentasche und entzündete sich dann von selbst mit einer Temperatur von 1300 Grad, heißer als eine Napalmbombe im Vietnamkrieg.

Mit dem Stick in der Hosentasche konnte Simon nicht warten, bis er abends nach Hause kam. Er musste hier und jetzt erfahren, was für eine kranke Botschaft der »unsichtbare Mann« ihm nun wieder zukommen ließ.

Kurz entschlossen klappte er seinen Laptop zu und marschierte damit zur Herrentoilette. Jeden Augenblick rechnete er damit, dass sich das Ding in seiner Hosentasche von selbst entzündete und ihn auf der Stelle in Flammen aufgehen ließ, was natürlich irrationaler Quatsch war.

Aber schließlich stammte es vom »unsichtbaren Mann«.

Und dem war wirklich alles zuzutrauen.

SIEBEN

Am Waschbecken in der Herrentoilette merkte Simon erst am seltsamen Blick eines Kollegen aus dem Dezernat für Wirtschaftskriminalität, dass er noch die Vinylhandschuhe anhatte. Er zog sie aus und warf sie in den Abfalleimer. Dann wusch er sich so lange die Hände, bis er sich sicher sein konnte, dass niemand mehr da war. Er inspizierte jede einzelne Kabine. In der letzten sperrte er sich ein, setzte sich auf den geschlossenen Toilettensitz und klappte seinen Laptop auf, den er auf seinen Oberschenkeln positioniert hatte. Er griff in seine Hosentasche, steckte den Stick in die dafür vorgesehene Anschlussbuchse und öffnete die einzige Datei, die sich darauf befand. Es war ein Videoclip.

Simon startete ihn.

Was er sah, ließ ihm buchstäblich das Blut in den Adern gefrieren.

Nachdem er sich das Video angesehen hatte, klappte Simon den Laptop zu und schaffte es gerade noch, den Deckel samt Klobrille hochzuklappen, bevor er sich mehrmals heftig übergeben musste, bis er nur noch brennende Galle würgte.

Endlich ließen die Bauchkrämpfe nach, die er so heftig noch nie erlebt hatte, und er konnte wieder japsend Luft holen.

Jemand klopfte an seine Kabinentür.

»Alles in Ordnung bei Ihnen?«, erkundigte sich eine besorgte männliche Stimme.

Simon schaffte es mit Müh und Not, die Spülung zu betätigen und »Geht schon wieder, danke!« zu rufen.

Er wartete, bis sich sein barmherziger Samariter verzogen hatte, dann erst wagte er sich aus seiner Kabine und ging an eines der Waschbecken, wo er seinen Mund ausspülte und das von kaltem Schweiß überzogene Gesicht wusch.

Als er sich und seine geröteten Augen im Spiegel betrachtete, kam es ihm einen beängstigend langen Moment so vor, als sähe er einem Wildfremden ins Gesicht. Er zog ein Papiertuch nach dem anderen aus dem Metallspender, trocknete sich damit das Gesicht ab und warf die benutzten Tücher wütend in den Abfalleimer.

Sein Blick fiel auf den Laptop und den darin steckenden Stick. Auf einmal war es vorbei mit dem kümmerlichen Rest seiner Selbstbeherrschung. Wie ein Rasender boxte er mehrmals gegen den Papierspender an der Wand, bis dieser völlig verbeult war und seine Knöchel blutig waren.

Roland Cranziani, ein junger Streifenpolizist im zweiten Dienstjahr, der eben den Vorraum betrat, traute seinen Augen nicht, als er Kriminalhauptkommissar Simon mit blutiger Faust vor dem völlig demolierten Papierspender stehen sah. Er wollte ihn ansprechen, aber Simon schaute durch ihn hindurch, wandte sich ab, packte seinen Laptop und stürmte wortlos aus dem Vorraum.

Cranziani brauchte ein paar Sekunden, bis er reagierte und dem Kommissar hinterhereilte.

Doch als er auf den Gang hinaustrat, war Paul Simon schon spurlos verschwunden.

TEIL IV

Apokalypse

EINS

Während Lockhardt noch damit beschäftigt war, das Optimum an Schärfe aus einem Videostandbild herauszuholen, das Mehlich auf dem Smartphone des dritten Mordopfers gefunden hatte, war Paul Simon aus dem Präsidium verschwunden.

Für einen kurzen Augenblick hatte Lockhardt seinen Partner noch gesehen, als dieser mit seinem Laptop unter dem Arm ins Großraumbüro geschossen kam, seinen Mantel vom Haken riss und ohne ein Wort der Erklärung oder des Abschieds hinausstürmte, als wäre der Teufel hinter seiner armen Seele her.

Zunächst hatte sich Lockhardt nichts weiter dabei gedacht. An Simons zuweilen exzentrische und eigenwillige Spontanhandlungen hatte er sich längst gewöhnt. Aber normalerweise hätte er wenigstens »Komm mit!« gesagt und ihn im Auto darüber aufgeklärt, hinter was oder wem er her war.

Sollte es aber um eine familiäre Angelegenheit gehen – und das lag seit dem Gespräch mit Amelie in der Klinikkapelle nahe –, fand Lockhardt es schon befremdlich, wenn er von Simon nicht wenigstens kurz darüber informiert wurde. Schließlich waren sie nicht nur beruflich Partner, sondern auch Freunde, die sich vertrauten.

Zumindest hatte er das geglaubt. Doch seit heute Morgen zweifelte er daran. Sein Freund trug offenbar ein dunkles Geheimnis mit sich herum, in das er nicht einmal seine Ehefrau eingeweiht hatte.

Geschweige denn ihn, Abel Lockhardt.

Da er Amelie versprochen hatte, auf ihren Mann aufzupassen, hatte er im Lauf des Tages ein bisschen genauer hingeschaut. Doch ihm war eigentlich nichts Besonderes an Simons Verhalten aufgefallen. Er war wie immer, verhielt sich wie immer. Höchstens wirkte er ein wenig geistesabwesender und nachdenklicher als sonst, das konnte aber auch an der momentanen Ehekrise liegen.

Wie viele davon hatte er selbst schon hinter sich? Unzählige, ob mit seiner Ex oder mit seiner jetzigen Frau Elfie – seine Beziehungen waren stets eine einzige Achterbahnfahrt gewesen. Immerhin war es zu keiner Sekunde langweilig. Simon hatte sich seine Geschichten immer geduldig angehört. Was hatte er seinem Partner alles aufgetischt, ob dieser wollte oder nicht. Lockhardt verlangte nicht, dass Paul den Eheberater spielte oder seinen Senf dazugab, es reichte ihm, wenn er sich seinen familiären Müll von der Seele reden konnte.

Paul Simon hingegen hatte nie erwähnt, dass er Streit mit Amelie gehabt hätte oder sauer auf sie gewesen wäre. Erst jetzt fiel Lockhardt auf, dass sein Partner nie von seiner Familie gesprochen hatte. Nein, korrigierte er sich, von seiner Tochter Magdalena hatte er ihm durchaus erzählt. Aber das war naheliegend, schließlich war Abel vierfacher Vater und kannte sich mit sämtlichen vorpubertären Trotzphasen aus, insbesondere weiblichen.

Seltsam, dass ihm erst jetzt auffiel, wie wenig er über seinen Partner wusste. Jetzt, da Paul spurlos verschwunden war. Sein Handy war ausgeschaltet, am Festnetzanschluss meldete sich nur der Anrufbeantworter. Lockhardt wollte lieber nicht bei Amelie anrufen und fragen, ob sich ihr Mann bei ihr gemeldet hatte. Nicht, solange sie sich ohnehin um Paul sorgte und davon ausging, dass Lockhardt ihn nicht aus den Augen ließ, wie er es ihr versprochen hatte. Wenn er jetzt bei Amelie anrief, würde er alles nur noch schlimmer machen.

Dass Simon, ohne sich abzumelden, außer Haus war, wäre normalerweise auch kein Beinbruch gewesen, aber ausgerechnet jetzt hatte der Kriminaldirektor kurzfristig eine dringende Sitzung einberufen, an der zu Lockhardts großem Erstaunen auch Ehret und Schwarzbach von der Internen Ermittlung mit so ernsten Mienen teilnahmen, dass man annehmen konnte, sie bereiteten sich innerlich auf ein Staatsbegräbnis vor.

Irgendetwas Grundlegendes musste passiert sein, den steinernen Gesichtern nach zu urteilen, die Lockhardt erwarteten, als er das Büro des Kriminaldirektors betrat.

»Warum ist Ihr Partner Paul Simon nicht hier?«, erkundigte sich Schwarzbach mit einem drohenden Unterton.

»Ich habe keine Ahnung, wo er steckt«, erklärte Lockhardt. »Aber er wird sich schon melden. Ich bin sein Partner, also sagen Sie mir doch bitte, was eigentlich los ist!«

Er hatte nicht vor, Simon allzu sehr in Schutz zu nehmen, weil er wusste, dass Simon ihm einiges verschwiegen hatte und damit das Grundvertrauen zwischen ihnen mutwillig aufs Spiel gesetzt hatte. Zugleich sah er nicht ein, sich von den Kollegen unter Druck setzen zu lassen. Sollten sie ihm drohen, würde er stoisch bei seiner Linie bleiben, erst einmal von nichts zu wissen, bis sie alle Karten vor ihm auf den Tisch legten.

»Glauben Sie mir«, fuhr Schwarzbach fort, »Sie tun Simon und vor allem sich selbst nicht den geringsten Gefallen, wenn Sie denken, sie müssten sich aus falsch verstandener Kumpanei schützend vor Ihren Partner stellen. Sie wissen doch bestimmt, wo er steckt.« Dabei hatte er ein derart falsches Grinsen im Gesicht, dass nicht einmal ein Praktikant in der zweiten Woche – wenn es ihn denn bei der Kripo gegeben hätte – auf ihn hereingefallen wäre.

»Ich wüsste nicht, wovor ich meinen Partner schützen sollte. Und ob Sie's glauben oder nicht – wir sind nicht verheiratet. Ich weiß nicht immer, wo er sich herumtreibt, und umgekehrt. Wie wäre es, wenn Sie mir endlich mitteilen würden, was Sie ihm vorzuwerfen haben?«

Lockhardt entging nicht, dass Kriminaldirektor Schubert, Ehret und Schwarzbach sich Blicke zuwarfen, als stünde die Apokalypse vor der Tür. Das war wahrlich ein schlechtes Zeichen. Lockhardt rutschte unruhig auf seinem Stuhl hin und her. Er hatte schon manche Überraschung erlebt, aber dass zwei Leute von der Internen sich in einen aktuellen Fall einmischten, der unter Hochdruck und unter Einsatz aller verfügbaren Ressourcen bearbeitet wurde – das war nun wirklich eine Premiere.

Fieberhaft dachte er darüber nach, weshalb Kriminaldirektor Schubert so schwere Geschütze auffahren ließ. Dafür musste es triftige Gründe geben. In diesem Moment hob Schubert die Hand, um dem Ganzen Einhalt zu gebieten.

»Ich fürchte, Lockhardt, Ihnen ist der Ernst der Lage nicht bewusst, in der sich Ihr Partner befindet.«

»Ja – wie denn auch?«, protestierte Lockhardt. »Wenn sich keiner von Ihnen bequemt, mir klipp und klar zu sagen, was überhaupt Sache ist und was Sie Paul Simon konkret vorzuwerfen haben?«

»Wo ist er?«, insistierte Schwarzbach in einem Ton, der an Schärfe nicht mehr zu überbieten war. Sein falsches Grinsen war inzwischen komplett aus seinem Gesicht verschwunden.

»Ich weiß es nicht!«, gab Lockhardt genauso laut und scharf zurück, bevor er sich wieder zurücklehnte und einen moderaten Ton anschlug. »Er wird wohl einer Spur nachgegangen sein, die sich plötzlich aufgetan hat und die ihm vielversprechend vorkam.«

»Warum hat er Sie dann nicht entsprechend ins Bild gesetzt, wie es seine Pflicht gewesen wäre?«, wollte Ehret wissen, die ein wenig konzilianter klang, aber Lockhardt damit keineswegs täuschen konnte.

Immer dasselbe alte Spielchen, dachte er. Good girl, bad guy – aber darauf falle ich nicht herein.

Geduldig wiederholte er, was alle schon wussten: »Weil Simon nun mal ein Einzelgänger ist.«

»Das ist kein Argument«, unterbrach ihn der Kriminaldirektor barsch, »und das wissen Sie genau, Lockhardt. Simons Extravaganzen in allen Ehren, aber ich habe ausdrücklich angeordnet, dass ich keine Alleingänge mehr dulde! Insbesondere in diesem Fall, der absolute Priorität hat, darf es niemanden geben, der aus der Reihe tanzt.«

»Bei allem Respekt, Herr Kriminaldirektor – aber wenn Simon nicht aus der Reihe getanzt wäre, hätten wir den Jungen im Einödhof niemals gefunden. Zumindest nicht lebend.«

»Lassen wir diese alten Geschichten!«, fiel Schwarzbach ein. »Das zählt hier und heute nicht mehr. Im Gegenteil …«

»Im Gegenteil?«

Lockhardt holte tief Luft zu einer geharnischten Gegenrede, aber Marion Ehret ließ ihn gar nicht erst zu Wort kommen.

»Ich glaube, es ist an der Zeit, dass wir Herrn Lockhardt aufklären«, meinte sie und warf Schubert und Schwarzbach einen beredten Blick zu, der beide zustimmend nicken ließ.

Der Kriminaldirektor griff zum Telefon. »Schicken Sie ihn rein!«, kommandierte er in den Hörer und knallte ihn wieder auf die Gabel.

Allmählich wurde die Situation ungemütlich, fand Lockhardt. Jetzt war er doch gespannt, was die Dreierbande vor ihm für ein Kaninchen versteckt hatte, das sie nun aus dem Hut zaubern wollte.

Das Kaninchen war Dr. Franke, der in seinem üblichen Aufzug mit wehenden weißen Kittelschößen hereinkam. Er musterte Lockhardt durch seine starke randlose Brille mit so vorwurfsvollem Blick, dass sich Lockhardt vorkam wie in der Schule, wenn er wieder einmal seine Hausaufgaben nicht gemacht hatte.

»Bitte, Herr Dr. Franke«, sagte Kriminaldirektor Schubert, »schildern Sie doch dem Kollegen Lockhardt, was Sie mir vor einer Stunde unter vier Augen mitgeteilt haben. Ich darf doch davon ausgehen, dass Sie Ihre Erkenntnis angesichts der Brisanz Ihrer Untersuchungsergebnisse einstweilen strikt für sich behalten haben?«

»Aber selbstverständlich, Herr Kriminaldirektor«, versicherte Dr. Franke unterwürfig, bevor er loslegte.

»Natürlich stehe ich mit meinen Leuten erst am Anfang meiner Untersuchungen. Das ist kein Wunder angesichts der Fülle an Material, das wir am Fundort der Leiche von Gitta van der Ville vorgefunden haben. Die Untersuchung braucht ihre Zeit. Normalerweise gehen wir lehrbuchmäßig Schritt für Schritt vor … Nichtsdestotrotz habe ich einige Tests, die mir subjektiv vorrangig erschienen, vorgezogen. Insbesondere habe ich mich auf die Blutspuren des Täters konzentriert, dessen Blutgruppe, wie allen Anwesenden hinlänglich bekannt sein dürfte, seit dem Mord in der Fraunhoferstraße eindeutig belegt ist. Es handelt sich dabei um die Blutgruppe Null, Rhesusfaktor positiv.«

Lockhardt verschränkte die Arme. Dr. Franke schwenkte ein paar zusammengefaltete Zettel, die er aus seiner Manteltasche gezogen hatte, und machte mit seinem Vortrag weiter.

»Die Blutgruppe allein ist natürlich kein besonders aussagekräftiges Beweismittel, da sie bei einem Großteil der Bevölkerung vorkommt. Aber sie ist schon mal ein wichtiger Faktor im Ausschlussverfahren. Desweiteren habe ich beschleunigte DNA-Tests bei den Blutspuren durchgeführt, die vom Täter stammen müssen. Alle sind identisch. Dabei ist mir etwas aufgefallen, was unsere Ermittlungen in einem ganz neuen Licht erscheinen lässt …«

»Und das wäre?«, versuchte Schubert die Erläuterungen des Arztes zu beschleunigen, indem er dazu eine entsprechende Handbewegung machte.

»Kurz gesagt, die DNA der Blutspuren auf einem von mir untersuchten Gegenstand, der zunächst nicht mit dem Täter in Verbindung gebracht wurde, lässt nur eine Schlussfolgerung zu: Kommissar Paul Simon ist der Täter.«

Lockhardt sprang auf. »Das ist doch vollkommen absurd! Sie müssen sich geirrt haben! Sie haben irgendwelche Proben durcheinandergebracht und verwechselt!«

Dr. Franke schüttelte energisch den Kopf. »Tut mir leid. Ein Irrtum ist unmöglich. Eine Kontamination oder eine sonstige versehentliche Verschmutzung ist ausgeschlossen. Ich muss zugeben, ich habe zunächst meinen eigenen Augen nicht getraut. Deshalb bin ich alles noch einmal Schritt für Schritt mit meinem Assistenten durchgegangen. Dabei sind wir zum gleichen Ergebnis gekommen wie beim ersten Mal. Jeder Zweifel ist ausgeschlossen. Sie können mir glauben, dass ich sonst nicht hier stünde. Mir ist die schwerwiegende Konsequenz dieses Ergebnisses klar. Aber die Analyse des Bluts auf Beweisstück 172 A aus der Villa van der Ville ergibt eindeutig, dass die DNA identisch ist mit der des Täters im Einödhof und in der Fraunhoferstraße. Außerdem stimmen sie mit der DNA der Blutspuren auf der Straße überein, wo das dritte Opfer überfallen worden ist, und auf den Schlittschuhen, mit denen sich das Opfer gegenüber dem Täter zur Wehr gesetzt hat.«

»Verstehen Sie jetzt, warum wir Paul Simon so schnell wie möglich sprechen müssen?«, wandte sich Schwarzbach mit süffisantem Unterton an Lockhardt.

Allein dafür hätte er ihm am liebsten mit der Faust eine Antwort in sein fettes Grinsen genagelt, aber er riss sich am Riemen, weil er selbst noch viel zu geschockt war.

Der Vorwurf, den Dr. Franke in den Raum gestellt hatte, war ungeheuerlich. Lockhardt war von der Unschuld seines Partners nach wie vor fest überzeugt. Niemals würde Paul Simon solche Morde begehen, niemals.

Wenn Dr. Frankes Analyse fehlerfrei war, wovon man ausgehen konnte, dann musste der Fehler woanders liegen. Wäre Franke nicht hundertprozentig von seiner These überzeugt, hätte er sich nicht an Kriminaldirektor Schubert gewandt, da war sich Lockhardt absolut sicher. Einen solchen Vorwurf setzte man nicht leichtfertig in die Welt, erst recht nicht, wenn man wie Dr. Franke auf die Karriereleiter schielte.

»Und was bitte, Herr Dr. Franke, ist Beweisstück 172 A?«, erkundigte sich Lockhardt.

Dr. Franke war auf die Frage vorbereitet. Er griff in seinen mitgebrachten altmodischen Ärztekoffer, der zu seinem Markenzeichen geworden war, und zog eine Beweismitteltüte heraus, die mit »172 A« beschriftet war. Stumm hob er sie in die Höhe und zeigte sie allen Anwesenden.

»Und was ist da drin?«, fragte Lockhardt.

»Das, meine Dame, meine Herren«, erklärte Dr. Franke mit allem Pathos, zu dem er fähig war, »das ist der mit den Fingerabdrücken von Bogdan Popa übersäte und zur Waffe umfunktionierte Schraubenzieher, mit dem dieser auf den Arm von Kriminalhauptkommissar Paul Simon eingestochen hat. Also klebt unzweifelhaft das Blut von Paul Simon daran. Die DNA darauf stimmt mit der DNA des Täters überein, der für die drei Morde verantwortlich ist, die wir ihm bisher zuschreiben. Ich kann Ihnen versichern, diese Feststellung hält vor jedem Gericht der Welt stand.«

Der Schraubenzieher und Dr. Frankes Argumentation brachten sogar Lockhardt zum Schweigen. Was sollte er dem auch entgegensetzen? Das musste er erst mal verdauen. Er hatte den Eindruck, dass es den anderen genauso ging. Der gesuchte Serienkiller ein Mann aus den eigenen Reihen! Ein gefundenes Fressen für die Medien!

Lockhardt konnte sich schon ausmalen, was für einen Aufstand im Blätterwald es geben würde, wenn die Tatsache sich wie ein Lauffeuer über alle Medien verbreitete, dass ein Kommissar der Kripo für die unfassbar grausamen Morde verantwortlich war, die er selbst aufklären sollte.

Was für ein Skandal!

Was für negative Auswirkungen auf die Münchener Kriminalpolizei im Speziellen und das allgemeine Vertrauen in die Polizei im Allgemeinen!

Und was für Auswirkungen auf Amelie und Magdalena!

Lockhardt mochte gar nicht daran denken – ein Shitstorm im Netz war ein laues Lüftchen gegen das, was auf sie zukommen würde.

Allmählich sickerte das Gift des schrecklichen Verdachts in Lockhardts Kopf ein, dass sein Freund Paul Simon tatsächlich schuldig sein könnte und sie alle betrogen hatte – von den Kollegen in der Soko über seinen besten Freund bis hin zur eigenen Frau.

Ein größerer Abgrund an Verrat war nicht möglich.

ZWEI

Als Simon endlich das Polizeipräsidium hinter sich gelassen hatte und in seinem Dienstwagen saß, machte er etwas, das er noch nie ohne triftigen Grund getan hatte: Er klemmte das Blaulicht aufs Autodach, schaltete es an, aktivierte die Sirene und pflügte ohne Rücksicht auf Verluste durch den dichten Verkehr der Landeshauptstadt. Dass er dabei sämtliche Regeln der Straßenverkehrsordnung brach und aus mehr oder weniger privaten Gründen eine dringende Fahndungsfahrt vortäuschte, war ihm vollkommen egal.

Das Einzige, was zählte, war, dem Mann zuvorzukommen, der anscheinend einen Gang höher geschaltet hatte und nun Simon mit einem banalen, aber teuflischen Videoclip verhöhnte, in dem er die Rolle eines Herrn über Tod und Leben der Familie Simon spielte. Ein kleiner bespielter USB-Stick reichte aus, um Simon zu demonstrieren, wozu er in der Lage war.

Simon hatte nicht den geringsten Anhaltspunkt, was die Identität des »unsichtbaren Mannes« betraf. Ihm lag nur das Profil des Vampirkillers vor, an dem er seit dem ersten Mordfall arbeitete und feilte. Inzwischen hatte sich eine Menge Material angesammelt. Aber was nützte das, wenn das Subjekt, um das es ging, nach wie vor ein Phantom war, ein Gedankenkonstrukt aus konkreten und spekulativen Elementen, psychologisch fundiert, dem aber trotzdem die Hauptsache fehlte: ein Name und ein richtiges Gesicht, nicht nur eine Skizze oder ein undeutlicher Fleck auf einer verwackelten Handyaufnahme.

Das Video, das Simon sich auf der Toilette im Präsidium angesehen hatte, zeigte eine Parallelwelt, wie sie nur im Hirn eines psychopathischen Mistkerls existieren konnte. Eines Mannes, der sich daran aufgeilte, andere Menschen in Angst und Schrecken zu versetzen und durch die Kenntnis von intimen familiären Details so in die Enge zu treiben, dass sie begannen, an ihrem eigenen Verstand zu zweifeln. Paul Simon hatte er schon fast so weit. Als auf dem Bildschirm das Monster mit dem Nachtsichtgerät zu sehen war, das sich selbst im Badezimmerspiegel der Familie Simon abgelichtet hatte und Paul indirekt zu einer Führung durch seine eigene Wohnung einlud, setzte im ersten Moment sein Herzschlag aus.

Aber es half alles nichts – er war dazu verdammt, sich das ganze Video reinzuziehen, auch wenn ihm dabei immer schlechter wurde, je länger er das mit ansehen musste, was der Eindringling unbarmherzig mit der Kamera seines Handys aufgenommen hatte.

Wie er durch die Wohnung geisterte, als wäre er ein unsichtbarer Dämon, der das Kinderzimmer aufsuchte und Magdalena *berührte*, ein Dämon, der das elterliche Schlafzimmer betrat, das Ehebett mit Amelie und ihm selbst, der alle Grenzen austestete und offensichtlich Gefallen daran fand, sich heimlich in das Leben von anderen Menschen einzuschleichen wie ein Parasitenwesen.

Der Vergleich mit den Dementoren bei Harry Potter, die die Seele ihrer Opfer aussaugten, war gar nicht so weit hergeholt, dachte Simon.

Das Video anzusehen und sich klarzumachen, dass es echt war, dass das alles wirklich geschehen war – einen ähnlich schmerzhaften Prozess hatte er nur einmal durchgemacht, damals, als er zu tief hinabgestiegen war in den neunten Kreis der Hölle, dort, wo sich Luzifer selbst aufhielt, als er es mit einem Täter zu tun hatte, der ohne die geringste Spur von Gewissen oder Moral mordete und seine Opfer zerstückelte und dann, nach seiner Festnahme durch Simon, versuchte, den Kommissar durch seine manipulativen Kräfte in seine dunkle Gedankenwelt zu ziehen.

Nachdem er eine tiefe Depression durchlaufen und nur mithilfe seiner Frau überstanden hatte, hoffte er inständig, dass er eine solche Erfahrung nie wieder machen musste. Nie mehr würde er einem dieser Monster in Menschengestalt erlauben, sich in seinem Gehirn einzunisten wie ein anfangs winziger Schädling, der unmerklich größer und größer wurde, um am Ende die Herrschaft über dessen Ich zu übernehmen und seinen Wirt um den Verstand zu bringen.

Schon einmal hatte er einem Musterexemplar dieser Spezies gegenübergesessen.

Und er wusste, dass es von Grund auf böse war.

Es war seine Bestimmung.

Damals hatte er noch die Wahl gehabt, es zu beenden, indem er in einem unglaublichen Willensakt aufstand, den

Hochsicherheitstrakt des Gefängnisses verließ und nach Hause ging.

Jetzt war es wieder so weit.

Erneut sah er sich mit dem Bösen konfrontiert, nur mit dem einen Unterschied, dass er dem Monster und seinen perversen Spielchen hilflos ausgeliefert war. Und zwar nicht nur er selbst, sondern auch seine Familie, was noch viel, viel schlimmer war. Simon kam es so vor, als würden sich beim Gedanken daran seine Eingeweide nach außen stülpen vor Schmerz und Ekel und Wut.

Während er sich durch den Verkehr wühlte, zwang er sich zur Konzentration. Viele Handlungsoptionen hatte er nicht, und er konnte sich auch niemandem anvertrauen, dafür war es zu spät. Er ahnte, dass der Täter die Morde nur begangen hatte, um ihn, Simon, am Galgen baumeln zu sehen.

Doch was hatte er getan? Wodurch war er für den »unsichtbaren Mann« zu einem Objekt der Rache, der Zerstörungswut geworden?

Das war es, was er herausfinden musste.

Er spürte, dass ihm dazu nicht mehr viel Zeit blieb. Der dritte Mord, der zu dem Zeitpunkt stattgefunden hatte, als er selbst ganz in der Nähe gewesen war – das war der Fingerzeig für Simon, dass der »unsichtbare Mann« ihm seine Taten aufbürden, ihm seine Morde in die Schuhe schieben wollte.

Noch nie in seinem Leben hatte er einen solch brennenden Hass auf einen anderen Menschen verspürt.

Er war so weit, dass er sich durchaus vorstellen konnte zu

morden – um seine Familie zu schützen und um zu seinem eigenen Seelenfrieden zurückzufinden.

Der unsichtbare Mann hatte ihn dazu gebracht, noch einmal hinabzusteigen, dorthin, wo man jegliche Menschlichkeit verlor und eins wurde mit den eigenen Dämonen, ob man wollte oder nicht.

Paul Simon gab Gas und überholte eine ganze Reihe von Fahrzeugen, indem er zusätzlich noch die Lichthupe betätigte. Dabei hoffte er, dass alle anderen Verkehrsteilnehmer so vernünftig waren, ihm auszuweichen.

Sein Entschluss stand fest: Er musste seine Tochter und seine Frau in Sicherheit bringen, bevor er seinen Rachefeldzug startete, der ihn ins Herz der Finsternis führen würde. Er musste den »unsichtbaren Mann« zur Strecke bringen, bevor er von ihm zur Strecke gebracht wurde.

Rücksichtslos überquerte Simon eine Kreuzung, obwohl die Ampel rot zeigte. Hinter ihm hupte es, Bremsen kreischten, aber es kümmerte Simon nicht. Nur das, was vor ihm lag, zählte.

Er schlängelte sich weiter durch den wild hupenden Gegenverkehr, nahm eine freie Einbahnstraße entgegen der Fahrtrichtung und legte vor dem Wittelsbacher-Gymnasium eine Vollbremsung hin. Während er den Wagen mit laufendem Motor und blinkendem Blaulicht auf der Straße stehen ließ, stürmte er durch den Haupteingang des Gebäudes.

Es war noch Unterrichtszeit. Simon eilte durch die leeren Gänge, in denen es nach Schweiß und Desinfektionsmitteln roch. Im Sturmschritt nahm er die Stufen in den zweiten Stock. Das Klassenzimmer seiner Tochter kannte er noch vom letzten Elternsprechtag. Ohne anzuklopfen, riss er die Tür auf und blickte in die überraschten Gesichter der Klassenlehrerin Frau Hanke und der Schüler.

Der Platz seiner Tochter war unbesetzt.

»Wo ist Magdalena?«, fragte er ohne Umschweife.

»Sie wurde abgeholt. Vor einer Stunde«, antwortete Frau Hanke.

»Von wem?«

»Von Ihrer Frau.«

DREI

»Gehen wir das Ganze doch systematisch an, bevor wir schlafende Hunde wecken«, schlug Marion Ehret vor und blickte in die Runde. Dr. Franke räumte das Beweisstück 172 A wieder in seinen Arztkoffer zurück. Ehret wartete ab, bis er fertig war, und nickte ihm dann zu. »Danke, Herr Dr. Franke, das wär's vorläufig. Wir lassen Sie wieder rufen, falls wir Sie brauchen.«

Dr. Franke wandte sich schon zum Gehen, als Schubert hinzufügte: »Es versteht sich von selbst, dass das, was Sie uns mitgeteilt haben, bis auf Weiteres unter uns bleibt! Top secret – haben wir uns da verstanden?«

»Jawohl«, antwortete Dr. Franke. »Voll und ganz.«

»Gut«, meinte Schubert und seufzte. »Sie können gehen.«

Am liebsten hätte Lockhardt zusammen mit Dr. Franke den Raum verlassen, aber er musste in den sauren Apfel beißen und bis zum bitteren Ende ausharren. So unauffällig wie möglich tastete er in seinen Taschen nach Nervennahrung, fand aber nur eine angebrochene Tüte mit Cashewkernen. Wegen der angespannten Atmosphäre verzichtete er schweren Herzens darauf, sie herauszuholen und sich den Inhalt einzuverleiben.

»Die Frage ist«, sagte Kriminaldirektor Schubert in die bedrückende Stille hinein, »ob ich angesichts der Schwere der Vorwürfe gegen einen Ermittler aus unseren eigenen Reihen …«

Er schüttelte fassungslos den Kopf, bevor er sich wieder konzentrierte, noch einmal entschlossen ansetzte und dabei Ehret und Schwarzbach ansprach. »Was ist Ihre Meinung? Soll ich eine Fahndung nach Paul Simon herausgeben?«

Schwarzbach antwortete wie aus der Pistole geschossen. »Ich frage mich, warum Sie das nicht schon längst getan haben!« Dabei sah er den Kriminaldirektor vorwurfsvoll an.

Lockhardt fand es an der Zeit, sich einzumischen. »Bei allem Respekt, Herr Kriminaldirektor – wenn Sie Paul Simon offiziell zur Fahndung ausschreiben, sprechen Sie ihn vor aller Öffentlichkeit schuldig, bevor wir ihn überhaupt angehört haben. Ich finde, er muss die Chance bekommen, zu den ungeheuerlichen Vorwürfen Stellung zu beziehen.«

Und an Schwarzbach gewandt fuhr er fort: »Das hat nichts mit falsch verstandener Kumpanei oder Fairness zu tun, sondern ist ein Gebot der Rechtsstaatlichkeit. Gehen wir mit dem Ergebnis der DNA-Analysen an die Medien, ist Simon vogelfrei und vorverurteilt. Und wenn sich dann seine Unschuld herausstellt, sind wir die doppelt Blamierten und haben die Existenz unseres Kollegen vernichtet.«

Schubert stand auf und schaute aus dem Fenster. »Ich gebe Ihnen recht, Lockhardt. Auch wenn die Beweislast noch so erdrückend ist: Erst einmal muss die Unschuldsvermutung gelten. Erst recht für jemanden aus unseren Reihen.«

Er drehte sich wieder um und sah Lockhardt direkt an. »Sie kennen ihn am besten, arbeiten seit über zehn Jahren mit ihm zusammen. Warum ist er auf einmal spurlos verschwunden? Und zwar kurz bevor herauskommt, dass die Täter-DNA auf dem Schraubenzieher gefunden wird und er damit im Verdacht steht, der Vampirkiller zu sein? Können Sie mir das erklären?«

Lockhardt hob in einer hilflosen Geste die Hände. »Es tut mir leid – das kann ich beim besten Willen nicht!«

Schwarzbach beugte sich nach vorn und griff Lockhardt frontal an. »Was wissen Sie denn überhaupt über Ihren jahrelangen Partner? Vielleicht decken Sie ihn, weil Sie beide Dreck am Stecken haben? Nur zu, jetzt ist der richtige Zeitpunkt, um auszupacken!«

Lockhardt zählte innerlich bis fünf, bevor er ganz ruhig antwortete: »Ich glaube nicht, dass mein Partner zu solchen Taten fähig wäre.«

»So, Sie glauben es nicht. Glauben heißt nicht wissen, hat mein alter Mathelehrer immer gesagt. Sie können doch nicht einfach wissenschaftliche Beweise negieren! Noch dazu, wo die so was von eindeutig sind!«

»Herrgott noch mal, ich kann mir einfach nicht vorstellen, dass Paul Simon dahintersteckt. Ich will, dass er mir das persönlich sagt und ich ihm dabei in die Augen sehen kann!«

Jetzt war Lockhardt doch lauter geworden als geplant.

»Lassen Sie uns noch einmal auf meinen Vorschlag zurückkommen«, versuchte Marion Ehret, die Situation zu entspannen.

»Und wie lautet dieser Vorschlag?«, knurrte Lockhardt, ohne Schwarzbach dabei aus den Augen zu lassen.

»Sie kennen das doch«, erläuterte Marion Ehret geduldig. »Wir rollen die Geschichte noch mal von vorne auf. Mit ganz einfachen, zielführenden Fragen, die Sie kurz und schmerzlos beantworten können. Einverstanden?«

Lockhardt zuckte mit den Achseln und setzte sich wieder. »Wenn's der Wahrheitsfindung dient ...«

»Okay. Fangen wir mit den möglichen Tatzeiten an. Wo war Paul Simon, als die Morde begangen wurden? Denken Sie gründlich nach ...«

Lockhardt atmete tief durch und tat Marion Ehret den Gefallen. Er tastete nach der Tüte mit den Cashewkernen und runzelte die Stirn, bevor er antwortete: »Zum ungefähren Zeitpunkt des ersten Mordes waren wir den ganzen Tag zusammen, bis der anonyme Anruf kam. Nein, stimmt nicht ... Am Nachmittag war ich mit einer langwierigen Vernehmung beschäftigt ...«

»Ohne Paul Simon?«

»Ohne Paul Simon.«

»Also hätte er Zeit und Gelegenheit gehabt, um – rein theoretisch natürlich – zum Einödhof hinauszufahren, die Tat zu begehen, wieder zurückzufahren, ein Telefonat vorzutäuschen, erneut mit Ihnen loszufahren und das Mordopfer vorzufinden, so wie es im offiziellen Bericht beschrieben ist.«

Lockhardt zuckte stumm mit den Schultern und signalisierte damit, dass er dieser These nichts entgegenzusetzen hatte.

»Und wenn er beim ersten Mal einfach von der anderen Seite an den Hof herangefahren wäre?«, mischte sich Schwarzbach ein. »Wurde das genau untersucht?«

»Es hat am nächsten Morgen geschneit, als die Spurensicherung sich ans Werk gemacht hat«, intervenierte der Kriminaldirektor. »Außerdem war die Lage im und am Hof eindeutig, sagt Mehlich. Es stand einfach nicht zur Diskussion, im Umkreis von ein paar Kilometern alles absuchen zu lassen.«

»Also gut, dann halten wir fest: Bei Mord Nummer eins könnte Paul Simon theoretisch zur Tatzeit vor Ort gewesen sein«, konstatierte Schwarzbach trocken.

»Theoretisch!«, betonte Lockhardt noch einmal ausdrücklich.

»Theoretisch«, bestätigte Schwarzbach. »Und wie war das bei Mord Nummer zwei an der Reichenbachbrücke?«

»Nun«, sagte Lockhardt, »der ist zeitlich ziemlich genau einzugrenzen. Der Todeszeitpunkt des Opfers war gegen halb zwei Uhr nachts. In der fraglichen Nacht hatten wir frei, ich war bei meiner Familie und Paul bei seiner.«

»Also wieder kein eindeutiges Alibi …«

»Das kann man so nicht sagen. Unsere Frauen sind unser Alibi. Fragen Sie Amelie Simon.«

»Das werden wir tun, das kann ich Ihnen versichern.« Schwarzbach setzte wieder sein falsches Grinsen auf. »Kommen wir zu Mord Nummer drei. Wo war Paul Simon zur Tatzeit?«

»Ich weiß noch, dass er am Computer in irgendwelchen Altfällen herumgestöbert hat. Gegen sechzehn Uhr hat er einen Anruf bekommen und ist wenig später verschwunden.«

»Ohne zu sagen, wo er hinwollte?«

»Wir müssen uns nicht beieinander abmelden, falls Sie das meinen. Ich habe mir nichts dabei gedacht, als er sich vom Acker gemacht hat.«

Schwarzbach sah den Kriminaldirektor fragend an.

»Für wann hat der Gerichtsmediziner den Todeszeitpunkt von Gitta van der Ville festgelegt?«

»Für siebzehn Uhr«, bestätigte Schubert nach einem Blick in die Akte.

Schwarzbach nickte, machte sich eine Notiz und wandte sich wieder an Lockhardt.

»Wann kam Paul Simon wieder zurück?«

Lockhardt musste nicht lange nachdenken. »Gegen neunzehn Uhr, kann auch ein paar Minuten später gewesen sein. Jedenfalls war ich noch im Büro.«

»Ist Ihnen irgendwas an ihm aufgefallen?«, wollte Marion Ehret wissen.

»Was soll diese Frage?«

Schwarzbach mischte sich wieder ein. »Ist doch eine ganz einfache Frage. Wie war Ihr Busenfreund drauf?«

»Kann sein, dass er nervös war. Irgendwie geistesabwesend. Wütend.«

Schwarzbach bohrte weiter. »Würden Sie sagen, das ist sein Normalzustand, oder war das erst in letzter Zeit so? Dass er wütend war?«

»Ich denke eher, es lag daran, dass die Kollegen von der Verkehrspolizei seinen Dienstwagen abgeschleppt haben.«

»Wo stand er denn, als sie ihn abgeschleppt haben?«, fragte Marion Ehret.

»Irgendwo am Stiglmaierplatz.«

Schwarzbach wurde hellhörig. »Stiglmaierplatz? Wie viele U-Bahn-Stationen sind das nach Gern?«

»Drei bis zur U-Bahn-Station Gern, vier bis zum Westfriedhof«, erklärte Kriminaldirektor Schubert. »Das Anwesen, in dem man die Leiche von Gitta van der Ville gefunden hat, liegt genau dazwischen.«

»Aha. Und was sagt uns das?«, fragte Schwarzbach mit hämischem Unterton und beantwortete die Frage gleich selbst. »Paul Simon hätte bei allen drei Morden zur Tatzeit am Tatort sein können. Herr Kriminaldirektor, ich glaube, es ist an der Zeit, dass Sie Ihre Entscheidung überdenken. Wir sollten keine Zeit mehr verlieren und Paul Simon zur Fahndung ausschreiben. Es gibt für mich gar keinen Zweifel mehr: Paul Simon ist der Vampirkiller!«

Alle Blicke waren auf Schubert gerichtet, der kurz überlegte. »Ich gebe Ihnen zwei Stunden, Lockhardt, um Ihren Partner Paul Simon aufzutreiben«, sagte er schließlich. »Er hat sich unverzüglich hier vor meinem Schreibtisch einzufinden, um sich zu einigen dringenden Fragen zu äußern. Sitzt er in exakt zwei Stunden nicht hier vor mir, gebe ich die Fahndung raus.«

Lockhardt stand auf, bedankte sich kurz, aber angemessen für die Schonfrist und verschwand aus dem Büro seines Chefs, ohne auch nur einen weiteren Blick an die beiden Kollegen von der Internen Ermittlung zu verschwenden.

Dass Schwarzbachs Gesicht unverhüllten Triumph zeigte, wusste er auch so.

VIER

Lockhardt kam ziemlich außer Atem an seinen Schreibtisch gehastet und wandte sich an Sandra Kleinert, die jüngste Kollegin in der Sonderkommission Rotkehlchen, die er vor der Besprechung beim Chef beauftragt hatte, Simon über sämtliche Kanäle zu kontaktieren.

»Und?«, fragte er erwartungsvoll.

Doch sie schüttelte nur den Kopf und zuckte mit den Schultern. »Fehlanzeige.«

Lockhardt zog die Packung mit den Cashewkernen aus der Tasche und bot Sandra der Form halber davon an, die jedoch dankend ablehnte. Während er die ersten Nüsse im Akkord futterte, dachte er scharf nach. Ihm blieben zwei Optionen: Entweder verließ er sich weiter auf Sandra, die offenbar gerade mit jemandem aus der Klinik telefonierte, in der Amelie arbeitete, oder er machte sich schnellstens auf die Socken und klapperte alle Orte ab, an denen sich Simon aufhalten konnte. Doch je länger er darüber nachdachte, desto weniger gefiel ihm der Gedanke. In den mickrigen zwei Stunden würde er auf die Art gar nichts erreichen, außer dass er völlig entnervt irgendwo im dichten Berufsverkehr feststeckte.

Er beugte sich hinunter, um seine Geheimschublade zu öffnen. Als er feststellen musste, dass sein Vorrat an Salamivariationen auf erschreckende Weise geschrumpft war und einer dringenden Auffrischung bedurfte, fiel ihm sein zweites Handy auf, das er ebenfalls dort verwahrte. Es war nur für Privatgespräche bestimmt, seine Kinder hatten die Nummer, seine Frauen und Paul natürlich. Er griff danach und suchte im Adressbuch nach den diversen Nummern von Paul Simon.

Eine davon holte er noch einmal zurück.

Es gab noch eine dritte Möglichkeit. Nicht mehr als eine Notlösung – aber ein Versuch konnte nicht schaden.

Doch nicht von hier aus, wo es jeder mitbekam. Und nicht über das Handy, das abgehört werden konnte.

Verstohlen sah er sich um. Sämtliche Kolleginnen und Kollegen der Sonderkommission waren konzentriert bei der Arbeit. Von Dr. Frankes brisanten Entdeckungen schien tatsächlich noch nichts durchgesickert zu sein, sonst wäre die Stimmung eine komplett andere gewesen.

Lockhardt setzte sich an Simons Schreibtisch und ging schnell den Inhalt der Schubladen durch. Das, was er suchte, fand er nicht, also war die Wahrscheinlichkeit groß, dass Simon es eingesteckt und mitgenommen hatte.

Lockhardt schlüpfte in seinen Mantel und eilte gemessenen Schrittes hinaus. Im Vorbeigehen landete die leere Nusstüte punktgenau im Papierkorb von Sandra Kleinert.

Er erinnerte sich daran, dass es einen Katzensprung vom Polizeipräsidium entfernt noch öffentliche Telefonzellen gab, also marschierte er schnurstracks dorthin – so weit das die vielen Schneehaufen zuließen, die überall auf das städtische Räumkommando warteten. Es war lausig kalt, und ein unangenehmer Wind pfiff durch die Häuserschluchten. Die Luft roch schon wieder nach Neuschnee.

Lockhardt zog seinen rechten Handschuh aus und versicherte sich, dass die Nummer von Magdalenas neuem Handy, die er mit Filzstift auf die Innenfläche seiner Hand geschrieben hatte, nicht verwischt war. Er hatte die Nummer von Magdalenas neuem schneeweißen Handy, das Paul seiner Tochter als Ersatz für ihr altes gekauft und Lockhardt im Büro gezeigt hatte, in sein privates Verzeichnis eingetippt. Einfach so, man konnte schließlich nie wissen. Simon hatte noch im Büro auf den Rat von Mehlich hin das alte Handy von Magdalena komplett zerstört, nachdem es ihm der Chef der Kriminaltechnik zurückgegeben hatte.

Lockhardt hatte nur beiläufig mitbekommen, dass Pauls Tochter anscheinend von einem anonymen Kerl über ihr altes Handy angemacht worden war, aber jetzt war dieses nagelneue Handy, das Simon offensichtlich eingesteckt hatte, um es seiner Tochter mitzubringen, Lockhardts letzte Hoffnung, seinen Partner irgendwie zu erreichen, bevor er vom Kriminaldirektor zum Abschuss freigegeben wurde, bildlich gesprochen.

Am Lenbachplatz entdeckte er eine der letzten Telefonzellen Münchens – warum man sie Zellen nannte, war ihm ein Rätsel, tatsächlich stand man nämlich im Freien. Er warf eine Münze in den Schlitz, die dreimal durchfiel, bis sie endlich Halt fand, nachdem Lockhardt sie angefeuchtet hatte. Als er die Nummer von seiner Handinnenfläche wählte, kam er sich ziemlich lächerlich vor, wie ein Spion in einem Schwarz-Weiß-Film aus längst vergangenen Zeiten, als es noch Geheimschriften und tote Briefkästen gab und vergiftete Regenschirmspitzen.

Nach dem dritten Klingelton nahm tatsächlich jemand am anderen Ende ab.

»Ja?«, bellte Paul Simon deutlich erkennbar aus dem Hörer.

Selten war Lockhardt so erleichtert gewesen, die Stimme seines Partners zu hören.

»Paul«, sagte er mit einer Intensität, die normalerweise für Gespräche mit seiner Frau reserviert war, wenn er sie nach einem Streit davon überzeugen wollte, dass sie ihm verzeihen musste. »Paul, ich bin's, Abel. Sag jetzt nichts, und hör mir einfach zu. Du steckst ziemlich in der Scheiße. Ich rufe dich von einer öffentlichen Telefonzelle aus an, weil ich nicht will, dass irgendjemand mithört. In einer Stunde wirst du die Number One auf der Liste der meistgesuchten Personen Deutschlands sein, und ich kann dir nur raten, sofort zum Chef ins Präsidium zu kommen und dir eine gute Erklärung zurechtzulegen, warum deine DNA mit der des Vampirkillers identisch ist. Dr. Franke hat zweifelsfrei festgestellt, dass sich deine DNA an sämtlichen Tatorten und auf dem Schraubenzieher befindet, mit dem dich dieser Einbrecher in der Villa angestochen hat. Ich frage dich jetzt nicht, ob du's wirklich warst und warum. Oder wo du steckst. Aber wenn du dich stellst, bring in Gottes Namen ein paar glaubwürdige Alibis für die Tatzeiten mit. Jedenfalls bist du ab sofort nirgendwo mehr sicher, weil der

Chef nach dir fahnden lässt, wenn du nicht binnen einer Stunde bei ihm auftauchst. Paul, bist du noch dran?«

Die Verbindung war tot.

Lockhardt warf eine Münze ein, doch sie fiel immer wieder durch. Weitere Münzen hatte er nicht mehr. Frustriert knallte er den Hörer auf die Gabel. Dann blinzelte er nach oben in den tief hängenden schwarzen Himmel. Mitten am Nachmittag war es auf einen Schlag dunkel geworden, und es begann heftig zu schneien. Der Winter ging mit aller Macht in die nächste Runde und ließ so richtig die Muskeln spielen, denn nun fing es auch noch an zu blitzen und zu donnern.

Lockhardt schlug den Mantelkragen hoch, wie er das aus den alten Spionagefilmen in Erinnerung hatte, und steckte die behandschuhten Hände tief in seine Manteltaschen. Eigentlich wollte er zurück ins Präsidium, aber die Fußgängerampel zeigte rot, und er musste sich richtiggehend gegen den Wind stemmen, der ihm den Schnee wie spitze Nadeln ins Gesicht trieb. Vor ihm rauschte der Verkehr in endlosen Viererreihen vorbei. Er wich zurück, um nicht noch einen Schwall von der schmutzigen Salzbrühe abzubekommen, die sich als Riesenpfütze auf der Fahrbahn vor ihm ausbreitete.

Selten hatte er am helllichten Tag so eine brennende Sehnsucht nach seiner Frau, seinen Kindern und seiner friedlichen Wohnzimmercouch verspürt. Wobei die Wohnzimmercouch eigentlich nur als friedlich bezeichnet werden konnte, wenn seine Kinder und seine Frau gerade nicht daheim waren.

Eine erneute Kaskade Dreckwasser klatschte ihm vor die Füße und erinnerte ihn gnadenlos daran, dass er bei scheußlichstem Winterwetter an einer Ampel am Lenbachplatz stand und darauf wartete, dass es endlich grün wurde.

Als es nach einer gefühlten Ewigkeit so weit war, hatte er beschlossen, trotz aller Hiobsbotschaften nicht das Präsidium, sondern das nächste Kaffeehaus aufzusuchen, wo er im Trockenen sitzen und bei einem Glas Brandy oder auch zwei in aller Ruhe abwarten konnte, ob München vielleicht in einem einzigen tosenden Schneesturm unterging und es ihm so erspart blieb, miterleben zu müssen, wie sein Freund und Partner Paul Simon im Scheinwerferlicht der Öffentlichkeit als perfider Serienkiller vorgeführt wurde.

FÜNF

Simon stützte sich fassungslos am Treppengeländer des Mietshauses in der Romanstraße ab und versuchte zu begreifen, was ihm sein Partner eben in aller Eile bruchstückhaft mitgeteilt hatte. Wenn es stimmte, dann war soeben sein Stern im Präsidium untergegangen. Nicht nur, dass der Vampirkiller sein Leben als Ehemann und Familienvater zerstört hatte – jetzt war er auch noch zur Fahndung ausgeschrieben.

Aber er hatte keine Zeit, sich selbst zu bemitleiden. Sich vor seinem Chef und dem Staatsanwalt für etwas zu verantworten, was er nicht getan hatte, wäre vielleicht infrage gekommen, wenn seine Familie nicht gleichzeitig anonym bedroht worden wäre.

Für einen kurzen Moment drehte sich das ganze Treppenhaus vor seinen Augen. Er musste sich auf eine Stufe setzen, die Augen schließen und hoffen, dass dieser Schwindelanfall so schnell vorbeiging, wie er angefangen hatte.

Ein fürchterlicher Verdacht loderte in seinem Kopf auf. Was, wenn er in einem Anfall geistiger Umnachtung die ganzen Morde, die er verzweifelt aufzuklären versuchte, selbst begangen hatte? Vielleicht war er einer dieser Menschen, die eine gespaltene Persönlichkeit hatten und deren zweites Ich Dinge tat, an die er sich nicht mehr erinnern konnte, sobald er wieder in seine normale Haut geschlüpft war …

Und wenn er eine solche Möglichkeit tatsächlich in Betracht zog – war das nicht schon ein ernst zu nehmendes Anzeichen dafür, dass er nicht mehr ganz bei Trost war? Dass er wirklich ein zweites, paralleles Leben führte, Blut an den Händen kleben hatte und Menschen abschlachtete?

Ein Stockwerk unter ihm ging eine Wohnungstür auf und wurde wieder zugeschlagen, Schritte stöckelten im Stakkato die hölzernen Treppenstufen hinunter.

Das Geräusch brachte ihn wieder zur Vernunft. Sein Gegenspieler war knapp davor, das obszöne Spiel, das er in Gang gesetzt hatte und dessen Regeln er allein bestimmte, endgültig zu seinen Gunsten zu entscheiden. Das durfte Simon nicht zulassen, sonst würde er sich selbst aufgeben und alles, was ihm wichtig war.

Schwerfällig stand er auf, der Schwächeanfall war vorbei. Er musste mit seiner Frau reden und ihr endlich die volle Wahrheit beichten. In der Hoffnung, dass sie ihm noch glaubte, nach allem, was vorgefallen war.

Er schloss die neuen Schlösser seiner Wohnungstür auf und vernahm das Schluchzen schon, als er im Gang stand und die Tür wieder hinter sich zumachte. Sein Herz schlug ihm bis zum Hals, als er sich Schritt für Schritt dem Schlafzimmer näherte, hinter dessen halb angelehnter Tür die Geräusche zu hören waren, die ihn in Angst und Schrecken versetzten. Vorsichtig schob er die Tür ganz auf und sah seine Frau im Schneidersitz vor ihrem aufgeklappten Laptop sitzen.

Er konnte aus seiner Perspektive nicht erkennen, was sie sich ansah, aber er ahnte es.

Sie hob den Kopf. Noch nie hatte er sie in einem so desolaten Zustand gesehen.

»Hast du das gewusst?«, fragte sie und sah ihm direkt in die Augen. Ihr abgrundtief verzweifelter Blick traf ihn mitten ins Herz. Er wagte es nicht, sich ihr zu nähern, aus der irrationalen Angst heraus, sie könnte sich in Abermillionen von Teilchen auflösen.

»Wovon sprichst du?«, fragte er.

Amelie erhob sich, packte den Laptop und drehte den Bildschirm so, dass er ihn sehen konnte. Er zeigte die nächtlichen Aufnahmen von der schlafenden Magdalena. Langsam ging Amelie auf ihren Mann zu.

»Woher hast du das?«, wollte er wissen.

»Der Stick mit diesem Video drauf war in meiner Post in der Klinik. Ich habe nur den Anfang gesehen, habe meine Sachen gepackt, bin in die Schule gefahren, habe Lena rausgeholt und sie zu meiner Mutter gefahren. Jetzt bin ich hier. Ich habe auf dich gewartet, weil du dein Handy abgestellt hast und nicht erreichbar bist. Es gibt nur einen Punkt, den du mir erklären musst: Hast du gewusst, dass ein perverses Arschloch mitten in der Nacht in unsere Wohnung eingebrochen ist und unsere Tochter und uns heimlich aufgenommen hat?«

Paul suchte noch nach einer beschwichtigenden Antwort, die es nicht gab, aber Amelie konnte nicht mehr an sich halten und schrie ihn völlig überdreht an: »Ob du von dieser Scheiße gewusst hast, will ich wissen!«

»Nein«, sagte er so ruhig wie möglich. »Ich weiß es auch erst seit Kurzem. Ich habe den gleichen Stick wie du bekommen. Heute, mit der Post im Büro. Deshalb bin ich hier.«

Amelie warf den Laptop aufs Bett.

Paul packte sie am Arm.

»Weiß Magdalena davon?«, fragte er. »Hast du's ihr gesagt?«

»Nein«, sagte sie und wand sich aus seinem Griff. »Oder willst du ihr etwa vorführen, wie ein Wildfremder ihr über das Gesicht streicht, während sie schläft?«

»Nein, natürlich nicht«, stöhnte Paul und setzte sich auf den Bettrand. Er verbarg das Gesicht für einen kurzen Augenblick in seinen Händen, dann sah er zu Amelie hoch, die immer noch vor ihm stand und vor verhaltener Wut zitterte.

»Du musst auch weg. Sofort!«, sagte er. »Pack deine Sachen, wir haben nicht viel Zeit.«

»Hast du deshalb die Schlösser austauschen lassen?«

»Was?«

»Hast du gewusst, dass neulich jemand in unserer Wohnung war?«

»Nein! Ich schwöre dir, ich hab's nicht gewusst! Ich hatte nur so ein seltsames Gefühl…«

»Was für ein Gefühl?«

»Ich habe das vorsichtshalber machen lassen. Aus einer… einer Eingebung heraus. Trotzdem – hier bist du nicht mehr in Sicherheit. Es ist nur für kurze Zeit. Bis das alles hier vorüber ist.«

»Das versprichst du mir schon seit Langem. Dass bald alles vorüber ist. Warum verdammt noch mal werde ich dann das saudumme Gefühl nicht los, dass es jetzt erst richtig angefangen hat?«

Sie war am Rande der Hysterie. Er versuchte, so ruhig und abgeklärt wie möglich mit ihr zu sprechen, obwohl auch ihm zumute war, als müsste er alles, was in Reichweite war, kurz und klein schlagen.

»Es geht nicht anders, Amelie. Bitte sei jetzt so gut und pack deine Sachen. Ihr dürft für eine Weile nicht hier sein. Du kannst doch mit Magdalena bei deiner Mutter unterkommen. Nur für ein paar Tage. Bis dahin regle ich das. Du musst mir jetzt einfach vertrauen!«

»Dir vertrauen? Du hast sie wohl nicht mehr alle! Wie soll ich dir vertrauen, wenn du mich seit Wochen belügst und betrügst?«

»Amelie ...«

»Du hast unsere Tochter in Gefahr gebracht! Du bist hinter irgendeinem perversen Typen her, der den Spieß umgedreht hat und jetzt Lena und mich bedroht! Wie konntest du es nur so weit kommen lassen?«

Paul versuchte, seine Frau in den Arm zu nehmen. Er wollte sie an sich ziehen, sie trösten, ihr sagen, wie leid ihm das alles tat, aber sie stieß ihn von sich. Ihre Augen blitzten vor blinder Wut, als sie ihm mit erhobenem Zeigefinger drohte.

»Rühr mich nicht an! Mit einem Mann, der aus lauter

Ehrgeiz, einen Mörder zu schnappen, das Leben seiner eigenen Tochter in Gefahr bringt, will ich nichts mehr zu tun haben!«

»Amelie, bitte, lass es mich doch erklären …«

»Nein, Paul, dazu ist es zu spät. Dazu hättest du genug Gelegenheiten gehabt und hast es nicht getan, immer habe ich nur Ausflüchte von dir gehört! Du hast es zugelassen, dass deine Mörder sich anmaßen, in unser Leben einzudringen! Und unbehelligt nachts in unseren Schlafzimmern herumspazieren! Allein bei dieser Vorstellung kommt mir das Kotzen!«

Sie packte den Laptop und schleuderte ihn auf den Boden, bevor sie mehrfach mit dem Fuß darauf herumstampfte, als könnte sie damit den Mann treffen, der heimtückisch und mit bösen Absichten in ihr Leben eingedrungen war wie ein Trojaner in einen Computer.

Mit hektischen roten Flecken im Gesicht schaute sie ihren Ehemann an, ihr Atem kam stoßweise.

»Herrgott, Paul – wie konntest du nur?«, brüllte sie, schlug die Hände vors Gesicht, ließ sich aufs Bett fallen und schluchzte hemmungslos.

Er zögerte, wusste einen langen Augenblick nicht, was er machen sollte. Bis ihm bewusst wurde, dass ihm die Zeit davonlief. Wenn er nicht hilflos zusehen wollte, wie sein ganzes Leben und seine Familie endgültig in die Brüche gingen, musste er vor allem eines tun: auf freiem Fuß bleiben. Ihm blieb gar nichts anderes übrig, als auf eigene Faust den Vampirkiller zu entlarven und zu erwischen, um damit seine Unschuld zu beweisen.

Wie er das anstellen sollte, war ihm selbst schleierhaft.

Aber es gab keine Alternative.

Von einer Zelle im Untersuchungsgefängnis aus mit der erdrückenden Beweislast von DNA-Proben und fehlenden Alibis konnte er gar nichts ausrichten, kein Mensch würde seinen Beteuerungen Glauben schenken.

Er setzte sich neben seine weinende Frau, fasste sie an den Schultern und sagte: »Sieh mich an, Amelie …«

Als sie nicht reagierte, schüttelte er sie und sagte so laut und bestimmt, dass sie ihn hören musste: »Amelie – sieh mir in die Augen!«

Langsam hob sie den Kopf. Angesichts ihrer Verzweiflung erfasste ihn eine Woge der Zuneigung und das Bedürfnis, sie zu umarmen, sie spüren zu lassen, was sie für ihn bedeutete, wie wichtig sie für ihn war. Aber er wusste, dass für lange Erklärungen und Gefühlsausbrüche keine Zeit mehr war.

»Du musst mir jetzt vertrauen, ich bitte dich! Es tut mir unendlich leid. Ich wollte niemals, dass es so weit kommt, das musst du mir einfach glauben. Ich weiß selbst nicht, wer da sein böses Spiel mit uns treibt, aber ich werde es herausfinden, und wenn es das Letzte ist, was ich mache. Niemand wird dir oder Magdalena etwas antun, das lasse ich nicht zu. Hast du das verstanden?«

Amelie hatte aufgehört zu schluchzen, aber sie zitterte am ganzen Körper. Langsam richtete sie sich auf, sah ihm lange, sehr lange in die Augen, dann nickte sie unter Tränen.

»Es ist wirklich besser, du gehst zu deiner Mutter, bis das

alles vorbei ist. Du kannst nicht in der Wohnung bleiben. Nicht nach dieser Geschichte ...«

»Und wann ist es vorbei?«

»Sobald ich den Dreckskerl habe, der uns das angetan hat. Ich werde ihn aufspüren und dafür sorgen, dass er weggesperrt wird. Für immer.«

»Wie kann ich dir das glauben?«, fragte sie mit überraschend klarer und fester Stimme.

»Weil das die einzige Möglichkeit ist, die ich habe. Du wirst die nächste Zeit schlimme Dinge über mich hören, Amelie. Dinge, die nicht stimmen. Bitte sorge dafür, dass Magdalena nicht glaubt, was über mich gesagt wird. Ich habe damit nichts zu tun. Aber dieser Mann ...«

Er deutete auf den Laptop, auf dessen kaputtem Bildschirm immer noch der Videoclip flimmerte.

»... der Mann, der das aufgenommen hat, will mich fertigmachen. Nur mich. Nicht dich oder Magdalena. Sonst hätte er das schon längst getan. Er hat es einzig und allein auf mich abgesehen. Und wenn er euch mit reinzieht, dann macht er das auch nur, um mich zu quälen. Wenn ich das alles aufklären und mich rehabilitieren will, muss ich ihn erwischen.«

»Was hast du damit gemeint, dass ich schlimme Dinge über dich hören werde?«

»Der Mann hat die Mordfälle so manipuliert, dass ich als Täter dastehe. Alle Beweise deuten auf mich. Abel hat mich vorhin angerufen und mich gewarnt. Mein Blut wurde an allen Tatorten festgestellt. Meine DNA, verstehst du?«

»Aber ...«, wandte Amelie ein, als wollte sie ihm tausend

Fragen stellen, doch Paul drückte ihr sanft seinen Zeigefinger auf die Lippen.

»Sch!«, sagte er beschwichtigend. »Du musst mir glauben – ich bin unschuldig. Wie er das gemacht hat – ich weiß es nicht. Warum er das tut – ich weiß es ebenso wenig. Aber ich werde es herausbekommen. Das ist unsere einzige Chance.«

Er stand auf, holte zwei Koffer und fing an, seine Klamotten aus dem Schrank zu holen und in einem davon zu verstauen.

Amelie sah ihm eine Weile dabei zu, dann packte sie Paul an der Schulter und zog ihn zu sich herum. Mit einer plötzlichen, unfassbaren Ruhe suchte sie seinen Blick und sprach beschwörend auf ihn ein: »Bitte sorg dafür, dass Magdalena und ich unser Leben wieder zurückbekommen. Das verlange ich von dir. Alles andere wird sich ergeben. Kannst du das?«

Er umarmte sie so heftig, dass es wehtat. »Ja«, flüsterte er in ihr Ohr. »Ich werde alles dafür tun, was in meinen Kräften steht.«

Dann ließ er sie los und räumte wortlos weitere Kleidungsstücke in seinen Koffer.

»Wo willst du hin?«, fragte Amelie.

»Ich weiß es nicht. Aber in ein paar Minuten läuft die Fahndung nach mir an. Über mein Handy können sie mich nicht orten, das habe ich schon vor zwei Stunden abgeschaltet. Sie werden mich zu Hause vermuten, und wenn ich noch länger hierbleibe, erwischen mich meine eigenen Kollegen. Das möchte ich mir und ihnen ersparen.«

Amelie kramte eine Schuhschachtel aus den unteren Gefilden ihres Kleiderschranks und steckte ihm daraus ein paar Scheine zu. »Mein Notgroschen. Ist nicht viel, ungefähr tausend Euro. Du brauchst Bargeld«, sagte sie. »Zahl nicht mit Kreditkarten. Heb so schnell wie möglich Geld von unserem Konto ab, bevor sie es noch sperren lassen. Und nimm mein Auto. Nicht deinen Dienstwagen. Nach dem suchen sie als Erstes.«

Sie zog sein Gesicht nah zu ihrem heran. »Pass auf dich auf. Ich will nicht, dass sie dich kriegen. Aber ich will, dass du dieses Schwein kriegst!«

Sie küsste ihn hart, und er erwiderte ihren Kuss. Es war ein bilaterales Abkommen, ein gegenseitiger Pakt.

Dann fing auch Amelie Simon an, ihren Koffer zu packen.

SECHS

Von draußen war das wütende Fauchen und Heulen des nächtlichen Wintersturms zu hören. Es war halb sechs morgens. Ein einziger Schwimmer kraulte stur und mit gleichmäßig hoher Geschwindigkeit eine Bahn nach der anderen im kobaltblau beleuchteten Wasser des Schwimmbads. Nachdem er fünfundzwanzig Bahnen absolviert hatte, stieg H. Meyer – so lautete der Name auf dem Türschild seiner Wohnung – aus dem Becken, stellte sich unter eine der Duschen, drehte sie voll auf, eiskalt natürlich, und hielt es unmenschlich lange darunter aus. Anschließend trocknete er sich gründlich ab und schlüpfte in seinen flauschigen weißen Bademantel, den er im Berliner Adlon hatte mitgehen lassen. Das war noch in seinem früheren Leben gewesen.

Er rollte ein frisches Handtuch zusammen und legte es sich um den Hals, dann machte er es sich in einem der Liegestühle bequem, die perfekt in Reih und Glied um das Becken angeordnet waren. Sie wurden vom Bademeister täglich aufs Neue aufgestellt. Er liebte seine viertelstündige Pause. Diesen kleiner Luxus gönnte er sich nach dem Schwimmen. In dieser Zeit brannten seine Muskeln von der Anstrengung, und er konnte über sein altes und sein neues

Leben nachdenken. Noch immer war es ein unendlich befreiender Gedanke, dass er sein altes, früheres Leben abgeschlossen hatte. Damit war für ihn eine neue Zeitrechnung angebrochen, in der es darum ging, seine persönlichen Ziele zu einem befriedigenden Abschluss zu bringen. Lange genug hatte er daran gearbeitet und alles bis ins Kleinste vorbereitet und geplant, hatte seine Vorgehensweise immer und immer wieder in Gedanken durchgespielt.

Nun war er endlich auf die Zielgerade eingebogen. Was sollte jetzt noch schiefgehen?

Er genoss das leise Glucksen der unruhigen Wasseroberfläche, die sich in ständig changierenden Mustern in den hohen Fenstern spiegelte. Das amorphe Wabern des Wassers hatte eine beruhigende, fast schon hypnotische Wirkung auf ihn. Dabei musste er an den zweiten Spruch denken, den sein Ausbilder und Führungsoffizier Oberstleutnant Kallwey immer von sich gegeben hatte: Kurz bevor die Sonne wieder aufgeht, ist die Nacht am dunkelsten …

Gut zwei Stunden später wachte er auf und ärgerte sich maßlos über sich selbst, weil er tatsächlich außerplanmäßig eingenickt war. Das war ihm noch nie passiert. Nicht Herr seiner selbst zu sein, war für ihn mehr als nur ein Fauxpas – es war geradezu ein Kunstfehler. Wütend packte er seine Handtücher und schlüpfte in seine Hotelpantoffeln mit der eingestickten Aufschrift »Adlon«, um sich auf den Weg in seine Wohnung zu machen.

Dort gönnte er sich eine Tasse starken Kaffee und surfte

nebenbei durch die neuesten Meldungen im Internet. Seine üble Laune besserte sich schlagartig, als er ein Foto von Paul Simon entdeckte, der laut Begleittext dringend als Zeuge in drei aktuellen Mordfällen gesucht wurde. Was nichts anderes heißen konnte, als dass Kriminalhauptkommissar Paul Simon Tatverdächtiger Nummer eins in den Mordfällen Dr. Prechtl, Claus Wischnewski und Gitta van der Ville war.

Befriedigt lehnte er sich in seinem Stuhl zurück und schlürfte an seinem Kaffee. Endlich hatte er Simon da, wo er ihn haben wollte. Die Frage war nur, ob er der Kripo den letzten Köder, den er noch hatte, jetzt gleich vor die Nase hängen sollte und ob er Simon noch eine Weile im Zustand seiner dummen Unwissenheit lassen sollte.

Er entschied sich dafür, Kriminalhauptkommissar Simon noch ein wenig zappeln zu lassen.

Je quälender die Ungewissheit für ihn war, umso besser.

Aber der Kripo musste er etwas auf die Sprünge helfen.

Damit die Daumenschrauben für Simon noch ein wenig stärker angezogen wurden.

Wie hatte sein Führungsoffizier Kallwey immer gesagt? Spaß muss sein, sonst geht keiner mit auf die Beerdigung.

SIEBEN

Kriminaldirektor Schubert hatte um neun Uhr morgens im Konferenzraum der Sonderkommission Rotkehlchen eine Lagebesprechung angesetzt. Für alle Kollegen, die generell mit Paul Simon zusammenarbeiteten oder im Laufe der Ermittlungen mit ihm zu tun hatten, galt Anwesenheitspflicht.

Als der Kriminaldirektor mit Dr. Franke, Ehret und Schwarzbach im Schlepptau das große Konferenzzimmer betrat, sah er ausschließlich in betretene Mienen. Jeder wusste inzwischen, was man ihrem Kollegen Paul Simon vorwarf. Die Schockwellen darüber hatten das ganze Präsidium erfasst. Niemand mochte die Vorwürfe auf Anhieb glauben, aber die Fakten sprachen für sich. Eine lähmende Mischung aus Trauer und Entsetzen hatte sich breitgemacht. Kein Geplauder wie üblich, kein schlechter Scherz, kein hastiges Zuspätkommen, nicht einmal ein Geflüster gab es – die Atmosphäre war etwa so aufgekratzt wie bei einer Sitzung des nordkoreanischen Politbüros, bei der Kim Jong-un bekanntgab, wer diesmal alles hingerichtet werden sollte.

Der Einzige, der von den Geschehnissen unbeeindruckt

zu sein schien, war Abel Lockhardt, der einen riesigen Kaffeebecher von Starbucks vor sich stehen hatte und bisweilen einen vorsichtigen Schluck davon nahm, um sein zweites Ciabatta Omelette & Bacon hinunterzuspülen. Neben dem Tischbein, damit es nicht gleich jeder sehen konnte, hatte er noch drei Dosen mit echt schottischem Shortbread gestapelt, die er auf Vorrat gekauft hatte, weil sie seit Neuestem in seiner Stammtankstelle erhältlich waren. Schließlich wollte er nicht wieder bei einer Hungerattacke auf dem Trockenen sitzen, wie das neulich der Fall gewesen war, als er nur noch eine einsame Zweierpackung Mini-Gipfelstürmer in seiner Schublade vorgefunden hatte.

Alle Anwesenden wunderten sich, dass ausgerechnet Simons Partner vollkommen unbeeindruckt von der Tatsache zu sein schien, dass Simon aus dem Nichts zum Hauptverdächtigen Nummer eins avanciert war und deutschlandweit die Fahndungslisten mit seinem Foto zierte.

Kriminaldirektor Schubert erklärte der versammelten Mannschaft noch einmal, warum er sich gezwungen gesehen hatte, diese Maßnahme zu ergreifen, die dem Ruf der Polizei im Allgemeinen und der Münchner Kripo und Sonderkommission im Besonderen nicht gerade zuträglich war. Aber die Beweislage war eindeutig und ließ keine Zweifel zu.

Dr. Frankes anschließender Bericht war fast so lang und mindestens so trocken wie ein Proseminar, weil er in seiner zwanghaften Detailversessenheit vom Hölzchen aufs Stöckchen kam und beinahe alle Zuhörer in Morpheus' Arme getrieben hätte, wenn nicht die eigentlich brisante

Frage, nämlich wo denn nun Paul Simon steckte, über der ganzen Veranstaltung geschwebt hätte wie ein unsichtbares Damoklesschwert.

Sogar der Polizeipräsident kam in den Konferenzraum geschlichen, um im Anschluss an Frankes Vortrag darauf hinzuweisen, wie wichtig es war, endlich Simons eigene Aussagen zu den Vorwürfen zu hören. Nur so könne den in der Öffentlichkeit heftig geschürten Spekulationen ein Ende bereitet werden.

Schubert übernahm wieder und gab sein Bestes, um seine Leute erneut zu motivieren.

Erst als Abel Lockhardt den letzten Schluck kalt gewordenen Kaffee aus seinem Magnumbecher schlürfte und sich ein Shortbread aus der obersten Dose fischte – ein einziges nur! –, war die Veranstaltung zu Ende. Alle verließen artig und ohne großes Gemurmel den Konferenzraum, um sich wieder an die Arbeit zu begeben.

Nur Lockhardt blieb sitzen, weil er wusste, dass für ihn die Angelegenheit noch nicht ausgestanden war. Schubert, Ehret und Schwarzbach waren ebenfalls noch dageblieben und warteten, bis die letzte Technikerin der Soko die Tür hinter sich zugemacht hatte.

Schwarzbach warf einen despektierlichen Blick auf die Shortbread-Dosen, schlenkerte mit seiner teuren Armbanduhr herum und platzierte sich gegenüber von Lockhardt betont lässig auf der Tischkante. Er schaffte es, dabei auch noch die Arme zu verschränken wie in einem der CSI-Filme, die er sich wahrscheinlich nach Feierabend staffelweise reinzog, um zu studieren, wie man sich als cooler Cop verhalten musste, wenn man Eindruck schinden wollte. Das vermutete zumindest Lockhardt, der so ein gockelhaftes Getue partout nicht ernst nehmen konnte, aber wenigstens so tat, als würde er es.

»Wie sieht es mit Simons Frau aus?«, wollte Schwarzbach wissen.

»Ich habe Amelie Simon erreicht und mit ihr telefoniert. Sie gibt an, nichts über den Aufenthaltsort ihres Mannes zu wissen, und verweigert ansonsten jede weitere Aussage.«

»Wird sie überwacht?«

»Aber selbstverständlich. Sie wohnt einstweilen bei ihrer Mutter in Obermenzing, um dem Presserummel zu entgehen, und hat sich vom Dienst im Krankenhaus bis auf Weiteres beurlauben lassen.«

»Hören wir ihre Telefonate ab?«

Lockhardt wies auf den Kriminaldirektor, der nickte. »Wir haben einen richterlichen Beschluss für Festnetz und Handy.«

»Und die Tochter?«, fragte Schwarzbach.

»Ist bei ihr. Lena ist vorläufig wegen Krankheit in der Schule entschuldigt.«

»Was ist mit der Wohnung der Simons?«

»In der Romanstraße? Leer.«

»Haben Sie sich selbst davon überzeugt?«, fragte Marion Ehret.

»Allerdings.«

»Gibt es in der Wohnung Hinweise auf Simons gegenwärtigen Aufenthaltsort oder weitere Beweise für seine Täterschaft?«, hakte sie nach.

»Die Wohnung wird gerade von Experten auf den Kopf gestellt. Alles Leute von anderen Abteilungen, damit man uns ja keine Interessenskonflikte oder Vorteilsnahme für den Verdächtigen vorwerfen kann.«

»Gut. Sonstige Resultate?«

»Nein.«

Es klopfte. Schubert sagte ungehalten »Herein!«, und der junge Streifenpolizist Roland Cranziani blickte durch den Türspalt.

»Entschuldigen Sie«, sagte er, »aber ich habe eine Meldung zu machen. Sie betrifft Kriminalhauptkommissar Simon. Ich weiß nicht, ob sie relevant ist, aber ich dachte, es könnte vielleicht weiterhelfen ...«

»Dann herein mit Ihnen.« Schubert winkte ihn zu sich. »Sie sind?«

»Polizeioberwachtmeister Roland Cranziani, Herr Kriminaldirektor.«

»Okay, Herr Oberwachtmeister – was haben Sie für uns?«

»Ich habe Herrn Simon gestern auf der Herrentoilette gesehen. Gegen elf Uhr vormittags. Kurz darauf muss er aus dem Präsidium verschwunden sein, wie es im Rundschreiben stand, das wir alle bekommen haben ...«

»Ganz genau«, sagte Schwarzbach. »Und was gibt es Sensationelles aus der Herrentoilette zu berichten?«

»Nun, Herr Simon hat einen völlig verstörten Eindruck auf mich gemacht. Es kam mir vor, als wäre er auf Drogen, er war irgendwie völlig außer sich.«

»Wie zeigte sich das?«

»Er hat wütend mit der bloßen Faust gegen den Papierspender geschlagen. Mindestens fünf- oder sechsmal. Als ich ihn daraufhin ansprach, hat er nicht im Geringsten auf mich reagiert, sondern ist verschwunden. Er hatte einen Laptop unter den Arm geklemmt.«

»Alles?«

»Ja, das war alles.«

»Danke, Herr Oberwachtmeister.«

Cranziani nickte und verließ das Konferenzzimmer wieder.

»Was sagt uns das?«, fragte Schubert.

»Vielleicht, dass Paul Simon sich seiner Taten bewusst geworden ist«, spekulierte Schwarzbach. »Als sich der Nebel in seinem Hirn lichtet, geht ihm plötzlich auf, was er eigentlich getan hat und dass er kurz davor ist aufzufliegen. Er ist verzweifelt und dreht durch. Ich befürchte das Schlimmste …«

»Kurzschlusshandlung?«, warf Marion Ehret ein.

»Ganz genau. Dazu passt auch seine Flucht. Ihm wird klar, was er angestellt hat, dass er da nicht mehr herauskommt, dass er alles verlieren wird, was ihm lieb und teuer ist, sprich: Karriere, Familie, Ehre. Er kann nicht damit leben, setzt sich in sein Auto, fährt irgendwohin, wo weit und breit niemand ist, holt seine Dienstwaffe heraus und …«

Er setzte seine rechte Hand mit der Pistolengeste an seine Schläfe, dann sah er seine Partnerin Marion Ehret an. »Wie viele Kollegen pusten sich im Jahr mit ihrer eigenen Waffe das Gehirn raus?«

»Die bundesweiten Zahlen werden unter Verschluss gehalten. Aber allein in Bayern haben wir pro Jahr circa zehn bis zwölf.«

Schwarzbach bedachte Schubert, Ehret und schließlich sogar Lockhardt mit einem auffordernden Blick, der wohl signalisieren sollte, dass er den Fall mit seinem überragenden Scharfsinn gelöst hatte und es jetzt Sache des Fußvolks sei, Simons sterbliche Überreste zu finden.

»Bullshit!«, kommentierte Lockhardt scheinbar gelassen und steckte sich ein zweites Shortbread in den Mund, um zu vertuschen, dass er sich rasend über Schwarzbachs Thesen aufregte. Das Shortbread war wirklich reine Nervennahrung.

»Wie bitte?«, sagte Schwarzbach.

»Bullshit!«, wiederholte Lockhardt ungeniert und spuckte dabei gezwungenermaßen ein paar Krümel aus. »Sie haben schon richtig gehört. Simon würde sich niemals das Leben nehmen. Er hat eine Frau und ein Kind und liebt beide abgöttisch. So etwas würde er ihnen nicht antun. So gut kenne ich ihn.«

»Ach, auf einmal kennen Sie ihn gut«, bemerkte Schwarzbach. »Warum haben Sie dann nie bemerkt, dass Ihr Freund und Partner ein Doppelleben geführt hat?«

»Hat er nicht«, brummte Lockhardt. »Er ist nicht der Vampirkiller.«

Jetzt hielt es Schwarzbach nicht mehr auf seinem Platz. Er tigerte hin und her, dann blieb er vor Lockhardt stehen, der seinem inquisitorischen Blick, ohne mit der Wimper zu zucken, standhielt.

»Ist es Chuzpe, die da aus Ihnen spricht?«, donnerte Schwarzbach ihn an. »Oder ist es ganz einfach die pure Ignoranz der Fortschritte, die die Wissenschaft in den letzten Jahren auf dem Gebiet der genetischen Forensik gemacht hat? Nur weil Ihnen gewisse Ergebnisse nicht in den Kram passen und Ihr einfach gestricktes Weltbild erschüttern?«

»Sind Sie fertig?«, fragte Lockhardt und gönnte sich noch ein drittes Shortbread. Er sah es beinahe liebevoll an, bevor er es sich in den Mund steckte, weil er genau wusste, dass er Schwarzbach mit dieser kleinen Geste vollends zur Weißglut treiben konnte.

»Dann will ich Ihnen mal was sagen, was *Ihr* einfach gestricktes Weltbild erschüttert. Was bitte soll das Motiv von Paul Simon sein? Wann hätte er das alles veranstalten sollen, ohne dass ich oder seine Frau das mitbekommen? Wo und wann bitteschön soll er seine Kleidung nach all den blutigen Sauereien so schnell gewechselt haben?«

Jetzt baute er sich vor Schwarzbach auf und sah ihn von oben herab an. »Das alles sieht mir eher danach aus, als wäre Paul Simon eine Falle gestellt worden. Finden Sie ihn, bevor noch mehr passiert. Natürlich steckt er in einem großen Schlamassel, aber statt ihm zu helfen, verurteilen Sie ihn schon im Vorfeld, weil Sie mit Ihren verdammten Scheuklappen daherkommen. Das ist nicht professionell, auch wenn Sie sich das einbilden! Und wenn Sie jetzt den Fokus der Ermittlungen einzig und allein auf Paul Simon richten, nur weil Sie einen passenden Sündenbock gefunden haben, den Sie der Öffentlichkeit zum Fraß vorwerfen können, dann lacht sich derjenige, der wirklich für diese grausamen Taten verantwortlich ist, ins Fäustchen. Denn dann hat er genau das erreicht, was er von Anfang an beabsichtigt hat: einem Unschuldigen alle Schuld in die Schuhe zu schieben. Und Sie fallen auch noch darauf herein …«

Dafür dass Lockhardt sich nicht aufregen wollte, hatte er sich ganz schön weit aus dem Fenster gelehnt. Aber bevor Schwarzbach oder Schubert zu einem Konter ansetzen konnten, wurde die Tür zum Konferenzzimmer aufgerissen, und Mehlich platzte herein.

»Wir haben eine Wochenendhütte im Dachauer Moos gefunden, die der Familie von Simons Frau gehört. An einem Fischweiher. Es gibt Hinweise, dass sich Paul Simon dort aufhält. Das SEK ist schon alarmiert.«

»Hinweise?«, fragte Kriminaldirektor Schubert. »Was für Hinweise?«

»Ein Forstbeamter hat gemeldet, dass er eine Person in der Hütte gesehen hat. Auf einem Bild will er Paul Simon erkannt haben.«

»Okay, wir fahren hin. Die Spurensicherung ebenfalls!«

Mehlich seufzte und nickte. »Schon klar. Volle Ausrüstung. Wagen stehen zur Abfahrt bereit.«

»Wir sprechen uns noch. Glauben Sie ja nicht, dass wir schon fertig sind miteinander!«, sagte Schwarzbach und zeigte mit dem drohenden Abzugsfinger auf Lockhardt, bevor er Ehret und Schubert hinterhereilte.

Lockhardt packte seine Shortbread-Dosen, um sie noch schnell in seiner Geheimschublade im Großraumbüro in Sicherheit zu bringen. Dann eilte er im Dauerlauf in die

Tiefgarage. Dort schaffte er es gerade noch, sich zu Mehlich und dessen Leuten in den Wagen zu zwängen, der sich mit Blaulicht und Sirene dem bereits startenden Konvoi anschloss.

Es waren schließlich drei Streifenwagen, die im Höllentempo quer durch die halbe Stadt rasten, um an vorderster Front dabei zu sein, wenn Paul Simon endlich festgenommen werden sollte.

ACHT

Der Fischweiher hatte die Größe von zwei Fußballfeldern und lag inmitten eines weitläufigen Waldgebiets. Er war nur über einen Feldweg zu erreichen, der sich kilometerlang durch die tief verschneite Landschaft zog.

Mehlich zeigte Lockhardt während der Fahrt auf einer großformatigen Karte die Lage der Wochenendhütte im Nordosten des Fischweihers. Nicht gerade ideal für einen Überraschungszugriff, aber eine gesuchte Person aus ihrem Versteck herauszuholen, war selten ein Wunschkonzert, wie ein Kollege mit Schnauzbart, der im Auto neben Lockhardt saß, spöttisch bemerkte.

Das SEK war schon am Zielpunkt eingetroffen, drei schwarze Einsatzbusse mit verdunkelten Fensterscheiben standen am Waldrand. Die schwer bewaffneten Männer, die in ihren Kampfmonturen und Helmen wie ein Sonderkommandotrupp von Darth Vader aussahen, warteten auf ihre Einsatzbefehle. Der Einsatzleiter beugte sich mit Kriminaldirektor Schubert, Schwarzbach und Ehret über eine Karte und erörterte die mögliche Vorgehensweise.

Der Wagen mit Mehlich und Lockhardt hielt direkt neben ihnen, alle Männer stiegen aus. Der Schnee war tief und pulvrig, man musste die Augen zusammenkneifen und blinzeln, weil die grelle Wintersonne tief stand und die Schneekristalle in der weiten Ebene vor dem Wald glitzerten und gleißten. Außer man hatte eine schicke Sonnenbrille zur Verfügung wie Schwarzbach und Ehret. Lockhardt fand, dass sie in ihren schwarzen Mänteln und mit ihrem Getue immer mehr an Scully und Mulder aus *Akte X – Die unheimlichen Fälle des FBI* erinnerten.

Mehlich holte zwei Schutzwesten aus dem Kofferraum und warf Lockhardt eine davon zu, bevor er in seine eigene schlüpfte und die Klettverschlüsse festzurrte. Auch die anderen Kollegen zogen ihre Schutzwesten an. Frierend standen sie da und warteten, während das fünfzehnköpfige SEK-Kommando seine Waffen auf Funktionsfähigkeit überprüfte.

Um nicht unnötig aufzufallen, zog sich auch Lockhardt seine schusssichere Weste an. Er war gespannt, wie das Einsatzteam vorgehen wollte, und stapfte unauffällig an Schubert, Ehret und Schwarzbach vorbei, um etwas von den Plänen mitzubekommen. Er kannte die Hütte und den Fischweiher nicht, sah aber auf Anhieb, dass die skeptische Einschätzung des Polizisten mit dem Schnauzbart nicht von der Hand zu weisen war. Jedenfalls wurde auf der Kommandoebene heftig über taktische Fragen debattiert.

Dann gesellte sich Lockhardt zu Mehlich, der eine Zigarette rauchte und wie alle anderen darauf wartete, dass es endlich losging. Er bot Lockhardt seine Zigarettenschachtel an, aber der winkte ab und zog stattdessen eine Packung Grissini mit Kräutern und Knoblauchgeschmack aus seiner Tasche, die er noch schnell seiner Geheimschublade als Wegzehrung entnommen hatte.

»Das wird ein Schuss in den Ofen«, prognostizierte Mehlich angemessen leise, als sich die SEK-Leute in drei gleich große Gruppen aufteilten. Zwei davon schlugen sich rechts und links seitlich in die Wälder, während die dritte Gruppe den Feldweg entlangmarschierte, auf dem unter der dünnen Neuschneedecke noch ältere Reifenspuren zu erkennen waren.

»Ganz meine Meinung«, pflichtete ihm Lockhardt bei und ließ seine staubtrockenen Grissini knacken. »Hauptsache Action, das macht sich gut in den Nachrichten.«

Sie sahen zu, wie die SEK-Leute im Wald verschwanden, und folgten ihnen im nötigen Sicherheitsabstand. Lockhardt fluchte leise vor sich hin, weil er in der Eile nicht an die fellgefütterten und wasserdichten Winterstiefel gedacht hatte, die in seinem Spind im Präsidium für solche Fälle bereitstanden. Nun bekam er schon nach wenigen Schritten nasse Füße.

NEUN

Paul Simon hatte sich ans Fenster der Blockhütte gestellt, die ihm als vorläufiges Versteck diente und mit dem Nötigsten ausgestattet war, um dort für eine Weile unterzukommen. Er nippte an einem Becher Kaffee und spähte nachdenklich durch die angegrauten Gardinen nach draußen.

Weit und breit war keine Menschenseele zu sehen.

Die Sonne hatte sich durch den Hochnebel gekämpft, überall glitzerte der jungfräuliche Schnee, und über Nacht hatten sich an den Fensterscheiben Eisblumen gebildet. Gedankenverloren kratzte er daran herum. So etwas hatte er als kleiner Junge zum letzten Mal gesehen. Der Holzofen in seinem Rücken knackte, es war nur noch die Glut der Nacht übrig.

Simon zog seine Handschuhe und den Mantel an. Zeit, die Hütte zu verlassen. Schließlich wollte er den Besitzer nicht in die Bredouille bringen. Seine Frau hatte keine Ahnung, wo er steckte. Er hatte sie schlicht und ergreifend angelogen, als er behauptet hatte, er werde sich irgendeine Pension suchen, in der man keinen Ausweis verlangte. Es war besser, wenn sie keine Ahnung hatte, wo er untergekrochen war. Dann war sie bei einer Vernehmung auch nicht gezwungen zu lügen.

Der Schlüssel zur Blockhütte hatte wie immer unter dem Blumentopf mit der vertrockneten Tomatenstaude gelegen. Wenn der Besitzer dieser Hütte etwas nicht hatte, dann war es ein grüner Daumen. Simon lächelte und schüttete den Rest des Kaffees in den Ausguss. Er wusch den Becher aus und trocknete ihn ab. Dann sah er sich noch einmal um. Alles war so, wie er es vorgefunden hatte. Bis auf die halb leere Flasche Wodka, die er wieder in den Hängeschrank über der Spüle zurückgestellt hatte. Er nahm seinen Koffer, ging vor die Tür und blinzelte in die grelle Sonne. Gott sei Dank hatte er seine Sonnenbrille dabei.

Er setzte sie auf, sperrte ab, versteckte den Schlüssel wieder unter dem Blumentopf und marschierte zu seinem Auto, dem VW-Beetle seiner Frau.

Bei seiner nächtlichen Ankunft war es zwar stockdunkel und eiskalt gewesen, aber er hatte den Ofen schnell mit ein paar Holzscheiten in Gang gebracht. Eine Camping-Gaslampe hatte sogar so etwas wie eine heimelige Atmosphäre verbreitet – zumindest im Vergleich zu einer trostlosen Gefängniszelle, in der Punkt zweiundzwanzig Uhr das Licht ausgeschaltet wurde und in der Simon jetzt schmoren würde, wenn er sich hätte erwischen lassen. So gesehen, war es hier geradezu komfortabel. Er konnte jederzeit vor die Hütte treten oder sich auf dem Sofa ausstrecken, sich zudecken und in Ruhe überlegen, wie er weiter vorgehen sollte – ganz wie er wollte.

Er musste sich einen Plan zurechtlegen, aber er wusste beim besten Willen nicht, was er unternehmen sollte – außer in Bewegung zu bleiben, damit seine eigenen Kollegen ihn nicht erwischten. Er hatte sich darauf eingerichtet, die ganze Nacht wach zu bleiben, weil er davon ausging, dass bei den tausendundeins Gedanken, die in seinem Kopf herumschwirrten wie gereizte Hornissen, an einen erholsamen Schlaf nicht zu denken war.

Immer wieder lief der Videoclip, der ihm zugespielt worden war, wie eine Dauerschleife vor seinem inneren Auge ab. Hätte er den USB-Stick seinen Kollegen übergeben sollen? Vielleicht hätte Mehlich oder ein anderer Experte etwas darauf entdeckt, das ihm entgangen war und Rückschlüsse auf den Mann hinter der Kamera zugelassen hätte? Mehlich war in solchen Dingen gut. Außerdem war er natürlich unbeteiligt und konnte objektiv an die Sache herangehen. Bislang hatte Simon nichts in der Hand, was ihn auch nur einen Schritt weitergebracht hätte.

Ihm war klar, dass er wenigstens eine Mütze voll Schlaf brauchte, um den nächsten Tag einigermaßen ausgeruht durchstehen zu können. Also stand er noch einmal auf, drehte das Gaslicht wieder hoch und durchsuchte seinen Koffer. Gott sei Dank hatte ihm seine Frau noch seine Reiseapotheke eingepackt. Sie enthielt auch Schlaftabletten, die er normalerweise nie benutzte, weil er sie einfach nicht brauchte. Nun drückte er eine aus dem Blister und spülte sie mit einem Glas Wasser hinunter. Mehr wollte er nicht nehmen, sonst würde er womöglich nicht vor dem nächsten

Mittag aufwachen, weil er nicht an chemische Einschlafhilfen gewöhnt war.

Dann fiel ihm ein, dass er in dem Hängeschrank über der Spüle einen Flachmann mit Wodka gesehen hatte. Er griff danach, legte sich wieder aufs Sofa, nahm einen herzhaften Schluck daraus und versuchte, an nichts zu denken. Erst als er die halbe Flasche leergetrunken hatte, schraubte er sie wieder zu, legte sie auf seinem Bauch ab und döste weg …

Er verfolgte einen Mann, der ihm den Rücken zugewandt hatte und sich einfach nicht umdrehen wollte. Dabei musste er ihn einholen, koste es, was es wolle. Er war sich absolut sicher, dass der Rücken vor ihm dem »unsichtbaren Mann« gehörte, der drei Menschen umgebracht hatte, nur um Simon auf sich aufmerksam zu machen. Aber obwohl er alles gab, kam er dem Mann nicht näher.

Die Jagd ging durch einen dichten Dschungel, immer wieder peitschten Simon Lianen und riesige Blätter ins Gesicht. Auf einmal bemerkte er, dass er den Mann aus den Augen verloren hatte. Er hielt an und schaute sich um. Vor sich sah er die Fußabdrücke des Mannes, die sich tief in den sumpfigen Untergrund eingekerbt hatten. Oder stammten sie von seinen eigenen Füßen? Er sah an sich hinunter – sonst hatte er immer Schuhe an, da war er sich ganz sicher, aber dieses Mal nicht, er war barfuß. Und jetzt füllten sich die Fußspuren mit Blut, so deutlich, dass er ihnen gut folgen konnte. Aber auf einmal hörten sie auf, einfach so.

Er zwängte sich durch ein Dickicht und zuckte im letzten Moment zurück: Vor seinen Augen tat sich ein Abgrund auf, der ins Bodenlose ging. Einen Schritt weiter und er wäre hinabgestürzt. Er legte sich auf den Bauch, robbte vorsichtig bis an den Rand und spähte in den gähnenden Abgrund hinunter – war der »unsichtbare Mann« dort hinabgestürzt?

Für einen winzigen, irren Augenblick überlegte er, ob er sich nicht einfach überwinden und den entscheidenden Sprung wagen sollte. Ein Flug von ein paar Sekunden – und alles wäre vorbei. Die unermessliche Kluft zog ihn auf magische Weise an, vielleicht weil er dort unten die Lösung aller Rätsel vermutete. Er spürte, wie die Tiefe an ihm zog und zerrte, und hörte, wie sie ihm Dinge einflüsterte, die er eigentlich nicht hören wollte.

Verwirrt blickte er sich um. Genau in diesem Augenblick rauschte etwas mit unglaublicher Geschwindigkeit von oben herab auf ihn zu. Es kam mitten aus den Baumkronen des Regenwalds und sah aus wie ein roter Drache mit lederartigen Fledermausschwingen. Er flog geradewegs auf sein Gesicht zu, die gespreizten, messerscharfen Greifvogelklauen ausgestreckt, um ihm damit die Augen aus dem Schädel zu reißen. Er war wie gelähmt, konnte sich aber im letzten Moment abwenden und seinen Arm schützend vor sein Gesicht heben.

Da klingelte es. Immer wieder. Es kam ihm vor, als wollte es gar nicht mehr aufhören. Verwirrt öffnete er die Augen. Er brauchte eine ganze Weile, um zu begreifen, wo er war und was da geklingelt hatte.

Es war das Handy seiner Tochter, das er leichtsinnigerweise angelassen hatte. Ob man ihn schon geortet hatte?

Doch woher sollten sie seine Nummer haben? Die kannte niemand außer Amelie. Und Abel Lockhardt …

Ächzend erhob er sich, dabei fiel der Flachmann auf den Boden. Zum Glück war der Verschluss zu. Simon sah auf das Display des Handys. Eine SMS von einer ihm unbekannten Nummer. Er öffnete sie. Die Nachricht war von seiner Frau. Warum kannte er dann die Nummer nicht? Wahrscheinlich war sie so clever, über ein Handy anzurufen, das nicht überwacht wurde. Die Nachricht lautete:

Hab nachgedacht wegen der DNA. Es gibt nur 2 denkbare Optionen: Entweder du warst beim Blutspenden und jemand hat dort dein Blut geklaut, oder es stimmt, was du mir einmal von deiner Familie erzählt hast, als ich mit Lena schwanger war. Weißt du noch? Liebe Grüße von Lena. Sie vermisst dich.

Ich auch.

Er las die Nachricht zweimal durch, ehe er sie löschte, das Handy ganz ausschaltete und darüber nachdachte, was Amelie ihm geschrieben hatte.

Es war immer noch stockdunkel, und er merkte, dass er fror, weil das Feuer im Ofen ausgegangen war. Aber es war noch Glut vorhanden. Er legte ein paar Holzscheite nach und blies so lange hinein, bis das Feuer wieder aufflackerte und er sich wärmen konnte.

Er war noch nie in seinem Leben zum Blutspenden gegangen.

Aber er erinnerte sich noch sehr gut daran, was er Amelie erzählt hatte, als sie ihm eröffnete, dass sie schwanger war. Es kam ihm vor, als wäre es erst gestern gewesen.

Mit einem Schlag war er trotz Schlaftablette und Wodka

hellwach und wusste auf einmal, was er tun musste. Hoffentlich war es nicht schon zu spät dafür. Aber wenn derjenige noch lebte, der ihm weiterhelfen konnte, bestand vielleicht die Chance, endlich das Gesicht des »unsichtbaren Mannes« zu sehen und seinen wahren Namen zu erfahren.

ZEHN

Missmutig stiefelte Abel Lockhardt den Männern des SEK hinterher, die im Laufschritt mit ihrer schweren Ausrüstung den Waldweg entlangstürmten. Der Einsatzleiter lief nebenher und war über ein Headset ständig mit den beiden anderen Gruppen in Kontakt. Sie planten, von drei Seiten zuzuschlagen, sobald sie um die Hütte Aufstellung genommen hatten.

Lockhardt blinzelte in die tief stehende Sonne und fragte sich, ab wann man wohl schneeblind wurde. Er war nicht der Einzige, der ohne Sonnenbrille und mit ungeeignetem Schuhwerk unterwegs war, um Paul Simon zu schnappen.

Vorne hob Schwarzbach den Arm zum Zeichen, dass alle stehen bleiben sollten. Keine hundert Meter weiter, am gleißend hellen Fischweiher, der von einer dicken Eisschicht überzogen war, stand die gesuchte Wochenendhütte. Lockhardt ärgerte sich, dass sich der Kollege von der Internen Ermittlung zum Anführer aufschwang, ohne dazu in irgendeiner Weise legitimiert zu sein.

Die SEK-Leute waren schon schussbereit in Stellung gegangen. Der Einsatzleiter winkte den Kriminaldirektor zu sich heran, um mit ihm die weitere Vorgehensweise abzusprechen.

Lockhardt sah sich um. Er konnte kein Auto sehen und keine frischen Reifenspuren. In diesem Augenblick gab der Einsatzleiter den Befehl zum Sturm.

Von drei Seiten rannten die schwer bewaffneten Männer auf die Hütte zu und sicherten sich gegenseitig, bis sie wieder Deckung gefunden hatten. Einer der Männer hatte einen schweren Rammbock dabei. Mit einem einzigen wuchtigen Schlag sprengte er die Holztür auf, drückte sich fast gleichzeitig an die Wand und machte den Weg frei für die Männer, die mit gezückten Waffen in die Hütte stürmten.

Eine Zeit verging, in der kein Schuss fiel und nur die laut gebellten »Sicher!«-Rufe der SEK-Leute zu hören waren, bis der Einsatzleiter den in Deckung kauernden Männern signalisierte, dass die Luft rein war und sie alle sich gefahrlos der Hütte nähern konnten.

»Viel Lärm um nichts«, brummte Mehlich und klopfte sich den Schnee von den Knien, nachdem er aufgestanden war. Aber er sprach nur so laut, dass es Lockhardt hören konnte.

ELF

Simon warf einen Blick zurück auf die Hütte. Seine Spuren waren die einzigen weit und breit in der Schrebergartensiedlung am Fasaneriesee, der an der nördlichen Peripherie von München lag. Hier hatte er die Nacht im Blockhaus von Abel Lockhardt verbracht.

Schon lange wollte dieser den von seinem Vater übernommenen Schrebergarten abstoßen, weil er eingesehen hatte, dass mit ihm als Gartenfreund und Botaniker kein Staat zu machen war. Mal ganz abgesehen von den vielen Regeln und der Vereinsmeierei, die so ein Kleingarten mit sich brachte und die Lockhardt abgrundtief hasste. Aber seine Frau und seine Kinder aus erster und zweiter Ehe liebten die kleine Parzelle und waren strikt gegen eine Kündigung des Pachtvertrags. So hatte Lockhardt bei der Familienabstimmung haushoch verloren, obwohl er zwei Stimmen für sich beanspruchte, weil er schließlich die jährliche Pacht abdrücken musste.

Simon befreite mit einem winzigen Eiskratzer, den er im Handschuhfach des VW-Beetle gefunden hatte, die Windschutzscheibe mühsam von Eis und Schnee, warf seinen Koffer auf den Beifahrersitz und fuhr davon.

ZWÖLF

Lockhardt stand mitten auf der dicken Eisfläche des Fischweihers im Dachauer Moos und sah bis zum westlichen Horizont, wo die Sonne soeben purpurrot vor malerischer Schneekulisse unterging.

Das Eis war tragfähig und knackte nicht einmal, obwohl Lockhardt, einem kindischen Impuls folgend, den Belastungstest machen musste, indem er mit seinem vollen Lebendgewicht ein paarmal auf und ab sprang. Dabei spürte er wie nass seine Füße waren.

Er knusperte sein letztes Grissini und steckte die leere Packung in seine Manteltasche, nachdem er sie mit der rechten Faust zerknüllt hatte. Langsam drehte er sich um und warf einen ungeduldigen Blick auf die Wochenendhütte. Die Männer vom SEK waren längst wieder abgezogen, während Mehlich mit seiner Technikercrew noch damit beschäftigt war, im Inneren der Hütte nach möglichen Spuren zu suchen. Der Kriminaldirektor hatte darauf bestanden.

Das Triumvirat Schubert, Schwarzbach und Ehret hatte sich auf dem kleinen, in den Weiher führenden Steg versammelt und besprach sich, was man gut an den Atemwolken ablesen konnte, die wie Sprechblasen in Comics mal beim einen, mal beim anderen auftauchten.

Lockhardt nahm an, dass es darum ging, wie sie ihren blindwütigen Aktionismus der Öffentlichkeit gegenüber als sicherheitsrelevante Maßnahme verkaufen konnten, ohne als das entlarvt zu werden, was es wirklich war – Mehlich hatte es treffend umschrieben und dabei Lockhardts volle Zustimmung gefunden: ein Schuss in den Ofen.

Apropos, der Ofen in der Hütte war noch warm gewesen. Irgendein armes Schwein hatte eingebrochen und hatte in der Hütte übernachtet. Gefunden hatten sie bis jetzt außer einem Aschenbecher voller Kippen und einer leeren Zweiliterflasche Pennerglück absolut nichts, was auf Paul Simon hindeutete.

Wie auch immer – Lockhardt war davon überzeugt, dass Simon nie in seinem Leben hier gewesen war, selbst wenn die Hütte irgendwem in der weitläufigen Verwandtschaft seiner Frau gehörte. Simon war ebenso wenig ein leidenschaftlicher Freizeitangler wie Lockhardt ein leidenschaftlicher Freizeitgärtner. Sein Partner konnte eine Forelle nicht von einem Fischstäbchen unterscheiden. Bei dem Gedanken daran bekam Lockhardt allmählich Hunger, außerdem fror er wie ein Schneider, auch wenn er noch so eifrig mit den Füßen aufstampfte und mit den Armen um sich schlug.

Nur zu gut wusste er, dass die Spurensicherung – zumal unter dem supergründlichen Mehlich – ewig brauchte, bis sie fertig war. Dummerweise war er nicht selbst gefahren und für die Rückfahrt daher auf den Chef der Kriminaltechnik angewiesen. Bevor er bei Schwarzbach und Ehret mitfuhr, würde er lieber zu Fuß zum Polizeipräsidium zurückgehen.

Obwohl … seine Nase lief bereits ohne Unterlass, sodass ihm schon bald die Papiertaschentücher ausgingen, und seine Füße waren nass und eiskalt. Er musste an die Kriegserzählungen seines Großvaters denken, die er sich als Kind oft genug mit einer Mischung aus Faszination und Grusel angehört hatte. Laut eigener Aussage hatte sich sein Opa 1943 vor Stalingrad vier seiner Zehen eigenhändig mit dem Taschenmesser amputiert, weil sie erfroren waren.

Kurz bevor er sich noch weiter in Selbstmitleid suhlen konnte, sah Lockhardt Mehlich aus der Wochenendhütte kommen und aus seinem weißen Overall schlüpfen, was eindeutig ein gutes Zeichen war. Lockhardt würde um die Amputation seiner fast erfrorenen Zehen also noch einmal herumkommen.

Schwarzbach, Ehret und Schubert hatten Mehlich ebenfalls gesehen und kamen wieder ans Ufer zu Lockhardt und dem Leiter der Kriminaltechnik.

Mehlich strahlte, als hätten sie soeben Simons schriftliches Geständnis vorgefunden. »Ganz so sinnlos, wie es zunächst den Anschein hatte, war unser netter kleiner Ausflug ins Dachauer Moos doch nicht, wie mir scheint.«

»Ihr habt tatsächlich etwas gefunden?«, erkundigte sich Lockhardt.

»Ja«, antwortete Mehlich. »So wie's aussieht, hat Paul Simon die Hütte als Versteck für seine Trophäensammlung benutzt.«

Er hielt einen Beweismittelbeutel mit vier bleistiftdicken Glasröhrchen hoch und reichte ihn dem Kriminaldirektor, der ihn vorsichtig in Empfang nahm, als wäre es Knallquecksilber, das bei der geringsten falschen Bewegung explodieren konnte.

»Das ist ja wie aus dem Lehrbuch über geisteskranke Serientäter«, dozierte Schubert. »Trophäen, die jeder ordentliche Killer von seinen Opfern mitnimmt, um sich bei Bedarf daran zu ergötzen und den kostbaren Moment noch einmal nachzuempfinden, in dem er die Tat begangen hat.«

»Das heißt«, mischte sich Schwarzbach ein, »die Trophäen stellen eine Art Fetisch für den Täter dar. Er zieht sie bei Bedarf aus seinem Versteck, schaut sie an und holt sich dabei einen runter.«

Lockhardt ignorierte ihn und wandte sich direkt an Mehlich: »Und was sollen das für angebliche Trophäen sein?«

»Das sind Blutproben«, erklärte Mehlich. »Haben wir im Kühlschrank gefunden. Die Hütte hat Strom. Offensichtlich Souvenirs von allen Tatorten. Vorbehaltlich einer genauen Analyse natürlich. Sind alle vier beschriftet. Nicht handschriftlich, sondern von einem handelsüblichen Drucker.«

»Und was steht drauf?«

Schwarzbach deutete nacheinander auf jede einzelne Ampulle im Beutel, den Kriminaldirektor Schubert hochhielt.

»›Dr. Prechtl. Claus Wischnewski. Gitta van der Ville.‹«

Lockhardt kniff die Augen zu dünnen Schlitzen zusammen, konnte aber die Buchstaben aus der Entfernung nicht lesen, weil sie so winzig waren.

»Was steht auf dem vierten Röhrchen?«, fragte er.

»›Ich‹«, sagte Schwarzbach mit einem schnellen Blick, und sein breites Grinsen sah aus, als wollte es nie wieder aus seinem Gesicht verschwinden. »›Ich, Paul Simon‹.«

DREIZEHN

»›Ich, Paul Simon!‹ Also bitte – das kann einfach nicht sein. So blöd wäre Paul niemals gewesen!«, rief Lockhardt empört. Er saß im Wagen von Mehlich und war auf dem Rückweg zum Präsidium. Die Kollegen von der Kriminaltechnik waren noch in der Hütte geblieben, um weitere Spuren zu sichern. Sie würden später mit einem Wagen abgeholt werden. Lockhardt versuchte, seine Zehen zu spüren, um herauszufinden, ob sie schon abgestorben waren. Sie schienen allmählich wärmer zu werden, und anscheinend war doch noch so etwas wie Leben in ihnen, er konnte sie jedenfalls bewegen.

»Kommt mir auch ein wenig dick aufgetragen vor«, stimmte ihm Mehlich zu, der am Steuer saß.

»Dick aufgetragen?«, wiederholte Lockhardt. »Das merkt doch ein Blinder mit Warnweste und Rollator, dass diese sogenannten Trophäen getürkt sind. Wahrscheinlich ist konzentrierter Himbeersaft in den Röhrchen.«

»Warten wir ab, was Dr. Franke dazu sagt. Sieht mir aber schon nach echtem Blut aus.«

»Und warum in Gottes Namen sollte Paul Simon sein eigenes Blut zu den sogenannten Trophäenröhrchen stellen, hä?«, fragte Lockhardt mit skeptisch zusammengekniffenen Augen.

Mehlich zuckte mit den Schultern. »Was weiß ich, was im Hirn eines Killers vor sich geht? Ist dein Job, das herauszufinden. Für das Warum und Weshalb bist du zuständig. Ich bin nur der Techniker.«

Lockhardt brummte ungnädig eine unverständliche Antwort und starrte vor sich hin. Seine Nase juckte verdächtig. Er konzentrierte sich voll und ganz darauf, seinen aufkeimenden Niesreiz mental zu unterdrücken.

Der Feierabendverkehr hatte eingesetzt, und sie kamen nur noch im Stop-and-go-Tempo voran.

Lockhardt hatte schon mit Sandra Kleinert von der Soko Rotkehlchen telefoniert, der einzigen Kontaktperson im Büro, der er noch vertraute. Von Paul Simon gab es nichts Neues.

Also war er noch auf freiem Fuß.

Fragte sich nur, wie lange noch.

»Was ist mit dem Anrufer, der Paul Simon in der Hütte gesehen haben will?«, wollte Mehlich wissen.

»Der angebliche Forstbeamte?«, knurrte Lockhardt. »Wir haben seinen Anruf zwar auf Band, aber den Mann gibt es nicht. Wenn du mich fragst, war das der Mann, der die Blutproben in der Hütte versteckt hat. Also der richtige Killer. Der auch damals angerufen und Simon und mich zu diesem Einödhof geschickt hat …«

»Aber dich fragt man ja nicht«, bemerkte Mehlich nicht ohne einen Anflug von Sarkasmus, den Lockhardt mit einer bösen Handbewegung erwiderte, die Mehlich nicht entging.

In Wirklichkeit war die Bewegung der vergeblichen Verhinderung eines heftigen Niesanfalls geschuldet, der Lockhardt lautstark zusammenzucken ließ. Er tastete seine Taschen ab und schniefte erbarmungswürdig.

Mehlich reichte ihm kommentarlos eine frische Packung Papiertaschentücher, die Lockhardt dankbar annahm und sofort aufriss. Nach einigen Fehlversuchen fischte er endlich ein Papiertaschentuch heraus, bevor es zu spät war.

Dieser blödsinnige Ausflug ins Münchener Umland und das sinnfreie stundenlange Herumstehen in arktischer Kälte mit absolut unzureichender Winterausrüstung hatte schwerwiegende Folgen für seine sowieso schon angeschlagene Gesundheit, dessen war sich Lockhardt sicher, während er sich die Seele aus dem Leib schnäuzte. Sein sonst so zuverlässiges Hungergefühl war wie weggeblasen, und das war ein wirklich schlechtes Zeichen. Er meinte förmlich zu spüren, wie ein heftiger Infekt unaufhaltsam in seine Knochen kroch, seinen Rachen wie mit einer Drahtbürste kitzelte, seine Mandeln anschwellen und seine Körpertemperatur ansteigen ließ, während seine Laune einen neuen Tiefstwert erreichte.

Er schloss seine brennenden Augen und stellte sich vor, wie es wäre, jetzt auf dem heimischen Sofa zu liegen, unter einer dicken Bettdecke, versteht sich, im Fernsehen lief ein Champions-League-Fußballspiel, bei dem die Bayern Real Madrid vom Platz fegten. Er selbst hatte einen kühlen Waschlappen auf der glühenden Stirn, zwei Aspirin intus, bekam von seiner Gattin ein großes Glas heißen Grog serviert und wurde von seinen Kindern gebührend bemitleidet.

Und Paul Simon war unschuldig, der wahre Täter gefasst.

So musste das Paradies auf Erden sein.

»Jaja, träum weiter, Abel Lockhardt«, knurrte er so laut zu sich selbst, dass Mehlich ihm einen irritierten Seitenblick zuwarf.

»Alles in Ordnung bei dir?«, fragte er besorgt.

»Nein«, antwortete Lockhardt wahrheitsgemäß. »Nein, bei mir ist gar nichts in Ordnung …«

VIERZEHN

Paul Simon fuhr mit dem VW-Beetle seiner Frau auf der A 96 in Richtung Westen, genau in die tief stehende Sonne hinein. Es herrschte nicht viel Verkehr, er hatte den Tempomat auf hundertdreißig Stundenkilometer gestellt, ab und zu überholte er einen LKW. Dabei hatte er genug Muße, um sich die SMS von Amelie noch einmal durch den Kopf gehen zu lassen.

Paul wusste genau, was seine Frau mit der zweiten Option gemeint hatte und worauf sie anspielte. Er erinnerte sich sehr wohl an ihr damaliges Gespräch. Es war ganz am Anfang ihrer Beziehung gewesen, als Amelie sicher war, dass sie ein Kind erwartete. Sie hatte ihn nach seiner Familie gefragt, die er bis zu diesem Zeitpunkt kaum je erwähnt hatte. Er hatte ihr alles erzählt, was er wusste. Das war nicht besonders viel, weil es nicht viel zu erzählen gab und er es vorzog, nicht darüber zu sprechen. Er kam ursprünglich aus der DDR, doch seine leiblichen Eltern waren bei einem Zugunglück ums Leben gekommen, als er vier Monate alt war. Daher war er bei Pflegeeltern im Westen aufgenommen worden, bei der Schwester seiner Mutter in München. Seine Tante Sigrun und ihr Mann Karl hatten ihn adoptiert, als er zwölf Jahre alt war.

Er verband keine schlimmen Erlebnisse mit seiner Kindheit, ganz im Gegenteil. Seine Pflegeeltern waren lieb zu ihm gewesen, und es hatte ihm an nichts gefehlt. Trotzdem war da irgendetwas, eine Art pränatale Erinnerung, die er sich nicht erklären konnte. Es war das seltsame Gefühl, von jemandem getrennt worden zu sein, dem man sehr nahegestanden hatte – im wahrsten Sinne des Wortes. So nahe, wie es näher nicht mehr möglich oder denkbar war. Erst viel später hatte er dieses seltsame Gefühl mit der Antwort in Verbindung bringen können, die seine Pflegemutter ihm gab, als er sie mit dreizehn Jahren fragte, warum er keine Geschwister habe.

Tante Sigrun war bleich geworden, daran erinnerte er sich noch ganz genau. Sie war immer ehrlich zu ihm gewesen, von Anfang an, jedenfalls glaubte er das. Nie hatte sie ihm verheimlicht, dass sie nicht seine Mutter war, sondern die ältere Schwester seiner Mutter. Dass seine Eltern durch ein furchtbares Zugunglück in der Nähe von Magdeburg ums Leben gekommen waren, als er noch ein Baby war, hatte sie ihm auch nie verschwiegen.

Und auch jetzt beantwortete sie ihm seine Frage, und Paul erfuhr, dass er einen Zwillingsbruder hatte, der zwölf Minuten älter war als er.

Er hatte es immer gewusst, immer gespürt, immer geahnt, obwohl er natürlich als Kind nicht rational erfassen konnte, was das bedeutete.

»Wie heißt er?«, wollte er von seiner Pflegemutter wissen. »Und wo ist er? Warum ist er nicht hier bei uns?«

Sie gab Paul die Antworten, die er eingefordert hatte und

die er eigentlich nicht verstand, aber sie gab sie ihm. Unter der Bedingung, dass er nie mehr danach fragte, und das musste er ihr hoch und heilig versprechen, was er eingeschüchtert von ihrem Ernst und ihrer Eindringlichkeit auch befolgte.

»Er heißt Curt«, sagte sie. »Curt mit C, das war deiner Mama immer wichtig. Er wächst bei einer anderen Familie auf, die wir nicht kennen. Das war eine Entscheidung der DDR, auf die wir keinen Einfluss hatten, eine Entscheidung von ganz oben. Das wird dir nichts sagen, aber dass einer von den Zwillingen in den Westen kam, nämlich du, und der andere im Osten blieb, war ein persönlicher Erlass von Erich Mielke, dem obersten Chef des Ministeriums für Staatssicherheit.«

»Warum?«, wollte Paul wissen.

»Weil Mielke ein böser Mann ist«, antwortete seine Tante diffus.

Er verstand das natürlich nicht. Wie auch – er war erst dreizehn Jahre alt. Aber er hatte das Gefühl, dass seine Tante es auch nicht so recht verstand. Denn auf diese Frage hatte er nie eine richtige Antwort bekommen. Vielleicht durfte seine Tante sie auch nicht beantworten, weil ihr Mann ihr in dem Moment einen warnenden Blick zuwarf, der ihm nicht entging. Paul hatte die Frage nie wieder gestellt, weil er nicht wollte, dass seine Tante traurig war deswegen. Obwohl – nein, traurig war sie nicht gewesen. Sie hatte Angst gehabt. Es war die pure, nackte Angst, die er in ihren Augen gesehen hatte.

Das alles lag nun schon lange zurück. Pauls Adoptivmutter war längst tot, und er hatte dieses drängende Gefühl nach Aufklärung, nach absoluter Wahrheit über seine eigene Herkunft längst verloren, weil diese im Laufe der Zeit bedeutungslos für ihn geworden war. Wo Wunden verheilen, vergisst man sie nach einer Weile und wagt unbewusst nie mehr, daran zu rühren, weil es schmerzhaft sein könnte.

Mit neunzehn war er nach dem Abitur von zu Hause ausgezogen, hatte die Bundeswehr hinter sich gebracht und war fast ein ganzes Jahr in der Welt herumgebummelt, um dann nach seinem Studium der Kriminalistik die Laufbahn bei der Kriminalpolizei einzuschlagen. Seine Berufswahl und der Tod seiner Adoptivmutter während seines Auslandsaufenthalts hatten zu einem Zerwürfnis zwischen ihm und seinem Adoptivvater geführt. Paul war damals nicht erreichbar gewesen, denn er war irgendwo im fernen Australien unterwegs, und Handys gab es damals noch nicht. Und als er dann auch noch die Polizeilaufbahn einschlug, war das für Karl, der alles abgrundtief hasste, was mit Staatsgewalt und staatlicher Gängelung zusammenhing, der endgültige Anlass, mit seinem Adoptivsohn zu brechen.

Wenn Paul an ihn dachte, bekam er immer ein schlechtes Gewissen. Karl wollte ihn schlicht und ergreifend nicht mehr sehen. Vor zehn Jahren war er in eine Seniorenresidenz in Bad Grönenbach im Allgäu gezogen und hatte seine Wohnung in München aufgegeben.

Anfangs, als Magdalena zur Welt gekommen war, die schließlich Karls Enkelin war, hatte Paul den Versuch einer Versöhnung unternommen. Aber Karl war stur geblieben und hatte sich geweigert, auch nur ein Wort mit Paul zu wechseln, was die wenigen Besuche in Bad Grönenbach quälend und letztlich sinnlos machte.

In der Seniorenresidenz hatte sich Karl mit einer Heimbewohnerin namens Edeltraut angefreundet. Paul hatte versucht, wenigstens über sie auf dem Laufenden zu bleiben, was Karls Zustand anging. Er war froh darüber, dass sein Adoptivvater auf seine alten Tage noch jemanden gefunden hatte, mit dem er sich gut verstand. Und Edeltraut tat alles, was in ihrer Macht stand, um Vater und Adoptivsohn zumindest wieder an einen Tisch zu bringen.

Doch vergebens.

Nach und nach hatte sich die dürftige und einseitige Kommunikation mit seinem Adoptivvater darauf beschränkt, dass Paul unregelmäßig mit Edeltraut telefonierte, um den sowieso schon losen Kontakt nicht ganz abbrechen zu lassen.

Die letzten zwei oder drei Jahre war Paul so von Beruf und Familie in Beschlag genommen worden, dass er Edeltraut gerade mal an Weihnachten und am Geburtstag seines Vaters angerufen hatte, um sich nach seinem Befinden zu erkundigen. Karl war inzwischen zum bettlägerigen Pflegefall geworden, mit Edeltraut an seiner Seite, die für ihre sechsundachtzig Jahre erstaunlich rüstig und geistig rege war. Nach wie vor weigerte Karl sich, mit seinem Adoptivsohn zu sprechen, und Edeltraut gab Paul gegenüber zu, dass sie schon seit Langem die Telefonate mit ihm verschwieg, weil Karl allein bei Pauls Erwähnung wütend wurde und tagelang kein Wort mehr redete.

Starrsinnig hielt er daran fest, dass Paul Verrat an ihm

begangen hatte, indem er zur Polizei gegangen war. Viel schlimmer für ihn war, dass Paul seine Mutter im Stich gelassen hatte, weil er nicht bei ihrem vorhersehbaren Krebstod zugegen gewesen war, sondern es vorgezogen hatte, in der Weltgeschichte herumzureisen.

Dass Paul sich absichtlich davongemacht hatte, weil er es nicht ertragen konnte, wie seine Adoptivmutter leiden musste und nach unzähligen Operationen unter Schmerzen zugrunde ging, das war seinem Adoptivvater nie in den Sinn gekommen.

Als Paul Simon jetzt, auf der Fahrt nach Bad Grönenbach, über all seine sinnlosen und vergeblichen Versuche nachdachte, sich mit seinem Adoptivvater zu versöhnen, schalt er sich einen hoffnungslosen Optimisten. War er tatsächlich so naiv, seine letzte Karte darauf zu setzen, von Karl doch noch etwas in Erfahrung zu bringen, das ihm bei der Suche nach dem Vampirkiller hilfreich sein konnte? Wie sollte er seinen Vater dazu bringen, mit ihm zu reden? Oder ihm überhaupt zuzuhören? Vielleicht war er ja inzwischen geistig gar nicht mehr in der Lage zu verstehen, um was es überhaupt ging …

Amelie hatte ihn auf die einzig logische Spur gebracht. Da er nie Blut gespendet hatte, gab es nur eine einzige Option: Die DNA an den Tatorten war mit seiner identisch, weil die Spuren von Simons Zwillingsbruder stammten.

Durch diese grundlegende Erkenntnis stellten sich die Morde und das Video in einem gänzlich neuen Licht dar!

Amelie war Ärztin, und ihre medizinische Schlussfolgerung aus der Tatsache, dass Paul unschuldig war und sie ihm seine Beteuerungen glaubte, war die einzig mögliche. Auf ihren Hinweis hatte er genauer im Internet recherchiert. Nur bei eineiigen Zwillingen war die DNA nahezu identisch. Nicht hundertprozentig, aber zu 99,999 Prozent. Um einzelne Unterschiede herauszufinden, musste das komplette Erbgut beider Zwillinge analysiert werden, was eine sehr komplexe und zeitraubende Angelegenheit war. In Deutschland war derzeit nur ein einziges Fachinstitut in der Lage, ein dementsprechendes Gutachten auszuführen. Die Kosten dafür betrugen um die sechzigtausend Euro.

Bin ich dem Kriminaldirektor so viel Steuergeld wert?, fragte sich Paul Simon nicht ohne einen Anflug von Selbstironie.

Vielleicht.

Vielleicht auch nicht.

Jedenfalls wollte Simon es lieber nicht darauf ankommen lassen. Ihm reichte schon die Horrorvorstellung, wie er in Handschellen, vorverurteilt durch die Medien, als Vampirkiller von München in den Gerichtssaal geschleppt wurde. Diesen Anblick wollte und konnte er sich, seiner Frau und erst recht seiner Tochter nicht antun.

Also musste er auf eigene Faust herausbekommen, wer dieser Zwilling war und vor allem, wo er sich jetzt befand.

Zum ersten Mal, seit dieser perverse Kerl in sein Leben eingedrungen war, hatte er einen Namen: Curt. Paul hatte die Hoffnung, dass sein Adoptivvater mehr über seinen Zwillingsbruder wusste. Etwas, das ihm seine Mutter damals verschwiegen hatte.

Etwas, das ihn zu ihm führen konnte.

Denn Curt wollte offensichtlich etwas von ihm. Etwas ganz Besonderes. Schließlich hatte er auf seine bizarre Art Kontakt mit ihm aufgenommen und ihm Zeichen gegeben, die nur ihm gegolten hatten. Die Zehnpfennigmünze aus der DDR war ein Gruß aus dem untergegangenen Land, in dem sie beide zur Welt gekommen waren. Er hatte sie ihm auf obszöne, perverse Art übermittelt.

Paul war sich inzwischen sicher: Die Toten waren für Curt Kollateralschäden. Sie dienten ausschließlich dem Zweck, Aufmerksamkeit bei seinem Zwillingsbruder zu erregen. Dass sie in Curts Augen den Tod verdient hatten, war Nebensache, aber nach diesen Kriterien hatte er sie wohl herausgesucht.

Aber warum? Was wollte Curt von ihm? Und warum erst jetzt, nach vierzig Jahren? Weshalb war Curt über alle menschlichen Grenzen gegangen? War er geisteskrank?

Fragen über Fragen, die nur Curt beantworten konnte.

Und nur Karl konnte Paul zu seinem Zwillingsbruder führen.

FÜNFZEHN

Paul Simon stellte den VW-Beetle auf dem großen Besucherparkplatz am südlichen Ortsende von Bad Grönenbach ab. Der Marktflecken war in den letzten Jahrzehnten mehr und mehr zu einem Rückzugsort für pflegebedürftige Senioren geworden, die sich im Süden Deutschlands niedergelassen hatten, dort, wo es ruhig, erholsam, landschaftlich reizvoll und zumindest für einigermaßen Gutsituierte noch bezahlbar war.

Pauls Adoptivvater hatte eine florierende Praxis als Heilpraktiker in München-Pasing gehabt und eigentlich immer gehofft, dass Paul einmal in seine Fußstapfen treten und die Praxis übernehmen würde. Im Stillen hatte er sich wohl sogar gewünscht, dass Paul Medizin studierte, um ein »richtiger« Arzt zu werden. Letztlich hatte er die Praxis samt Patientenstamm zu einem stolzen Preis verkauft, der es ihm erlaubte, sich in der gehobenen Seniorenresidenz Pfarrer Sebastian Kneipp niederzulassen, wo er ein Zimmer mit Alpenblick hatte, einen Sonntagsgottesdienst im Hause, einmal wöchentlich eine organisierte Bingo-Veranstaltung und einmal jährlich den Auftritt einer Blaskapelle, die exklusiv zu seinem Geburtstag aufspielte.

Paul ging auf den akkurat geräumten und sorgfältig mit Rollsplitt bestreuten Wegen durch die Parkanlage zum Haupteingang des Seniorenheims. Es war ein repräsentativer vierstöckiger Bau aus den Achtzigerjahren mit Hallenbad, Fitnessräumen, Cafeteria und Speisesaal.

An der Rezeption fragte er eine weiß gekleidete Empfangsdame undefinierbaren Alters mit kunstvoll hochtoupierten Haaren nach der Zimmernummer von Karl Simon.

Die Rezeptionistin sah ihn mit einem ungläubigen Silberblick an, bevor sie ihre Brille aufsetzte, die sie an einem goldenen Kettchen um den Hals hängen hatte, um ihn nun noch genauer zu inspizieren. »Darf ich fragen, wie Sie heißen, in welcher Angelegenheit Sie Herrn Simon zu sprechen wünschen und in welchem verwandtschaftlichen Verhältnis Sie zu ihm stehen?«

Simon traute seinen Ohren nicht. »Ist es Standard, dass Sie jeden Besucher so genau prüfen?«

»Nun«, antwortete die Dame, »wir legen in unserem Haus allergrößten Wert auf eine gewisse Diskretion. Es kann ja sonst jeder daherkommen und unsere Hausbewohner mit Anliegen belästigen, die unangebracht sind. Wenn Sie verstehen, was ich meine.«

»Nein, das verstehe ich nicht.«

Ihre Stimme nahm einen gespielt konspirativen Touch an. »Sie glauben gar nicht, wie viele Versicherungsvertreter hier auftauchen und Geschäfte mit unseren Kunden machen wollen. Sind Sie ein Versicherungsvertreter? Oder suchen Sie potentielle Anleger für eine unschlagbar lukrative Fondsbeteiligung?«

Simon beugte sich ebenso konspirativ nach vorne und wollte aus einem natürlichen Reflex heraus, der ihm schon in Fleisch und Blut übergegangen war, seinen Kripoausweis hervorziehen, ließ ihn aber im allerletzten Moment stecken. »Hören Sie, das hier ist doch ein Altenheim und nicht eine getarnte CIA-Filiale, oder sehe ich das falsch?«

Die Miene der Rezeptionistin wurde in Millisekunden noch um ein paar Grad eisiger, als sie es ohnehin schon war.

»Das sehen Sie allerdings falsch. Unsere Hausphilosophie lehnt jede Form der verbalen Diskriminierung ab, insbesondere hinsichtlich des Lebensabschnitts unserer Klientel. Daher zur gefälligen Beachtung: Dies ist kein Altenheim, sondern eine Ruheresidenz …«

Simon merkte schon, dass er auf die renitente Art bei der Dame in Weiß nicht weiterkam, sondern im Gegenteil auf Granit stieß. Außerdem war es leichtsinnig von ihm, mit Rüpeleien aufzufallen, weil er sich eigentlich zurückhaltend benehmen sollte, schließlich war er Deutschlands meistgesuchter Verbrecher, das hatte er immer noch nicht genügend verinnerlicht. Also änderte er seine Taktik um hundertachtzig Grad.

»Bitte entschuldigen Sie, das war keineswegs abwertend gemeint. Es ist nur so, dass ich einen weiten Weg hinter mir habe, um einem lieben Verwandten einen Besuch abzustatten. Ich komme aus Hamburg und bin seit fast zehn Stunden im Auto unterwegs, deshalb war ich vielleicht ein wenig … ungeduldig. Tut mir wirklich leid.«

Jetzt sah sie ihn über den oberen Rand ihrer Brille an wie eine Lehrerin, die für ihren schwächsten Schüler eine besonders große Portion Engelsgeduld aufbringen musste, und seufzte, bevor sie ihre obligatorische Frage erneut stellte, allerdings um einige Nuancen ungnädiger: »Und Sie heißen?«

»Mein Name ist Schwarzbach, Martin Schwarzbach. Ich möchte meinen Onkel besuchen. Ich weiß, ich war schon lange nicht mehr hier, das liegt daran, dass ich eigentlich in den Vereinigten Staaten lebe, aber besser spät als nie, nicht wahr?«

Er setzte ein gewinnendes Lächeln auf, das aber bei der Dame nicht anzukommen schien. »Zu wem wollen Sie? Sagten Sie Karl Simon?«, fragte sie und kräuselte ihre Stirn, als hätte Simon ihr eben ein unmoralisches Angebot gemacht.

»Ja, Karl Simon heißt mein Onkel«, bestätigte Simon. »Zu ihm will ich.«

»Nun«, sagte die Rezeptionistin, »zu Karl Simon müssen Sie drei Querstraßen weiter.«

»Wie ... ich verstehe nicht ... Wohnt er nicht mehr hier? Ist er umgezogen?«, stotterte Simon.

»Sozusagen. Drei Querstraßen weiter Richtung Ortsmitte. Da liegt der Friedhof. Ihr Onkel ist leider vor zwei Wochen verstorben. Mein herzliches Beileid, Herr Schwarzbach.«

TEIL V

Der Schlüssel

EINS

Magdalena vermisste ihr heiß geliebtes Smartphone. Nie hätte sie gedacht, dass sie ohne ihr Handy überhaupt existieren konnte. Okay, es kam erst an dritter Stelle, wenn sie ganz ehrlich war. Noch mehr vermisste sie ihre Freundinnen und ihren Daddy. Oder umgekehrt, je nachdem, wie ihre Stimmung war.

Aber ihre Mutter hatte ihr hoch und heilig versprochen, dass diese schreckliche Zeit ohne Handy, Freundinnen und Daddy in spätestens einer Woche vorbei sein würde. Sie hoffte es wirklich inständig. Inzwischen vermisste sie sogar ihre Schule!

Magdalena war im Prinzip gern bei ihrer Oma. Seit einiger Zeit durfte sie sie sogar mit ihrem Vornamen ansprechen. Gerlinde war jugendlich, schlank und sportlich. Bei ihr durfte Magdalena so ziemlich alles, was ihre Eltern ihr nicht durchgehen ließen: fernsehen, lange aufbleiben und Süßigkeiten essen, bis sie nicht mehr konnte. Aufräumen musste sie auch nicht.

Gerlinde hatte lauter Dinge, die es in der Stadtwohnung der Simons nicht gab: einen großen Garten mit Beeten und Obstbäumen und einen kleinen verschmusten Kater namens Mogli, der bis auf eine weiße Pfote schwarz war wie ein Schornsteinfeger. Manchmal, wenn er es gut mit seinem Frauchen meinte, legte er zu ihrem und Magdalenas großem Entsetzen einen erlegten Vogel oder eine Maus als Morgengabe vor die Terrassentür, die Maus war meistens ohne Kopf. Einmal lag sogar ein buschiger Eichhörnchenschwanz vor der Tür, allerdings ohne Eichhörnchen.

Trotzdem liebte Magdalena Mogli über alles und erst recht ihre Oma Gerlinde, aber dass sie jetzt auch tagsüber mit ihrer Mom zusammen war, ohne ihren Daddy und ohne Schule – das kam ihr schon ziemlich seltsam vor. Genauso wie die Tatsache, dass vor dem Haus der Oma in Obermenzing immer wieder das eine oder andere Polizeifahrzeug patrouillierte. Gerlinde und ihre Mom hatten Magdalena erzählt, dass das nur zu ihrer aller Sicherheit sei. Mom hatte sich bei der Arbeit krankgemeldet, obwohl sie gar nicht krank war. Sie und Gerlinde gaben sich große Mühe, so zu tun, als sei alles in bester Ordnung, doch Magdalena wusste, dass genau das Gegenteil der Fall war.

Mom hatte ihr eine Geschichte aufgetischt, die das alles hinreichend erklären sollte – von wegen dass Daddy hinter einem gefährlichen Mann her sei, der furchtbar schlimme Dinge getan habe, und dass Magdalena und ihre Mom in der alten Wohnung nicht mehr sicher wären, solange dieser Mann von Paul nicht hinter Schloss und Riegel gebracht worden sei. Aber Magdalena ahnte, dass das nicht alles war. Sie hatte fürchterliche Angst um ihren Vater und betete heimlich jede Nacht für ihn, was sie sonst nie tat. Sie war nicht sehr religiös erzogen worden, aber beten war das Einzige, was sie für ihren Vater tun konnte. Wenn sie nämlich nicht mit aller Inbrunst betete, musste sie heulen, und das durfte sie nicht, weil ihre Mom neben ihr im Bett schlief und dann wach geworden wäre. Manchmal konnte sie ihre Tränen nicht mehr zurückhalten, und wenn sie dann von ihrer Mutter getröstet und in den Arm genommen wurde, merkte sie, dass ihrer Mom selbst zum Heulen zumute war.

Einmal am Tag durfte Magdalena ihre beste Freundin Helene anrufen, die im Klassenzimmer neben ihr saß. Helene berichtete ihr dann, was sie in der Schule alles durchgenommen hatten, wer sich danebenbenommen und wer sich in wen verliebt hatte und ähnlich furchtbar wichtige Dinge, die sie unbedingt wissen musste, um up to date zu sein.

Auch zum Voltigieren durfte Magdalena vorerst nicht mehr. Ganz so, als hätte sie eine ansteckende Krankheit und müsse auf einer Isolierstation bleiben, bis sie wieder gesund war und ins normale Leben zurückkehren konnte.

Magdalena war ein kluges und verständiges Mädchen und bemühte sich nach Kräften, das Leben für Gerlinde und ihre Mom nicht noch schwerer zu machen, als es ohnehin schon war. Sie lernte fleißig, was gar nicht nötig war, weil ihr alles von selbst zuflog, ohne dass sie eine Streberin gewesen wäre, sie beklagte sich nicht und stellte auch keine unangenehmen Fragen. Notgedrungen klammerte sie sich an Hoffnung, dass die schlimme Zeit bald vorüber sein würde, und flüchtete sich so lange in ihre Romanwelten. Aber wenn sie Harry Potter las, musste sie unweigerlich an ihren Vater denken, der ihr daraus vorlas, und das machte sie furchtbar traurig.

Umso dankbarer war sie, wenn es etwas Abwechslung gab. Als Gerlinde und Mom verkündeten, dass sie gemeinsam zum Supermarkt fahren würden, war der Jubel groß. Erstens kam sie dann aus dem Haus, und zweitens war das die Gelegenheit, vielleicht die eine oder andere Packung Jellybeans zu ergattern, die momentan auf ihrer Beliebtheitsliste und der ihrer besten Freundin Helene ganz oben angesiedelt waren. Besonders drei Sorten hatten es ihr angetan: Buttered Popcorn, Sunkist Orange und Toasted Marshmallow.

Im Supermarkt schob Magdalena den Einkaufswagen systematisch durch die Gänge, während Gerlinde und ihre Mom alles, was sie auf ihrer Liste notiert hatten, in den Wagen legten.

In der Obst- und Gemüseabteilung brauchten die beiden grauenhaft lange, weil sie sich nicht einig werden konnten, was für einen Salat sie machen sollten. Magdalena nutzte die günstige Gelegenheit und ging gleich weiter zur Süßwarenabteilung, an der sie eigentlich erst am Ende ihrer Einkaufstour vorbeigekommen wären, um sich dort nach Jellybeans umzusehen.

Als ihr Blick zufällig in Richtung Kassenterminal fiel, traute sie ihren Augen nicht: War das nicht ihr Daddy, der dort stand und ihr zuwinkte?

Das konnte doch nicht sein, oder?

Natürlich, er war es!

Sie stopfte die Packung Jellybeans, die sie schon in der Hand hatte, zurück ins Regal und sauste, ohne zu überlegen, los.

Ihr Vater streckte schon die Arme nach ihr aus und strahlte übers ganze Gesicht vor Freude, sie zu sehen. Er hatte einen Viertagebart und eine böse Narbe quer über Augenbraue und Nase, aber das war Magdalena egal. Sie schmiegte sich an seinen stacheligen Hals.

»Da bist du ja, Lena!«, sagte er. »Mein Gott, wie hab ich dich vermisst!«

Sie fand, dass er anders roch als sonst, und auch seine Stimme kam ihr irgendwie tiefer vor. Aber Hauptsache, sie hatte endlich ihren Daddy wieder!

ZWEI

Ein schlichtes Holzkreuz mit Geburts- und Todesdatum und dem Namen Karl Simon sowie zwei halb verschneite Kränze kennzeichneten die Stelle auf dem Friedhof, an der Paul Simons Adoptivvater begraben worden war. Ein Ewiges Licht davor zeigte, dass es wenigstens einen Menschen auf Erden gab, der an Karl Simon dachte und um ihn trauerte, wenn er als Adoptivsohn dazu schon nicht in der Lage war.

Er ging in die Hocke, um die Aufschriften auf den Schleifen der Kränze lesen zu können, von denen er vorher den Schnee abschütteln musste.

Die eine lautete: »Ein letzter Gruß – Seniorenresidenz Pfarrer Sebastian Kneipp«, die andere: »In stiller Trauer – Edeltraut Wiesinger.«

Simon bedauerte von Herzen, dass es nun endgültig zu spät für eine Versöhnung mit Karl war. Und ihm wurde bewusst, dass er wohl nie die ganze Wahrheit über sich, seine Herkunft und seine Vergangenheit in Erfahrung bringen würde. Ganz abgesehen davon, dass er nun nicht mehr die geringste Chance hatte, Curts Spur aufzunehmen und ihn zur Rechenschaft zu ziehen für das, was er getan hatte und vielleicht noch vorhatte zu tun.

Endlich erhob er sich schwerfällig und verließ den Friedhof. Wie die Situation sich nun darstellte, konnte er nicht einmal zur Seniorenresidenz zurückgehen und darum bitten, den Nachlass von Karl Simon einsehen zu dürfen, ob er nicht vielleicht irgendetwas von Belang für seinen einzigen Sohn hinterlassen hatte. Nach der Auseinandersetzung mit der Rezeptionistin würde sie unter Garantie ohne einen ordentlichen Beschluss des zuständigen Nachlassgerichts weniger als nichts herausrücken. Und selbst dann wäre es noch erklärungsbedürftig, wie er auf die Idee gekommen war, sich als Neffe des Verstorbenen auszugeben, obwohl er doch der Adoptivsohn war, nach dem bundesweit per Fahndungsliste gesucht wurde. Ein hoffnungsloses Unterfangen.

Jetzt blieb ihm eine letzte Hoffnung: Er musste in seine Geburtsstadt nach Sachsen-Anhalt fahren und versuchen, über Geburtsurkunden, Standesämter und Melderegister etwas über seinen ominösen Bruder herauszubekommen.

Es wurde allmählich dunkel, und Nebel zog auf. Wie Simon so gedankenverloren durch die Kälte marschierte, glaubte er kurz, von irgendwoher seinen Namen zu hören. Er stutzte, ging dann aber weiter. Bestimmt hatte er sich getäuscht. Zum ersten Mal grübelte er ernsthaft darüber nach, ob es nicht besser war, sich zu stellen und darauf zu hoffen, fair und gerecht behandelt zu werden.

»Paul Simon!«, rief eine weibliche Stimme, diesmal laut und deutlich.

Simon blieb stehen und drehte sich nach ihr um.

Neben einem kitschigen Grabmal mit einem trauernden Engel stand eine große Frauengestalt, die sich auf einen

Gehstock stützte, und sah im wabernden Nebel selbst beinahe aus wie eine Statue aus Stein. Sie trug einen grauen Mantel und einen grauen Schal, den sie sich gegen Nässe und Kälte um ihren Kopf geschlungen hatte.

Simon erkannte sie erst auf den zweiten Blick. Es war Edeltraut Wiesinger, die seinen Adoptivvater die letzten Jahre seines Lebens begleitet hatte.

Er machte kehrt und ging auf sie zu, um ihr die Hand zu geben.

»Schön, dass Sie doch noch gekommen sind«, sagte sie. »Er hat immer gesagt, dass er auf Sie wartet.«

Simon wollte etwas erwidern, aber Edeltraut Wiesinger hob ihre behandschuhte Hand zum Zeichen, dass er schweigen solle. »Ich weiß, wie oft Sie vergeblich versucht haben, wieder mit ihm ins Gespräch zu kommen und er sich Ihnen brüsk verweigert hat. Zu sagen, er habe es nicht so gemeint, wäre wohl einigermaßen unangebracht. Aber in den letzten Tagen seines Lebens hat er seine Zurückweisung bereut, glauben Sie mir. Aber da war es zu spät. Kommen Sie, leihen Sie einer alten Frau Ihren Arm, der Weg ist ziemlich rutschig, und ich bin nicht mehr so gut zu Fuß. Gehen wir irgendwohin, wo wir uns unterhalten können. Ich glaube, ich habe Ihnen eine ganze Menge zu erzählen …«

DREI

Edeltraut Wiesinger und Paul Simon wärmten sich im nächsten Café auf. Viel war nicht los, es war ein stinknormaler Werktag an einem ungemütlichen Spätnachmittag im Winter. Drei ältere Damen mit silbrigen Dauerwellfrisuren hatten ihre dicken Fellmützen aufgelassen, die an Bienenkörbe erinnerten. Stumm saßen sie beieinander, vertilgten ihre Tortenstücke und nippten an ihren Kaffeetassen. Simon fühlte sich in diesem Kurcafé wie zurückversetzt in die Fünfzigerjahre. Das altmodische Etablissement samt Einrichtung und Kundschaft schien völlig aus der Zeit gefallen zu sein.

Auch Simon und Edeltraut Wiesinger hatten kein Wort gewechselt, seit sie sich an den Fensterplatz gesetzt hatten. Er wollte sie auf keinen Fall bedrängen, schließlich war sie auf ihn zugekommen und legte sich vermutlich gerade zurecht, was und in welcher Reihenfolge sie ihm berichten wollte.

Während sie auf ihren Kaffee warteten, stellte er doch eine Frage, die ihm auf der Zunge lag, seit er die Grabstätte von Karl Simon auf dem Friedhof gesehen hatte. »Wie ist er gestorben?«

Frau Wiesinger wartete, bis die Kellnerin den Kaffee und für sie ein Stück Linzertorte mit Schlagsahne auf den Tisch gestellt hatte, dann erst antwortete sie. »Er ist im Schlaf gestorben. Ohne Schmerzen. Als er am Morgen nicht zum Frühstück erschienen ist, hat eine Pflegerin nach ihm gesehen. Da lag er tot und friedlich in seinem Bett.«

Simon nickte. Irgendwie war er erleichtert, aber gleichzeitig drückte ihn auch wieder sein schlechtes Gewissen.

Er trank einen Schluck Kaffee. Als er Frau Wiesinger ihr Kuchenstück essen sah, merkte er auf einmal, wie ausgehungert er war. Das einzige herzhafte Gericht, was es um die Zeit außer Würstchen mit Brot noch gab, war Rührei mit Schinken. Er bestellte eine Portion und verschlang sie mit großem Appetit.

Frau Wiesinger sah ihm dabei zu, bis er auch den letzten Bissen vertilgt hatte, und sagte dann: »Ich muss mich wirklich bei Ihnen entschuldigen.«

Simon putzte sich den Mund mit der Serviette ab. »Wofür?«

»Dass ich Ihnen den Tod Ihres Adoptivvaters nicht gleich mitgeteilt habe. Aber Karl hat mir das Versprechen abgenommen, es nicht zu tun. Ich … ich fühlte mich meinem Versprechen verpflichtet.«

»Warum wollte er es nicht?«

»Weil er glaubte, wenn Sie nicht mehr zu seinen Lebzeiten kommen, dann ist es wohl besser, wenn er die alten Geschichten mit ins Grab nimmt.«

»Ich habe mich immer gefragt, warum er mir gegenüber so unversöhnlich war. Ich weiß, es hat ihn schwer getroffen, dass ich beim Tod seiner Frau nicht da war. Ich habe mehrfach versucht, es ihm zu erklären, aber ich bin nicht mehr zu ihm durchgedrungen.«

Sie legte besänftigend ihre Hand auf die seine und tätschelte sie großmütterlich.

»Er hat mir alles erzählt. Ich hatte das Gefühl, er musste es sich von der Seele reden, weil er ahnte, dass er nicht mehr lange leben würde. Vielleicht ist es ihm mir gegenüber, die ich nicht zur Familie gehörte, leichtergefallen, wer weiß. Er war in einem Dilemma. Auf der einen Seite wollte er Sie davor bewahren, dass Sie die ganze Wahrheit erfahren, auf der anderen Seite wollte er auch nicht, dass die Geschichte, die er zu berichten hatte, verloren geht. Und so hat er sie letzten Endes mir anvertraut.«

»Und wenn ich jetzt nicht gekommen wäre?«

»Vielleicht hätte ich seine Geschichte aufgeschrieben und in einen Umschlag gesteckt mit Ihrem Namen darauf, den ich Ihnen hätte zukommen lassen. Sie hätten dann selbst entscheiden können, ob Sie ihn öffnen oder nicht.«

»Klingt, als wäre es die Büchse der Pandora.«

»Kein schlechter Vergleich. War da nicht alles Übel der Welt darin?«

»Ja. Ist es denn so gefährlich, den Umschlag zu öffnen?«

»Glauben Sie mir, manchmal ist es besser, wenn man nicht alles weiß, was in der eigenen Familiengeschichte vorgefallen ist.«

»Der Meinung bin ich nicht. Es ist ein Unterschied, ob man gar nicht alles wissen will, weil man eine Ahnung hat, dass in der Vergangenheit schreckliche Dinge passiert sind, die irgendjemand unter den Teppich gekehrt hat. Oder ob einem absichtlich die Wahrheit verschwiegen wird. Aber ich finde, als Familienmitglied hat man einen Anspruch auf die Wahrheit. Die ganze Wahrheit. Auch wenn sie noch so schmerzhaft ist …«

»Ihre Mutter hat die ganze Wahrheit gekannt. Aber auch sie hat sie Ihnen nicht vollständig gesagt. Selbst wenn Sie das geglaubt haben.«

»Aus freien Stücken – oder weil sie Angst vor meinem Vater hatte?«

»Aus freien Stücken«, sagte Frau Wiesinger. »Sie fanden beide, dass die Wahrheit zu schrecklich für Sie sei.«

»Nun ja, ich war ein Kind und hatte meine beiden leiblichen Eltern durch ein Zugunglück verloren …«

»Das war schon der Beginn der Lüge.«

»Ich verstehe nicht ganz. Später als Teenager habe ich selbst die alten Zeitungsberichte über das Unglück gelesen. Meine Adoptivmutter hatte sie für mich aufgehoben. Eine Schranke ist in einer Telefonleitung hängen geblieben. Der Schrankenwärter zieht die Schranke wieder hoch. In dem Augenblick kommt ein Tanklastwagen und überquert den Bahnübergang. Er wird vom Zug erfasst, fünfzehntausend Liter Treibstoff explodieren. Damals kamen vierundneunzig Menschen ums Leben, davon vierundvierzig Kinder, die zu einem Ferienlager unterwegs waren …«

»Ja, eine furchtbare Tragödie, das schlimmste Zugunglück der DDR.«

»Und was ist daran der Beginn der Lüge?«

»Ihre leibliche Mutter ist damals verbrannt, das ist die

schreckliche Wahrheit. Aber Ihr Vater war nicht unter den Verunglückten. Das ist der Beginn der Lüge.« Frau Wiesinger lehnte sich zurück und begann zu erzählen. »Dass Sie einen Zwillingsbruder haben, wissen Sie schon, meinte Karl.«

»Ja, das hat mir meine Mutter noch erzählt, als ich ein Junge war. Er heißt Curt. Mit C, nicht mit K, und ist zwölf Minuten älter als ich. Mehr weiß ich nicht über ihn.«

»Das ist auch alles, was ich über Ihren Bruder weiß. Er ist verschwunden, als ihn die Leute von der Stasi abgeholt haben. Als Baby. Ein Auftrag von ganz oben.«

»Er lebt, und ich muss ihn finden. Hat Karl nichts über ihn gesagt?«

»Tut mir leid, er wusste auch nicht, was aus ihm geworden ist. Er wusste nur, dass er in eine andere Pflegefamilie kam. Eine linientreue. Kein Name, keine Adresse. Sie sind bei Ihrer Tante und Ihrem Onkel geblieben, die zwei Monate später aus Magdeburg in den Westen gezogen sind. Nach München.«

»Ich dachte, ich bin von Anfang an in München aufgewachsen …«

»Das ist nicht richtig. Jedenfalls nicht ganz richtig.«

»Warum hat man mich und meinen Bruder getrennt?«

»Das weiß ich nicht. Es heißt, dass Erich Mielke höchstpersönlich seine Finger im Spiel gehabt hat. Das hat Karl jedenfalls behauptet.«

Simon beugte sich nach vorne und sah Frau Wiesinger in die grauen Augen. »Dann sagen Sie mir bitte die Wahrheit über meinen biologischen Vater … unseren biologischen Vater, muss ich wohl sagen …«

Die eigentliche Enttäuschung war für ihn, belogen worden zu sein von einem Menschen, dem er absolut vertraut hatte, nämlich seiner Tante und späteren Adoptivmutter. Die Vergangenheit, mit der er vierzig Jahre lang gelebt hatte, schien eine einzige Lüge gewesen zu sein.

Die junge Kellnerin räumte den Tisch der drei Damen ab, die sich gegenseitig an der Garderobe in ihre Mäntel halfen und das Lokal verließen, was eine mittlere Ewigkeit dauerte. Frau Wiesinger wartete ab, bis das Trio endlich verschwunden war. Die Kellnerin kam zu ihnen und wollte fragen, ob die Herrschaften noch etwas wünschten, aber als sie Simons und Frau Wiesingers abweisende Gesichter sah, machte sie kehrt und ging wieder hinter ihren Tresen, um dort ihr Smartphone weiter mit energischen Wischbewegungen zu bearbeiten.

»Hat Ihnen Ihre Tante erzählt, dass Ihre Eltern ein Paar waren, als Sie auf die Welt kamen?«, fragte Frau Wiesinger endlich, als wieder Ruhe eingekehrt war.

»Nicht direkt, aber natürlich bin ich davon ausgegangen«, sagte Simon.

»Das stimmt nicht, Sie und Ihr Zwillingsbruder sind uneheliche Kinder. Ihr leiblicher Vater ist auch nicht bei dem Zugunglück ums Leben gekommen, sondern sechs Wochen danach. Ihre Mutter war unterwegs zu ihm, ihre beiden Kinder, Sie und Ihren Bruder, hat sie bei ihrer Schwester gelassen, also Ihrer späteren Adoptivmutter. Sie war in dem Unglückszug, weil sie dem Vater ihrer Kinder in der Strafvollzugsanstalt von Leipzig einen Besuch abstatten wollte.«

»Mein Vater saß im Gefängnis? Was hat er verbrochen?«

»Arnold Schönborn war kurz vorher als mehrfacher Mörder angeklagt, schuldig gesprochen und zum Tode verurteilt worden.«

»Er war also kein politischer Häftling?«

»Oh nein, ganz und gar nicht. Heute würde man wohl sagen… Ich meine, das wissen Sie besser als ich, Sie sind vom Fach…«

»Er war ein Serienkiller.«

»Den Ausdruck gab es damals noch nicht, aber das muss er wohl gewesen sein. Er soll laut Urteil drei Frauen vergewaltigt und anschließend mit seinem Gürtel erdrosselt haben. Das Urteil wurde ein paar Wochen nach dem Zugunglück vollstreckt. Schönborn wurde hingerichtet. Ihr Adoptivvater wollte die Akten nach der Wende einsehen. Aber sie waren verschwunden. Die Leiche von Arnold Schönborn wurde verbrannt, die Asche in einem anonymen Grab verscharrt. Das ist die nackte Wahrheit.«

Simon war anzusehen, wie tief ihn das getroffen hatte. Sein Gesicht war aschfahl geworden.

»Und dieser Arnold Schönborn ist unzweifelhaft mein biologischer Vater?«

»Ja. Ihrer beider Vater. Tut mir leid, aber das sind die Tatsachen.«

Simon rieb sich die Augen, als könnte er noch vage hoffen, in einem Albtraum gelandet zu sein, der irgendwann wieder enden würde.

Frau Wiesinger fuhr fort: »Über Ihren Bruder hat Karl trotz intensiver Recherche nach dem Fall der Mauer nichts weiter in Erfahrung bringen können. Es ist, als ob es ihn nie gegeben hätte. Karl Simon hat mit niemandem über diese Geschichte gesprochen. Und ich habe ihm bei meinem Seelenheil versprochen, es außer Ihnen auch niemandem zu erzählen. Sie können damit umgehen, wie Sie wollen. Es steht mir nicht zu, aber ich möchte Ihnen trotzdem einen Rat geben, auch wenn Sie ihn vielleicht nicht beherzigen wollen. Es ist der Rat einer lebenserfahrenen Frau, die in ihrer Familie selbst viel Leid erlebt hat. Es heißt immer: In der Wahrheit liegt Erlösung. In Ihrem Fall bewirkt sie nur das Gegenteil. Diese Art Wahrheit kann pures Gift für eine Familie sein. Wenn Sie sie Ihrer Frau erzählen, belasten Sie sie nur unnötig und für alle Zeiten. Behalten Sie die Wahrheit für sich, auch wenn es Ihnen noch so schwerfällt. Sie sollten allein damit fertig werden.«

Sie lehnte sich mit einem tiefen Seufzer zurück, als wäre sie froh, eine große Last losgeworden zu sein. Dann zog sie ihre Handschuhe an.

»Hiermit habe ich meine Pflicht und Schuldigkeit getan. Es ist mir bei Gott nicht leichtgefallen, das kann ich Ihnen sagen. Tut mir leid, aber Sie wollten sie ja hören, die ganze Wahrheit. Und nichts als die Wahrheit.«

Sie erhob sich schwerfällig. Simon war nicht in der Lage, sich zu rühren. Er blieb sitzen und schaute ins Leere. Frau Wiesinger ging zur Garderobe und zog umständlich ihren Mantel an, die Kellnerin half ihr dabei und bekam von ihr unauffällig einen Geldschein zugesteckt, dann kam Frau Wiesinger noch einmal an den Tisch zu Simon zurück.

»Es gibt im Nachlass einige schriftliche Unterlagen Ihres Adoptivvaters zu der ganzen Geschichte. Sie werden die

Herausgabe beantragen müssen, ich habe keinen Zugriff darauf. Sein Testament hat er ständig geändert. Ich weiß nicht, was im aktuellen drinsteht und wem er was vermacht hat. Die ganzen Sachen müssten im Tresor der Heimleitung liegen.«

Simon wollte aufstehen, doch sie legte ihm die Hand auf die Schulter. »Bitte bleiben Sie sitzen. Bemühen Sie sich nicht, ich komme allein zurecht.«

Sie klopfte ihm einmal mitfühlend auf die Schulter und ging dann mit ihrem Gehstock hinaus.

Simon stand regelrecht unter Schock, und es dauerte, bis er sich aus seiner Erstarrung lösen konnte. Dann stand er auf, zog sich seinen Mantel an und wollte zahlen. Doch die Kellnerin lehnte das Geld mit der Bemerkung ab, die Dame habe schon alles bezahlt. Wie ein Zombie verließ er das Lokal und trat hinaus in die neblige Nacht.

VIER

Hinterher wusste er nicht mehr, wie er sein Auto bei Nacht und Nebel wiedergefunden hatte. Der Wagen war unter einer hellen Straßenlaterne geparkt, in deren gelbem Licht feine Schneeflocken herabrieselten. Simon setzte sich hinein und packte das Lenkrad so fest, als würde sein VW-Beetle jeden Moment von selbst starten und wie eine Kanonenkugel himmelwärts davonschießen.

In diesem Augenblick hätte er nichts dagegen gehabt.

Er wünschte sich, er wäre ein anderer.

Aber er war der, der er war.

Mit den Genen, die er von seinen Eltern vererbt bekommen hatte. Von der Mutter, aber auch von seinem Vater, dem Serienkiller.

Mit schier übermenschlicher Anstrengung löste er seine verkrampften Hände vom Steuer und blickte seine Handflächen an, als sähe er sie zum ersten Mal und könnte von den Linien und Rillen ablesen, wer er wirklich war. Nach einer kleinen Ewigkeit schloss er die Augen und lehnte sich an die Kopfstütze.

Doch es gelang ihm nicht, zur Ruhe zu kommen. Ganz im Gegenteil, in seinem Inneren tobte ein Sturm, einem

Hurrikan nicht unähnlich, der keinen Stein mehr auf dem anderen ließ. Ihn befiel eine fürchterliche Angst, die ihn mit einer brutalen Wucht überflutete wie noch nie zuvor in seinem Leben.

Unbewusst tippte er die Scheibenwischerfunktion an. Er hatte die Zündschlüssel so weit herumgedreht, dass der Scheibenwischer einmal kurz über die Windschutzscheibe hin- und herfegte. Wusch-wusch.

Ein Geräusch, das ihn irgendwie beruhigte.

Wusch-wusch.

Immer wieder.

Der Wischer entfernte zwar den Schnee, der außen auf die Scheiben fiel, aber nicht den Atemfilm, der sich innen gebildet hatte.

Wusch-wusch.

Ein Klingelton ließ ihn aufschrecken. Er kam von Magdalenas Handy, dessen Nummer nur seine Frau und Abel Lockhardt kannten. Er nahm den Anruf an.

»Ja?«, sagte er.

Es war Amelie. Sie war aus dem Häuschen, wie er sie noch nie erlebt hatte. »Hast du Lena entführt?«, kreischte sie.

»Was?«

»Ob du Lena entführt hast, will ich wissen!«

»Nein, natürlich nicht. Warum sollte ich das tun? Was ist mit ihr?«

»Hörst du mir nicht zu? Lena wurde entführt! Aus dem Supermarkt. Von jemandem, der nach Zeugenbeschreibungen aussah wie du! Meine Mutter hat ihn noch mit Lena an der Hand gesehen. Auch sie hat gesagt, er sah aus wie du! Wo steckst du eigentlich?«

Er musste sich heftig räuspern, um überhaupt einen Ton herauszubringen. Da war sie wieder. Diese fürchterliche Angst.

»Weit weg von euch. Wo bist du?«, fragte er.

»Bei der Polizei. Wo sonst?«, schrie sie ihn an.

Er spürte nun auch ihre Angst, ihre Verzweiflung. Aber gleichzeitig war ihm klar, dass er die Verbindung auf der Stelle unterbrechen musste, sonst würden sie ihn sofort orten.

»Ich regle das. Mach dir keine Sorgen.«

»Was?«

»Ich sagte, ich regle das! Ich melde mich.«

Dann schaltete er das Handy aus.

Magdalena war entführt worden. Von jemandem, der aussah wie er selbst. Mein Zwillingsbruder, dachte Simon. Das kann nur Curt sein. Nein, das muss er sein!

Lichter blinkten in der Dunkelheit auf. Er sah sie im Rückspiegel näher kommen.

Wenn das schon ein Streifenwagen auf der Suche nach ihm war, dann hatten sie ihn schneller gefunden, als er das für möglich gehalten hätte.

Sie kamen immer näher, und er überlegte, ob er den Motor starten und losfahren sollte, aber dafür war es schon zu spät. Er konnte nur noch tief in seinen Sitz rutschen und hoffen, dass sie ihn im Schneegestöber übersahen.

Das Fahrzeug mit den blinkenden Lichtern fuhr vorbei. Es war ein Streufahrzeug von der Straßenmeisterei und verschwand wieder im Schneetreiben, das immer dichter wurde.

Simon überlegte fieberhaft. Er musste irgendwie mit Curt in Kontakt treten. Jetzt sofort. Er erinnerte sich daran, dass er sein eigenes Handy ausgeschaltet dabeihatte.

Curt würde ihn sprechen wollen. Wenn er Magdalena entführte, war das ein klarer Hinweis, dass Curt etwas von ihm wollte. Nachdem er durch seine Taten Paul zum Vogelfreien, zum gesuchten Killer gemacht hatte, war die Endphase eingeläutet, die letzte Runde. Curt wollte ihn erpressen, ihm wehtun, mit ihm reden – was auch immer. Vielleicht alles auf einmal.

Paus Simon schaltete sein eigenes Handy an.

Achtzehn Anrufe.

Sechzehn mal die Kollegin von der Sonderkommission, Sandra Kleinert. Jedes Mal der gleiche Text im Abstand von einer Stunde. Dringende Bitte um Rückruf.

Er löschte die Nachrichten.

Ein Anruf von einer Frau Sowieso von seinem Netzbetreiber mit irgendeinem nervtötenden Sonderangebot exklusiv für ihn und der Bitte um Rückruf und dann …

Vor einer halben Stunde.

Curt.

»Hallo, Paul. Wir kennen uns inzwischen so gut, dass ich zum Du übergehe, das macht die Sache ein wenig … persönlicher. Ich bin derjenige, den du bisher nur unter dem Decknamen ›Der unsichtbare Mann‹ kennst. Jetzt bin ich der Mann, der deine Tochter hat. Du kannst ganz ruhig bleiben – noch ist ihr nichts passiert, es geht ihr bestens. Und wenn du willst, dass es so bleibt, dann komm um Punkt dreiundzwanzig Uhr in deine Heimatstadt, ins City-Parkhaus am Färbergraben. Dritter Stock, Parkbucht 317. Ich weiß nicht, wo du dich gerade versteckst, aber ich kann dir versichern, wenn du nicht pünktlich bist, siehst du deine Tochter nie wieder. Ich werde diesen Anruf nicht wiederholen. Du hast nur diese einzige Chance, mich zu treffen und Unheil von deiner Tochter abzuwenden. Aber denk nicht zu lange darüber nach, ob du nicht doch deine Kollegen von der Polizei einschalten solltest, falls dir das Leben deiner Tochter lieb und teuer ist!«

Das war alles.

Nach dem Anruf von seiner Frau zweifelte Simon keine Sekunde daran, dass Curt die Wahrheit gesagt hatte. Er hatte Magdalena entführt und in seiner Gewalt.

Simon sah auf seine Uhr, schaltete den Motor an und das Gebläse auf Maximum.

Die Angst um seine Tochter versetzte ihn seltsamerweise wieder in die Lage, logisch zu denken und entsprechend zu handeln.

Die von innen beschlagene Windschutzscheibe klarte allmählich auf. Er schnallte sich an, schaltete das Abblendlicht ein und gab Gas.

FÜNF

Er fuhr zügig, aber nicht zu schnell. Das ließen die Straßen- und Wetterverhältnisse gar nicht zu. Es schneite ununterbrochen. Kein schwerer, nasser Schnee, nur leichte, tanzende Flocken. Aber das Geflirre vor den Lichtkegeln der Scheinwerfer machte auch das Dahingleiten auf der Autobahn anstrengend. Simon musste sich ganz auf den Verkehr konzentrieren, aber momentan war er genau darüber froh. So war es ihm möglich, seine Panikattacken besser in Schach zu halten.

Es waren nur wenige Autos unterwegs, trotzdem führten zwei Streuwagen, die wegen des strengen Nachtfrosts unterwegs waren, zu einem Stau. Während Simon wartete, hatte er genügend Zeit, um nachzudenken. Immerhin ging es bald im Schneckentempo weiter.

Je näher er München kam, desto nervöser wurde er. In der Stadt herrschte dichter Verkehr, insbesondere in der Gegend um den Stachus.

Es war kurz vor zweiundzwanzig Uhr, als er an der Schranke zur Einfahrt ins City-Parkhaus anhielt, ein Ticket auslöste und die Schranke hochgehen ließ. Er fuhr auf das oberste Parkdeck, wo bis auf zwei oder drei Autos die Stellplätze alle leer waren. Dort machte er Licht und Motor aus und stellte nach einem Blick auf die Uhr fest, dass er viel zu früh dran war.

Simon stieg aus, vergewisserte sich, dass sich außer ihm niemand auf dem Parkdeck befand und dass seine Dienstwaffe, die Walther P7, geladen und gesichert war. Er steckte sie in seine rechte Manteltasche. Mühsam drückte er die schwere Stahltür ins Treppenhaus auf und ging bis ins dritte Parkdeck hinunter. Seine Schritte auf dem nackten Betonboden kamen ihm merkwürdig laut vor.

Unten angekommen suchte er nach der Parkbucht 317, die ebenso wie die beiden Nachbarparkplätze leer war. Er versteckte sich zwischen einer Säule und einem riesigen Van mit verspiegelten Scheiben. In seiner Tasche tastete er nach Zigaretten. Zu seiner eigenen Verblüffung fand er tatsächlich eine angebrochene Schachtel und zündete sich eine Zigarette an, die er nach zwei Zügen wegwarf und austrat.

Er hörte Türenschlagen und Reifenquietschen, eine laute Stimme hallte durch die Parkdecks, während er sich auf eine längere Wartezeit einstellte. Er beschloss, hinter seiner Säule so lange zu warten, bis Curt kam. Wenn er nicht wieder sein übliches Spiel abzog und Simon herbestellt hatte, ohne sich selbst blicken zu lassen. Aber Simon hatte das unbestimmte Gefühl, dass die Zeit der Spielchen vorbei war. Keine Drohungen oder versteckten Hinweise mehr, jetzt war die Zeit der Entscheidungen. Er tastete nach seiner Schusswaffe in der Tasche.

Sein Entschluss stand fest. Wenn Curt Magdalena etwas angetan hatte, würde er ihn, ohne zu zögern, über den

Haufen schießen. Dass er jemanden umbringen konnte – das musste ja in den Genen einprogrammiert sein, bei so einem Vater.

Beinahe hätte er über sich selbst gelacht, aber es wäre ein verzweifeltes Lachen gewesen. Er biss sich auf die Lippen. In seiner Ausweglosigkeit durfte er nicht zu aufgedreht und emotional werden. Curt war ein gefährlicher Mann, der vor nichts zurückschreckte, das hatte er zur Genüge unter Beweis gestellt.

Kurzzeitig hatte Simon mit dem Gedanken gespielt, Kriminaldirektor Schubert von dem Treffen im Parkhaus zu berichten und ihn zu bitten, das Parkhaus observieren und umstellen zu lassen. Aber dann hatte er diesen Gedanken wieder verworfen. Einerseits konnte er seinen Kollegen nicht mehr trauen, und ob sie ihm überhaupt noch glaubten – daran zweifelte er stark. Andererseits hatte Curt Simon unmissverständlich davor gewarnt, die Polizei einzuschalten. Was sein Zwillingsbruder vorhatte, sollte wohl nur zwischen ihnen beiden abgewickelt werden.

Von Bruder zu Bruder.

Curt konnte noch nicht ahnen, dass Simon inzwischen wusste, wer hinter dem »unsichtbaren Mann« steckte.

Ob das ein Vorteil war?

Er sah auf seine Uhr. Es war 23 Uhr 18.

Auf Stellplatz 317 war immer noch kein Auto zu sehen.

Simon begann zu zittern.

Was, wenn Curt tatsächlich nicht kam?

Wenn er einfach verschwand, so wie er über vierzig Jahre lang verschwunden gewesen war – und nie wieder etwas von sich hören ließ? Wenn seine Tochter ebenso spurlos verschwand wie dieses Mädchen, dessen sterbliche Überreste nach fünfzehn Jahren Ungewissheit zufällig von einem Pilzsammler im Wald gefunden worden waren?

Undenkbar.

Simon konnte sich beim besten Willen nicht vorstellen, wie man als Elternteil so etwas Furchtbares überhaupt ertragen konnte, ohne völlig den Verstand zu verlieren. Nicht zu wissen, was mit dem eigenen Kind passiert war, mit dem ständigen Stachel der Ungewissheit leben zu müssen …

Er hörte einen Wagen kommen und drückte sich hinter die Säule.

Ein schwerer Mercedes, älteres Baujahr, kam heran. Umständlich parkte er neben dem Stellplatz 317 ein.

Simon fühlte nach seiner Waffe.

Eine gestylte Frau im Kamelhaarmantel stieg aus. Sie war um die fünfzig und hatte wohl einen anstrengenden Tag hinter oder eine anstrengende Nacht vor sich, weil sie lautstark vor sich hin schimpfte, während sie ihre Handtasche auf der Motorhaube des Mercedes nach irgendetwas durchsuchte, was sie einfach nicht finden konnte. Wütend schmiss sie die Fahrertür zu und stöckelte in Richtung Aufzug.

Die Angst davor, dass sich all seine schlimmsten Befürchtungen bald bewahrheiteten, kroch wieder in Simon hoch und begann ihm den Brustkorb abzuschnüren.

In diesem Moment ging ohne die geringste Vorwarnung eine Handbreit hinter seinem Kopf die Schiebetür des Vans auf.

Simon fuhr herum und stand sich selbst gegenüber.

Es war, als ob ihm der Boden unter den Füßen weggezogen wurde.

»Hallo!«, sagte der Fremde und stieg aus.

Er sah tatsächlich so aus wie Paul. Sogar der Viertagebart war identisch. Nur die Kleidung war anders. Und Paul Simon hatte keine Narbe wie sein Alter Ego.

Ein ganzes Weilchen standen sie voreinander da und beobachteten sich. Wie bei einem Duell, vor dem sich die unversöhnlichen Gegner fixieren, um dann auf ein Kommando zwanzig Schritte auseinanderzugehen, mit einer Pistole aufeinander zu zielen und dann zu feuern.

Simon hörte, wie Wassertropfen mit der Regelmäßigkeit eines Metronoms auf eine Pfütze klatschten. Sonst hätte er gedacht, die Zeit wäre stehen geblieben.

Ein merkwürdiges dünnes Lächeln huschte über Curts Gesicht. In dem Augenblick schlug Simon mit der bloßen Faust zu und traf seinen Bruder mitten im Gesicht. Der Schlag schleuderte Curt gegen die Seitenwand seines Vans, aber er blieb auf den Beinen.

Blut schoss aus seiner Nase, die Lippe war ebenfalls aufgeplatzt. Er kümmerte sich nicht weiter darum, wischte sich einmal kurz mit dem Ärmel übers Gesicht und bemühte sich, wieder gerade zu stehen. Dann breitete er die Arme aus wie Jesus am Kreuz.

»Nur zu!«, sagte er. »Ich hab's nicht anders verdient.«

Erneut schlug Paul unbarmherzig zu, wieder mitten ins Gesicht seines Gegners. Curt schwankte, fiel aber nicht. Er spuckte Blut und stellte sich noch einmal breitbeinig vor seinen Bruder.

»Nur zu! Ich bitte dich – keine falsche Scheu. Ich wehre mich nicht.«

Paul holte schon zum nächsten Schlag aus, da hob Curt eine Hand und gebot seinem Bruder Einhalt.

»Du solltest nur eines bedenken: Wenn du mich totschlägst, dann stirbt deine Tochter ebenfalls.«

Pauls Faust zuckte, dann ließ er sie sinken, machte einen Schritt nach vorne, packte Curt am Kragen und zog sein blutiges Gesicht so nah zu sich heran, dass sich ihre Nasenspitzen fast berührten. »Wo steckt Magdalena? Sag es mir – wo ist sie?« Er stieß Curts Hinterkopf heftig gegen die Seitentür des Vans.

Curt schloss kurzzeitig die Augen vor Schmerz, dann sagte er: »Damit erreichst du gar nichts, kapierst du das nicht? Je später ich zu deiner Tochter komme, desto größer ist die Wahrscheinlichkeit, dass sie stirbt. Und zwar qualvoll, wenn du so weitermachst.«

Paul funkelte seinen Bruder voller Hass an und stieß ihn angeekelt von sich weg.

»Was willst du?«, fragte er.

Curt fummelte ein Taschentuch aus seiner Hose und presste es gegen seine blutende Nase, dadurch klang seine Stimme seltsam gedämpft.

»Was ich will? Dir eine Chance geben.«

»Was?«

»Wenn du die Chance ergreifst, siehst du deine Tochter wieder. Wenn nicht … Es ist deine freie Entscheidung.«

»Kannst du endlich mal mit diesen verdammten Rätseln aufhören und Klartext reden? Egal, was du tust – du kommst nicht mehr aus der Schlinge, die du dir selber geknüpft hast. Sie hängt dir schon um den Hals. Ich weiß, wer du bist.«

Curt schüttelte den Kopf und verzog den Mund zu einem Grinsen. »Du glaubst zu wissen, wer ich bin? Du weißt gar nichts über mich, weniger als nichts. Ich hingegen weiß alles über dich. Alles, verstehst du?«

Die letzten Worte hatte Curt seinem Bruder regelrecht ins Gesicht gespuckt. Paul versuchte, sich wieder in den Griff zu bekommen, und fragte noch einmal: »Was willst du, Curt?«

Curt brach in meckerndes Lachen aus.

»Er weiß es! Mein Brüderchen weiß es!« Dann änderte sich schlagartig seine Gemütsverfassung und er wurde todernst. »Glaub nur nicht, dass dir das was nutzt! Schluss jetzt mit den Fisimatenten! Willst du wissen, wo Magdalena ist? Ja oder nein?«

»Ja. Und zwar auf der Stelle!«

Paul zog seine Walther P7 aus der Manteltasche, entsicherte sie demonstrativ und zielte genau auf Curts rechtes Auge.

»Wo ist Magdalena?«

»Das ist ja der Gag«, sagte Curt und kicherte. »Das erfährst du erst, wenn du das hier trinkst …« Er tastete mit der rechten Hand in die Innentasche seines Mantels. »Darf ich?«, sagte er und brachte einen kleinen silbernen Flachmann zum Vorschein. Er schüttelte ihn leicht, damit man die Flüssigkeit hören konnte, und hielt ihn Paul vor das Gesicht.

»Was ist das?«, fragte Paul.

»Das siehst du doch«, antwortete Curt. »Ein Flachmann.«

»Was ist da drin?«

»Das wirst du herausfinden, wenn du es trinkst.«

»Warum sollte ich so blöd sein und das tun?«

»Weil das die einzige Möglichkeit für dich ist zu erfahren, wo Magdalena ist und wie es ihr geht. Und wenn du noch lange hier herumzickst, kann ich dir eins versprechen: Es wird ihr bald gar nicht mehr gut gehen. Weil sie nämlich in einer hermetisch abgeschlossenen Truhe steckt und ihr allmählich der Sauerstoff ausgeht!«

Zitternd vor unverhohlener Wut drückte Paul den Lauf seiner Waffe zwischen die Lippen von Curt und zwang ihn dazu, den Mund zu öffnen, damit er ihm die Walther P7 bis zum Anschlag in den Rachen schieben konnte. Curt bekam kaum noch Luft und gab Würgelaute von sich. Er sah in Pauls Augen die nackte Lust zu töten, zum ersten Mal schien er in Erwägung zu ziehen, dass er mit seiner Provokation zu weit gegangen war. Im letzten Moment besann sich Paul eines Besseren und zog die Waffe wieder zurück.

»Was ist in diesem Flachmann?«, fragte er noch einmal.

Curt hustete und würgte, hatte sich aber schnell wieder im Griff.

»Ich habe dir doch gesagt, du kannst mich umbringen, oder du trinkst das, was im Flachmann ist. Dann wirst du alles erfahren. Es gibt keine dritte Möglichkeit.«

Paul kämpfte mit sich. Eher würde sein Bruder sich totschlagen oder erschießen lassen, als dass er irgendetwas verraten würde. Er stieß Curt grob beiseite und warf, die Waffe immer noch auf seinen Bruder gerichtet, einen Blick ins Innere des Vans.

Der Wagen war leer, bis auf einen Rollstuhl, mit dem man über eine ausfahrbare Rampe das Auto selbstständig verlassen konnte.

»Hast du das Auto geklaut?«, fragte er Curt. Er konnte den Bullen in sich doch nicht ganz verleugnen.

Curt hob die Schultern. »Ich brauchte es für diesen Zweck.«

Paul schüttelte den Kopf. »Du bist auf alles vorbereitet, stimmt's? Egal, was ich tue.«

Curt sah ihn todernst an. »Das ist wie beim Schachspiel. Du musst dem Gegner immer mindestens zwei Züge voraus sein.«

»Woher weiß ich, dass du Magdalena wirklich entführt hast, und woher weiß ich, dass es ihr gut geht?«

Curt sah auf seine Uhr. »Du hast noch zehn Minuten, dann wird's allmählich knapp. Die können wir gerne mit sinnlosen Plaudereien verbringen, ganz wie du willst. Oder ...«

Er hielt Paul den Flachmann vor die Nase und schwenkte ihn hin und her.

In die Stille hinein quietschten Autoreifen durch die Parkhausstockwerke und kamen immer näher. Curt wies mit seinem Kopf auffordernd zum Rollstuhl und hielt den Flachmann hoch.

Paul starrte ins blutverschmierte Gesicht seines Bruders und verstand plötzlich alles. Er verstand, dass sein Bruder einen unerhörten, irrationalen Hass auf ihn hatte. Einen

Hass, den er seit Jahren mit sich herumgetragen hatte und der sich derartig aufgestaut hatte, dass er nun zum Ausbruch kam wie ein Vulkan, der als längst erloschen gegolten hatte. Er verstand, dass Curt ihn erniedrigen wollte, ihn betteln sehen wollte. Und er begriff, dass er sich Curt, seinem zweiten Ich, vollständig ausliefern musste, wenn er seine Tochter retten wollte.

Er sicherte seine Walther P7, steckte sie in seine Manteltasche, kletterte in den Van und setzte sich in den Rollstuhl. Dann griff er nach dem Flachmann, schraubte ihn auf und trank ihn mit wenigen Schlucken aus.

»Und jetzt?«, fragte er. »Was geschieht jetzt?«

Er drehte den Flachmann auf den Kopf, um Curt zu demonstrieren, dass er ihn vollkommen geleert hatte.

Wortlos schloss Curt die Seitentür des Vans von innen, nahm Paul den Flachmann ab, klemmte sich hinter das Steuer und fuhr mit Tempo auf die Ausfahrt zu.

Als der Van aus dem Parkhaus herausschoss, war Paul bereits leicht weggetreten. Curt fuhr an den rechten Straßenrand, schaltete das Warnblinklicht ein und stieg im Van nach hinten, um Paul, der willenlos alles mit sich geschehen ließ, mit Kabelbindern am Rollstuhl festzuzurren, ihm die Waffe abzunehmen und sie selbst einzustecken.

Dann kletterte er wieder hinter das Lenkrad. Wenig später verschwand der Van im herumwirbelnden Schnee.

SECHS

Paul Simon war mit einem Schlag wach, weil ihm fürchterlich kalt war. Irgendetwas hielt ihn davon ab, seine Augen aufzureißen, um festzustellen, wo er war. Er erinnerte sich schemenhaft daran, wie er sich kurz vor seinem Wegdämmern vorgenommen hatte, möglichst lang eine Ohnmacht vorzutäuschen, um sicherzustellen, dass seine fünf Sinne wieder voll funktionierten, bevor es zu letzten Konfrontation mit seiner Nemesis namens Curt kam.

Dass ihn die Flüssigkeit, die er aus dem Flachmann getrunken hatte, vergiften und töten würde, hatte er nie geglaubt. Seinen Tod, wenn er ihn denn schon gewollt hätte, hätte Curt auch einfacher haben können. Das Ziel seines Bruders war von Anfang an gewesen, ihn wehrlos in die Hände zu bekommen.

Wehrlos, nicht leblos.

Er spannte seine Muskeln an und versuchte, sich vorsichtig zu bewegen. Schnell spürte er, dass Hände und Füße mit etwas Scharfkantigem, vermutlich Kabelbindern, an eine Art Stuhl gefesselt waren. Ganz allmählich kehrte sein Verstand zurück. Es kam ihm so vor, als wäre er komplett ausgeknipst worden, und sein Computer im Kopf führte nun einen Neustart aus. Er musste nur warten, bis alle Systeme wieder ganz hochgefahren waren. Aber da war noch etwas …

O Gott, richtig – Magdalena, seine Tochter!

Siedend heiß fiel ihm wieder ein, dass sie in der Gewalt dieses Wahnsinnigen war, der Curt hieß und sein Zwillingsbruder war. Er öffnete seine Augen einen kleinen Spalt, um festzustellen, wo er überhaupt war. Ein eiskalter Wind pfiff ihm um die Ohren, über ihm funkelten die Sterne am klaren Nachthimmel, und es war fast Vollmond. Schräg unter ihm glitzerten die Lichter der Großstadt. Nach dem spärlichen Verkehr zu urteilen dürften zwei oder drei Stunden seit Mitternacht vergangen sein.

Als er die Augen ein bisschen weiter öffnete, stellte er fest, dass er sich auf dem Flachdach eines Hochhauses befand, schätzungsweise mindestens fünfzehn Stockwerke über dem Boden. Hände und Füße waren an einen Rollstuhl gefesselt, aber den Kopf konnte er bewegen. Zu seiner Linken sah er die schwere Zugangstür zum würfelförmigen Dachaufbau, in den das Treppenhaus und der Aufzugsschacht mündeten. Die Tür war zu, er war allein auf dem Dach. Die Spuren im Schnee vor der Tür zeigten, dass er ins Freie geschoben worden war, Fußspuren führten wieder zurück.

Er legte seinen Kopf in den Nacken und sah nach oben. Seltsamerweise fiel ihm in diesem Augenblick der Led-Zeppelin-Song *Stairway to Heaven* ein. Wollte Curt ihn hier abstellen und einfach erfrieren lassen?

»He!«, rief er, so laut er konnte. Seine eigene Stimme

hörte sich seltsam fremd an. Er räusperte sich. »He, Curt! Hörst du mich?«

Er bekam keine Antwort.

Trotz seiner Fesseln versuchte er, irgendwie durch Ruckeln mit seinem fahrbaren Untersatz, bei dem offensichtlich die Bremse angezogen war, näher an die Tür zu gelangen. Aber das Einzige, was er damit erreichte, war, dass er beinahe umgestürzt wäre. Und hier oben konnte er sich die Lunge aus dem Leib schreien, da hörte ihn niemand.

Ohne Vorwarnung ging die Stahltür krachend auf, und Curt kam, schwer beladen mit zwei schwarzen Kanistern, auf ihn zu. Er stellte die Kanister ab, vergewisserte sich mit einem Blick, dass Paul bei Bewusstsein war, und trat wortlos neben ihn. Dann legte ihm die Hand auf die Schulter und sah mit ihm auf das glitzernde Lichterpanorama, das sich vor ihnen bis zum Horizont erstreckte. Als wären sie zwei Brüder, die nach jahrzehntelanger Trennung zum ersten Mal einen Familienurlaub am Meer machten und die Brandung bewunderten.

»Genieß den Anblick, Bruderherz«, sagte Curt und klopfte Paul aufmunternd auf die Schulter. »Es wird dein letzter sein.«

Er schniefte, als wäre er ergriffen, und ging vor Paul in die Hocke. Paul sah, dass sein Bruder sich warm angezogen hatte – Handschuhe, Fellstiefel und Fellmütze mit Ohrenschützern. Er sagte nichts und versuchte, sich nicht anmerken zu lassen, wie sehr er fror. Aber sein Zittern war nicht ganz zu unterdrücken.

Curt lächelte, dann drehte er sich wieder mit dem Gesicht zum Horizont, blieb aber in der Hocke, als er anfing zu sprechen.

»Über mich selbst zu reden, ist mir immer schon schwergefallen. Aber ich habe dir schließlich das Versprechen gegeben, es hier und jetzt zu tun. Du hast es verdient, die Wahrheit zu erfahren, und ich will dich in dieser Beziehung nicht enttäuschen.«

Paul presste mühsam hervor: »Wo ist meine Tochter?«

»Ist sie dir wichtiger als die Wahrheit?«, fragte Curt mit einem leichten Anflug von Spott.

»Hör zu«, antwortete Paul, »wenn du mir nicht sagst, wo sie steckt, und ich nicht sehen kann, dass sie am Leben ist und dass es ihr gut geht, dann kannst du dir deine Wahrheit oder was du dafür hältst sonst wo hinstecken, hast du das kapiert?«

Curts Gesicht, das durch Pauls unbarmherzige Schläge inzwischen aussah wie eine Halloween-Maske, verzog sich zur Karikatur eines Grinsens, als er sagte: »Hoho, der Kleine muckt auf! Aber du bist nicht in der Lage, irgendetwas zu fordern, verstehst du das nicht? Geht das nicht in dein beschränktes Polizistenhirn? Du hattest die Wahl. Und du hast dich dafür entschieden, dich mit Haut und Haar mir anzuvertrauen.« Er stand auf. »Bereust du es schon?«

Er betrachtete seinen Bruder wie ein Chamäleon eine Fliege, kurz bevor die klebrige Monsterzunge herausschnellt, das Opfer zielgerichtet erwischt und es unwiederbringlich im Säurebad seines Magens verenden lässt.

»Wo ist Magdalena?«, wiederholte Paul.

Seufzend zog Curt ein Handy heraus und zeigte Paul ein

Video. Darauf war Magdalena zu sehen, die in einem Bett lag und schlief. Sie drehte sich auf die Seite und murmelte im Schlaf ein paar unverständliche Worte.

»Woher weiß ich, dass der Film aktuell ist und keine Aufzeichnung?«, fragte Paul.

Curt seufze noch einmal, wie ein Lehrer, der einen besonders schweren Fall von Schülerverstocktheit vor sich hat, legte das Handy in Pauls Schoß und verschwand durch die Stahltür.

Paul strengte sich an, das Bild auf dem Smartphone genau zu analysieren, aber er konnte nichts Außergewöhnliches erkennen. Nur seine Tochter in Großaufnahme auf einem Allerweltskissen.

Erst jetzt merkte er, dass er Kopfschmerzen hatte, die zunehmend stärker wurden, und dazu einen Geschmack im Mund, als hätte er alte, halb gerauchte Zigarren gekaut. Verzweifelt sah er sich um. Aber seine Situation war aussichtslos.

Er merkte, dass die Fessel an seiner linken Hand nicht ganz so fest angezogen war. Gerade wollte er in einem Gewaltakt versuchen, seine Hand aus der Schlinge zu ziehen, als er auf dem Bildschirm des Smartphones eine Bewegung wahrnahm. Curt brachte seinen Kopf in den Bildausschnitt der Handykamera, die Magdalena zeigte, und winkte Paul zu.

Paul war grenzenlos erleichtert, wurde aber zugleich von einer Flutwelle hilfloser Wut durchströmt, was seine Kopfschmerzen noch schlimmer werden ließ. Er musste versuchen, mit Curt zu verhandeln – obwohl ihm klar war, dass sein Bruder es nicht nötig hatte, irgendeinen Kompromiss zu akzeptieren, schließlich hatte er alle Trümpfe in der Hand. Curt würde seinen in jahrelanger Vorbereitung ausgearbeiteten Plan konsequent durchziehen, egal was es dabei für Kollateralschäden gab.

Was zählte, war allein das Ergebnis.

Paul blickte auf die Lichter der Stadt tief unter ihm, und ihm wurde bewusst, dass sein unvermeidlicher Tod in den Planungen seines Bruders wohl für den finalen Showdown vorgesehen war. Und wie der aussah, konnte er sich denken. Bevor er seine destruktiven Gedankengänge weiter vertiefen konnte, wollte er lieber noch einmal probieren, sein linkes Handgelenk aus dem Kabelbinder zu ziehen. Er konzentrierte sich darauf, seine ganze Kraft in einen einzigen Versuch zu legen, und wenn es ihm dabei die Haut in Fetzen von der Hand zog.

Aber in diesem Moment ging die Tür zum Treppenhaus wieder auf. Curt kam heraus und nahm ihm das Smartphone vom Schoß.

»Zufrieden?«, fragte er und grinste. »Ich nehme dein Schweigen als ein Ja. Und um dich vollkommen zu beruhigen, kann ich dir sagen, dass Magdalena nichts geschehen wird. Nur du wirst unser kleines Tête-à-Tête nicht lebend überstehen. Tut mir ehrlich leid, aber es geht nun mal nicht anders. Ein Weiterleben deinerseits ist in meinem Masterplan nicht vorgesehen. Aber ich will dich nicht im Ungewissen sterben lassen, du sollst wissen, was passieren wird. Interessiert?«

Er sah Paul an, als ob er die Frage nicht rhetorisch, sondern ernst meinte.

»Du hast mir gesagt, dass du mir die ganze Wahrheit erzählen wirst, wenn ich den Inhalt deines Flachmanns austrinke«, sagte Paul. »Also tu, was du tun musst.«

»Ich will dir sagen, was ich vorhabe. Ich schlüpfe in deine Haut und bin fortan Paul Simon, der Gute. Du bist der böse Zwillingsbruder, kannst unter der Last deiner Verbrechen nicht mehr weiterleben und bringst dich infolgedessen um. Das ist die Kurzfassung. Keine Sorge, ich verschaffe dir einen spektakulären Abgang, über den sich die Leute noch in zehn Jahren das Maul zerreißen werden. In den Augen der Öffentlichkeit und deiner Kripokollegen habe ich drei ausgesprochen scheußliche Morde begangen. Die Beweislast ist wahrlich erdrückend …«

»Und was war das Motiv?«, wollte Paul wissen. »Dass ich auf dich aufmerksam werde?«

»Das ist mir gelungen, oder? Zumindest bei der Alumünze aus unserem gemeinsamen Herkunftsland müsste doch bei dir der sprichwörtliche Groschen gefallen sein, oder?«

Er konnte sich ein hämisches Grinsen nicht verkneifen.

»Die Münze war wirklich nur für dich bestimmt. Wenn die Leute erst unsere Vorgeschichte kennen, ist das, was hier passieren wird, durchaus glaubhaft.«

»Nach welchem Kriterium hast du die Opfer ausgesucht?«

»Nun, in meinem Job ist es unabdingbar, dass man Zugang zu allen möglichen Dateien hat. Auch im Darknet. Ich dachte, ich tue der Welt einen Gefallen, indem ich sie von drei Individuen befreie, die den Tod in meinen Augen mehr als verdient haben. Ich habe in meiner Hybris ein wenig mit einer besonderen Art von Selbstjustiz experimentiert. In der Hoffnung, dass dir endlich dein verschollener Zwillingsbruder in den Sinn kommt.«

»Ich verstehe. Aber wie passt Gitta van der Ville in dieses Bild? Sie hat niemandem etwas getan.«

»Ich habe etwas gegen Leute, die sich auf Kosten anderer bereichern oder vergnügen, egal ob es dabei um Geld oder Sex geht. Ist wohl so eine Art Parasitenreflex.«

»Du hast auf jede Frage eine Antwort.«

»Wären wir sonst hier? Jeder bekommt, was er verdient.«

»Und was bekommst du?«

»Ich? Das ist ja der Clou, Bruderherz.« Er bückte sich und kam so nah an Pauls Gesicht heran, dass sich ihre Nasen fast berührten und ihre Atemwolken sich vermischten. »Ich bekomme dein Leben, Paul. Der böse Zwilling bringt sich um, weil ihn seine Schuldgefühle überwältigen. Und zwar so radikal und selbstzerstörerisch, dass nichts von ihm übrig bleibt. In diesem Fall heißt das, dass nichts von dir übrigbleibt. Ich schlüpfe gewissermaßen in deine Haut. Hast du es jetzt endlich kapiert?«

Wie aus Spaß klopfte er mit dem Knöchel seines Zeigefingers gegen Pauls Stirn. Angewidert zuckte Paul zurück. Curt genoss seine Überlegenheit, die schon an Arroganz grenzte, in vollen Zügen.

»Übrigens, falls es dich interessiert: Unser wirklicher Nachname ist Schönborn. Nach unserem Vater. Ich habe seinen Namen wieder angenommen. Das nur am Rande.«

Er sah einen Augenblick ins Leere, als wäre er mit seinen

Gedanken ganz woanders, bevor er wieder in die Gegenwart zurückfand.

»Ach ja, wenn wir schon dabei sind … Unser Erzeuger war ein Serienkiller, weißt du das? Er hat drei Frauen umgebracht. Aus purer Mordlust.«

»Ja«, antwortete Paul. »Er wurde ein paar Wochen nach unserer Geburt hingerichtet.«

»Na ja, so kann man es auch nennen. Willst du wissen, wie er genau gestorben ist?«

»Vermutlich unter dem Fallbeil, oder?«

»Dafür hat's bei unserem Erzeuger nicht gereicht. Ich habe seine Akte gelesen, bevor ich sie vernichtet habe. Und mein Führungsoffizier hat mir erzählt, wie das abgelaufen ist. Arnold Schönborn wurde durch einen sogenannten unerwarteten Nahschuss in den Hinterkopf hingerichtet. Dabei führt man den Delinquenten in eine Zelle und setzt ihn auf einen Stuhl. Er stellt sich auf eine Vernehmung ein. In der hintersten Ecke wartet schon der Henker in der Kleidung eines Wärters. Ganz unauffällig, so als wäre er nur dazu da, auf den Gefangenen aufzupassen. Dann sieht unser Vater einen Offizier hereinkommen, der irgendwelche Papiere vor ihm ausbreitet, als Ablenkungsmanöver. Währenddessen schleicht sich der Henker von hinten an …«

Curt hatte inzwischen Pauls Walther P7 aus seiner Tasche gezogen und sich hinter Paul gestellt.

»In der Hand hat er schon seine entsicherte Dienstwaffe, richtet den Lauf auf den Hinterkopf von Schönborn, mit der Hand davor, um sein Gesicht vor Blutspritzern zu schützen …«

Der Lauf der Waffe bohrte sich mit einem Mal hart in den Nacken von Paul, der unvermittelt zusammenzuckte.

»... und schon ist die schmutzige Angelegenheit erledigt. Ist das humaner als die Guillotine? Ich habe da so meine Zweifel.«

Curt ging wieder vor Paul in die Hocke und steckte die Waffe weg.

»Und dann kam unsere Trennung, die uns bis zum heutigen Tag geprägt hat. Vorher standen wir uns so nah, wie es wohl nur bei Zwillingen möglich ist. Und auf einmal waren wir so weit voneinander entfernt, wie man sich nur denken kann. Antipoden gewissermaßen.«

Er schüttelte lachend den Kopf, doch es war ein schales Gelächter. Wieder erhob er sich und sah über die Stadt hinaus.

»Anfangs waren wir beide, jeder auf seiner Seite, treue Staatsdiener. Die Schönborn-Zwillinge. Im Auftrag des Staates unterwegs. Du für den Westen, ich für den Osten. Du der Polizist, ich der staatlich sanktionierte Auftragskiller.«

Er beugte sich zu Paul hinunter, stützte sich auf den Armlehnen des Rollstuhls ab und schaute seinem Bruder direkt in die Augen.

»Für den Stasichef Mielke waren wir ein menschliches Experiment. Er wollte herausbekommen, ob die Killergene unseres Erzeugers weitervererbt werden. Hört sich gruselig an und war es auch.« Curt klopfte Paul wie unter Freunden gegen die Brust. »Und jetzt sieh an, was aus uns geworden ist.«

Er holte einmal tief Luft und stieß eine Atemwolke gen Himmel aus.

»Ich kam zu linientreuen Pflegeeltern, und kurz vor dem Zusammenbruch der DDR wurde ich nach meiner Ausbildung in Erich Mielkes geheime Elitetruppe, die sogenannte Hauptabteilung XXII, aufgenommen, zuständig für Operationen im Ausland. Sie war nicht der Organisation HVA für Auslandsspionage von Markus Wolf untergeordnet, sondern im persönlichen Auftrag des Stasichefs als Werkzeug der Werktätigen unterwegs, wie es so schön im DDR-Duktus hieß. Ich hatte alles, was man sich nur wünschen konnte, gefälschte Papiere, ein Auto, eine Wohnung im Osten, eine im Westen, konnte ungehindert hin- und herreisen. Und ich hatte einen Führungsoffizier, Oberstleutnant Kallwey. Von ihm bekam ich meine Instruktionen, meine Aufträge in militärischer Präzision. Nach der Wende machten wir trotzdem weiter, als wäre nichts geschehen, nur hatten wir jetzt andere Auftraggeber, nicht mehr den Staat. Kallweys Seilschaften funktionierten immer noch tadellos. Er hat es verstanden, unsere ganz speziellen Dienste auch anderen Interessenten anzubieten. Wem, das interessierte mich nicht. Es gab eine Menge Arbeit für jemanden wie mich, weil ich ein Muster an Effizienz und Zuverlässigkeit war. In jeder Beziehung. Mein Spezialgebiet waren Aufträge, die einen Mord wie einen Unfall aussehen ließen. Es war ein einträgliches Geschäft, für beide Seiten. Bis ich eines Tages feststellte, dass ich einen Bruder hatte, der mir verheimlicht worden war. Und das warst du.«

Wieder tippte er Paul gegen die Brust.

»Du hattest anscheinend den besseren Teil des Lebens abbekommen. Den sauberen, den anständigen, während ich die Drecksarbeit erledigte, damit die Herrschaften ganz oben sich die Hände nicht schmutzig machen mussten. Du hattest eine tadellose Karriere und ehrbare Kollegen, eine Frau und eine Tochter. Ich hingegen stand mit leeren Händen da oder, besser gesagt, mit blutigen Händen. Das wollte ich ändern, solange noch Zeit und Gelegenheit dafür war. Ich hatte von meinen gut dotierten Aufträgen einiges an Geld beiseitegelegt, ich brauche nicht viel zum Leben. Und dann habe ich alle Spuren verwischt, alle Hinweise auf früher vernichtet. Auch den einzigen Zeugen, der alles über mich wusste. Mein Mentor gewissermaßen. Oberstleutnant Kallwey kam bei einem Autounfall ums Leben. Ich fand das irgendwie passend.«

Wieder lachte er hämisch. »Du bist mein letztes Opfer. Wenn du tot bist, sind alle meine Schulden getilgt. Ich bin dann Paul Simon, der sein böses Alter Ego, den Killer, zur Strecke gebracht hat. Ich werde wie Phönix aus der Asche auferstehen und der Vater deiner Tochter sein. Und deine Frau vögeln.«

Er breitete die Arme aus und stand in pathetischer Pose da wie ein Apostel, der soeben durch den Heiligen Geist erleuchtet wurde.

Paul brauchte eine ganze Weile, bis er die Worte seines Bruders verdaut hatte und selbst sprechen konnte.

»Du hast komplett den Verstand verloren, Curt. Du bist verrückter, als ich es mir jemals hätte vorstellen können.«

Curt blickte ihn an und nickte geradezu verständnisvoll.

»Ja, nicht wahr? Das habe ich mir auch schon gedacht. Aber weißt du was? Es fühlt sich so was von geil an, in deiner Haut zu stecken! Um nichts in der Welt möchte ich dieses Gefühl jemals wieder missen. Ich werde dein Leben auskosten bis zum letzten Atemzug.«

»Oder bis es schiefgeht. Und es wird sehr schnell schiefgehen. Es wird nicht funktionieren. Niemals. Meine Tochter … meine Frau …«

»Du meinst, sie werden nicht auf mich hereinfallen? Und wie sie es werden! Du wirst es zwar nicht mehr erleben, aber ich sage dir eins: Die beiden werden wollen, dass es funktioniert. Weil alles andere für sie undenkbar, ja unvorstellbar wäre.«

Von einem Moment auf den anderen nahm Curt wieder seine alte, geschäftsmäßige Haltung an, auf einen Schlag war es vorbei mit dem euphorischen Zauber. Er ging bis zum Rand des Daches vor und sah nachdenklich die Häuserschlucht hinunter.

Als er zu Paul zurückkam, schüttelte er den Kopf.

»Nein, so geht das nicht«, sagte er zu sich selbst. »Es muss echt aussehen.«

Entschlossen zog er ein Paketklebeband aus seiner Tasche, riss ein Stück ab und drückte es Paul über den Mund. Dann packte er den Rollstuhl an den Haltegriffen und schob ihn zur Tür.

»Es war nett, mit dir zu plaudern. Aber so leid es mir tut – es wird allmählich Zeit, zur Tat zu schreiten, bevor es hell wird.«

SIEBEN

Curt schob Paul mit dem Rollstuhl in den Fahrstuhl und fuhr ins zwölfte Stockwerk hinunter. Zu dieser nachtschlafenden Zeit war niemand im Haus unterwegs. Curt schloss die Tür zu seiner Wohnung auf und ließ den Rollstuhl mit angezogener Bremse vor dem Panoramafenster stehen, von dem aus man fast die gleiche Aussicht hatte wie vom Dach des Hochhauses. Dann verschwand er wieder.

Paul sah sich um. Er saß in einem großen, leeren Raum, der wohl als Wohnzimmer gedacht war. Aber hier gab es nur einen grauen Teppichboden und nackte Wände. Und ein paar aufeinandergestapelte Kartons. Nichts, was darauf hindeutete, dass hier ein Mensch aus Fleisch und Blut lebte. Was Paul eigentlich nicht weiter wunderte, schließlich hatte Curt nur wenig Menschliches an sich.

Wenn nicht das Klebeband über seinem Mund gewesen wäre, hätte er laut nach Magdalena gerufen. Es musste in der Wohnung noch mindestens ein weiteres Zimmer geben, wo sein Bruder sie untergebracht hatte. Erneut versuchte er, mit der linken Hand aus der Schleife des Kabelbinders zu schlüpfen. Es fehlte nicht viel.

Da hörte er ein Türgeräusch. Curt kam wieder herein.

Er hatte die beiden schwarzen Kanister vom Dach mitgebracht.

Paul sah das Spiegelbild seines Bruders im Panoramafenster und spürte, dass ihr Zusammensein jetzt in eine entscheidende Phase gekommen war. Curt ahnte wohl nicht, dass Paul ihn sehen konnte, denn er blieb an der Tür stehen, stellte die Kanister ab und starrte auf den Rücken seines Bruders. Mit der Mütze und den schwarzen Kanistern sah er in der Fensterscheibe aus, als wäre er ein Dämon aus einem von Pauls Albträumen, der gekommen war, um endlich sein Werk zu vollenden, auf das er lange hingearbeitet hatte. Curt nahm seine Mütze ab, erschöpft fuhr er sich mit einem Taschentuch über die vor Anstrengung nasse Stirn. Dann steckte er das Tuch wieder weg, trat neben Paul ans Fenster und starrte in die Dunkelheit hinaus.

Nach zwei oder drei Herzschlägen wandte er sich abrupt wieder seinem Bruder zu und riss ihm in einem Schwung das Klebeband vom Mund.

»Sorry für das da«, sagte er und hielt das Klebeband hoch, das er im nächsten Augenblick zerknüllte und in seine Manteltasche stopfte.

Paul fuhr sich mit der Zunge über seine lädierten Lippen und überlegte fieberhaft, was er noch zu bieten hatte, um seinen Bruder davon abzuhalten, das auszuführen, was er allem Anschein nach vorhatte.

Aber es war wohl zu spät, wie er dem zu allem entschlossenen, versteinerten Antlitz seines Bruders entnehmen konnte.

»Was ist mit meiner Tochter?«, fragte er trotzdem, obwohl er annehmen musste, keine Antwort auf seine Fragen mehr zu bekommen. Zu seinem Erstaunen ließ sich Curt doch noch zu einer Antwort herab.

»Ihr wird nichts geschehen. Das ist der Grund, warum ich den finalen Schlussakt hier stattfinden lasse. Du inszenierst deinen Abgang, einen handgeschriebenen Abschiedsbrief hab ich schon vorbereitet, und ich komme in letzter Sekunde, um als Paul Simon meine Tochter zu retten, bevor die Hilfskräfte eintreffen.«

»Welche Hilfskräfte?«, fragte Paul irritiert. Allmählich drohte ihm der Schädel vor lauter Kopfschmerzen zu zerplatzen, und er hatte außerdem einen so trockenen Mund, dass er nur noch ein Krächzen zustande brachte.

»Die Hilfskräfte, die kommen, wenn in einem Hochhaus wie diesem ein Feuer ausbricht.«

Mit diesen Worten schraubte Curt den Verschluss des ersten Kanisters ab und fing an, den Inhalt über Paul auszuschütten. Beißender Benzingestank erfüllte den Raum. Paul konnte nichts anderes tun, als die Augen zu schließen, die Luft anzuhalten und den Kopf hin und her zu werfen, obwohl das nichts nutzte, es war ein sinnloser Reflex.

Curt warf den leeren Plastikkanister gegen das Glasfenster, dass es nur so schepperte, schraubte den zweiten Kanister auf und schüttete ihn ebenfalls über seinem Bruder und den umgebenden Teppichboden aus, bis Paul nur noch ein nasses, jämmerlich nach Luft japsendes Bündel Mensch war.

Dann griff Curt in seine Tasche, zog ein Feuerzeug heraus und hielt es Paul demonstrativ vor die Augen.

»Zeit, Adieu zu sagen«, verkündete er fast feierlich.

Da läutete es. Das konnte nur die Türklingel sein. Der Ton ging durch Mark und Bein.

Curt erstarrte. Er schien durch den Klingelton vollkommen aus dem Konzept gebracht worden zu sein. Es klingelte noch einmal. Genauso durchdringend wie beim ersten Mal, nur hörte es diesmal nicht auf. Außer sich vor Wut pfefferte Curt das Feuerzeug auf den Boden und marschierte auf den Flur hinaus, den Paul vom Rollstuhl aus nicht überblicken konnte.

Jetzt war seine allerletzte Chance gekommen. Der Kabelbinder, der sein linkes Handgelenk an die Armlehne fesselte – er musste aus ihm herausschlüpfen, koste es, was es wolle.

Er hörte, wie Curt draußen im Gang mit aller Gewalt auf etwas herumhackte, während es pausenlos klingelte.

Paul zog und zerrte mit seiner ganzen Kraft an der Plastikfessel. Einmal, zweimal und dann, mit einer wilden Entschlossenheit eines Tieres, dessen Fuß in einer Falle feststeckt und das ihn lieber abbeißt, als so elend zu verenden, ein drittes Mal.

Er hatte schmale Handgelenke, trotzdem riss er sich Haut und Muskelfleisch vom Handballen bis auf den Knochen ab, als er endlich mit einem Schrei seine linke Hand freibekam.

Fast gleichzeitig hörte der Klingelton auf, Curt hatte es irgendwie im Gang draußen geschafft, das Klingelgehäuse zu zerstören.

Dafür hämmerte stattdessen jemand mit der Faust gegen die Wohnungstür und schrie: »Aufmachen! Sofort aufmachen! Hier ist die Polizei!«

Paul erkannte die Stimme, es war Abel Lockhardt. Er versuchte, so gut es ging, die höllischen Schmerzen in der linken Hand zu ignorieren, und tastete mit der nun freien Hand verzweifelt nach seinem Taschenmesser, das er immer bei sich trug.

Seine Kopfschmerzen hatten sich ins schier Unerträgliche gesteigert, der Benzingestank vernebelte vollends seine Sinne, und er hatte nur einen Gedanken im Kopf – das Taschenmesser zu finden. Endlich konnte er es in einer Hosentasche ertasten und herausziehen. Mit zitternden Fingern klappte er die Klinge heraus und schnitt den Kabelbinder der rechten gefesselten Hand durch. Seine verletzte Hand blutete und schmerzte wie verrückt, aber er machte sich sofort mit fiebriger Hast daran, seine Füße zu befreien. Mit der gesunden rechten Hand ging es jetzt schon wesentlich schneller, und endlich, endlich war er nicht mehr an den Rollstuhl gefesselt und konnte aufstehen. Aber mit seiner Standfestigkeit war es in seinem desolaten Zustand nicht weit her, er wankte wie ein Betrunkener, stolperte über seine eigenen Füße und fiel der Länge nach hin.

Der Sturz rettete ihm das Leben, denn Curt war zurückgekommen. Er zielte von der Tür aus mit der Walther P7 auf Paul, der sich gerade taumelnd aus dem Rollstuhl erhoben hatte, und verfehlte ihn mit drei schnellen Schüssen hintereinander um Haaresbreite. Stattdessen traf er die Panoramafensterscheibe, die klirrend in Abertausend Scherben zersplitterte. Eiskalte Luft drang von draußen herein.

Paul mobilisierte seine letzten Kräfte und sprang seinen Bruder an, bevor er erneut zielen und schießen konnte.

Curt fiel nach hinten und prallte mit dem Kopf gegen den Boden, im Fallen drückte er noch einmal ab, aber auch diese Kugel verfehlte seinen Bruder. Paul sah vor seinen Augen das Feuerzeug auf dem Boden liegen, packte es und rappelte sich auf. Curt hielt ihn am Mantel fest, doch Paul strampelte um sein Leben, erwischte ihn dabei mit der Schuhsohle im Gesicht und schlug ihm gleichzeitig die Pistole aus der Hand. Curt ließ den Mantel seines Bruders los und hielt sich stöhnend das Gesicht.

Mit letzter Kraft stemmte Paul sich hoch und schlüpfte aus seinem Mantel. Sein Bruder hob den Kopf und sah ihn an. In diesem Moment hielt Paul das Feuerzeug an seinen Mantel und brachte tatsächlich beim ersten Versuch einen Zündfunken zustande. Die bläuliche Flamme breitete sich blitzartig auf dem Mantel aus. Paul warf ihn auf den benzingetränkten Boden, hechtete gleichzeitig auf den Gang hinaus und trat die Tür mit dem Fuß zu.

Sekundenbruchteile später explodierte das Benzin-Gas-Gemisch im leeren Wohnzimmer in einer gewaltigen Stichflamme, die sich durch das zerschossene Fenster nach draußen ausbreitete wie eine gigantische Feuerwolke. Die gewaltige Detonation riss den schreienden Curt durch das offene Fenster. Wie eine brennende Puppe schleuderte es ihn in die Nacht hinaus und in die ewige Finsternis hinab.

Paul blieb mit eingezogenem Kopf im Flur auf dem Boden liegen und bekam gerade noch mit, wie die Wohnungstür krachend aufging und Abel Lockhardt in den Gang gestürzt kam, die Waffe in der Hand und Panik im Gesicht. Er beugte sich über Paul und fühlte am Hals nach seinem Puls.

»Hey, Alter«, sagte er. »Lebst du noch?«

»Weiß nicht«, antwortete Paul schwach und stemmte sich hoch, um Abel ins Gesicht zu sehen. »Wo ist Magdalena?«, krächzte er mühsam. »Und warum zum Teufel hast du so lange gebraucht?«

Dann verlor er das Bewusstsein. Das Feuerzeug hielt er immer noch in der rechten Hand fest umklammert.

ACHT

Fünf Stunden zuvor

Es ist kurz vor zweiundzwanzig Uhr, als Paul an der Schranke zur Einfahrt ins City-Parkhaus anhält, ein Ticket auslöst und die Schranke hochgehen lässt. Er kurvt auf das oberste Parkdeck, wo bis auf zwei oder drei Autos die Stellplätze alle leer sind. Dort macht er Licht und Motor aus und stellt nach einem Blick auf die Uhr fest, dass er viel zu früh dran ist.

Er steigt aus, vergewissert sich, dass sich außer ihm niemand auf dem Parkdeck befindet und dass seine Dienstwaffe, die Walther P7, geladen und gesichert ist. Er steckt sie in seine rechte Manteltasche. Mühsam drückt er die schwere Stahltür ins Treppenhaus auf und geht bis ins dritte Parkdeck hinunter. Seine Schritte auf dem nackten Betonboden kommen ihm merkwürdig laut vor.

Es vergeht eine ganze Weile, bis sich die Decke auf dem Rücksitz des VW-Beetle bewegt. Abel Lockhardt zieht sie sich behutsam vom Kopf, rückt seine Mütze zurecht und späht vorsichtig aus dem Heckfenster.

Kein Mensch ist zu sehen.

Er zieht die Decke ganz weg und steigt so leise wie möglich aus dem Auto. Dann schleicht er Paul hinterher in den dritten Stock des Parkhauses. Hinter einem Range Rover versteckt, lässt Abel Paul keinen Moment aus den Augen. Er hält seine entsicherte Dienstwaffe in der Hand, um jederzeit eingreifen zu können, wenn nötig. Oberste Priorität ist es jedoch, Magdalenas Aufenthaltsort herauszubekommen. Das hat ihm Paul eingeschärft, als er beschlossen hat, Abel einzuweihen, den Einzigen, dem er noch vertraut.

Den Anruf hat Paul um kurz nach zwanzig Uhr getätigt, als er auf der Autobahn von Memmingen zurück nach München fuhr.

Abel war sofort am Apparat, als er sah, dass der Anruf von Magdalenas Handy kam, das Paul bei sich hatte. Für Abel war es von Anfang an klar, dass sein Partner unmöglich der gesuchte Mörder sein konnte, selbst wenn ein Dutzend DNA-Gutachten das behaupteten. Wo der Schlüssel von Abels Schrebergartenhütte versteckt war, wusste Paul von diversen Grillabenden, die er mit seinem Freund und seiner Familie bei bester Stimmung und viel Bier verbracht hatte. Um in dieser Hütte für eine Nacht Unterschlupf zu finden, musste Paul seinen Freund nicht kompromittieren, indem er ihn vorher um Erlaubnis fragte.

Nach Pauls Anruf hat sich Abel sofort auf den Weg gemacht. Seiner Frau gegenüber hat er behauptet, es sei dienstlich. Sie hat keinen Verdacht geschöpft, schließlich herrscht im Moment Alarmstufe rot, das weiß jeder. Abel ist klar, dass er nicht nur Leib und Leben riskiert, wenn er Pauls Bitte um Hilfe nachkommt, sondern dass er auch seine Karriere samt Beamtenpension aufs Spiel setzt, wenn etwas schiefgehen sollte, oder Paul doch mit den drei Morden zu tun hat.

Am Sendlinger Tor hat er auf Paul gewartet und sich ohne große Diskussionen unter der Decke auf dem Rücksitz des VW-Beetle versteckt. Paul hat seinen Partner kurz instruiert und ihn auf den neuesten Stand gebracht. Abel hat keine Fragen gestellt, er hat sich einfach nur angehört, was Paul zu sagen hat. Das ist eine seiner größten Stärken. Wenn es darauf ankommt, den Mund zu halten und nur zuzuhören, macht Abel das, selbst wenn Pauls Bericht so abstrus und fantastisch klingt, dass kein normaler Mensch ihm glauben würde.

Außer Abel Lockhardt, der bis zum Beweis des Gegenteils davon ausgeht, dass sein Partner ihm die Wahrheit sagt.

Und nun, als er auf dem dritten Parkdeck hinter einem schmutzigen Range Rover kniet und Wort für Wort mitbekommt, was die beiden Zwillingsbrüder sich an den Kopf werfen, wird er in seinem Glauben, dass Paul keine Lügengeschichten aufgetischt hat, nur bestätigt.

Je mehr Abel zu hören bekommt, desto mehr schwitzt er Blut und Wasser. Immer wieder erwägt er, Kriminaldirektor Schubert anzurufen und Verstärkung anzufordern. Doch jedes Mal entscheidet er sich dagegen, weil er auf keine Fall das Leben eines elfjährigen Mädchens gefährden will, das, was verschärfend hinzukam, auch noch sein Patenkind ist.

Es gibt für Abel Lockhardt nichts Schlimmeres, als wenn das Leben eines Kindes bedroht ist. Das allein genügt ihm, um alle Bedenken wegen eines riskanten und von keiner Dienstvorschrift gedeckten Einsatzes über Bord zu werfen.

Da sollen Schwarzbach und Ehret von der Internen Ermittlung bei der Aufarbeitung seines Vorgehens ruhig den Stab über ihn brechen. Das Einzige, was jetzt zählt, ist das Leben von Magdalena.

Und das Leben seines Partners, der sich, so weit Abel das versteht, auf ein äußerst riskantes Spiel einlässt.

Was Abel wiederum in eine weitere schier ausweglose Zwickmühle bringt. Greift er ein, riskiert er, dass Magdalena nicht rechtzeitig gefunden wird und stirbt. Greift er nicht ein, ist womöglich Pauls Leben gefährdet. So, wie Abel diesen Curt einschätzt, ist Pauls Zwillingsbruder kein Großmaul, der windige Drohungen ausspricht, die er nicht verwirklichen wird. Nein, Curt ist ein absolut skrupelloser Killer, der, um sein Ziel zu erreichen, nicht nur sprichwörtlich über Leichen geht. Das hat er hinlänglich bewiesen.

Abel muss zähneknirschend mit ansehen, wie Paul sich freiwillig Curts Forderungen unterwirft, und kann nur darauf hoffen, dass Pauls Vorkehrungen funktionieren. Er hat einen GPS-Sender bei sich, der jederzeit genau anzeigt, wo er sich befindet, und den er, von Curt unbemerkt, im Van untergebracht hat, bevor die Drogen aus dem Flachmann ihn ausknocken.

Abel fährt in Pauls VW-Beetle dem Van hinterher. Telefonisch gibt er das Kennzeichen an die Zentrale durch. Der Wagen ist, wie er schon angenommen hat, als gestohlen gemeldet. Er gehört einer Rollstuhlfahrerin, die auf ihr Auto angewiesen ist. Abel wundert sich in diesem Augenblick über gar nichts mehr.

Aus gebührender Entfernung beobachtet er, wie der Van in der Tiefgarageneinfahrt eines Hochhauses in Haar verschwindet. Er stellt den Beetle ab und überlegt. Was würde er jetzt darum geben, wenn er eine von seinen Salamivariationen dabeihätte! Sie zu essen, hilft ihm immer beim Nachdenken. Aber zum ersten Mal seit langer Zeit hat er nicht daran gedacht, sich welche aus dem heimischen Kühlschrank mitzunehmen, so sehr hat ihn der Anruf von Paul in Beschlag genommen.

Der innere Zwang, seine Kollegen zu informieren und Verstärkung anzufordern, wird beinahe übermächtig. Das Einzige, was ihn zurückhält, ist die Sorge um Magdalena und das Versprechen, nichts zu tun, was ihr Leben gefährden könnte, das er Paul gegeben hat.

Abel behält die gesamte Fassade des Wohnkomplexes im Auge. Als nach einiger Zeit im zwölften Stockwerk hinter zwei Fenstern das Licht angeht, macht er sich mit einem Stift eine Skizze auf die Handfläche, bleibt aber vorerst in Beobachterposition, weil er sich unsicher ist, wann er eingreifen soll. Er hat ein kleines, aber starkes Fernglas dabei und entdeckt Curt, der nun anscheinend auf dem Dach des Hauses steht und Paul in einem Rollstuhl an den Rand des Gebäudes schiebt. An den Atemwolken kann er erkennen, dass es anscheinend eine erregte Auseinandersetzung zwischen den beiden gibt, es ist eine mondhelle Nacht.

Als die beiden aus seinem Blickfeld verschwunden sind, fasst Abel einen Entschluss: Er wird versuchen, sich Zugang zur Wohnung von Curt zu verschaffen, bevor es zu spät ist. Wenn er alle Zeichen richtig gedeutet hat, dann ist jetzt die Zeit gekommen, um einzugreifen. Sein sechster Sinn, in langen Polizeijahren geschärft, lässt ihm gar keine andere

Möglichkeit. Er setzt über sein Smartphone nun doch eine Alarmmeldung an die Zentrale ab, dann marschiert er zum Haupteingang des Gebäudes.

Zugang verschafft ihm irgendjemand, nachdem er auf alle Klingeln gleichzeitig gedrückt hat, nur nicht auf die im zwölften Stock, um Curt nicht vorzeitig zu warnen.

Vor der Wohnungstür mit dem Namensschild *H. Meyer* bleibt er stehen. Das muss die von außen errechnete Wohnung sein, Reste von Spuren der nassen Rollstuhlreifen geben ihm recht. Er horcht.

Dann klingelt er und zieht zugleich seine Pistole aus dem Holster. Er horcht wieder. Stille.

Jetzt geht er aufs Ganze, drückt erneut auf den Klingelknopf und lässt nicht mehr los. Es dauert eine kleine Ewigkeit, bis er trotz des Dauertons hört, wie jemand in der Wohnung an einer Wand herumhackt. Auf einmal ist die Klingel tot.

Abel fängt an, mit der freien Faust gegen die Tür zu hämmern, bis er im Hausflur gegenüber einen verschlafenen Mann in Unterhose und T-Shirt aus seiner Tür spähen sieht.

Mit den Worten »Gehen Sie wieder rein, dies ist ein Polizeieinsatz!« und gezücktem Polizeiausweis schickt er ihn zurück in seine Wohnung.

Dann schreit er, so laut er kann: »Aufmachen! Sofort aufmachen! Hier ist die Polizei!«

Als keine Reaktion kommt, versucht er schließlich, die Tür mit dem Fuß einzutreten. Diese brachiale Methode ist, soviel hatte er von den Kollegen des Einbruchsdezernats gelernt, wesentlich erfolgversprechender, als es mit der Schulter zu versuchen.

Endlich springt die Tür auf, und er stürmt den Wohnungsflur. Drin brennt Licht, und vor ihm liegt jemand auf dem Boden. Fast gleichzeitig erfolgt hinter der nächsten Tür eine gewaltige Detonation, die den gesamten Wohnblock in seinen Grundfesten erzittern lässt und auch diese Tür aus den Angeln reißt. Abel erkennt den Mann auf dem Boden: sein Freund und Partner Paul Simon.

Und so, wie es aussieht, lebt er.

NEUN

Es war eine großartige Abschiedsparty, die Paul Simon anlässlich seines freiwilligen Ausstiegs aus dem Polizeidienst im Ewigen Licht in Neuhausen gab. Das Wirtshaus war ausschließlich für die Kripo und deren Angehörige reserviert. Als die allgemeinen Begrüßungen endlich vorbei waren und alle ihre Sitzplätze eingenommen hatten, kehrte allmählich Stille ein.

Als Erstes trat Magdalena auf die kleine Bühne und trug ein selbst geschriebenes Gedicht vor, das großes Gelächter, Riesenbeifall und einen hochroten Kopf bei Magdalena auslöste.

Dann war Abel Lockhardt an der Reihe. Er hatte hoch und heilig versprochen, in seine Rede wegen der Anwesenheit von Frauen und Kindern keine Zweideutigkeiten einzuflechten. Bis zuletzt hatte Paul befürchtet, dass es doch noch zu später Stunde eine Stripteaseeinlage geben könnte, die bei früheren Pensionierungsfeierlichkeiten obligatorisch gewesen war – damals, als die Feiern reine Männersache gewesen waren. Doch Gott sei Dank hielt sich jeder an die Spielregeln, niemand schlug über die Stränge oder betrank sich übermäßig.

Als der Polizeichor noch zu Ehren von Paul und Abel den Song *The Boxer* von Simon and Garfunkel intonierte, blieb kein Auge trocken. Sogar der anwesende Polizeipräsident und Kriminaldirektor Schubert zeigten Emotionen – vielleicht auch, weil ein paar Pressefotografen von wichtigen Zeitungen anwesend waren.

Danach warteten alle mit Spannung auf Paul Simons Abschiedsrede. Drei Monate nach der großen Explosion in der Wohnung von Curt Schönborn war der Fall in allen Einzelheiten gelöst, und die Soko Rotkehlchen gehörte der Vergangenheit an. Paul war in allen Punkten rehabilitiert worden. Nach einem kurzen Krankenhausaufenthalt und einem mehrwöchigen Familienurlaub wollten ihn Schwarzbach und Ehret zwar noch einmal gründlich in die Mangel nehmen, aber der Polizeipräsident persönlich hatte nach Rücksprache mit Staatsanwaltschaft und Innenministerium den Fall schließlich für abgeschlossen erklärt. Der Alleinschuldige Curt Schönborn war tot und hatte einige Geheimnisse mit ins Grab genommen. Die Soko unter der Leitung von Abel Lockhardt hatte eine nahezu lückenlose Dokumentation der Abläufe seit dem Mord an Dr. Prechtl vorgelegt, in der die Rolle von Curt Schönborn in allen Punkten unter Berücksichtigung sämtlicher Indizien und Beweise eindeutig nachvollzogen worden war.

Zwar hatten sich Paul Simon und Abel Lockhardt noch eine grundsätzliche Rüge des Kriminaldirektors eingehandelt, aber da außer Frage stand, unter welchem Druck insbesondere Paul Simon gestanden hatte, weil er um das Leben seiner Tochter fürchten musste und deswegen erpresst worden war, wurden sämtliche Vorwürfe gegen die beiden wegen Nichteinhaltung der Dienstvorschriften und Zurückhaltung von Beweismitteln entkräftet. Schlussendlich wurde festgestellt, dass beide nicht gesetzeswidrig gehandelt hatten.

Der spektakuläre Fall war in den Medien auf breitestes Interesse gestoßen und genüsslich mit allen unappetitlichen Details ausgeweidet worden. Die Kripo, aber auch investigative Journalisten unternahmen alle Anstrengungen, um Licht in das Dunkel der fünfundzwanzig Jahre zu bringen, die Curt Schönborn als mutmaßlicher Berufskiller tätig gewesen war. Es gab spekulative Berichte über unaufgeklärte Morde und Unfälle, denen wichtige und weniger wichtige Menschen zum Opfer gefallen waren. Aber das Durchforsten von alten ungeklärten Fällen, die im weitesten Sinn mit dem Modus Operandi von Curt Schönborn in Verbindung gebracht werden konnten, förderte keinen einzigen konkreten Beweis zutage, dass wirklich er dahintersteckte. Auf seine Art hatte Pauls Zwillingsbruder ganze Arbeit geleistet. Stasichef Mielke, Oberstleutnant Kallwey und Arnold Schönborn wären auf seine Arbeit stolz gewesen, wenn sie nicht schon alle längst das Zeitliche gesegnet hätten.

Für Paul Simon war mit dem Tod seines Bruders die eigene Vergangenheit ebenfalls für immer gestorben. Er hielt sich an den Rat von Edeltraut Wiesinger und ließ die Vergangenheit ruhen. Das war auch ganz im Sinne von Amelie, der er die Wahrheit über seine Herkunft nicht verschwiegen hatte. Für sie beide zählte nur die Zukunft, und die Zukunft würde eine vierköpfige Familie sein.

Für Magdalena, der Curt nicht das Geringste angetan hatte, außer dass er sie mit einem relativ harmlosen Medikamentencocktail ruhiggestellt hatte, gab es eine Erklärung, mit der sie sich hoffentlich momentan zufriedengeben würde. Später, wenn sie erwachsen war, würde Paul ihr die ganze Wahrheit erzählen, vor allem die über ihre Abstammung und seinen Zwillingsbruder.

Die Verbrechen von Arnold Schönborn gelangten nie an die Öffentlichkeit. Sämtliche Akten darüber waren spurlos verschwunden. Nur Amelie, Abel Lockhardt und Kriminaldirektor Schubert wurden von Paul darüber aufgeklärt und bewahrten fortan Stillschweigen.

Nur manchmal, wenn Paul nachts neben seiner Frau im Bett lag und nicht schlafen konnte, kamen die Dämonen zu Besuch und stellten Fragen, denen sich Paul nicht mehr stellen wollte.

Im Krankenhaus hatte Paul keine allzu lange Bedenkzeit für seinen Entschluss gebraucht, den Dienst bei der Kripo zu quittieren. Seine mit Spannung erwartete Abschiedsrede im Wirtshaus Ewiges Licht fiel kürzer aus, als alle gedacht hatten. Er bedankte sich herzlich bei denjenigen, die in einer schwierigen Zeit zu ihm gehalten hatten – und auch bei denen, die es nicht getan hatten, weil sie ihre Pflicht tun mussten. Er erwähnte Schwarzbach und Ehret nicht namentlich, aber alle Anwesenden wussten, wer gemeint war. Der Beifall war entsprechend groß und herzlich, als er seinem Partner und Freund Abel Lockhardt, dem er sein Leben schuldete, einen besonderen Dank abstattete. Ebenso dankte er seiner Frau und seiner Tochter, die selbst in den schlimmsten Momenten zu ihm gestanden hatten. Anschließend bat er seine hochschwangere Frau zu sich auf die Bühne und hielt sein Ohr demonstrativ unter allgemeinem Gelächter an ihren Bauch, bevor er sie in den Arm nahm und an ihrer Seite verkündete, dass er ein Sabbatjahr einlegen und sich auf seine Rolle als Vater von zwei Kindern und Ehemann konzentrieren wolle.

Mit diesen Worten und unter dem warmen Beifall aller Gäste gab er das Büfett frei und nahm die persönlichen Glückwünsche seiner Kollegen entgegen. Sogar Dr. Franke gratulierte ihm. Paul hätte ihn beinahe nicht erkannt, weil er seinen obligatorischen weißen Kittel nicht anhatte.

Ganz im Gegensatz zu seinen sonstigen Angewohnheiten stürzte sich Abel Lockhardt nicht gleich in die Schlacht am Büfett, sondern suchte den Blickkontakt zu Paul, gab ihm ein kurzes Zeichen und marschierte anschließend zur Männertoilette.

Es war das gleiche Ritual wie früher, wenn sie bei großen und kontroversen Besprechungen etwas unter vier Augen zu bereden hatten, das nicht für fremde Ohren bestimmt war.

ZEHN

Als Paul Simon in den Vorraum der Männertoilette kam, wusch sich Abel Lockhardt die Hände. Sie warteten beide, bis sie allein waren, dann fragte Abel: »Du wirst es dir doch noch mal überlegen, oder?« Er schaute Paul im großen Spiegel an, der seinen Blick erwiderte.

»Was?«, meinte er wie beiläufig, obwohl er genau wusste, was sein Freund gemeint hatte.

»Schubert hat mir unter dem Siegel der Verschwiegenheit mitgeteilt, dass du jederzeit zurückkommen kannst«, erklärte Abel.

»Das Siegel hat aber nicht lange gehalten«, meinte Paul grinsend.

»Ich nehme mal an, der Chef ist davon ausgegangen, dass ich eine alte Plaudertasche bin.«

Paul lächelte. »Wen haben sie dir denn als neuen Partner zugeteilt?«

»Sandra Kleinert.«

»Na, die ist doch okay.«

»Das schon. Aber noch feucht hinter den Ohren.« Er hielt seine Hände unter den fauchenden Trockner und sprach dementsprechend lauter. »Außerdem ist sie Vegetarierin.

Oder Veganerin, was weiß ich. Stell dir vor, wir müssen jemanden observieren und ich sitze tagelang neben ihr im Auto. Was denkst du, wird sie sagen, wenn ich meine Feuerkabanossi auspacke?«

»Ich weiß es nicht. Du wirst es dir demnächst anhören müssen.«

Paul beugte sich zum Spiegel und zupfte an seiner Augenbraue herum.

»Was hast du da eigentlich?«, wollte Abel wissen.

»Was meinst du?«, fragte Paul.

Abel deutete auf Pauls Augenbraue und die Nasenwurzel. »Diese Narbe. Seit wann hast du die?«

Paul tastete selbst danach und erwiderte irritiert: »Na, was wohl? Ein Splitter von der Tür, hinter der die Explosion war. Was sonst? Irgendwie will das nicht verheilen …«

Sie sahen sich im Spiegel in die Augen. Lange.

Bis Abel sagte: »Komm, gehen wir wieder rein. Die werden dich schon vermissen.«

Einladend öffnete er die Tür zum Saal. Ein paar Leute tanzten zur lauten Musik, die aus den Lautsprechern dröhnte. *Bye Bye Love* in der Coverversion von Simon and Garfunkel.

Abel grinste. »Hörst du? Sie spielen unser Lied!«

Paul grinste ebenfalls. »Du blödes Arschloch.«

Abel hielt die Tür immer noch auf. Paul drängte sich an ihm vorbei und stürzte sich draußen wieder ins Gewühl. Sein ehemaliger Partner blieb noch eine Weile stehen und sah zu, wie Paul Amelie und Magdalena umarmte. Dann atmete er einmal tief durch und beschloss, sich zum Büfett durchzuschlagen, bevor es nichts mehr zu essen gab.